隠居すごろく

西條奈加

角川文庫
23057

目次

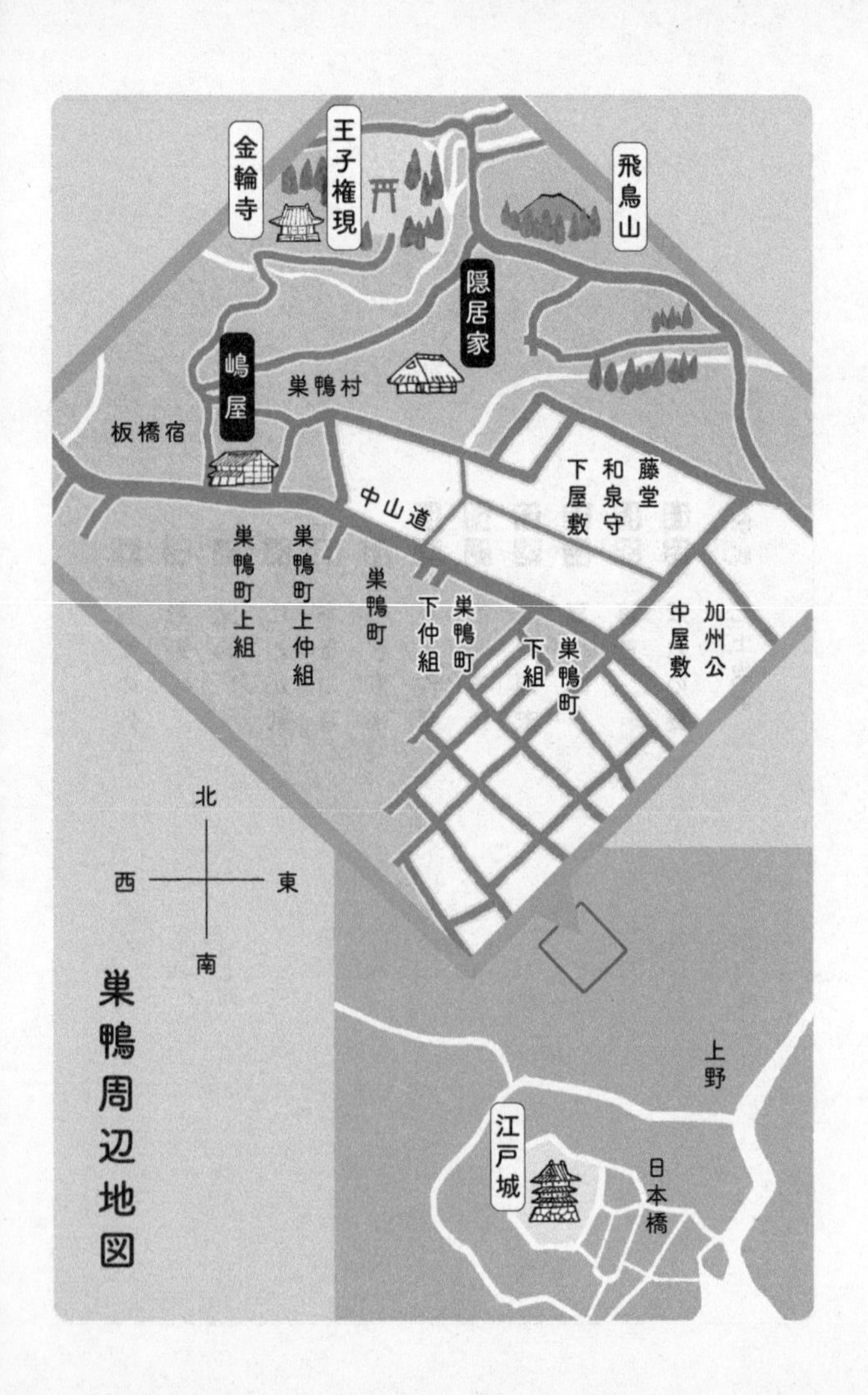

金輪寺
王子権現
飛鳥山
隠居家
嶋屋
巣鴨村
板橋宿
藤堂和泉守下屋敷
中山道
巣鴨町上組
巣鴨町上仲組
巣鴨町
巣鴨町下仲組
巣鴨町下組
加州公中屋敷
北
西
東
南
巣鴨周辺地図
上野
江戸城
日本橋

● 当ての外れ

一月も半ばを過ぎて、梅がちらほらとほころびはじめ、春の暦に、ようやく季節が追いついてきた。大安吉日、空は雲ひとつなく晴れわたり、何とも清々しい。門出を迎えるには、申し分のない日和だった。

この日が来るのを、どんなに待ちかねたことか——。五年前、十年前、いや、もしかすると、父の跡を継いだあの日から、恋焦がれていたような気さえする。

だとすると、三十三年前になるか、と頭の隅に置いてある算盤を素早く弾いた。商人の常で、絶えずぱちぱちとやるのが癖になっている。我ながらさもしい習い性だと、ついため息が出たが、そんな暮らしとも、あとふた月余りでおさらばだ。

嶋屋徳兵衛は、思わずにまにまと弛みそうになる口許を精一杯引き締めながら、奥の座敷で皆を待っていた。

「折り入って、伝えたい話があってな。昼餉の前にでも、奥の間に集まってくれないか」

朝餉の折に、皆にはそう伝えてあった。できるだけさりげない風を装ってはみたものの、徳兵衛にしてみれば、一大決心のお披露目である。万難を排して臨みたいと、実を言えば、早くから皆の予定などを確かめてあった。

妻と跡取り息子、その嫁とふたりの孫。二十三になる娘、これは亭主を亡くして三年前に出戻ってきた。徳兵衛を入れて七人家族になるのだが、もうひとり養子に出した倅がいる。念を入れて、この息子にも顔を出すよう使いをやった。雇人たちも外せない。手代や女中には後日改めて達するにせよ、ふたりの番頭にも呼び出しをかけた。

嶋屋は、巣鴨町に店を構える、六代続いた糸問屋である。創業当時は北神田にあったが、二度の火事を経て、四代目のときにこの地に移った。そして今日、嶋屋は新たな節目を迎える。

番頭ふたりを加えた、大人七人の顔がそろったとき、徳兵衛は高らかに宣した。

「わしはこのたび、嶋屋六代目の主の座を退いて、隠居することにした」

集まったうちの半分の顔が、さして驚いた風情を見せなかったのは、まず不満だった。しかし残る半分は存分に、びっくりを通り越して青くなってくれたことで、徳兵衛の自尊心も辛うじて満たされた。

「お父さん、隠居だなんて、そんな唐突に……早過ぎやしませんか？」

誰よりも慌てふためいたのは、跡取り息子の吉郎兵衛である。今年三十四歳になった七代目は、とかく真面目一辺倒で、一分の隙もなく真っ直ぐに並べた敷石を、それでも用心しながらそろりそろりと渡るような性分だ。跡取りとして特に難はないのだが、決して器用ではなく、また有事に弱いのが玉にきずといったところか。

「わしもすでに還暦を迎えたのだから、早過ぎることはなかろう。四十や五十を過ぎて、隠居する者もめずらしくはないからな」

「ですが、お父さんがいなければ、店が立ち行きません。私もまだ、何かと不束なところがありますし……」

「それは店を継いで、追々に覚えていけばよかろう。主人の座に就けば、自ずと見えてくるものもあるからな」

　もっともらしく諭したが、倅の顔色は冴えない。それが雇人にとっては、気がかりの種になるのだろう。

「たしかに、仕入れや勘定の大本は、旦那さましかご存知ありませんし……」

「お披露目や得意先への挨拶などもございますし、せめて仕度に一年はかけて、来年ということにしては？」

　ふたりの番頭は、もっぱら実利に則った不安を口にする。

「いや、来月早々に七代目の披露目をし、方々への挨拶まわりを済ませたら、後はおまえたちに任せて、商いからは一切手を引く。そうだな、頃合としては、三月いっぱいですっきりと退きたいものだな」

　やはりあまりに急な段取りだと、表店に詰める三人は、難しい顔で額をつき合わせる。それでも考えを曲げるつもりはなかった。幸いにも自身の代は、災禍に見舞われることもなく、つつがなく全うできた。先代から受け継いだ財も、二割ほど増やして倅に渡すことができそうだ。このまま有終の美を飾りたいと、それが徳兵衛の切なる願いだった。六代も続けば、常に順風満帆というわけにはいかない。嶋屋でも大小とり混ぜて不測の事態は起こったが、もっとも被害が甚大だったのは、やはり火事である。江戸と火事は切っても切り離せず、ことに町屋の密集した地域では、小さな火でも風のしだいであっという間に町を舐めつくす。北神田にあった嶋屋も、二代目と四代目のときに全焼する憂き目に遭った。

　店が柱一本残さず真っ黒な炭と化したとき、四代目にあたる徳兵衛の祖父は、ほとほと北神田の火事の多さに嫌気がさしたのかもしれない。祖父には、さらにその祖父のころの一度目の火事の記憶も残っていたからだ。二度の火事を目にした祖父は、北神田に店を建て直すことをせず、寮として使っていた巣鴨の土地で再出発を図ることにした。同じ江戸で朱引きの内とはいえ、北神田にくらべれば田舎地である。商いには決して利のある土地とは言えず、当時はずいぶんと揉めたというが四代目の祖父は譲らなかった。年がら年中どこかで半鐘が鳴るような土地には、これ以上留まりたくないというのが表の言い訳だが、もしかすると、趣味人であった祖父には、別の理由もあったのかもしれない。広々として風光明媚なこの土地をいたく気に入って、巣鴨の切絵図も名勝案内の趣が濃い。巣鴨村の北には王子権現と飛鳥山、東には染井稲荷。少し足を伸ばせば白山権現と、名所には事欠かない。

巣鴨村のうち、中山道に面した土地に町屋が許されたのは、元文二年、八代将軍吉宗のころだった。以来、町奉行の下におかれ、北に広がる巣鴨村とは差配も異なる。

巣鴨町は東西十二町、中山道を縁取るように細長く伸びていた。西は大塚波除不動道から、東は加州公の中屋敷にかかる辺りまで。西を上、東を下と呼び、巣鴨町上組、上仲組、下仲組、下組と四つに分けられて、上組と上仲組だけは、道の両袖に町屋がある。嶋屋は、上組の北側に店を構えていた。

数寄者の祖父が丹精しただけに、店や母屋の普請はなかなかに手が込んでいて、何よりも庭を自慢にしていた。あいにく父と徳兵衛はその血を受け継がず、植木屋に渡すくらいなら、一文でも多く店のために蓄財し商いにまわすような性分であったから、残念ながら庭には往年の風情は残っていない。一方で徳兵衛には、この祖父に憧れる気持ちがどこかにあった。

六代続いた嶋屋において、偶数は鬼門とされる。火事で大きな損を出したのが、たまたま二代目と四代目のときであったからだ。もちろん火事の被害はそれに留まらず、類焼は免れたものの、御上の指図で町ごとしばらく代地に移されたり、火は移らずとも煙で商品が駄目になったりとさまざまあるのだが、財が大きく目減りしたのは、やはり偶数の代の当主がいた時期だ。このふたりにはもうひとつ、よく似たところがある。

商売よりもむしろ趣味に熱心で、財を増やすどころか無駄遣いが多かった。茶の湯、生け花、俳句に長唄、書画骨董の収集と、趣味の数には事欠かない。

趣味に割く暇が多いぶん、商売に対する腰の入れ方も、どこかおざなりであったのだろう。店内の規律もゆるみ、小僧が銭をちょろまかしたり、手代が博奕にのめり込み、胴元のやくざ連中が押しかけてきたりと頻々と粗相が続いた。

その偶数の呪いが、我が子にまで及ぶのではないかと、五代目の父は危惧していたに違いない。手習いに通いたての七歳のときから徳兵衛を店に入れ、ことさら厳しくしつけた。手習いから帰ると、帳場にいる父の横に座らされ、商いのようすを具に観察するよう言いわたされた。

嶋屋は番頭をふたり置く定めで、年季の長い方を一の番頭、若い方を二の番頭と呼ぶ。その下に手代が十二、三人ほど、小僧は五、六人働いている。女中も七、八人いるのだが奥に限られ、店のある表と、住まいとなる奥はきっちりと分けられている。奥の差配は妻の領分で、女中を指図するのも、やはり妻の務めであった。

店に詰めるのは、ふたりの番頭と小僧、手代のうちの半分ほどだ。残りの手代は、糸の買い付けのために、生産地である地方をまわっている。いわば仕入れの担当で、店を中山道に面した巣鴨に移したのには、この理由もあった。

中山道の半ばにあたる上州は絹の一大産地であり、嶋屋が買い付ける生糸の大半も、やはり上州産である。一方で綿は、温暖な瀬戸内や畿内で作られ、大坂商人を介して江戸にもち込まれる。嶋屋でも、綿糸は上方から江戸にやってくる仲買人から仕入れていた。

日本橋や神田界隈には小売を兼ねる問屋が多いが、嶋屋は昔から、小売店に糸を卸す問屋商いのみに徹している。仕入方以外の残る半数の手代が、得意先まわりや勘定方に従事していた。

徳兵衛は、九歳から本腰を入れて、商いに関わる勘定や、売買を記帳した大福帳の読み方なぞを番頭や手代から教わった。そして十二歳から二年のあいだは、仕入方の手代について上州の藤岡に詰めた。藤岡は上州絹の集散地で、三井越後屋や白木屋など江戸屈指の呉服店からも多くの手代が出張っている。徳兵衛はここで、絹や生糸の善し悪しや見分け方、また蚕飼いの百姓や仲買人とのつき合いや交渉術を学んだ。

上州のからっ風のきつさは、未だに忘れられない。足を踏ん張っていなければ、子供の徳兵衛なぞたちまち煽られて、ころりと転がってしまうほどの勢いで、向かい風のときなぞは、吹きさらされた両耳がちぎれそうになり痛くて涙が出た。それでも、もうやめたいと、父や周囲に泣き言をこぼしたことはない。

もう少し歳が行っていれば、思春期らしく抗う術もあっただろうが、幼いころから嶋屋の六代目という道以外、示されてこなかった。まさに明けても暮れても商い尽くしの生活で、よけいなものが入り込む隙間なぞ一分もなかった。父のしつけは功を奏し、六代目徳兵衛は、趣味なぞという無駄遣いの種を一切もたない仕事一辺倒の主人となった。

商いは手堅く、表奥ともに節約を心掛け、自身も贅沢を戒めた。雇人には相応に口うるさいが、そのぶん目配りは行き届き、商売が大きく傾くような危機に見舞われることもなかった。まことにつつがなく今日まで無事を貫いたことには、深い満足の思いはあるものの、一方で、ひとりの男の人生としてふり返ってみると、いかんせん物寂しい。

父の死に伴って、店を継いだのは二十八のときだった。

嶋屋の主人として三十三年間、七歳からの修業も合わせると、実に五十四年もの歳月を、ただ店のためだけに費やしてきた。だからこそ、隠居という立場には憧れをもっていた。

父に封印されてはいたが、二代目や四代目の血は自分にも流れているはずだ。彼らのように数寄を拠り所に、気ままに趣味に生きる暮らしを一度くらい味わってみたい——。

嶋屋という重いくびきを解かれ、これまでの褒美として安穏な余生を送るのが、徳兵衛のたったひとつの夢だった。

しかし倅にとっては寝耳に水で、あまりに急な七代目の就任話である。用心深さが勝り胆力に欠けるだけに、不安が拭えぬようすだ。番頭たちが先々の相談をはじめても、吉郎兵衛だけは表情が晴れない。

「いまの私に、嶋屋の当主が務まるでしょうか……」

「そんな情けない顔をするものではない、吉郎兵衛。わしが六代目を継いだときは、おまえより六つも若かった。おまけに、ふいの病で先代が身罷って、番頭よりほかに頼るものもいなかったのだぞ」

「そう、ですよね……隠居なさっても、お父さんがこの家にいるのは変わりない。どうかこれからも幾久しく、商いの手ほどきを……」

「いや、わしはこの家を出て、隠居家に引き移ることにする」

倅の挨拶を、せっかちにさえぎった。吉郎兵衛が、ふたたび色を失う。

「いいじゃありませんか、兄さん。お父さんの好きにさせてあげれば」

「そうよね、お父さんはずうっと働き詰めだったんだから、この辺で楽をさせてあげないと」

横合いから擁護する声がかかったが、手放しでは喜べない。

声の主は、次男の政二郎と、末の娘のお楽である。

政二郎は、長男とはふたつ違いになるが、十八歳で嶋屋の分家筋にあたる、綿問屋の富久屋に養子に出された。主人の座に就いたのは二年前、店は湯島にある。長男のような堅実さには欠けるものの、新規な発想に富み、それはそれで商売人としては悪くない。すでに隠居した富久屋の先代からも、気に入られているようだ。

よく言えば大らか、悪くとればいい加減なところもあり、口ぶりからすると、いまさら実家の代替わりなどに、ことさら興味はないと言わんばかりだ。

さらに輪をかけてぞんざいなのは、末娘である。遅くに授かった子であるために、長兄の吉郎兵衛とは十一も歳が離れている。初の女の子であったことも手伝って、子守や女中たちもついつい甘やかしてしまいがちだ。おかげで名のとおりに、何ともお気楽な娘に育ってしまった。お楽もまた十八で嫁入りし、いったん嶋屋を離れたが、わずか二年後に亭主を流行病で亡くし、実家に帰ってきた。若い身空で寡婦となったが、伴侶と死別することはめずらしくなく、当のお楽には悲壮感なぞどこにもない。

死別と同様に離縁も多く、従って再縁も然るべきだ。どこやらの領地では、七度以上の再縁を禁ずるとの触れを出したというから、六度までは再縁もやぶさかではないということか。出戻りということに特に障りはないのだが、お楽の頓着のなさは目にあまる。

「はああ、やっぱり実家がいちばんね。向こうではお姑さんの目がうるさくて、ちっとも気が抜けなかったわ。二言目には跡継ぎはまだかとせっつかれて辟易したわ。でも、こうなってみると、子供ができる前でよかったわ。子供がいたら、あっさりと嶋屋に帰してくれたかどうか、わからないでしょ？　下手をしたら、子供と一緒に生涯あちらに縛りつけられていたかもしれないし……おお、嫌だ。そんな始末にならなくて、本当によかったわ」

兄嫁を相手に声高に語る声が廊下にまできこえてきて、さすがにげんなりした。

お楽が嫁いだ先は、嶋屋の得意先にあたる大きな糸屋で、店は両国広小路にある。万事に派手好きなお楽は、嫁ぎ先が決まった折にはむしろ喜んでいたのだが、あいにくと嫁という立場の窮屈さには思い至らなかったようだ。夫の葬式では、さすがに涙をこぼし悄然としていたが、四十九日も過ぎぬうちに、けろりとした顔で実家に戻ってきた。

我が娘ながら、何を考えているのか徳兵衛にはさっぱりわからない。いかにも父の肩をもつふうに隠居を後押しされても、素直に喜べないのにはそんな理由がある。

「お母さんは、どうなの？　お父さんから隠居の話は、きいていたのでしょ？」

徳兵衛の妻、母のお登勢に話をふる。

きちりと背筋を伸ばし、にこりともせずにお登勢はこたえた。

「いいえ、何も。いま初めて伺いました」

「まあ、お父さんたら！　お母さんに相談もなしに、勝手に決めてしまったの？」

娘がたちまち責め問い口調になるが、当の妻は、よく磨かれた面を被ってでもいるように、顔色ひとつ変えなかった。

「構いませんよ。旦那さまがお決めになったことなら、私は従うだけです」

まるでどこぞの武家の妻女のような、落ち着き払った物言いだった。

妻の態度は見当通りとはいえ、いかにも味気ない。思わずこぼれそうになったため息を、徳兵衛は辛うじて堪えた。

「嶋屋のご内儀は、まことにできたお方ですな。決して出過ぎた口を利かず、常にご主人を立て、それでいて奥の始末には粗相がない。愚痴ひとつ言わぬ妻女なぞ、近頃ではめずらしい。嶋屋さんは果報者ですぞ」

得意先や同業の集まりで、そんな褒め文句もきかされる。

「いえいえ、ああ見えて、粗忽なところもありましてねえ」

謙遜してそう返すのが常であったが、実を言えば、妻には粗忽なところなぞひとつもない。奥の目配りは遺漏がなく、女中たちへの差配も確かである。表へは決して差出口を利かぬ一方で、小僧や若い手代など年端のいかぬ者たちの世話も、目立たぬ形でさりげなくこなしている。もっとも徳兵衛は、ほとんど気づくこともなかったが、ふたりの番頭や年嵩の手代なぞから、時折耳にすることがあった。

たしかに商家の内儀としては、お登勢は申し分がない。一方で、徳兵衛自身には、お登勢は見事に関心を払わなかった。食事や着替えなど、徳兵衛の身のまわりの世話は完璧にこなすのだが、あくまで嶋屋の主人のための妻の役目であり、そこには夫への情など一片も混じっていない——。他人に漏らせば贅沢だとそしられかねないが、お登勢にとって己はあくまで「旦那さま」であり、子を三人生した夫婦である記憶なぞ、ごっそりと失せているのではあるまいか——。時々、そんなふうに思えて仕方がない。

隠居についても、お登勢にだけは前もって明かしておくつもりでいたのだが、正直なところ、とりつく島がなかった。今年の正月で、徳兵衛は数え六十一となり還暦を迎えた。正月の松の内に還暦の祝いが催され、本当はその後で、妻には打ち明けるつもりでいた。

「還暦の祝いも滞りなく済んで、やれやれだ。……で、何だな、そろそろ梅も開こうし、春らしくなってきた。新しいことをはじめるなら、やはり春に限るだろうな」

そんなふうに切り出そうとしたのだが、見事に肩透かしを食らった。

「そういえば、津田屋さんから、梅見のお誘いがありました。二月二日とのことでしたが、旦那さまは花見なぞの宴席には興を示されませんから、お断りしておきましたが…

……」

「何だと！　断ったのか？」

「まずうございましたか？」

「津田屋はこれから伸びる得意先だ。顔を出して損はない。表の商いをよく知らんくせに、勝手に断るやつがあるか！」

津田屋の内儀は、お登勢とは顔見知りの間柄だった。妻同士の話の中に出たものと後で知れたが、つい後先考えず怒鳴りつけてしまった。

「迂闊な真似をして、申し訳ございませんでした。明日にでもすぐに、お誘いを受ける旨、津田屋さんに申し入れます」

お登勢も、夫の癇癪には慣れている。即座に詫びたものの、平然としたままだ。その日に限って妙に癇に障り、肝心の隠居話はできず仕舞いになった。

妻との仲は、一事が万事この調子である。

末娘のお楽が生まれたころか、とうの昔から寝間も別にしているし、いまさらこの歳になって夫婦らしい語らいなぞ求める気もさらさらないが、何とも味気ないなと、ついため息も出る。

他所さまも、似たようなものだろうか？

夫婦のありようばかりは傍目にはわからぬから、くらべようもない。

そんな具合であったから、お登勢にも今日が初のお披露目となったが、案の定というかやはりというか、夫の隠居話にも、気色ばんだ風情など微塵も見せなかった。

代わりに、末娘のとなりに座る嫁が、急にもじもじしはじめる。

「あのお……つかぬことを伺いますが」

長男の嫁のお園が、遠慮がちに声をあげた。

「お父さまが隠居家に移られるとなると、お母さまも、やはりご一緒に？」

「そりゃあ、夫婦なのだから。父さんがこの屋を離れるなら、母さんもついていくのが道理じゃあないのかい」

次男の政二郎があたりまえのようにこたえたが、嫁はたちまち慌てはじめる。

「まあ、どうしましょう！　お母さまがおられないと困ります。私ひとりではとても奥の切り盛りなぞできません」

末娘より五つ上、二十八になるはずだが、お園はどうも頼りない。

嶋屋とつき合いのある商家から嫁入りした娘で、実家は絹物をあつかう呉服屋と、綿物商いの太物屋、さらには両替商と、ことさら間口の広い商いぶりで、身代は嶋屋の三倍はあろう。店にとっては何よりの良縁であったが、当のお園は箱入り娘として蝶よ花よで育てられた。家柄の良さもあって、おっとりとした気立てのよい娘だが、内儀としては甚だ不足が目立つ。未だに奥のあれこれはお登勢に任せきりで、当人はふたりの子供の世話と、義妹と連れ立って芝居や遊山に明け暮れしていた。

「後生ですから、お母さまだけでも、こちらに留まっていただけませんか？」

両手を握りしめ、お園が懇願する。舅の隠居云々よりも、嫁には姑の身のふり方のほうが、よほど一大事のようだ。嫁姑というものは、とかく仲が悪いというのが世間の相場だが、お登勢は感情の起伏なぞ皆無に等しく、嫁に対しても夫と同様に淡々と接している。ことさら馴れ馴れしい態度もとらないが、嫁いびりや意地悪とも無縁である。お園はたいそう頼りにしていて、嫁いで十年も経つというのに、未だに甘えきりのままである。

お登勢がいなければ、奥は到底まわらない上に、表店にも障りが出る。

その事実に、遅まきながら気づいたようだ。店に関わる三人が騒ぎ出す。

「若旦那、折々の挨拶や方々へのつけ届けなども、おかみさんがいなければ難儀いたしますよ」

「旦那さまが隠居なさるのでしたらなおのこと、この上、お登勢さままでいなくなられては、先々が不安でなりません」

「たしかに、お園ひとりでは、何とも心許ない。やはりお母さんには残ってもらわないと」

いつのまにやら話の焦点は、徳兵衛の隠居ではなく、お登勢の去就に集まっている。

ぶっすりとした顔で不機嫌を露わにしながらも、徳兵衛はその場を収めるために妻にたずねた。

「お登勢、おまえはどうする？　隠居住まいはわしの勝手だし、別につき従うにはおよばない。おまえの好きにして構わんぞ」

精一杯の鷹揚を装って、そう告げた。

「では、お言葉に甘えて、私はこのままこちらに残らせていただきます」

何の躊躇もなく即座にこたえた妻の態度も、あからさまに喜び合う息子夫婦と番頭たちも、徳兵衛にとってはすこぶる面白くない。

「本当によかったこと。お母さまさえいてくだされば、何の憂いもありません」

嫁の言葉が、チクチクと小さな棘となってこめかみに刺さるようだ。我が人生の門出を華々しく宣したつもりが、惜しまれるのは妻ばかりで、自身はないがしろにされているような、ひがみ根性が沸々と湧いてくる。こんな筈ではなかったと、苦々しい思いに囚われる。

徳兵衛の当ての外れは、思えばこのときからはじまった。

人生を双六にたとえるなら、隠居はひとつの上がりだと、徳兵衛は考えていた。双六は、上がりで仕舞いとなる。その先には曲がりくねった道もなく、上り坂も下り坂もない。この世の極楽ともいうべき、安穏とした余生が待っている。

二代目と四代目の、愚かな轍を踏んではいけない。父の戒めを固く守り、女遊びや博奕はもちろんのこと、酒もつき合い程度に留めてきた。同業の旦那衆からは、いたってつき合いの悪い堅物と見なされていたが、まだ双六の半ばにあるのだから気を抜いてはいけない、油断をしたら足をすくわれ、夢に見る優雅な隠居暮らしも霞のように消えてしまう——。己にくり返し言いきかせ、ただひたすらに上がりを目指した。

人生というものは、おしなべて帳尻が合うようにできている。若いころの苦労を厭わず、長じてからはひたすら仕事に邁進する。男なら、それが最善の生き方であり、まっとうな姿でもある。その褒美として、隠居という上がりが仕度されているのだと、徳兵衛は頑なに信じていた。

実を言えば、妻を隠居家に伴うつもりなぞ、さらさらなかった。他人に等しい冷めきった夫婦が、いまさら狭い家に顔をつき合わせて暮らすのもわずらわしい。これからは数寄者として趣味に生きるのだから、妻の目なぞない方が、よほど気ままというものだ。

ひとり暮らしが馴染んできたころに、若い女でも置いてみようか——。

他人には決して口にはできないが、そんな迂闊な妄想も、ちらりほらりと浮かんでいた。隠居後に若い女を囲うのは世間にはままあることで、決して恥ではなく、むしろ男として甲斐性があると見なされる。こつこつと真面目に勤め上げたのだから、そのくらいの褒美はもらって然るべきだと内心で悦に入っていた。

もしもお登勢が共に行くと言えば、嶋屋にはおまえが必要だからと自ら諭すつもりでいた。予想に違う顚末とはいえ、落着そのものには不満はない。

「披露目の日取りなど、詳しいことはおいおい相談するとして、今日はここまでとしよう。向こうふた月余りは慌しくなろうが、表裏一丸となって事に当たってもらいたい。

皆も顔をそろえてくれて、ご苦労であったな」

主人らしく徳兵衛がまとめ、皆が三々五々席を立つ。次男と末娘が最初に腰を上げ、嫁も後に続いた。ふたりの番頭も店へと戻り、長男だけがあれこれと気がかりを口にする。

「お父さん、隠居家はもう決めたのですか？　女中や下男を置くにせよ、ひとり暮らしなのですから、あまり遠くでは心配が先に立ちます」

「まあ、私も、いまさら馴染んだ土地を離れようとは思わない。巣鴨村の内に、手頃な百姓家でも見つけようかと思ってな。少し手を入れれば、風流な隠居家になろう」

「それが良いと思います。巣鴨村はなかなかに広うございますが、程よい道のりなら、何かあってもすぐに駆けつけられますし」

しきりに勧める長男の背後で、お登勢が、すい、と立ち上がる。夫の終（つい）の住処（すみか）なぞには何の興味もないと、その横顔は暗に語っていた。

このときの徳兵衛は、まだ知らなかった。隠居とは上がりではなく、二枚目の双六の始まりであった。一枚目とはまったく景色が違い、手探りで進まねばならない。安穏とは無縁の急坂と深い谷ばかりで、上がりの姿なぞいっこうに見えてこない。

徳兵衛は己でも気づかぬうちに、二枚目の絵双六の賽（さい）をふろうとしていた。

江戸では毎年三月、奉公人の出替りが行われる。

嶋屋では今年、女中が三人と下男がひとり、出替りで顔ぶれが変わった。

女中や下男の差配は内儀のお登勢の仕事であり、主人の徳兵衛は奥の雇いには直に関わらないものの、やはり慣れぬ者が増えると何かと慌しく、粗相も目につく。

徳兵衛は短気な上に、細かなことが気になる気質だ。毎年この時期になると、どうにも苛々させられて、ついつい小言の数も増える。これに加えて徳兵衛は、三月晦日に隠居を控えていた。すでに二月吉日、七代目を継ぐ長男の吉郎兵衛とともに、親戚一同や大得意らを前に披露目をして、町奉行所にもその旨届けを済ませてある。

万事にきっちりしたい性分だから、この日を境に、表店には一切顔を出すまいと心に決めてもいた。しかしいざ離れるとなると、あれもこれもと後顧の憂いが重なって仕方がない。奉公人たちへの舌鋒も鋭くなる一方で、表も奥も、徳兵衛に追い回されながらあたふたさせられて、ようやく晦日を迎えたときには、当人以上に周囲がやれやれと言いたげな風情だった。

この日ばかりは、徳兵衛もこれまでの来し方をふり返り、感慨深い思いがあふれたが、翌日からはまた忙しくなった。七代目に立った息子ともども、改めて得意先や商売仲間へ挨拶にもまわったが、合間を縫って隠居家探しに奔走した。

何事も、いい加減にはできぬ性分だ。決して人任せにはせず、良い出物があるときくと己で足を運んで、家屋の造作や間取りは言うまでもなく、柱の傷から廊下の染みにいたるまで、ヤモリのように這いつくばって検める。庭の佇まいや家の周りの景観も大事で、果ては近隣に住む者たちの顔ぶれまでもよくよく吟味した。

もちろん、絶えず算盤を弾くことも忘れない。嶋屋からは毎月、十分な隠居代が当てがわれるとはいえ、無駄遣いするつもりはさらさらない。家屋も庭もできるだけ手を入れず、かつ住み良い隠居家を手に入れようとの算段だ。床下の根太が腐っていたり、梁（はり）が傾いていたりといった家はまず論外、改築するには費用がかかり過ぎる。修繕費を極力抑え、小さな傷みにもあれこれと逐一文句をつけて、できる限り買値も抑えた。

それでも理想の隠居家には、なかなかめぐり合わなかった。

巣鴨村を隅から隅まで歩きまわり、となりの西ヶ原（にしがはら）村や滝野川（たきのがわ）村まで足を伸ばした。四月はまたたく間に過ぎて、端午の節句が迫ったその日、ようやく念願が叶（かな）った。

西ヶ原村に近い巣鴨村の外れにあたるが、嶋屋からもそう遠くはない。北東の方角に、うねうねと曲がったあぜ道を歩いて七、八町といったところか。四分の一里にも満たないから、女子供の足でも行き来できる距離だ。

古びた大きな百姓家だが、日本橋の商家が買いとって寮として使っていた。勝手や座敷は、使いやすいよう改築してあって手入れも行き届いている。敷地の裏手には井戸もあった。ひなびた風情ながら、住み心地は良さそうだ。

ひとり住まいには少々大き過ぎるものの、その割に値は高くない。商い上のことでまとまった金が必要になり、急ぎ売りに出したという先方の都合があった。それでも念を入れ、売り手方が信用に足る人物か、そこまで確かめて隠居家として買う決心を固めた。

むろん、急いでいる相手の足許を見て、言い値から一割五分を引かせることは忘れなかった。

今年は四月の末に入梅し、すでに梅雨真っ盛りであったから、引っ越しには少々難儀したものの、荷物もそう多くない。紋付や余分な道具は嶋屋に置いていくつもりであったし、質素倹約を心掛けていただけに着物や手回り品もごくわずかだ。箪笥（たんす）や長持ち、枕屏風（まくらびょうぶ）などは、家と一緒に安く買い取ったから、これも手間いらずで、指物のたぐいは文机（ふづくえ）と小箪笥のみにしたが、鍋釜（なべかま）だの膳（ぜん）だの瀬戸物だのと、台所道具の方が案外かさばった。それでも、荷車を調達するほどでもない。晴れ間を縫って、下男三人が二往復して事足りた。

自身も隠居家に引き移ったその日、徳兵衛はこの上なく満足していた。

朝は、庭を訪れる小鳥のさえずりで目を覚まし、晩は周囲の田畑から響いてくる蛙や虫の声を、枕の友とする。何とも風流で、趣深い毎日だ――。

同じ巣鴨の内でも、町中の商家では決して味わえない。というよりも、鳥のさえずりや蛙の声などに、いちいち耳を傾けたためしなぞついぞなかった。

朝は女中や小僧の足音が目覚まし代わりで、小僧が店先の掃除を終えぬうちに、番頭や手代よりも早く店に出て、帳場に座る。わずかなあいだだが、店でひとりになれる貴重なひと時で、その日の商いの確認や段取りを行うのが常だった。

昼間はもちろん日が落ちても、商家は人の絶えることがない。人声と足音がやむことはなく、寝所に下がっても、徳兵衛の頭の中は商いのことでいっぱいだった。蛙の声だろうが虫の音だろうが、寝入りばなですらつけ入る隙などなかった。

それにくらべれば、何とものどやかで風雅な暮らしだ——。まさに思い描いていたとおりの毎日で、何の不足もない。しかし徳兵衛は、肝心なことを忘れていた。

徳兵衛自身が、風雅とも風流とも無縁のままで、この歳まで過ごしてきたということだ。

「ご隠居さま、今日もお出掛けにならないんですか？」

座敷に顔を出したのは、女中のおわさだった。四十を過ぎた、嶋屋では古参女中のひとりで、いったん深川(ふかがわ)へ嫁に行ったものの、亭主を病で亡くし、子供を連れてふたたび嶋屋で働きはじめた。ちょうど十五年前のことで、五歳であったおわさの息子の善三(ぜんぞう)は、二十歳(はたち)になった。善三も、嶋屋で下男として働いており、この親子が、徳兵衛の世話を言いつかり、ともに隠居家へと移り住んだ。

おわさは苦労が顔に出ない気質らしく、後家の憂いなぞ毛ほどもない。肩や腰は丸っこく頬もふくよかで、からだの割に動作はてきぱきしている。徳兵衛としても気兼ねが要らないし、女中としては申し分ないのだが、年相応に口が達者なところは玉にきずだ。勤めの長さも相まって、徳兵衛にも容赦がない。

「そう家の中に籠(こ)もってばかりおられては、早々に足腰が立たなくなってしまいますよ」

「まあ、気が向いたらな、野歩きでもしてくるさ」

　気のない返事に、小さな関取を思わせる女中はため息をつく。

「釣りはどうされました？　こちらに移られた当初は、よく竿をもってお出掛けになられていましたのに」

「釣りはどうも、性に合わん」

　と、素っ気なく返した。ここに越して、最初に始めたのは釣りであった。中古とはいえなかなかに立派な竿を手に、近くの谷田川に行き、糸を垂らしてみたがさっぱり釣れない。おまけに竿を投げるたびに糸が絡まり苛々させられて、何よりも、ただつくねんと岸辺に座っていることが、せっかちな徳兵衛には耐えられない。

　わずか三日でやめにして、以来、釣竿は納戸で埃をかぶっている。

「でしたらせめて、碁や将棋でもなさっては？　足は使わずとも、頭にはようございましょ？」

「あれもな、なかなかに面倒なのだ。だいたい何十手も先を読むなぞ、商人には向いておらんわ。商売は、その日その日で違う悶着が起こるものだからな。機に臨み変に応じるのが身上だ」

　もっともらしい屁理屈に、おわさが困り顔をする。

「では、長く無沙汰をなさっていた方を、お訪ねしてはいかがです？　ご親類なり昔のお馴染みさまなり、いらっしゃるでしょうに」

痛いところを突かれて、思わずむっとなった。訪ねるような友人も、自分を快く迎えてくれる親族も、誰ひとりとして浮かばない。

「こうして無為を無為に過ごすことこそが、贅の極みというものなのだ。風流を解さぬ者が、要らぬ口を利くでない！」

申し訳ありません、と口では詫びながら、表情は変わらない。理屈で抑え込まれるほどに、中年女はやわではない。

徳兵衛がこの家に移ってから、もうすぐひと月が経つ。たったひと月で、徳兵衛が隠居暮らしに飽いてしまったことを、おわさは気づいているのだった。

「決して無聊（ぶりょう）をかこっているわけではない。ほれ、こうして一句捻（ひね）ろうとしておるのだ」

わざとらしく膝（ひざ）の上に載せた句集を開いてみせたが、古株の女中にはやはりお見通しだ。

俳句も、また舞や三味線などの音曲も、たしなんでいる者は多い。頼めばすぐにでも、句会に加えてもらうなり師匠を紹介してもらうなり容易（たやす）いのだが、徳兵衛にはどうにも敷居が高い。仕事一筋で通してきただけに、たまに誘いを受けても無下に断り、それどころか、趣味道楽に熱中するさまを小馬鹿にさえしてきた。いまになって、こちらから頭を下げるのは、ばつが悪くて仕方がない。この歳から新参として始めたところで、さして上達もせぬだろうし、人に笑われるのが落ちだとの頑なな気持ちも、尻を重くさせる。ひとかどの商家の主人として、内外に示してきた立派な上辺が、崩れることが恐ろしくてならないのだ。

意地だの恥だのはこのさい横に置いといて、一歩を踏み出さなければ何も変わらない。

頭ではわかっているのだが、長年のあいだ、幾度も塗り直してしっかりと造った意固地の壁は、そう簡単に崩れてはくれない。自負やら矜持やら、あるいは偏屈やら建前やらをたっぷりと混ぜ込んだ、堅牢な白漆喰の塀と化していた。あまりに堅固に作り過ぎたために、いまや亀裂はおろか、肝心の出入口すら見つからない。隠居家に越してひと月のあいだ、徳兵衛はただ、その塀の前をうろうろしているばかりであった。

長年仕えてきただけに、おわさも薄々は感づいているようだ。句集程度ではごまかされず、なおも食い下がった。

「今日は曇っておりますが雨の気配はなさそうですし、きつい日差しがないぶん凌ぎやすうございましょう。そろそろ嶋屋に顔を出してはいかがです？　このひと月ほど、一遍もお戻りになってはおりませんし」

どうしてこう、この女中は、いちいち癇に障ることをわざわざ口にするのか。

さして遠くはない距離なのに、徳兵衛は一度も嶋屋に足を向けず、また嶋屋からも身内は誰も訪ねては来なかった。

「ふん、向こうから機嫌伺いに来るのが、筋であろう」

「それは無理でございますよ、ご隠居さま。気楽なひとり暮らしの邪魔をするな。この先三月は、ようす窺いなど無用だと、ご隠居さまが仰ったんですから」

「言われんでも、わかっておるわ！」

女中を叱りつけ、念のために釘をさす。

「よいか、くれぐれもお登勢や吉郎兵衛に、よけいな差出口を利くでないぞ。何事もじっくりと腰を据えてかかるのが、わしの性分であることは、おまえも知っておろう。せっかくの隠居暮らしを、いかに価値あるものにすべきか、つれづれ思いあぐねているだけよ。なにせ人の一生は、死に際に決まるというからな。迂闊な老い先を送っては、死んでも死に切れぬというもので……」

この辺になると、おわさはろくにきいていない。顔にはあからさまにそう書いてあり、いい加減のところで腰を上げる。徳兵衛のこの手の長広舌は、いつものことだからだ。

「よけいな差出口を叩いて、申し訳ございませんでした」

皮肉にしかきこえぬ詫びを述べ、重たいからだをもち上げた。腰回りの肉相応に、ふてぶてしさも身につけているが、あえての忠告は、主人の身を案じてのことだろう。

なにせ、おわさより他には、話し相手をしてくれる者さえいない。おわさの倅の善三は、働き者だが無口な男で、互いの気を引きそうな話題など到底浮かばない。

おわさがいなくなると、急に静かになる。この広過ぎる隠居家に、ひとりぽつんととり残されたようで、年甲斐もなく心細さが募ってくる。

いまこのときも、嶋屋の表店は活気にあふれていることだろう。

主人となって日の浅い吉郎兵衛は、額に汗やら青筋やらを浮かべながらも必死に頑張っているだろうし、番頭や手代らは帳面を片手に指図をとばし、小僧は無闇に走り回り、人足たちの掛け声とともに、生糸や綿糸を積んだ荷車が店を出立する。

　ついこの前まで、その中心にいたのは自分だった。嶋屋の頂きで武将よろしく采配(さいはい)をふり、誰も彼もが仰ぎ見ていたのは六代目であったのに、いまは誰ひとりとして顧みない。

　寂しいというよりも、一種不思議な感覚だった。

　自分がいなくとも、世間は何ら困ることはない。嶋屋の商売は滞りなくまわり、夫や父親がいなくとも、家族は別に頓着しない。むしろ口うるさい目付役が失せて、清々しているのかもしれない。自分という存在が、急に不確かなものに思えてきて、同時に、これまで生きてきた六十年の年月さえもが色褪(いろあ)せて、甲斐のないものに見えてくる。

　嶋屋にいたころは、道で行き交う者たちからはていねいに頭を下げられて、多少のとっつきにくさはあっても、世間からは概(おおむ)ね大事にあつかわれてきた。

　しかしそれは、あくまで嶋屋の主人という立場への礼儀であり、そこから退いた徳兵衛自身には、人を引きつける力なぞどこにもない。

　徳兵衛が長い人生で培って身につけた鎧(よろい)は、張り子のように頼りないものだった。一枚一枚、ていねいに糊付(のりづ)けしながら重ねてきたが、張り子は所詮(しょせん)、紙でしかない。風のひと吹きでカタカタと鳴り、雨に当たればたちまち崩れる。

　徳兵衛が噛(か)みしめているのは、生まれて初めて味わう孤独感であることに、徳兵衛自身、まだ気づいていなかった。

「いっそ、色街にでも出掛けて、若い女子でも見繕ってみるか……」

ついそんな呟きが口を突いたが、言ってみただけである。

色街は、句会や音曲以上に敷居が高い。若い時分には、人に誘われていく度か足を運び、旦那衆のつき合いで茶屋に上がる機会もあった。しかしそれも数えるほどで、どうにも馴染みが薄く、はっきり言えば苦手なのだ。薄暗く猥雑な店の雰囲気も、遣手婆の厚かましさや守銭奴ぶりも、金で女を買うという後ろ暗さも――何よりも女そのものが、徳兵衛は苦手だった。

唯一の馴染みである妻のお登勢ですら、未だに正体が掴めぬようなありさまだ。ましてや玄人女となると、異人ほどにも得体が知れない。目を見張るほどの美人や、惑うほどになまめかしい女も中にはいたが、そういう相手にはかえって怖気づいた。

堅実で、疑り深い。生来の徳兵衛の性質が、歯止めをかけ邪魔をした。

騙されてはいけない、足をすくわれたりするものか。この笑顔もおべんちゃらも、玄人女の手練手管に過ぎない。女は博奕以上にたちが悪い。油断をすれば身ぐるみ剝がされ、嶋屋の身代にさえ傷をつける――。まるで針をもった団子虫のごとく、絶えず用心を解かないのだから、女と遊んでも楽しいはずがない。徳兵衛にとって色街は、肩の凝る場所でしかなく、ただでさえ重くなった腰が動こうはずもなかった。

はあぁ、と声に出して大きなため息をこぼしたときだった。

ふと、視線を感じて、顔をそちらに向けた。

襖の陰から覗いていたものが、ネズミのようにぴゅっと引っ込む。

見間違いだろうか？　影が隠れた辺りに、なおもじっと目を凝らすと、そろおりと頭の先が出て、ちょうど襖の丸い引手の辺りに片目が覗いた。

頭の天辺に髪を結わえた、いわゆる芥子坊に、伸ばしはじめたばかりの前髪はまだ短い。

思いもかけなかった来訪者に驚いて、つい大きな声が出た。

「千代太か！　千代太ではないか！」

声に驚いたのか、また芥子坊頭が、ぴゅっと襖の向こうに消える。徳兵衛は調子を変えて、できるだけ優しく声をかけた。

「隠れんでもよいぞ。遊びに来てくれたのだろう？　母さんと一緒に来たのか？」

三度目に覗いた小さな顔から、小さな声が返る。

「……姉やの、おきのと」

「そうかそうか、よう来たな。ささ、そんなところにおらんで、こっちに来て顔を見せなさい」

孫の、千代太だった。吉郎兵衛とお園夫婦の長男で、歳は八歳。いずれは嶋屋の八代目となる、大事な跡継ぎでもある。

満面の笑みで手招きしたが、千代太はやはり襖に張りついてもじもじしている。

「おじいさま、怒ってない？」

「怒るだと？　いったい何を？」

「父さまがね、おじいさまのお邪魔になるから、ここに来てはいけないって……だから母さまにお願いして、おきのに連れてきてもらったの。けど、おじいさま、怒ってる？」

懸命な孫の言い訳に、徳兵衛の顔に、久方ぶりな深い笑みが立ち上った。

「怒ってなぞいるものか。じじも千代太に会えて嬉しいぞ」

ほんと？　と用心深く確かめる孫に大きくうなずいて、千代太の顔がようやくほころんだ。襖から姿を現して、勧められるまま、祖父のとなりにちょこんと座る。

「そうか、千代太は言いつけを守って、ここに顔を見せにこなかったのか」

「いつ来てもいいのってきいたら、もっとずーっと先で、両手の指で足りないくらい先のことだって。そんなに待てないから、母さまに頼んだんだ」

身内の中で、誰よりも自分を惜しんでくれたのは、この孫だったのかもしれない。

それは心地よく胸の中に満ちていき、さっきまで感じていたやるせなさが、潮が引くように遠のいていく。芥子坊主の形に結った孫の頭を撫でて、目を細めた。

千代太は少しびっくりした顔で、祖父を仰ぐ。

「おじいさま、どうしたの？」

「どうしたとは、何がだ？」

「うちにいたころとは、どこか違うから……おじいさまはいつも忙しそうで、千代太やお松とは、同じ家にいても会う暇がなかったから……」

千代太の言葉は、思いがけず胸を衝いた。ちょうど先が丸くやわらかな、そのくせ妙に重い槍が、胸に当たったような気がした。

「そうか……そうだったな。店にいたころは、いつも慌しくしていたからな。こんなふうに、千代太や松とゆるりと過ごす暇なぞ、ついぞなかったな」

頭を撫でただけで、千代太は驚いた。それは祖父との交わりの薄さを物語っている。

昼間はもちろん、夜も遅くまで店に詰めきりで、奥に戻ったころには孫たちは寝間に下がっている。唯一、顔を合わせるのは、三度の食事時くらいだが、ろくにものも言わず大急ぎで飯をかっこんで、誰より早く席を立つのは徳兵衛だった。

千代太は、男の子のわりには言葉が早く、身内や使用人の別なく物怖じせずに話しかける。四、五歳くらいのころは、食事の最中やたまたま廊下で出くわした折などに嬉しそうに話しかけてきたのだが、徳兵衛の頭の中は、常に商いのことでいっぱいだった。祖父に声をかけても、いまは忙しいから後でな、といなされる。余裕があるときですらその調子で、機嫌が悪ければ邪険にあしらわれたり、うるさい！　と怒鳴りつけたことすらある。

あのときのことは、さすがに徳兵衛もよく覚えている。千代太の目に、たちまち飴玉ほどの涙が盛り上がり、うえええ、と泣き出したからだ。母親のお園が慌てて駆けつけてきたが、それでも千代太は泣き止まない。

「男のくせにそんな泣き虫では、先が思いやられる。少し甘やかし過ぎじゃあないのかね？」

子供を泣かせた罪悪感からよけいに腹が立ち、嫁にも小言をふらせた。お園もまた箱入り娘なだけに、叱られるのには慣れていない。嫁までもが目をうるませて、ますます立場が悪くなった。あのときは、どう始末をつけたのだったか――？

思い返すと、素っ気ない顔が浮かんだ。ああ、そうだ。あの場をとりなしてくれたのは、妻のお登勢だった。

「千代太の好きな、『扇屋』の玉子焼きが届きましたよ。あちらで一緒にいただきましょう」

玉子焼きは、王子権現の名物とされ、門前に並ぶいくつかの料亭では看板としていた。ことに『扇屋』は有名で、落語『王子の狐』にもその名が出てくる。甘く、出汁がきいた分厚い玉子焼きは、料亭の料理のひと皿として供されるが、評判を呼んでいるだけに土産としても喜ばれた。卵や砂糖が高価なだけに、かなり値の張る土産物で、徳兵衛にはまず無縁な代物なのだが、熱心に王子権現に詣でる近所の商家から、時折届けられる。

千代太はこの玉子焼きが大好物だった。効果はてきめんで、飴玉のような涙は止まり、祖母と母とともに機嫌よく奥の座敷へと帰っていった。徳兵衛にとってもやれやれで、いつもはすげなく映る妻の面相も、あのときばかりは有難く思えた。

お登勢は、そういう女だ。実に間合いよく、そつなく騒ぎを収める腕がある。ほんの少しでも愛想を添えれば十倍にも有難さが増すだろうに、そこだけは考えがおよばぬようだ。

千代太はまだ頑是ないころだったから、覚えてはいまい。同時に、祖父にことさら可愛がられたという記憶も、やはりないに等しいはずだ。

初孫で、しかも男の子であったから、産まれたときには徳兵衛もたいそう喜んだ。生後四月でお食い初めを、年が明けて初正月を迎えた折にも、孫の無事な成長を神仏に感謝した。決して情がないわけではなく、単に孫と戯れるような暇に恵まれなかっただけだ。

内心でそう言い訳したが、ちょっと意外そうに、じっとこちらを見上げる眼差(まなざ)しにぶつかると、どうにも具合が悪い。まぎらすように、徳兵衛は千代太にたずねた。

「そういえば、お松は達者にしているか?」

「うん、最近ね、色々としゃべるようになったんだよ」

「まさか、お松はまだ赤ん坊だ。さすがに言葉は出んだろう」

お松は千代太の妹で、二歳になった。とはいえ満年齢にすれば一歳と三月ほどだから、ようやく歩き始めた頃合だ。

「そんなことないよ。母さまと坊と乳母やと、それにおばあさまの顔は覚えていて、名を呼ぶと、ちゃんとあーとかうーとか返してくれるよ」

己のことは、坊とか千代太とか呼んでおり、また祖父母や両親にさまをつけるのは、育ちのいい母親の影響だろう。五歳になるころまでは、千代太にも乳母がつけられていたが、いまは姉やのおきのが面倒を見ている。

役にも立たない会話は、時の無駄遣いにしかならんと、店にいたころは何よりも厭うていたが、孫と交わす他愛ないやりとりは、ことのほか気持ちを和らげてくれる。その気のゆるみが伝わったのか、最初の緊張が解けて、千代太も無邪気な顔で嶋屋の内のあれこれを祖父に語る。

「お松はね、このひと月で急に足が達者になって、ひとりでとことこ行ってしまうんだ。この前は乳母やがちょっと目を放した隙に縁側にまで出ちまって、危うく頭からころげそうになったんだよ。見つけたのは母さまで、すんごい悲鳴をあげたものだから、お松がびっくりしてよろけたんだ。母さまは乳母やを叱っていたけれど、お松を驚かせた母さまも悪いよね？」

とめどない話ながらも、長く遠ざかっていた身内や店の近況が知れて、安堵を誘った。

「……でね、父さまは、そろそろ千代太にも商いを仕込まねばならないなって、そう言ってたくせに、後になってから、やっぱり先に延ばそうって。いまは己に商いを仕込むのに精一杯で、とても坊にまで手がまわらないんだって。坊もいまは手習いだけで一杯だから、ちょうどよかったけれどね」

嶋屋の主人となって四苦八苦する長男の姿が目に浮かんだが、子供の口を通してきく

と、何やら微笑ましい。めずらしく途中で口を挟むことをせず、うんうんと相槌を打つ（あいづち）

に留めていたから、千代太の舌はいつにも増して滑らかだったが、一度だけ途切れたことがあった。話の流れから、徳兵衛がふと思いついて、手習いについてたずねたときだ。

「そういえば、手習いはどうだ？　進んでおるのか？」

　ふいに口をつぐみ、下を向く。わかりやすい、困り顔だった。

　商い事については、否も応もなく叩き込まれたものの、徳兵衛も手習いはむしろ苦手で、決して自慢できる出来ではなかった。

「まあ、手習いは、誰しも楽しいものではないしな。それよりも、たしか母さまが、メジロを飼うとか言っていたな。あれはどうなった？」

　思い出し、さりげなく話題を変えた。そんな気遣いが功を奏したのか、帰り際になると、千代太はにこにこしながら祖父にたずねた。

「おじいさま、明日もここに来てもいい？」

「ほう、明日も来てくれるのか！　もちろん、大歓迎だとも」

　孫の来訪は、何よりの無聊の慰めとなろう。徳兵衛も、喜んで応じた。

　約束どおり翌日も、千代太は姉やに連れられて、村外れにある隠居家にやってきた。

　そして次の日も、また次の日も――。

　徳兵衛にとって、何よりの当ての外れは、孫の千代太であった。

二 悪癖

千代太が隠居家に通うようになって四日経ち、五日目のことだった。

いつものように徳兵衛の居間に顔を出した千代太は、いつも以上ににこにこしている。

「どうした、千代太、何かいいことでもあったのか？」

「今日はね、おじいさまにお土産があるんだ」

「ほう、土産か、それは嬉しいな。いったい、何かな？」

いかにも楽しみなようすを繕いながら、品については期待していなかった。子供のくれるものといえば、大方がつまらぬものと相場が決まっている。きれいな小石、蝉の抜け殻、道で干涸びたイモリの死骸――男の子であれば、その辺りだろう。正直、虫やイモリは勘弁だが、何を出されても有難く受けとるのが大人の務めだ。徳兵衛は殊勝にも、そのように腹を決めたが、千代太の土産は、考えのはるか上を行っていた。

「こっちにいるから、おじいさまも来て」

祖父の手を引っ張るようにして廊下に連れ出す。はて、と徳兵衛は首をひねった。いるということは、人であろうか？　嶋屋の誰かを連れてきたか？　息子夫婦や赤ん坊の孫娘ならともかく、妻のお登勢なら少々気詰まりだ。まあ、今日くらいは孫の顔を立てて、愛想よくしておくか。あれこれ考えているうちに、囲炉裏の間に着いた。

　元が百姓家であるだけに、入口に広い土間があり、左手の一段高い場所に、囲炉裏を切った八畳ほどの板間がしつらえられていた。ここはほとんど、おわさと善三親子の居間として使われる。水仕事にも薪割(まきわり)にも、近くて都合がいいからだ。土間の右手を奥に進むと、そのまま台所に繋(つな)がって、煮炊きのための竈(かまど)が三つも並んでいた。突き当たりが裏口で外には井戸がある。

「ほら、おじいさま、見て！　可愛いでしょう」

　千代太は満面の笑みで、囲炉裏の間の向こう側、土間を指さした。

　孫の示す先には、痩(や)せて小汚い犬が一匹、ちんまりと座り尻尾(しっぽ)を振っていた。

「……千代太、土産というのはもしや、その野良犬か？」

　あんぐりと口を開け、しばし声すら出ない。ようやくものが言えるようになると、喘(あえ)ぐように徳兵衛はたずねた。

「うん、そうだよ。おじいさまはひとりで退屈しているとおわさにきいたから。犬がいたら、一緒に野歩きしたり遊んだりして楽しいでしょう？」

　――おわさときたら、よけいなことを。頭に浮かんだ小太りの女中に向かって苦々しげに吐き出しながら、いまはその不在が恨めしかった。おわさは昼餉(ひるげ)を過ぎたいま時分、巣鴨町にある湯屋に出掛けるのが日課であった。

口達者な女中なら、きっとうまい言い訳をひねり出してくれただろうが、祖父を喜ばせようと瞳を輝かせる孫に向かって、本当のことなどとても言えない。

徳兵衛は、犬猫のたぐいが大嫌いなのだ。ましてやこんな小汚い野良犬など、触ることすらまっぴらだ。仔犬から成犬になりたてくらいか、さほど大きくはないものの、とにかく汚い。もとは白い毛並みのようだが、全身に泥と埃をまとい、ぼろ雑巾ほどに哀れな姿だった。

「どうしたの、おじいさま？」

「え？　あー、いや……どこの犬かと思ってな」

「ここへ来る途中で、見つけたの。腹が減っているみたいで、ずうっとついてきて、頭を撫でてやったら尻尾を振るんだ。あ、そうだ。餌をあげてもいいでしょう、おじいさま？」

「それは駄目だ！」

餌を与えれば居着いてしまう。つい声を荒げたが、千代太は思う以上にびくりと身を震わせ、たちまち不安げな表情になる。

「ひょっとして、おじいさま、この犬が気に入らない？」

「いや、決してそういうわけではなく……何というか、そのありさまでは、飯より風呂が先ではないかと……」

我ながら何を言っているのかと頭を抱えたくなる。それでも効果はてきめんだった。

「あ、そうだね！　ちょっと汚れてるけど、洗えばきれいになるよ。待ってて、いま井戸で洗ってくるから。おーい、善三！　善三も手伝って」

何を言う暇もなく、千代太は土間を突っ切って裏口へと抜け、犬も大喜びでついていく。どっとため息をつき、囲炉裏端にへたり込んだ。

と、戸口から、息を切らせて女が駆け込んできた。おわさではなく、若い娘だ。

「あ、ご隠居さま。あのう、坊ちゃまはいらしてますか？」

「ああ、来ているぞ。小汚い犬と一緒にな」

「よかった！　犬と一緒に走っていってしまわれて、あたしではとても追いつかなくて」

千代太の世話役を任されている、女中のおきのだった。孫にぶつけられぬ鬱憤を、徳兵衛は女中に向かって投げつけた。

「おまえは子守りすら満足にできないのか。たとえ一時でも、目を離すとは何事か！　千代太に万一のことがあったらどうする」

「……申し訳ありません」

「だいたい野良犬を近づけるとは、不用心が過ぎる。悪い病が移るやもしれぬし、噛まれでもしたら一大事なのだぞ」

「ですが……坊ちゃまはことさら犬や猫がお好きで。道端で見かけると、必ず嬉しそうに声をかけるのが常で」

「それを大人の分別で、止めるのがおまえの役目ではないか。いちいち言われずとも察せぬか。まったく、いつまで経っても使えない……」

腹が立つと、つい説教が長くなる。徳兵衛の悪い癖だが、さすがに言い過ぎたと気がついた。おきのは両手で前掛けをきつく握りしめ、うつむいた顔はいまにも泣き出しそうだ。

まだ十五の娘なのだから、大人の分別なぞつきようもない。無闇に叱りつけたのも八つ当たりだと気づいたが、もともと徳兵衛は、この娘をあまり気に入っていなかった。田舎娘だけに垢抜けないのは仕方がないとして、決して気働きのよい娘ではない。おきのに用を言いつけるたびに苛々させられるのが常だった。

おきのは二年前に、上州桐生から嶋屋に奉公に入った。生糸の仕入れで関わりが深いだけに、小僧や若い女中を雇うことはままあって、嶋屋の内では上州者はめずらしくない。しかし妻のお登勢が、おきのを千代太の世話役につけると言い出したときには正直驚いた。

奥の仔細には疎くとも、使用人の善し悪しくらいは徳兵衛にもわかる。おきのは動きが鈍く愛想にも欠ける。女中としては外れだと思っていただけに、意外に思えた。

「たしかに、おきのは目端の利く娘ではありません。ですがそのぶん気が長く、子供のしつこさにつき合ってやる辛抱強さがあります。家が子だくさんで幼い弟妹の面倒を見ていただけに、子供好きであつかいも慣れていますし、世話役としては申し分ありません」

奥の仕切りには、まず口出ししない徳兵衛だが、少々心配になってめずらしく妻に意見した。しかしお登勢は自信たっぷりにそう説いて、実際、おきのは千代太の傍に絶えず影のようにつき従って、千代太もこの姉やにはしごく懐いていた。

「あ、おきの！　見て！　洗ってやったらこんなに白くなったよ。可愛いでしょ」

肝心の話をする前に千代太が戻ってきて、嬉しそうに犬を見せる。たしかに泥は落ちたものの、毛が濡れたぶんやせ細り、ますます貧相さが増しただけだった。

「坊と同じで、風呂は嫌いみたいでね。逃げようとしたけれど、善三が押さえてくれて、坊が洗ってあげたんだ。毛が乾いたらふんわりして、もっと男前になるよって善三が。こいつはね、雄なんだって。名は何てつけようか？　おきのも一緒に考えてね」

これほど嬉しそうな孫の笑顔に、水を差すような真似はそれこそできない。たったいま叱られたばかりで、おきのもどう応えていいのかわからないのだろう。判断を仰ぐように、戸惑い顔をこちらに向ける。

とうとう負けて、仏頂面のまま女中に告げた。

「おきの、台所に残り飯くらいあるだろう。何かそいつのために見繕ってやりなさい」

たかが犬一匹――。世話は善三に任せれば、たいした面倒もあるまい。

しかし事は、というか千代太の悪癖は、犬一匹では済まなかった。千代太が猫を抱えてきたのは、わずか二日後のことだった。

「おじいさまは、犬はお好きだけれど……猫は嫌いなの？」

いかにも悲しそうに、短い眉毛を八の字に下げる。

「いや、好き嫌いがどうこうではなく、そう無闇に拾ってくるものではないと……」

「でも、この子たち、こおんな小さいんだよ。まだ子供だよ。放っておいたら、きっと死んじまうよ！」

あぜ道の窪みで、固まってミーミー泣いていたと、おきのがぼそぼそと言い添える。

陽気のいい時期とはいえ、今日は雨もよいで少し肌寒い。身を寄せ合って震えている仔猫を見過ごしにはできなかったようだ。

「しかし、それにしても三匹とは……」

二日前の犬の一件だけでも、あの後帰ってきた古参女中に存分に呆れられた。おわさもまた、徳兵衛の獣嫌いはよく承知しているからだ。

「ご隠居さまが、まあ、犬をお飼いになられるなんて……今年の夏は、雪が降るかもしれませんね」

「うるさいわ。だいたいおまえがいつまでも油を売って、湯屋から戻らぬからこんな始末に」

主と同様に、使用人親子もまた暇をもて余している。何十人もひしめいている嶋屋にくらべれば、仕事はほんのわずかで、おわさがまめに主に忠言するのも暇故だ。

善三は時々、表店の荷運びなどに駆り出されるが、おわさはもっぱらおしゃべりに精を出している。相手は巣鴨町の湯屋で馴染みとなった、他家の女中たちだときいていた。

　これまではとやこう言うつもりはなかったが、当てつけがましく嫌味をぶつけた。

「犬がお嫌いだと、はっきり申せばよろしかったでしょうに」

「千代太はわしのために、心を尽くしてくれたのだぞ。無下になぞできるものか」

「本当にご隠居さまのためであれば、よろしいのですがね」

「何だ、おわさ。何が言いたい？」

「ご隠居さまはご存知ないでしょうけれど、犬猫を拾ってくるのは、いわば坊ちゃまの悪癖でしてね。旦那さまからやめるようにと再三達せられても治らなくて」

「悪癖、だと？　それじゃあ、千代太が犬を拾ってきたのは、あれが初めてではないのか？」

「それはもう飽きるほど、拾ってこられますよ。とはいえ獣は嶋屋の商いに障りますからね」

　白い綿糸や生糸に、犬の毛なぞ交じっては信用に関わるし、猫がじゃれついても大変なことになる。その辺りをこんこんと父親は説くのだが、また半月もせぬうちに犬猫をもち帰ってくるという。

「あの子はそんなに、生き物が好きなのか」

「虫はお嫌いのようですがね。もっとお小さい頃は、蠅ですら怯えて逃げ回っておりましたから。男の子が好きな、蛙やイモリもやはり苦手なごようすで……そうそう、虫で唯一好きなのが、芋虫だとききました」

「……どうしてよりによって、芋虫なんぞ」

「ゆっくり歩くのが健気(けなげ)だと、前に仰(おっしゃ)ってましたねえ。見ていて飽きないそうにございますよ」

我が孫ながら、大丈夫かと心配になってくる。

「同じ理由で、亀もお好きで。一度、亀を拾ってきたことも。あとは珍しいところで、鳥の雛(ひな)とか……ただ、それが鳥の雛でしてね。もっともちょくちょく拾ってくるのは、やはり犬と猫ですが。野良を見ると、どうにも放っておけないみたいで」

きけばきくほど、頭が痛くなってくる。そして頼りのおわさは、今日もいない。自分が踏ん張るより他になく、徳兵衛はあえて頬を引き締め、怖い顔を作った。

「千代太、猫はいかん」

「犬はいいのに、どうして猫は駄目なの？　やっぱり猫が嫌いなの？」

「好き嫌いの話ではないと言っておろうが。この前あの犬を拾ってきたばかりだ。そう無闇に拾っても、世話はできんぞ」

「善三は大丈夫だと、言ってくれたよ。犬も猫も大好きだって」

「だから、そういうことではなくてだな」

「どういうことなの？」

子供に理屈を説くほど難儀なことはない。こんな問答を続けていると、それこそ糸の玉でも詰めたように、頭がこんがらがってくる。ため息をつき、徳兵衛は板間の縁（へり）に腰を下ろした。ここは祖父として、じっくりと孫に当たらねばと腹を決めたのだ。

「いいか、千代太、そう無造作に生き物を拾ってきてはいかんのだ。おまえはこれまでも、たびたび本家に連れてきては咎（とが）められていたそうだな」

「うん、商い物を傷めるから、いけないって」

「なのに、どうしてそれを守れぬのだ？」

「だって、可哀そうだもの！　そのままにしておくと、死んでしまうんだよ。見て見ぬふりなぞできないよ」

「しかしな、よう考えてみい。野良犬も野良猫も、町にあふれているのだぞ。すべてを助けることなぞ、できはしまい。千代太が一匹、二匹救ったところで、腹をすかした犬猫の数は変わらぬぞ」

「一匹でも二匹でも、坊は助けたい……だって、見つけちまったら、出会っちまったら、捨て置くことなんてできないよ！」

「野良は案外たくましいものだ。おまえが思うほど、そうやすやすとのたれ死んだりは……」

「クロは、死んじまったもの！」

千代太の口許（くちもと）がみるみるゆがみ、丸い目からたちまち涙がこぼれる。

「これ、千代太、男の子がそうすぐに泣くものではないわ」

やってしまったか――内心でおろおろしながらも、孫の脇にいる若い女中の手前もあり、精一杯しかつめ顔を保つ。

「坊が構ってやらないと……きっとクロみたいに死んじまうんだ……あんな可哀そうなことにさせちまうんだ」

要領を得ず、徳兵衛は困り顔を女中に向ける。遠慮がちに、おきのがこたえた。

「クロというのは、坊ちゃまがだいぶ前に拾ってこられた黒い仔犬です。真冬で、寒そうに凍えていましたが、店には置けないと叱られて、小僧さんが拾った場所まで戻しに行きました。ですが道を覚えていたのでしょう。次の日の朝、店の前で冷たくなっていました」

千代太は泣きながら、自分を責めた。それが心の傷となり、同様の犬猫を見ると一種の強迫観念に駆られるようだ。

仔細は呑み込めたものの、徳兵衛はますます窮地に立たされた。

「おじいさま、お願い！　猫をここに置いてあげて！　ここならお店の糸に悪戯する心配もないし、ご飯なら坊のぶんを分けてあげるから、お願い、おじいさま」

孫のお願い尽くしは、ある意味たちが悪い。祖父母であれば、たいがいは折れてしまうだろうが、あいにくと徳兵衛は情で動く人間ではなかった。

犬なら外で飼えようが、猫はそうもいかない。我が物顔に家中をうろつきまわり、障子や襖紙をバリバリに引き裂き、張り替えたばかりの青畳の上で爪とぎをはじめるに違いない。嫌いな徳兵衛にとっては百足百匹と同居しているに等しく、顔の上をまたがれでもしたらと思うと、おちおち昼寝もできない。

やはり、猫はあり得ない――。先々を正確に見通す徳兵衛の算盤は、そのこたえを弾き出した。

「千代太、その猫は、もとの場所に返してきなさい」

三匹の仔猫を抱えたまま、千代太の肩がしゅんと落ちる。子供というのは本当に、からだ中で気持ちを表す。笑えば腹を抱え、怒れば地団太を踏み、悲しければ声をあげて泣く。

千代太もまた、自分がどれほど気落ちしているか、わかってくれと言わんばかりだ。がっかりをからだで演じているような、あからさまな落胆は微笑ましくすらある。つい心が和み、徳兵衛は調子を変えて孫に言った。

「千代太、おまえが生き物を大事にせんとするのは、決して悪いことではない。仏門で敬われる、立派でやさしい心根だ。放生会は知っておるか？」

うつむいたまま、千代太はうなずいた。

「……亀を買って、お池に放した」

「さよう。無益な殺生を戒め、生き物を大切にせよという仏さまの教えだ」

放生会は、毎年陰暦八月十五日に行われる。この日は町中で小鳥や亀などの生類が売られ、これを買い、山野や池に放つしきたりだった。

「とはいえ、何事にも程というものがある。百年以上も前になるが、御上から、生き物を殺してはならんとの触れが出た。犬猫や牛馬はもちろん、魚や鰻もいかんとされてな、あの御代に生まれていたら、千代太の好きな玉子焼きも食えなかったぞ」

「え、玉子焼きも？」

『生類憐みの令』を引き合いに出して、さよう、と徳兵衛はうなずいた。

「町内で野良犬一匹死んだだけでも、罰せられたというからな、人よりもお犬さまの方が大事にされた。犬小屋を作るために、住人が無理やり立ち退きをさせられたり、鳥を仕留めた役人が切腹に至ったことすらあるそうだ。過ぎたるは猶及ばざるが如しというが、何事も度が過ぎてはいかんということだ。わかるか、千代太」

「うん……玉子焼きは、食べたいよね」

神妙な顔で千代太がうなずく。我ながら、うまい言い訳が浮かんだものだと、徳兵衛は内心でにんまりした。あとはどうやって、孫の悪癖に話をもっていくか、そこが思案のしどころだ。

「千代太は、腹をすかせた犬猫をすべて、救いたいと思うているのだろう？　昔の将軍さまも、きっと同じようにやさしいお人柄だったのだろう。すべての生類を救わんとして、それだけの力もお持ちだった」

しかし御上の強大な権力を注ぎ込んですら、すべての生き物を救うことは敵わなかった。そこには、肝心の人の暮らしが抜けていたからだ。五代将軍綱吉は、決して人をないがしろにしたわけではない。『生類憐みの令』の本来の目的は、人を救うことにあったからだ。ことに子供や年寄り、病人といった、いわゆる弱い者の保護がその大本にあった。御上の目が隅々まで行き届き、直接彼らに手を差し伸べることができればよいが、なかなかそうはいかない。弱者とは、社会の底辺に埋もれて、上からでは目につきにくい。だからこそ親類や隣近所で気を配り、助け合っていくようにと、それが本当の『生類憐み』の趣旨であった。

天下の悪法と蔑まれ、非難の的になったのは、やはり政策が行き過ぎたためである。己の生活がかつかつでは、他所を気遣う余裕もなく、生類を憐れむくらいなら、自分たちの暮らしを何とかしてほしい——。

世情に通じた為政者なら、この辺りで法を廃するなり条文を変えるなりしただろうが、綱吉はあまりに潔癖過ぎ、そしてしつこかった。くり返し生類に関する触れを出し続け、その数は百数十を数えた。いい加減にしてくれというのが、下々の本音であったろう。

政治に関わる仔細は省いたが、とにかく天下の将軍さまですら、すべての生類を救うことなどできなかったと、その点だけは力説した。

「千代太はまだ子供であろう？　子供のおまえが世話できるのは、犬一匹がせいぜいだ。この上に猫三匹は、分不相応というもの。わかったな、千代太」

「じゃあ、この猫たちは、どうなるの？」

「それはだな……」

子供というのは、どうしてこうもひとつ処に固執するのか。これでは堂々巡りである。

ううむ、と思わず唸ったが、幸い助け船が出された。

「坊ちゃん、もしかすると、いまごろそいつらの母猫が、いなくなった子供たちを探しあぐねているかもしれやせんよ」

え、と猫を大事に抱えたまま、千代太がふり返る。裏口に佇んでいたのは、善三だった。

「置き去りにしたわけでなく、ちょっと餌を獲りにいっただけかもしれない。ちょうどその折に、坊ちゃんが通りかかったということもあり得やす」

「どうしよう……お母さんに黙って、連れてきちまったのかな……」

「よかったら、あっしが元の場所に返してきやすよ」

「でも、お母さんが戻ってこなかったら？」

「二、三日ようすを見て、母猫が姿を現さぬようなら、また引き取り先でも考えやしょう。そのあいだは、あっしが餌を与えておきやす」

「そうしていただけると、助かります！」

千代太の横で、おきのが有難そうに手を合わせた。知恵を絞った徳兵衛の説諭は功を奏さず、結局は下男の機転に助けられた恰好だ。少々気が収まらず、善三に耳打ちする。

「引き取り手などと、そんな安請け合いをして、本当に大丈夫なのか？」

「猫は鼠取りに重宝されやすから。食い物屋や反物屋を当たれば、何とかなるでしょう」

若い善三の邪気のない返しすら、皮肉にきこえる。実を言えば、お店にとっての何よりの天敵は鼠である。衣類や寝具に関わる反物屋や織物屋、布団屋などはことに深刻で、糸屋もまた例外ではない。しかし嶋屋では、ついぞ猫の姿を見かけたことがない。祖父の頃には二匹ほどいたそうだが、父と徳兵衛がとかく毛嫌いしていたからだ。

『鼠なら、石見銀山鼠取りがあるではないか。獣なぞに頼る理屈がどこにある』というのが父の口癖で、徳兵衛も同じ台詞をくり返した。

千代太が拾ってきた犬を拒まれたのも、たぶん同じ理由だ。主人がそこまで嫌いでは諦めさせるより他にない。余計な不興を買ってはいけないと、徳兵衛の耳にもあえて入れなかったのだろう。ある意味、黒い犬が死んだのは、徳兵衛のせいとも言える。

その事実を、善三にあてこすられでもしたようで、考えすぎとはわかっていても、チクリと刺さったのだ。善三が仔猫を受けとって、戸口から出ていく。千代太も追うように敷居をまたぎ、名残惜しそうにその背中をいつまでも見送っている。

「さ、坊ちゃま、中に入りましょ。霧雨とはいえ、濡れてはおからだに障ります」

「猫も雨に濡れたら、やっぱり寒いよね？　大丈夫かな、風邪引かないかな……」

「きっと善三さんが、雨を凌げる場所を、見つけてくださいますよ」

おきのは懸命に元気づけたが、仔猫の先行きを案じる千代太の表情は、今日の空と同じに、どんよりと曇っている。慰めの言葉をかけてやればよいのだろうが、そんな器用さはもち合わせておらず、罪の意識から逃れるように、かえって説教じみた口調になった。

「よいか、千代太。今後は犬だの猫だのに、無闇に情けをかけてはならん」

「でも、おじいさま……」

「わかったな？」

うつむいたまま、千代太は何もこたえない。わずかに下唇を突き出しているのは、精一杯の抗いの姿勢なのだろう。虫や蛙にすら怯えるほど弱虫で泣き虫な孫のどこに、こんな頑迷さが潜んでいるのか。いったい誰に似たのだろうと、徳兵衛は内心でため息をつき、口調を変えた。

「千代太、おまえは難儀している小さきものを、見過ごしにはできぬのだろう？」

こっくりと、重そうに頭をうなずかせる。

「おまえの気持ちは、決して悪いことではない。だがな、どうせなら犬猫ではなく、人のために使ってみてはどうだ？」

「人のため……？」

そうだ、と孫の頭に手を置いた。

「近所の友達やら手習仲間やら、おまえの周りにいる者たちの中にも、何がしかの助けを必要とする者がきっとおるぞ。おまえの優しい気持ちは、そういう者たちのために使ってやりなさい」

千代太の丸い目が、祖父を仰ぐ。徳兵衛の手を載せたまま、大きくうなずいた。

「はい、おじいさま。千代太はそうします」

子供らしい歯切れの良い返事に、思わず目尻が下がった。千代太もにこにこ顔になり、機嫌よくおきのと帰っていった。我ながら、良いしつけをしたものだと、半ば得意になっていた。

しかしこれが、後にとんでもない賽の目となって徳兵衛に返ってくる。否応なしに二枚目の絵双六に放り出され、思ってもみなかった方角へと飛ばされる。そんな災難など夢にも思わず、やがて長風呂から戻った女中に、徳兵衛はその日の始末を長々と語った。


「というわけだ、おわさ。わしの訓戒も、捨てたものではないだろう」

ホクホク顔で仔細を明かしたが、おわさは感心するどころか、案じ種が増えたと言わんばかりに広い額にしわを寄せる。

「大丈夫でございましょうかねえ……何だか妙な胸騒ぎがいたしますが」

「孫のしつけも、祖父の務めだからな。なにせ吉郎兵衛とお園では頼りにならん。甘やかすばかりで、ちっともしつけが行き届かぬから、あのように男のくせに気骨のない子に育ってしまったのだ」

祖父である自分が活を入れて、ゆくゆくは立派な嶋屋の跡継ぎに育て上げねばと、徳兵衛は大いに気を吐いた。

「生兵法は怪我のもとと言いますからね。子育ては生半可な覚悟でかかると、痛い目に遭いますよ」

さすがに女手ひとつで倅を育て上げただけに含蓄がある。孫のしつけを隠居の趣味にするなと、おわさは遠回しに忠告したが、すっかり気負い込んでいる徳兵衛には糠に釘である。諦めたのか、女中はため息をつき、居住まいを正した。

「実は、ご隠居さま、坊ちゃまのことでひとつだけ、気になることがございます」

「何だ？」

「坊ちゃまは毎日、昼過ぎにこちらに参りますでしょう？　それって、おかしいと思いませんか？」

「おかしいとは、何がだ？」

「だって坊ちゃまは、手習いに通っているんですよ。手習所が終わるのは、八つ時じゃありませんか」

手習所はどこも朝からはじまり、昼餉のために子供たちはいったん家に帰る。そしてまた手習所に戻り、八つ時に終わるのが常である。子供たちが帰って菓子などをいただくために、おやつの呼び名がついた。

しかし千代太は、昼餉を終えたころ、つまりは九つ半頃に隠居家に現れる。午後の手習いはどうしているのか？　徳兵衛も、はて、と首をひねった。

「まだ手習所に入り立てであるから、昼で終わるのではないか？」

「坊ちゃまが入塾してから、とっくに一年以上過ぎてますよ。私が嶋屋にいた頃は、やはり八つ時にお戻りでしたし」

　ううむ、と腕を組み、女中と顔を見合わせる。

「明日、私がひとっ走りして、大おかみやおかみさんに、きいて参りましょうか？」

　徳兵衛が隠居して、長男の妻のお園が「おかみさん」と呼ばれる立場になったものの、嶋屋の奥では何ら変わりなく、大おかみたるお登勢が内儀の役目をすべて負っていた。

　妻に頼るのは、何がしかの意地が先に立ち、徳兵衛は即座に止めた。

「おきのにたずねるのが、いちばん早かろう。おわさ、明日は風呂へ行く刻限を外して、おまえからきいてみてくれ」

「ご隠居さまが手ずからしつけをされると、仰ったばかりですがね」

　皮肉をこぼしながらも女中は承諾した。


　翌日も、やはり千代太は、同じ刻限に隠居家に来た。むろんおきのも一緒である。

　孫の相手を、しばし善三に頼み、徳兵衛は居間におわさとおきのを呼んだ。糺すのは古参女中に任せるにせよ、主が同席せぬわけにもいかない。

　千代太の午後の手習いは、どうなっているのかとおわさがたずねると、若い女中はたちまち青ざめて、突っ伏すように畳にひれ伏した。

「申し訳ありません！　あたしが至らないために、こんなことに……ですが、どうか坊ちゃまを叱らないであげてください！」

背中が震え、伏せた顔と畳の隙間から、すすり泣きが漏れる。女中と困り顔を見合わせて、ひとまず顔を上げるよう促した。

「おきの、泣くより先に事情を話しなさい。千代太はどうして手習いではなく、ここに来るようになったのだ？」

「もしや坊ちゃまが、手習所で嫌な目にでも逢ったのかい？　餓鬼大将にでもいじめられたとか……善三も昔、そういうことがあってねえ。いじめっ子がいると言って、しばらく手習いを嫌がっていたからさ」

息子の幼い時分を思い出したらしく、おわさは別の心配をしはじめる。しかしおきのは、ふるふると首を横に振った。

「坊ちゃまは、お師匠さまが怖いと仰って」

「師匠って、たしか若い男の先生だったね？　そんな強面だとは、きいちゃいなかったがね」

「さようです。気性の朗らかな若先生で、坊ちゃまもたいそう懐いていたのですが……三月前に学問修業のために江戸を離れることになりました。今度いらした女師匠はとても厳しく怖いお方で、坊ちゃまは通うのを渋るようになりまして」

巣鴨町だけで、手習所は三つほどあるが、千代太が通っているのは巣鴨町下組にある『弥生塾』だった。塾長は大奥に長く勤めた女性であり、やはりしつけの厳しいことで評判だった。いまはかなりの高齢で、若い師匠を雇って塾をまわしている。新しい女師匠もまた御殿下がりで、ことに礼儀作法にはやかましく、遠慮会釈なくびしびしと叱りつける。親にとっては預け甲斐のある師匠だが、子供にとってはたまらない。

千代太もすっかり萎縮してしまい、毎日べそをかくほどに嫌がっていたという。

「男子たるものが、女師匠に怖気づくとは情けない」

徳兵衛は呆れたが、なまじ以前が大らかな男師匠であっただけに落差が激しく、始終緊張を強いられる手習いが、千代太にはことのほか辛いようだと、おきのが弁解する。

「昼餉に帰ってこられるたびに、お腹が痛いと仰って……私が塾までお送りする折にも、青い顔で道端にうずくまることがたびたびありました。お可哀そうで、とても見ておられず……」

「それで？　おきの、おまえはどうしたんだい？」

おわさは何か感づいたらしく、肥えたからだを、ずいと前に乗り出す。逃げ場を失った哀れな兎のように、おきのは肩を落として白状した。

「お昼までなら、何とか踏ん張れると坊ちゃまが仰いますので……昼からは嶋屋でお店商いを教わることになったと……お師匠さまにはそのように言い訳して……」

「つまりおまえは、千代太を怠けさせるために、師匠に嘘を通してたばかったということか！」

申し訳ございません！　とふたたびおきのが畳に這いつくばる。憤懣やるかたない徳兵衛を、まあまあと脇からおわさがなだめる。

「ここで無理を通しても、坊ちゃまのご気性なら、手習いに行くことすらできなくなるかもしれません。おきのもそれを、案じたんじゃないのかい？」

はい……と蚊の鳴くような声で、若い女中が応じる。

「坊ちゃまは、手習いの出来そのものは非常によくて、同じ年頃の子供にくらべれば進み具合も先んじています。手習いについては、昼前だけでも十分だろうと、先生も仰ってくださいまして……」

「しかし、単なる世話役の分際で、そのような取り決めを勝手に行うとは、あまりに分不相応だと思わんか」

「ご隠居さま、落ち着いてくださいましな。おきののような小娘の言い分が、そのまま通るはずもありません。『弥生塾』の塾長先生は、お年を召したとはいえしっかり者ですから。おきの、この件はおかみさんも承知の上じゃないのかい？」

はい、とおきのは悄然とうなずいた。

「お園もこの企みに、加担していたというのか！」

「おかみさんなら、不思議でも何でもございませんよ。差し込みを起こすほど嫌な手習いに、わざわざ行くことはないと申しますでしょ。昼前だけでも通うように計らったのは、むしろお園さまにしては、まっとうな判じようと言えますよ」

千代太の母のお園が、塾長宛にていねいな文を書いて、おきのに持たせたというのだから、呆れてものも言えない。

「お登勢は、何をしている！　奥の一切は、あれが仕切っているはずではないか」

若夫婦のことには、子育ても含めて、日頃から口を挟まぬようお登勢は控えている。お園にしても、わざわざ報告しないのは、たいしたことではないと高を括っているためだ。おわさの推測に、ますます徳兵衛がいきり立つ。

「小さい時分から甘やかしては、ろくなことがない。嫌なことから容易く逃げてしまっては、我慢やら忍耐やらが身につかぬではないか！」

「ですが、ご隠居さま、これを嶋屋で公にすると、甚だ面倒なことになりますよ」

「面倒とは、何だ？」

「坊ちゃまを大っぴらに叱っては、手習いに通うことさえ拒むようになるかもしれません」

「脅してでもすかしてでも、手習いに行かせるのが大人の役目であろうが」

「千代太坊ちゃまには、通用しないと思いますがね。ああ見えてなかなかに頑固で、言い出したら引かないところがありますから……いったい、誰に似たものやら」

おわさの言葉に、昨日の千代太を思い出した。言いたいことを直截にぶつけたり泣きわめいたりすることはなく、代わりにその場から梃子でも動かぬような頑迷さが感じられた。

あの静かな抵抗は、意外に硬い。上から雷を落としても、じっと耐えてうずくまっているような、弱き者だけがもつ強さがあった。

「おかみさんなら、そんな坊ちゃまを見るに耐えられず、家に先生を呼ぼうとなさいますよ。実家では手習いに通わず、何人もの師匠を家に招いていたそうですから」
「そんな無駄金が使えるものか！」
「お金が出ないとなれば、今度はお実家に無心をなさるでしょう。嶋屋の面目は丸潰れ
ですよ」
見事な三段論法に、ぐうの音も出ない。単なる推測ではなく、お園なら十中八九やり
かねない、ほぼ予言に近い真実味がある。
しばし怒鳴り続けた疲れもあって、徳兵衛もさすがにぐったりした。
黙り込んだ主人に代わり、おわさがおきのにたずねて、さらに仔細を確かめる。
千代太の手習いを半日納めにしたことは、嶋屋の内ではお園とおきのしか知らない。
故に店に帰すわけにもいかず、おきのが外で遊ばせることになった。この隠居家を訪ね
たいと言い出したのは千代太だと、おきのは告げた。
「おひとりでお住まいになられるご隠居さまを、坊ちゃまはたいそう案じておられまし
た。こちらに来たいと申されて……ご隠居さまの機嫌を損ねはしまいかと、おかみさん
は心配されていましたが」
千代太が徳兵衛に会いたがっていたことだけは本当だった――。そうきいて、それま
でくすぶっていた怒りが、急に消沈する。とはいえ、問題は少しも片付いていない。
「いったい、どうすればいいのやら……」つい口から、弱音がもれた。

「ご隠居さま、ここはひとつ、逆手にとってはいかがでしょう？　嘘をまことにしちまえばいいんです」

「嘘をまことにとは、どういうことだ、おわさ？」

「手習いを半日納めとしたのは、お店商いを学ぶためです。学びの場所をこちらにして、ご隠居さまが商いを手ほどきなされば、八方丸く収まるじゃありませんか」

「わしに嘘の片棒を担げというのか？　とんでもない！」

「ですが、ご隠居さまも申されておられましたよ。坊ちゃまのしつけは、ご自身がなさると」

「あれはあくまでしつけであって……」

「商い事にかけては、ご隠居さまの右に出る者なぞおりません。坊ちゃまにとっては、これ以上ない秀でた師匠にございますよ」

「ふん、そんなあからさまなおだてになぞ乗るものか」

ぷいと横を向いたものの、古参女中の美辞麗句は続き、若い女中も追随する。

ついには徳兵衛も承知せざるを得なくなった。

「おじいさまに、商い事を？」

「さよう、明日からみっちりと仕込むからな。心してかかるように」

あえて真面目な顔を作り、厳かに孫に達した。千代太が、少し考える顔をする。商いそのものにさして興味はなく、決して楽しい過ごし方ではないものの、あの恐ろしい女師匠にくらべれば、ずっとましかもしれない――。おそらくはそんな思案に辿り着いたのだろう、しばしの間を置いて、はい、とこたえた。

ただし徳兵衛は知らなかった。同じ頃、囲炉裏の間では、女中ふたりが向かい合っていた。

「おわささんには、何とお礼を申し上げてよいやら……丸く収めてくださって、本当にありがとうございました」

有難そうに頭を下げるおきのに対し、事もなげにおわさは言った。

「礼なら、大おかみにお言い」

「お登勢さまに？」

「知恵を授けてくれたのは、大おかみだからね。ご隠居さまじゃ、手立ての講じようもなかろうし、今朝、嶋屋にひとっ走りして、お登勢さまに相談してみたんだ」

おわさは湯屋へ行く刻限を早め、ついでに嶋屋に寄ってきたと明かした。ちょうど千代太がおきのとともに、手習所へ向かった後だ。おわさは己の心配事をお登勢に打ち明けた。

お登勢には初耳だったようだが、常のとおり驚いた素振りも見せず、すぐさま嫁のお園に問い糺し、事のしだいが詳らかになった。その上で、おわさに段取りを含めたのだ。

「それじゃあ、おわささんは、すべてご存知だったんですか！」

「あたしの芝居も、なかなかのもんだろう？　筋立ては大おかみがお立てになったものだがね」

「そうでしたか……」

得心がいったとばかりに、おきのが深くうなずく。

「何だかんだ言って、殿方はおだてに弱い。あんたもそのうち嫁に行くだろうから、よく覚えておくんだよ。うまくもち上げて掌でころがして、それが夫婦円満のこつだからね」

はい、とうなずき、おきのは初めて笑顔を見せた。


翌日からさっそく、千代太への商い指南がはじまった。

手習所での出来が良いとの話は、本当のようだ。読み書きも算盤も、千代太は難なくこなす。手習所に通って一年半、八歳の子供にしては十分だ。

しかし肝心の商いについては、千代太はさっぱり関心がわかないようだ。

「おじいさま、商いって面白い？」

「面白いとかつまらぬとか、ついぞ考えたことなぞないわ。家業なのだから、継ぐのはあたりまえだ」

「でも、面白くないと、毎日つまらないでしょ？　大工とか左官とか、他の職につきたいとは思わなかった？」

「力仕事なぞ、わしはご免だ」

「じゃあ、指物師とか錺師とかは？」

「手先も器用ではないからな。何より細かな細工物は肩が凝る」

「それならおじいさまは、何になりたかったの？　やっぱり糸屋？」

それも違う。生まれたときから道は一本きりだったから、それを辿ってきただけだ。他の夢を持つことなぞ許されず、六十年を経てようやく摑んだものが、いまの隠居暮らしである。それとて思い描いていた生活とは遠くかけ離れている。

　ふと、砂を噛むような侘しさに襲われた。

「ええい、ごちゃごちゃとうるさいわい。千代太は嶋屋の跡継ぎに生まれたのだから、八代目に立たねばならんのだ。よけいなことは考えんでよろしい」

「でもね、坊は商人に向いてないと思うんだ。だってお金儲けには、ちっとも惹かれないんだもの」

「職人だろうが百姓だろうが、金を稼がんことには食うていかれんだろうが。別に商人に限ったことではないわ」

「けど、商人は、とかく銭勘定ばかりしないといけないって、小僧の留ちゃんが。あと、損得勘定も欠かせないって、新ちゃんが。銭も損得も、坊にはどうでもいいんだけれど。母さまも、同じに言ってたよ」

「おまえも、おまえの母さんも、金には不自由なく育った故に、そんな悠長が言えるのだ。日々の食い扶持に困るほど、切ないことはないのだぞ。ひもじい思いをしているのは、何も犬や猫ばかりではないからな」

あたりまえの世相を説いたつもりが、千代太には、思いがけない了見だったようだ。丸い目をいっぱいに見開いて、祖父に問う。

「お腹をすかしている人が、世の中にはそんなにいるの？」

「ああ、たくさんいるぞ」

「たくさんて、どのくらい？　百人？　もう少し多いかな、百五十？」

「百や二百で足るものか、江戸だけでも十万は下らぬだろう」

「十万！」

千代太が大げさなほどに、のけぞってみせる。数としては習っていても、実感が伴わないようだ。

「そんなにたくさんの人が、ひもじい思いをしているなんて嘘だよね？　坊にはとても信じられないよ」

「嘘偽りなんぞであるものか。毎日、飯櫃の底を舐めるような暮らしをする者は大勢いる。……ただし、わしに言わせれば、概ねは怠け者だがな」

孫の関心を引いたことに気をよくし、徳兵衛は滔々と持論を語った。江戸には諸国から、大勢の者たちが流れ込む。どれほど吸い込んでも足りぬほど、江戸という町は人を欲しているからだ。絶えず人手は足りず、仕事が潰えることはなく、金を稼ぐ手立てには事欠かない。しかし百万都市の江戸でも、その一、二割は貧しい者たちだ。物乞いの多さが、如実に物語る。

「旦那さま、どうかお慈悲を、お恵みを」

路傍でいかにも哀れっぽく、わずかな銭を乞うさまを目にするたびに、徳兵衛は苛々して仕方がない。その気になれば、仕事はいくらでもあるはずだ。この江戸で食い詰めるのは働かぬが故だと、おまえの心掛けが悪いからだと、大声で叱咤してやりたい衝動に駆られる。ために徳兵衛は、こういう者たちに銭を投げてやったことはただの一度もない。一文の価値を知るだけに、大事な一文をくれてやる気にはなれないのだ。

いつだったか、吉郎兵衛と得意先まわりをしていた折に銭を乞われた。長男は数文を投げてやり、その行為を、徳兵衛はこっぴどく叱りつけた。たとえわずかでも、必要のない場所に落とすのは、大事な金を捨てるのと同じことだと懇々と説教した。吉郎兵衛が、二十歳前の頃だった。父には逆らわない吉郎兵衛が、このときはめずらしく口応えした。

「今年は大火や大水が続いて、あのような手合いがずいぶんと増えました。ましていまの者は目を患うていましたし……病となれば暮らしが立ち行かぬのも無理はなかろうと……」

「あれは病を言い訳に、怠けているだけであろう。検校や座頭を見ろ、たとえ目が見えずとも、たくましく金を稼いでいるではないか」

盲人には位があって、検校はその最高位、座頭はいちばん下の位階にあたる。古くは琵琶法師が起源とされ、法師たちは「当道座」と呼ばれる組合を作り、江戸時代に入ると幕府公認となった。按摩や鍼灸を生業とするのが常道だが、昨今は金貸しで稼いでいる者も多いときく。金貸業も御上の許しを得なければならず、救済のために幕府は当道座にもその権利を認めていた。中にはその辺の商人など、およびもつかぬほどの富者もいて、だからこそ徳兵衛はちっとも同情する気になれない。

「病は誰にでも起こり得る。老いて目を患う者もめずらしくはないからな。病や災難を見越して、日々の蓄財に励むことこそを心掛けねばならないというのに、江戸の町人どもときたらどうだ。鰻だの初鰹だのと食によけいな金をかけ、さらには酒に遊行、色に博奕と湯水のように金を使う。どこぞの札差なら納得もいくが、裏長屋住まいの棒手振りまでが、そのようなありさまなのだから恐れ入る。身の丈に合った、質素でつつましやかな暮らしを営んでおれば、人の慈悲だけを当てにする無様な体には至らぬだろうに。あのような者たちは、所詮は怠け病にとりつかれたうつけ者よ」

吉郎兵衛は何か言いたそうにしていたが、父の気炎に気圧されたのか、大人しく口を閉じた。若い吉郎兵衛には、先々を考えず、いっときの享楽に走る者たちの言い分もわかるように思えたのだろう。

火事の頻発こそが、江戸特有の刹那主義を生んだ。その日の、その一瞬の享楽に、一切の財を注ぎ込む。いつ何時、着のみ着のまま焼け出されるかわからない。家財や着物に注ぎ込んでも、一瞬で灰にされる。

「宵越しの銭は持たぬ」が、江戸っ子の気風とされ、金銭に執着するのを疎んじた。

唯一、金の有難みをわかっていたのは、富裕な商人だけだ。金持ちこそが、金を惜しむ。

汗水たらして稼いでも、費やすのは一瞬。商いで一文の儲けを出すためには、途方もない根回しとたゆまぬ努力が要る。一文儲けるくらいなら、一文倹約する方がよほど労力がかからない。わずか数文の施しに、徳兵衛が息子を叱ったのは、その理由からだった。

儲ける難しさを熟知していれば、質素倹約も当然のなりゆきだ。どんなに間口の広い大店であろうと、日々の食事は思いのほか慎ましい。裏長屋住まいより侘しい膳だと、使用人が愚痴をこぼすのもうなずける。たまには料亭にくり出すこともあるが、概ねは商いを見越しての接待だ。娘に振袖を与えたり、孫の節句に金をかけたりしても、日々のやりくりにはきちんと算盤を弾いている。

「質素倹約」、「働かざる者食うべからず」が徳兵衛の人生哲学だ。

同じ訓示を孫にもくり返したが、歳がいかないだけについてこられなかったか。途中から千代太は祖父の方を見ず、何事かじっと考え込んでいる。

「千代太には、少し難し過ぎたか……まあ、おいおい学んでいけばよいが……」

「いえ、わかりました、おじいさま！」

ふいに顔を上げて、千代太ははっきりとこたえた。

「おじいさまが何を言わんとしているか、千代太にもすっかりわかりました」

「ほう、そうか！」

「とてもよいお言葉をいただきました。ありがとうございます、おじいさま！」

小さな両手を畳について、行儀よく頭を下げる。半ば有頂天になり、孫と入れ違いに帰ってきたおわさに、さっそく報告した。

「坊ちゃまは本当に、わかっておられるのでしょうか？　何だか胸騒ぎしかいたしませんねえ」

おわさはふっくらとした頰にもっちりとした手を当てて顔をしかめたが、女中の取り越し苦労など、意に介することもない。

「ひと口に商いというても、銭勘定さえできればいいというものではない。そうさな、商人の魂とでもいうべきか——もっと大事な思案が山とある。千代太には、そのような金言や奥義を、わしから伝授してやらねばな」

「初日から気張っては、長続きいたしませんよ。ほどほどになさいませ」

「何を言うか。このわしが、嶋屋六代目自らが、八代目を育てねば！」

徳兵衛は、拳を握りしめた。

「本当に、不吉に思えてなりませんねえ」

太いため息とともに、どっこいしょとおわさは腰を上げた。

おわさの勘は、まことによく当たる。

翌日、嬉しそうな犬の声で、徳兵衛は孫の来訪を察した。しかし千代太が名付けた白い犬の白丸(しろまる)——略してシロの声がにわかに警戒するものに変わった。

はて、と徳兵衛は不思議に思った。誰か初見の者でも連れてきたのだろうか?

その見当だけは当たったものの、千代太が連れてきた初顔のふたりは、徳兵衛には慮外以外の何物でもなかった。

⚄ 兄妹

千代太のとなりにいるのは、ふたりの子供だった。

大きい方は、千代太と似たような背格好で、その脇に三つ、四つくらいの女の子が張りついており兄妹(きょうだい)かもしれない。

咄嗟(とっさ)に言葉が出ず、目をしばたたかせたのは、ふたりの格好があまりに凄(すさ)まじいからだ。

薄茶色の着物は、元の色がわからぬほどに褪(あ)せて、継ぎ接(は)ぎすら間に合わず破れやほころびに縁取られ、ボロ雑巾(ぞうきん)さながらだった。泥なのか垢(あか)なのか、顔も手足も真っ黒だ。

伸び放題の長い髪はバサバサで、虱の温床と化していることが容易にわかる。思わず後退りしたくなるほどに、小汚い風体だった。

「そのう、千代太……この子らは、おまえの友達か？」

「うん、そうだよ、おじいさま。勘ちゃんと、なっちゃん」

「おれは勘七、こっちは妹のなつ。よろしくな、じいさん」

まるで同じ悪夢を、ふたたび見ているようだ。あのときは薄汚れた犬一匹だったが、今日は人間だ。悪夢の度合いが増したようで、頭がくらくらする。

無遠慮な視線に気づいたように、男の子がぶっきらぼうに口を利く。

「断っとくけど、別に友達じゃねえ。さっき会ったばかりだ」

「何だと？　本当なのか、千代太」

「さっき会って、友達になったんだよ。ね、勘ちゃん」

「飯、食わせてくれるっていうから、ついてきただけだ」

嬉しそうな千代太に対し、勘七はいたって素っ気ない。ただ口ぶりだけは大人びていた。

何がどうなっているのか、どうしたらよいのか、さっぱりわからない。嶋屋の主人として、どんな不測の事態にも陣頭でてきぱきと指図してきた。徳兵衛が何よりも頼りにしてきた自慢の判断も、とうに諸手を上げていた。

とにもかくにも、ひとまず子供らを追い出して、じっくりと問い糺さねば。

土間の隅で、申し訳なさそうに突っ立っている若い女中をじろりと睨んだ。身の置きどころがなさそうに、女中はいっそう肩をすぼめる。

「おきの、朝炊いた飯があるはずだ。握り飯にでもして、くれてやれ」

とたんにバサバサの髪に縁取られた目が、険を帯びた。

「犬猫じゃねえんだ！　気に染まねえなら、くれてもらわなくとも結構だ。行くぞ、なつ」

「やあだあ。なつ、お腹すいたもん。もう一歩も歩けないよ」

「わがまま言うな。三、四日食えないことなんて、ざらだろうが」

「やだ！　なつはちいちゃんとご飯食べるの！」

汚れた頬をぱんぱんにふくらませ、妹が抗議する。

「そうだよね、なっちゃん。坊と一緒に食べようね」

妹の傍らにしゃがみ込み、千代太は頭を撫でる。たちまち虱に侵されそうで、祖父としてはそれだけで気が気でない。

「勘ちゃんも、機嫌直して。おじいさまは、ちょっと不愛想なところもあるけれど、とってもやさしい方なんだ」

思いがけないほどに、そのひと言は、徳兵衛の胸を打った。

やさしい、などと形容されたことは、六十年生きてきて、ただの一度もない。子供の他愛ない言い草と、頭では承知していながらも、湯水のように温かなものがわいてくる。

一方で、いたって現実に即した徳兵衛の分別は、そんな言葉はそぐわないと苦く自嘲した。

「あのう、ご隠居さま……」

どういたしましょう、とおきのが目で訴える。

物乞いに一文放るのも厭うほどだ。施しなど甚だ性に合わないが、孫が友達だと言い張る者を、無下に追い払うわけにもいくまい。

「残り飯なら、飯櫃にあろう。三日も食うていないのは、事だからな」

「はい！　ありがとうございます、ご隠居さま」

口を尖らせたままの勘七に、千代太が耳打ちした。形ばかりで声は落としていないから、徳兵衛にもまるぎこえだ。

「ね、勘ちゃん、言ったとおりでしょ。おじいさまは、すげなく見えるけれど、表向きだけなんだ。ちょっと勘ちゃんに、似ているね」

「どこがだよ。ちっとも似てねえよ」

まったくだ、と徳兵衛も胸の内でうなずいた。

大人の男なら、一日に米五合は平らげる。米は何よりのご馳走で、上方では昼や夕に炊くそうだが、江戸では朝に一日分のご飯を炊いた。

朝は炊き立ての飯に、味噌汁と漬物、納豆がつけば豪勢と言える。昼も冷やご飯と汁で軽く済ませ、大工や木挽きなど力仕事をする者は、煮物などを添えた弁当を持参する。

夜は冷や飯と味噌汁に、一品か二品のおかずをつける。おかずは豆腐や野菜、海藻を使った煮物が多く、膳に魚が載るのは月に二、三度。庶民の大方はこのような献立で、嶋屋でもやはり同じだった。

隠居家に移って変わったことと言えば、やたらと煮豆が増えたことくらいか。甘く炊いた煮豆は、おわさの大好物で、放っておくと朝昼晩と膳に並ぶ。みみっちい主人の手前、高い砂糖はあきらめて、代わりにたっぷりと味醂を使っているようだ。舌が溶けそうなほどに甘い豆を、徳兵衛はあまり好まなかったが、小さな来客たちにはことさらに受けが良かった。

「うめ！　この豆、とんでもなくうめえな！」

「こんなに甘くて美味しい豆、なっ初めて食べた！」

おきのが握り飯に添えたところ、いたく気に入られ、煮豆の鉢も空っぽになった。飯櫃の中身は、それより早く消えていた。

嶋屋で昼餉を済ませていた千代太は、豆をいくつかつまむ程度で、食事には加わっていない。まさに野良犬さながらにがっつくふたりを、となりで幸せそうにながめていた。

大人三人分の飯をぺろりと平らげて、満足そうに腹をさする。

「はああ、食ったあ」

「食ったあ」

兄が囲炉裏の前で大の字になり、妹も真似をする。行儀の悪さに、つい小言が出た。

「これ、肝心のことを忘れておろうが！」

「何か、食い残したものでもあったか？」

「そうではないわ。飯を終えたら、ごちそうさま、だろうが。そういえば、食べる前のいただきますも忘れていたぞ」

「んなもん、いちいち面倒くせえよ。うちじゃ、やらないし」

「日々の糧を有難くいただいて礼を尽くすのは、あたりまえの作法であろうが」

「毎日食えるわけじゃなし、ちっとも有難かねえや。三度三度、白い飯が食えるようになったら、十遍でも言ってやらあ」

板間に仰向けになったまま、こちらを見もしない。常日頃からいささかふくらみやすい徳兵衛の堪忍袋は、あっという間にはじけた。

「馳走になっておきながら、何と横柄な。だいたい目上の者の前で寝そべるなぞ、もってのほか。飯も食わせず礼儀も仕込まぬとは、おまえたちの親は何をしとるのか！」

「母ちゃんを、悪く言うな！」

だらりと弛緩していた子供の気配が、たちまちきゅっと縮んだ。即座に身を起こし、徳兵衛を睨みつける。「くれてもらわなくとも結構だ」と、抗ったときと同じ目だが、剣呑さはさらに増している。飯を恵んでやったというのに、こんな小童に憎々し気な目を向けられる――その理不尽に、胸が熾って仕方がない。

子は親の鏡だ。この子たちの哀れは、すべて親の不届きの賜物だ。ろくに世話もされず飯も与えられず、教育はおろか、まともなしつけすら受けていない。親の怠惰が、ろくでもない子供を増やす。長じれば、世間に無益どころか害にしかならない大人となろう。

どうしてそのような仕儀に至るのか、徳兵衛にはどうにも納得できない。そして納得のいかない親も子も、巷にあふれている。自分への侮りとは違う怒りが込み上げて、それを勘七に向かって投げつけていた。

「子に何も与えてやれぬなら、おまえたちの親はろくでなしだ！」

「それ以上、母ちゃんを馬鹿にするな！」

子供が本性を現した。牙を剝いて、徳兵衛にとびかかる。まるで気の荒い山猫だ。のけぞったからだごと、押し倒された。ギラギラとした獣のような目が、すぐ間近にあった。思わず鼻を塞ぎたくなるほどの饐えたにおいが、髪や着物からむわりと立ちのぼる。

「何も知らねえくせに偉そうに……てめえに何がわかる！　母ちゃんやおれたちの苦労なぞ、一片たりとも知らねえくせに！」

「ああ、わからんね。わかるものか！　苦労は、誰の目にも見えんからな。目に映るのは、おまえのひどい形と、礼儀知らずの所作だけだ。そんなおまえを見て、わしも世の中も判じるのだ。おまえの親は、人としてどうしようもないとな！」

「このジジイ、勘弁ならねえ！」

小さな拳(こぶし)が、徳兵衛の頬を目がけてふり下ろされる。思わず左腕で顔を庇(かば)い、しかし既(すんで)のところで拳が止まった。

「やめて！　もう喧嘩(けんか)しないで！　勘ちゃんもおじいさまも、もうやめて！」

握った右手にからだごとしがみついたのは、千代太だった。

「勘ちゃん、お願いだから打(ぶ)たないで！　打たれたら痛いもの。おじいさまを、打たないで！」

泣きながら訴える。ひ弱な孫には、たいした力はない。なのに何故か、勘七の獣じみた怒りが、急速にしぼむ。徳兵衛にも、気配でわかった。

火がついたように、妹のなつが泣き出して、その声で、井戸端で洗い物をしていたおきのが慌ててとんできた。子供を腹に乗せた主人の姿に、目を丸くする。

「あのう、ご隠居さま……お相撲、ではありませんよね？」

まるでふざけ合ってでもいるような、日頃の徳兵衛とは何とも似つかわしくない光景と、傍らで大泣きする千代太となつを見くらべながら、ひどくとまどっている。徳兵衛は、むっつりと告げた。

「いや、相撲だ……ほれ、下りんか。相撲は終(しま)いだ」

最後にひと睨みしながらも、勘七も無言で徳兵衛の上から下りて立ち上がった。

「なつ、帰るぞ！」

派手に涙をふりこぼす妹を、無理やり引っ張ってゆく。

「待ってよ、勘ちゃん。帰らないでよ！」

千代太が慌てて後を追い、その声にだけは応じるように、勘七は敷居の前で足を止めた。

「飯、旨かった……でも、もう二度と来ねえ」

うつむいた横顔がぼそりと告げて、妹とともに出ていった。

「そんなこと言わないで。勘ちゃん、待ってよ、勘ちゃん！」

千代太もまた、べそをかきながら追いすがる。

「あの……ご隠居さま……」

おきのは、どうしていいかわからないようだ。誰もいなくなった戸口と、不機嫌な徳兵衛の顔を、交互にながめておろおろする。

「早く追いかけんか。それがおまえの役目であろうが」

「は、はい……」

「おまえたちも、今日はこのまま帰りなさい。どのみち商い指南なぞ、できそうにないしな」

女中があたふたと出ていくのを見届けて、自身の情けない姿に改めて気づいた。からだを起こしたものの、無様に尻をついている。立ち上がろうとすると、妙に胸の辺りが重かった。まるで未だに子供の重みが、残ってでもいるようだ。思わず胸に手を当てた。

応えたのは、子供の乱暴ではなく、最後に放たれた言葉だった。

「びっくりしましたよ。湯屋からの帰り道に、坊ちゃまとおきのにばったり出くわして。坊ちゃまは大泣きされているし、おきのまで私の顔を見るなり泣き出して。わけをきくまでに、ずいぶんと往生しちまいましたよ」

何かと小うるさいこの女中には、耳に入れないつもりもあったが、あっさりとばれてしまった。途中からはほぼ一本道だから、それも仕方がない。むっつりとしたままで、徳兵衛は女中に話を促した。

「で？　いったいどういう了見で、千代太はあのような貧しい子供らと親しくしておるのか」

「いわば、身から出た錆でですね。坊ちゃまではなく、ご隠居さまの」

嫌味をたっぷりと含ませて、おわさが返す。

「わしだと？　わしが何をしたというのだ！」

「この前、坊ちゃまに、とくとくと申し上げましたでしょ。たくさんの者たちが、ひもじい思いをしていると」

「まあ、確かに言うたが……」

「それともうひとつ、犬猫に情を寄せるくらいなら、人のために情けをかけろと」

「そのようなことを、口にした覚えは……」

「仰いましたよ。ひもじい談議の何日か前ですけどね。坊ちゃまが帰った後で、逐一私の前でも披露してくださいましたでしょ。あの話の中にございました」

言われてみると、そんな気もしてくる。そこまできいて、はたと理解した。

「つまりは千代太は、そのふたつを結びつけて、今日の始末に至ったというわけか」

そのとおりだと、おわさが二重顎を深くたわませる。

人に情をかけるということは、困っている者たちを助けることだと、千代太は子供の頭で短絡に理解した。そんな折にあの兄妹と出会い、三日もろくに食べていないときいて大いに仰天した。

祖父の言葉は、本当だった。世の中には、こんなにも切ない暮らしを送る者たちがいる。しかも自分と同じ年頃で、こんな身近に存在するのだ。それは千代太にとって、見過ごしにできない重い現実だった。躊躇なくこの隠居家に招いたのは、その事実を自分に説ききかせてくれた祖父ならきっと、助けてくれる、喜んでくれると考えてのことだ。

おきのからきいた経緯を、おわさが語るごとに、胸の辺りがまた重くなってきた。ちょうど固い石ころが、詰められてでもいるようだ。まるで子供の拳のように、さして大きくはないはずが、妙に重い。

——もう二度と来ねえ。

大人びた横顔を思い出すたびに、石はゴロゴロと胸のひだに障る。

「だから申しましたでしょうに。坊ちゃまの前で、迂闊な口は慎んだ方がよろしいと」

自身の予見を引き合いに出し、おわさはそれ見たことかと手柄顔をする。

「そんなふうには、言うておらんかったぞ」

「似たようなご忠告は、さし上げましたよ。子供の前で迂闊な物言いをすれば、誤って伝わりかねないと。子供のもつ物差しは、大人と違って短いのですから」

「ええい、うるさい！　言われんでも、わかっておるわい！」

いつもの癇癪に、おわさもひとまず矛を収める。他の女中なら、最初から不興を買うのを恐れて、何も言わない。怒鳴られようと不機嫌を招こうと、徳兵衛に平気で意見するのは、いたって面の皮が厚く、気立ての大らかなこの女中だけだった。

『たとえうるさがられても、まめに声をかけて旦那さまの話相手になっておくれ。それを何よりの役目と心得るように。これまでは表店の者たちに囲まれていたのに、急にひとりきりになっては寂しゅうございましょうからね。頼みましたよ、おわさ』

お登勢がおわさに、そう言い含めたことなど、徳兵衛はもちろん知らない。

「どのみち、あの子らがふたたびここに足を向けることもなかろうし……千代太も少しは懲りたろうて。怪我の功名というところだ」

らしくない、物憂げなため息をついて、徳兵衛は女中を下がらせた。

いい歳をして、年端の行かぬ者に、あんな顔をさせてしまった——。

翌日になっても、石はゴロゴロと鳴りながら、そんなことを呟く。

朝からため息の数ばかり稼いでいたが、使用人たちにはそんな暇はない。善三は昨日から、荷運びに駆り出されて嶋屋に通っており、倅を送り出すと、おわさは家中を掃除して、それから台所に立つ。やがて漂ってきた甘い匂いに、徳兵衛は思いきり顔をしかめた。

「今日はいらん。まったく同じ豆の顔ばかりでは、さすがに飽きがくるわ」

昼餉の膳に添えられた小皿に八つ当たりされて、おわさはきょとんとする。

小うるさい主だが、同じ献立が続くことには、まず文句を言わなかった。むしろ膳の景色が変わると、贅沢だ金をかけるなとそしりを受けるから、自ずと定番の総菜が並ぶことになる。同じひじき煮でも、油揚げを増やして甘く仕上げたり、唐辛子を加えてぴりりとさせたりと、ささやかな工夫で彩りをつけていた。

おわさは何か言いたそうな顔をしたが、いつも以上にとげとげしい主人の態度にはねつけられる。給仕を済ませると、膳を片付けて自分も昼餉をとり、桶と手拭いを手にした。

「今日も、湯屋に行くのか？」

「はい。……何かご用でもございますか？」

「いや、ない」と、くるりと背中を向ける。

どうも妙だと首をかしげながらも、おわさはいつもどおりに出掛けていった。

「別に女中がおらずとも、困ることはない。あの兄妹が来るはずもないし、千代太も今日ばかりは……いや、二、三日は顔を見せぬかもしれんしな」

ここに来て以来、ひとり言が増えた。声に出して呟くと、別の不安が首をもたげた。
二、三日で、済むだろうか――。
せっかくの好意を、祖父に褒めてもらえるとの期待を、あんな形で潰してしまった。

やさしいとは対極にある、祖父の薄情を目の当たりにして、がっかりしたのではなかろうか。ことによると、この隠居家を訪ねる日課すら、やめてしまうかもしれない。

「千代太……」

急に家の中が薄暗くなったようだ。夏だというのに寒々しい気配に襲われた。

「ちいちゃん、どこ？」

ひとり言に、ふいにこたえが返り、徳兵衛は畳の上でとび上がった。ふり向くと、廊下に昨日の子供が立っていた。今日はひとりだけで、なつという妹の方だ。

「おまえ……また、来たのか？」

「うん、遊びにきたの。ちいちゃんは？」

「千代太は、ここには住んでおらん。いつもは手習所の帰りに寄るのだが……」

「お腹すいた！　昨日の豆が食べたい」

願望に忠実な子供相手では、話も進みようがない。肝心のことだけを、急いで確かめた。

「おまえ、ひとりか？　兄さんはどうした？」

「兄ちゃんは来ないって。なつにも、行っちゃいけないって怒ってた」

「そうか……そうだろうな」

「でも、お腹すいたし、昨日の豆、うんと美味しかったし。なつね、あんなに甘くて美味しいもの、初めて食べた！」

いかにも嬉しそうに、なつが笑う。小汚い着物に、虱が集っていそうな頭。昨日と同じ風体なのに、昨日とは少し違って見えた。

「そうか、そんなに煮豆が気に入ったか」

「うん、とーっても甘くて美味しい！」

「豆なら腐るほどあるからな。うちの女中が、またたんと拵えて……」

徳兵衛は、はたと気づいた。おわさはもちろん、善三もいない。同じ土間続きと言っても、台所は女中と下男の領分だ。毎朝、顔を洗いに井戸へ行く折には、台所を通って裏口へ抜けるのだが、それだけだ。どこに何があるのかさえ、徳兵衛にはとんとわからない。

「まーめ、まーめ、あーまいまーめ」

節をつけて歌いながら、なつはぴょんぴょんとび跳ねている。このようすでは、女中が帰るまで待たせるなど、犬に仕込むより難しそうだ。説得は早々にあきらめて、ひとまず土間に下り、台所を覗いた。

「ええっと……おわさはどこに煮豆を置いたのだ？」

壁際に竈が三つ並んでいるが鍋はかかっておらず、万事に手抜かりのないおわさらしく、火の始末がきちんとされている。その分、煮豆を見つけるまでには、ずいぶんと手間がかかった。

竈の正面には、土間を挟んで板間があり、三方を扉つきの大きな棚が塞いでいた。板が見えているのは二畳ほどだが、徳兵衛より背の高い瀬戸物棚を、端から改めるのはなかなかに難儀な仕事だった。なつもじっとしていられぬようで、手の届く低い扉や抽斗(ひきだし)を、片っ端から開けていく。徳兵衛もまた、年寄りには似合わぬ汗を、ぐっしょりとかいている。

「何が悲しくて、嶋屋六代目のわしが、鼠のように台所をうろつかねばならんのだ」

我が身の馬鹿馬鹿しさにげんなりとして、真ん中の棚の高いところにある、大きめの扉をぱかりと開けたときだった。馴染(なじ)んだ甘い匂いが、鼻に届いた。

「あ、この匂い、甘い豆だ!」

なつが敏感に嗅(か)ぎつけて、とんでくる。

「待て待て、いま下ろしてやるから。しかし、これでは手が届かんな……たしかどこかに踏み台があったはずだが」

いまにもとびかからんばかりの子供を制して、棚の前に踏み台を据える。台のまわりをとびまわる子供に冷や冷やしながら片足をかけ、どっこらしょ、とからだをもち上げた。

ほぼ正方に切られた棚の中には、ひと抱えはありそうな鉢が収められ、紙で覆いをかぶせ、ご丁寧に糸まで巻かれている。

「たかが煮豆ごときに、何とも大げさな」

鉢を板間に下ろしながら呆れたが、後でおわさにきいたところ、虫が入らぬようにとの用心だった。町中の嶋屋と違って田舎地だ。とかく虫が多く、以前、鍋ごと床に置いておいたところ、大量の蟻が集っていたという。

糸を外し紙蓋をとり去ると、すぐさま鉢に手が伸ばされる。小さな手を、慌てて止めた。

「これ、手摑みはやめんか。いま器によそってやるから、箸を使いなさい」

「なつ、お箸苦手。うまく摑めないもん」

箸のもち方すら覚つかぬようで、ご飯ならどうにかなるが豆ではお手上げだと、なつが訴える。小さな匙くらいありそうにも思えるが、すでに疲労困憊していて、この上台所での家探しなど、とてもできそうにない。

「ではせめて、井戸で手を洗ってきなさい。その手で手摑みしては、泥を口に入れるようなものだ」

「えー、面倒くさい」

「文句ばかり言わず、さっさと行ってこんか！」

強めに命じると、不服そうな顔をしながらも、土間に下りて外に出てゆく。やれやれと煮豆の仕度にとりかかったが、小鉢やおたまを見つけるのもまたひと苦労だ。目についた四角い焼き物の皿に、飯用のしゃもじでとりわけることとなった。見映えはよろしくないものの、薄茶色の豆をどうにか盛りつけて息をつく。

「うん？　あの子はまだか？　ずいぶんと暇がかかるな」

ぼやきながら裏口から井戸を覗き、徳兵衛は悲鳴をあげそうになった。

「何ということを！　危ない、井戸に落ちてしまうぞ！」

四角い木枠の井戸には、四本の支柱で支えられた小さな屋根が載っていて、屋根の真ん中から釣瓶が下がっている。なつは木枠の上に立ち、片手で支柱を摑みながら、釣瓶の桶に懸命に手を伸ばしている。全身から血の気がひいて、倒れそうになった。

「頼むから、そこでじっとしていなさい！」

「だってこうしないと、桶に手が届かないよ」

ふり向いてこたえた拍子に、なつのからだが、ぐらりと傾いた。

叫んでいる声が、自分のものだということさえ気づかずに、徳兵衛は子供に向かって突進した。若い時分ならいざ知らず、走った記憶なぞついぞない。走りはじめて愕然とした。足がさっぱり前に進まない。こんなにも老いていたのか、からだが利かなくなっていたのかと歯嚙みする。のろい動きのせいか、子供が背中から落ちる姿までが、ひどくゆっくりと映る。精一杯伸ばした手は届かず、なつは目の前で尻から地面に落ちた。

井戸側に傾かなかったことだけは、幸いだった。それでも自分と同じ背丈くらいの井戸枠から落ちたのだ。駆け寄って、抱き起こした。

「大丈夫か？　傷はこさえてないか？　どこか痛いところは？」

「平気……へへ、落っこっちゃった」

野生児のような子供には、このくらい茶飯事だ。しかしそれを知らない徳兵衛には、肝がぺしゃんこに潰れるほどの恐ろしさだった。その恐怖が、怒りとなって吐き出される。

「この、馬鹿者がっ！　あんな危ない真似をして、井戸に嵌まりでもしたらどうする！　二度とこの上に、乗ってはいかんぞ！」

ひくっとなつの喉が鳴り、うわああああん、とたちまち大きな泣き声となって吹きこぼれる。徳兵衛には、なだめる気力すらない。子供とは、かくも理不尽で突飛なものか……。

いっときたりともじっとしておれず、不用意にとびまわり、己の背丈すらわきまえない。

子供の事故は、嫌というほど耳にする。ちょっと目を離した隙に、堀に嵌まったとか荷車に挟まれたとかきかされるたびに、親の怠慢だと罵っていたが、同じ轍を、しかも他所の子供で踏むところだった。

商売上の不測の事態なら、どんなことでも受けて立つ気構えはあったが、これは違う。心の臓を素手で摑まれたような、思い返すだけでどっと冷や汗が出るほどの、もっと直截に訴えかける怖さがある。日々、平坦とはいかないまでも、すべてを掌握できた店内では、まず起こり得ないたぐいのものだ。

けれども子供にとっては、あたりまえの日常に過ぎないらしい。

ぐったりしながらも、頭の中ではあれこれと忙しなく考えているうちに、子供はいつのまにか泣きやんでいた。そしてけろりと言ったものだ。

「お腹すいた！　豆食べよ」

いつまでも泣かれるのも鬱陶しいが、この立ち直りの早さも得体が知れない。一足とびに、ぽん、と時をとんだかのようで、徳兵衛には到底ついてゆけない。

「まーめ、まーめ、あーまいまーめ」

歌いながら家に駆け込む。まだ手洗いをさせていないことに気づいたが、すでにどうでもよくなっていた。たった四半時ほどで、一日分の労力を使い切って心底ぐったりした。

とてもおわさが帰るまで、凌げそうにない。煮豆を食べさせて、さっさと帰そう。

腹の中で決心したとき、意外な救いの神が現れた。

「あっ、なつ！　こんなところにいたのか、探したぞ」

「よかったあ……おじいさまのところにいたんだあ」

千代太と勘七の顔が、戸口から覗いていた。

「兄ちゃん、豆美味しいね」

「ったく、呑気そうな顔しやがって。黙っていなくなるから、方々探したんだぞ」

「その最中に、道で会ったんだ。姉やとおじいさまの家に向かうところだったから、ちょうどよかったよ」

煮豆を真ん中にして、にぎやかに語らう声が徳兵衛の耳にもきこえる。

子供たちに続いて、おきのが来てくれたことで、徳兵衛は子守から解放された。後を女中に任せ、さっさと奥の居間に退散する。戻りがけに頼んだ茶は、なかなか運ばれてこなかったが、催促はせず四半時ぶりの自由を満喫した。

「ご隠居さま、遅くなりました。お茶をおもちしました」

おわさの三倍はかかった上に、ひと口含むと不味くてぬるい。それでも今日ばかりは叱ることなく、代わりに気になっていたことを、ぼそりとたずねた。

「千代太はその……昨日のことを、気にかけてはおらなんだのか？」

「はい……昨夜、お床に入るまでは、しょんぼりしておりましたが」

自分が連れてきた友達が、祖父を怒らせたことも応えてはいたものの、その友達に、二度と来ないと告げられたことの方が、気落ちの種になったようだ。

「ですが、今朝起きると、いつもどおりの坊ちゃまで。手習いの後はどうなさるのかとたずねましたら、『もちろん、おじいさまのところへ行く』と仰いました」

「そうか……」

思わず安堵の息をつく。少しばかり気が晴れて、いつになく若い女中に話しかけた。

「子供というものは、何とも手に余るな。わしにはとてもついていけんわい」

「はしっこくて、始終動きまわりますからね。うちの弟や妹たちもそうでした」

「おまえの弟妹も、あんなに騒々しいのか？」

「似たようなものです。坊ちゃまのように、行儀よくはありません」

「そうか……千代太は行儀がいいのか」

倅夫婦のしつけの甘さをこきおろしていただけに、目から鱗である。

「でも、達者に跳ねまわっているのが、子供の本分ですから」

おきのはむしろ、楽しそうにそう告げた。

「子供は毎日、色んなものを見つけるんです。きっと、十も二十も。そのたびに喜んだり驚いたり泣いたりと忙しくて。ひとつひとつ本気でつき合っていたら疲れちまいますし、かと言って放りっぱなしにもできませんし」

「それでは、あつかい様がわからんではないか」と、しかめ面を返す。

主人の不平に、おきのはちょっと困ったように両の眉尻を下げる。短い首を傾げ、考えを少しずつ絞り出すようにこたえた。

「子供には子供の世間があって、大人とは了見が違います。無闇に立ち入って壊してしまうのは、あまりにすげないですし……見て見ぬふりをするくらいの方が、子供には有難いのかもしれません」

「そうはいっても、子供だけでは危なっかしくてならぬだろうが」

さっきの井戸端での光景を思い返し、徳兵衛が身震いする。

「そりゃあ、いけないことをしでかしたら、きつく叱りますし、近寄っちゃならない場所も教えます。助けが入り用なことも多いでしょうが……何というか、子供同士の勝手気ままも、大事なのではないかと……坊ちゃまのお世話をするようになって、気づいたことですが」

「おまえも色々と、考えておったのだな」

甚だ失礼なほどに、徳兵衛はあからさまに感心した。十五の小娘である上に、何かと行き届かない。この娘が、こんなに長くしゃべることすら初めてだ。日頃から侮っていただけに、子守りという役目に、これほどしっかりした考えを携えているとは夢にも思わなかった。

「わしは目につくと、黙っておれんからな。千代太にも少々、きつく当たり過ぎたか」

疲れているせいもあろうが、ため息とともについこぼれた。

「ご隠居さまは、それでよろしいと思いますよ。田舎にもよく似た年寄りがいて、頑固でがみがみと口うるさくて、子供たちからは煙たがられていて……あ、すみません……決してご隠居さまのことでは」

せっかく見直したというのに、こういうところがまことに粗忽でいただけない。

「でも、その爺さんが死んでから、何だか拍子抜けしちまって。どんな形でも構ってくれる方が、子供には嬉しいのかもしれません」

「わしは決して、構いたいわけではないのだが」と、じろりと廊下を睨む。

腹拵えは済んだのか、子供たちがどたばたと走り回る音がする。

「障子や襖(ふすま)を破られては敵(かな)わん。外で遊ばせなさい、外で。やれやれ、こんなことなら猫の方が、いくらかましだったわい」

女中が去ると、改めてどっと疲れがきた。滅多にないことだが、手枕でごろりと横になる。相変わらず騒々しい声が、今度は外から響いてきたが、うつらうつらと睡魔に襲われた。しかし夢を見る間もなく、肩を揺さぶられた。

「おじいさま……おじいさま」

「うん？　何だ、千代太か。外で遊んできなさいと……」

「おじいさまに、ききたいことがあるの。これ、何だかわかる？」

眠い目を無理やりこじ開けて、身を起こす。千代太がさし出しているのは、一枚の紙きれだった。くしゃくしゃに丸めてあったらしく、折じわが蜘蛛(くも)の巣のようについている。

「なになに……金一両二分、盆までに必ず用立てくだされたく候……これは、つけの催促状ではないか！」

「それ、なあに？」

「つまりだな、店に借金をしていて、その支払いが滞っているということだ」

「借金が、一両二分ってこと？　おじいさま、一両二分って、どのくらい？　うんと大金？」

「もちろん、うんと大金だ」

自信をもって徳兵衛はこたえた。子供にしてみたら、という話ではない。一両二分は、大人にしても十分な大金だ。一文銭で換算すると六千枚にもなる。

金一両は、米ならちょうど一石分にあたるのだが、千代太にはぴんとこないようだ。商いにも通ずるから、自ずと熱心な口調で細かに説いた。

「一両で一石、米千合に値する。ご飯にすれば、二千杯だ」

「三千杯！」

ようやく千代太にも、額の大きさが呑み込めたようだ。目を丸くする。

「二分は一両の半分だから、ご飯一千杯になる」

「じゃあ、一両二分は、三千杯のご飯になるんだ！」

孫の算術の速さには満足したものの、何故こんなものをもっているのか、それだけは解せない。

「千代太、これをどこで見つけたのだ？　どこぞで拾ったのか？」

「拾ったのは本当だけど……」と、言いづらそうに下を向く。「勘ちゃんがね、捨てたのを拾ったんだ」

「あの小僧が？　まさか一両二分もの借金なぞ、子供にできるはずが……」

改めて宛人や認め人を確かめる。宛人のところには『丑右衛門長屋・はち殿』とあり、認め人は『壺屋折兵衛』とされている。仔細をたずねると、千代太は初手から話し出した。

「手習いと昼餉を終えて、おじいさまのところに行こうとしたときに、勘ちゃんと出くわしたんだ。なっちゃんがいなくなったってきいて、しばらく一緒に巣鴨町を探したの。でも、巣鴨町にはいなくって、そのときに、『あそこかもしれない』って勘ちゃんが言い出して、板橋宿へ行ってみたの」

巣鴨町を西へ向かうと、ほどなく板橋中宿に至る。寺の門前町でもあり、中山道の宿場町でもあるために、巣鴨町とはかなり趣を異にする。一本横道に入ると、子供の目には毒になりそうな、いかがわしい店などもひしめいている。

「ちょっと怖かったし、おきのも止めたけど、勘ちゃんは平気だって」

勘七は慣れたようすで、路地裏にある数軒の酒屋や飯屋を覗き、最後に小汚い店に寄った。

「どんな店だ？」

「料理屋さん。でも、路地裏のすっごく奥まったところにあって、庇が傾いでていまにも潰れそうだった。お客がひとりいて、昼間っから酔っ払ってた」

場末の居酒屋といったところか。幼い女の子が行きそうな場所ではなく、おそらくは宛人にある、おはちの行きつけかもしれない。

「なっちゃんはいなくって帰ろうとすると、店の親父さんがこの紙切れを勘ちゃんに押しつけたんだ。でも、勘ちゃんは見もせずに、くしゃくしゃっと丸めてぽいって捨てたんだ」

気になって、こっそり拾って袂に入れたという。

「店のおじさんはとっても不機嫌で、『母ちゃんに渡しとけ』って言ったんだ。だから捨てちゃいけないものかなって……」

「なるほどな……大筋は読めたわい」

顎に手を当てて、ふうむとうなずく。

「たぶん、おはちというのは、あの子らの母親だろう。出入りの居酒屋につけが溜まって、一両二分にも達したということだ。もしかすると、父親が溜めた酒代かもしれんが……」

そこまで語ったとき、背中で嫌な気配がふくらんだ。徳兵衛がふり向くより早く、手にあった紙片が奪いとられ、ビリビリに引き裂かれる。伸びた髪すら逆立ちそうなほどに、怒りで顔を真っ赤にした勘七が、仁王立ちになっていた。

「こそこそと泥棒みたいな真似しやがって！　いったい、どういう了見だ！」

「ご、ごめん、勘ちゃん……でも、お母さんに渡せって、店のおじさんが……」

「母ちゃんに渡しても、同じことだ！　どのみちうちには、払う金なぞ一文もねえからな。みんな母ちゃんの呑み代になっちまう」

「では、居酒屋につけを重ねていたのは、おまえの母親ということか？」

「……そうだ」

　徳兵衛の冷静な問いに、相手の怒りがわずかに消沈する。

「母ちゃんはたしかに呑んだくれだけど……けど、それ以外はいい母ちゃんなんだ。酔ってねえときは、おれたちにもやさしいし、酒も金輪際呑まないと誓ってくれて……」

「それでも、やめられぬということか？」

「母ちゃんは、寂しいんだ！　二年前に父ちゃんが出ていってから、塞ぎこむようになって泣いてばかりいて……酒を呑んでるときだけ、父ちゃんを思い出さずに済むって……だから、悪いのは父ちゃんだ！　母ちゃんは悪くないんだ！　みんなみんな、父ちゃんのせいなんだ！」

　まるで自分が叱られたように、ふええん、となつの泣き声があがる。座敷の外からこちらを覗く、なつの姿があった。おきのが懸命になだめるが、声はやまない。

　畳の上に散った紙片の残骸を睨みながら、徳兵衛は問うた。

「どちらがいいとか悪いとか、そんな話はどうでもよいわ。おまえが目を背け、見ないふりをしているうちに、このつけがどうなるか、わかるか？」

「わかるはずが、ねえだろうが。だいたいおれは、字が読めねえもの。んなもん百枚もらったって、鼻紙にしかならねえよ」

　腕を組み、ふん、とそっぽを向く。こんな子供には、残酷すぎる現実だ。それを承知で、あえて告げた。

「借金しているのは、この店ばかりではなかろう？　他の居酒屋や酒屋にも、あるのではないか？　まだあるぞ、米や塩、薪炭なぞも、払いがなされていないのではないか？」

図星だったらしく、こちらを見下ろす勘七の目が、かすかに怯んだ。

「借りた金は、必ず返さねばならない。これは世の常だ。一軒で一両二分なら、どれほど大枚の借金を抱えているか。勘定すらできぬようでは、先行きは見えておるぞ」

「うるせえやい！　大人になったらおれが働いて、きれいさっぱり返してやらあ！」

「働くだと？　字も読めぬのに、何ができるというのか！」

「何だってやるさ。力仕事でも阿漕な真似でも、何だって……」

「おまえが長じるまで、借金は待ってはくれんぞ！　肩代りさせられるのは、そこにいる妹だ！」

びくん、と子供のからだが、あからさまにはずんだ。

真夏に氷漬けにでもされたかのように微動だにせず、目だけが大きく見開かれる。

「なつが……？　なんで、なつが？」

「おまえの家には、他に売り物がないからだ。このままでは遅かれ早かれ、おまえの妹が売り物にされるぞ」

ひくひくと喉が鳴り、生意気そうな顔が、初めて降参を告げた。

「そんなの、駄目だ……どうして、なつがそんな目に……」

からだの芯を失ったように、勘七はかくりと膝をついた。

少し大げさに言ったが、決して絵空事ではない。酒に溺れた者は、わきまえが利かなくなる。酒を手に入れるためなら、なりふり構わずやってのける。もしも母親が、そこまで酒毒に侵されているようなら、可愛い娘を代償にするのはあり得ることだ。

いまはまだ小さいが、色街では、数え八つにもなれば禿として働かせる。さすがにすぐには客をとらせることはなかろうが、いったん色街の水に浸かれば、年季が明けるまで抜け出すことは敵わない。女中にあやされているなつをながめながら、そんな思案が赴くだけで、徳兵衛ですらやりきれない思いが募る。

仔細はわからずとも、幼いなつの危うさばかりは理解したようだ。千代太の目にも本気の怯えが宿る。祖父に向かって、懸命に訴えた。

「おじいさま、お願い。勘ちゃんちのつけを、何とかしてあげて！　おじいさまなら、できるでしょ？」

「それはできん」

「どうして？　うちにはお金が、たんとあるのでしょ？　少しくらい分けてあげたって……」

「やってはいけないことなのだ、千代太」

徳兵衛には、確固たる信念がある。他所の借財には、決して関わってはいけない。ほんのわずかな仏心が、金より情を重んじる世相が、どれほど悲惨な結果を生むか、他人事ながら徳兵衛は何度も見てきた。

何より、金を出したところで何の解決にもならないと、よくわかってもいる。借金を清算しても、酒癖が治るわけではない。これ幸いと、母親がいっそう酒にのめり込むのは目に見えている。

今日ばかりは、孫のお願い尽くしにも耳を貸さず、断固として突っぱねた。

しかし千代太の方も、容易には引き下がらない。現実をつきつけられて、日頃の威勢をすっかり削がれた勘七の姿は、見るに忍びないのだろう。持ち前のしつこさで粘り続けた。

どんなに乞うても崩れぬ祖父に向かって、千代太は叫ぶように訴えた。

「勘ちゃんやなっちゃんは、可哀そうな子供なんだよ！」

ぴくん、と勘七の肩先がはねた。針で脇腹をつつかれたような、わずかな身じろぎで、千代太は気づかない。けれど徳兵衛は察した。

徳兵衛自身が、孫の言い様に、どきりとさせられたからだ。

「困っているのなら、助けてあげないと！ 犬や猫じゃなく、人に情けをかけなさいと、そう教えてくれたのはおじいさまでしょ？」

畳にへたり込んでいた勘七が、ゆらりと立ち上がった。顔に被さった前髪に隠れて、うつむいた表情は読めない。

「なつ……帰るぞ」

妙にのろい足どりで、妹のもとへ行く。小さな背中は、抱えきれぬ荷を背負いこんででもいるように、斜めに傾いでいた。千代太が慌てて後を追う。

「待ってよ、勘ちゃん。いま、おじいさまに頼んでいるから、おじいさまならきっと、何とかしてくれるから……」

「そんなんじゃねえ……そんなことは、どうでもいいんだ」

肩越しに告げて、ひどくくたびれたようなため息をついた。

「いい奴だと思ってたけど、やっぱりおめえも、何も知らねえ坊ちゃんなんだな……おれもなつも、おめえにとっちゃ、ここで飼われてる犬と同じなんだろ？」

「勘ちゃん？　勘ちゃんが何を言っているか、わからないよ……」

「たしかにおれたちは、こんなだけど……貧乏だし汚えし、いつも空きっ腹だけど。それでもな、可哀そうだなんて、思っちゃいねえんだ。てめえを不憫に思ったら、生きてくことすら、しんどいからよ」

怒りでも剣幕でもなく、過ぎるほどに静かだった。

気圧されたように、千代太が黙り込む。

斜めにひしゃげた背中は、ひどく重そうに、妹の手を引いて座敷から消えた。

「お父さま、お久しぶりにございます。お達者なようすで、何よりです」

翌日、めずらしい顔が隠居家を訪れた。嫁のお園である。

「こんな早くから、どうした？　もしや、千代太に何かあったのか？」

「はあ、あったと言いますか……今朝は刻限になっても起きてこず、わけを糺しますと頭が痛いというので、手習いは休ませました」

「また、そのように甘やかして……まあ、昨日の今日では無理もないが」

「他所の子供と諍いをした旨は、おきのからききました。ただ、仔細をきいても諍いの種がまるでわからなくて……」

おきのの説きようが覚束なかったか、あるいはお園の分別がなかったか、その両方かもしれない。要領を得ないながらも、長男の悩みの種だけは判じられたようだ。

「仲違いをした友達と、仲直りをしたいと千代太は申しておりまして。ただ、何が相手を怒らせたのかは、あの子にはわからぬようで」

「そうか……わからぬか」ふうっと、大きな息を吐く。

持てる者には所詮、持たざる者の胸中は測りようがない。昨日、勘七が言ったとおりだ。

「何でも友達というのは、貧しい家の子のようですね、お父さま」

「ああ、とびきりの貧乏だ」

「それなら、菓子でも玩具でもたくさん携えて、謝りに行ってはどうかと口添えしたのですが」

「それではかえって火に油だ。決してそのような真似は、してはいかんぞ」

「はあ、お母さまにも相談したところ、同じように返されました。まずはお父さまのところに伺って、どうすべきかお考えを賜ってくるようにと」

昼前にもかかわらず、訪ねてきた理由をそう語る。

「どうすべきか、わしに決めろというのか？」

「はい、お母さまはそのように」

妻の嫌がらせかと、一瞬疑ったが、お登勢はそれほど暇ではなかろう。

それにしても難題だ。ううむ、としばし思案した。

昨日の顚末ばかりは、おわさにすら告げる気になれず、不機嫌なまま床に就いた。

「今度ばかりは、仲直りは無理かもしれん。千代太にも、そう伝えなさい」

「ですが、それではあの子が納得いたしません」

「それだけひどい言葉を、千代太が相手の子供に投げたということだ。いったん吐いた言葉は、石礫と同じだからな。とり返しなどつかない。たとえ子供といえど、そればかりは千代太もわきまえねばならん」

「千代太が非道な物言いなぞするはずが……あの子はことさらやさしい気質で……」

「千代太はな、可哀そうな子供だと、そう言ったのだぞ！」

「可哀そう……」

「さよう。思うだけならまだしも、当人に向かってだ。どんなに惨めな来し方であろうと、あからさまに告げられては、蔑まれるのと同じことだ。千代太にはまだ、その辺がわからぬようだが……」

「あのう、お父さま……私にも、わかりません」

舌鋒鋭く力説していたが、嫁に返されて唖然とした。

「お園、おまえにも了見できぬのか？」

「はい……可哀そうな子供を、可哀そうと憐れむことの、何がいけないのでしょうか？」

千代太はともかく、そんなことにも気が及ばぬのかと、嫁の浅はかさにはため息が出る。乳母日傘で育っただけに、世の中の暗部とは、この歳まで無縁で過ごしてきたのだろう。幸せとも言えるが、慮りに欠けて深みがない。

そもそも、あたりまえの親なら、下賤な者とはつき合うなと、まず子供に忠告するだろうが、やはり育ちの良さ故か、その辺には頓着がないようだ。

「可哀そうと口にするのは、あの子のやさしさ故でございましょう？」

「たしかにそうだが、そういうことではなくてだな……」

「現に千代太は、お父さまのことも、お可哀そうだと申しておりましたよ」

え、と徳兵衛の舌が固まった。あの惨めな子供たちばかりでなく、千代太は祖父たる自分のことも、同義に憐れんでいたというのか？

「ひとりきりになられて、おじいさまはお可哀そうだと、常々気にかけておりました。移られてから、向こう三月は隠居家に来ぬようにと仰せを受けておりましたが、千代太があまりにせがむもので、それなら一度伺ってみるようにと、おきのに言いつけて……」

嫁の語り事は続いていたが、ろくに耳には入らなかった。千代太にとっては、犬も猫もあの兄妹も、そして祖父も、まったく同じ憐れむべきものたちなのだ。

その事実に悄然として、らしくないほどしょげていた勘七の姿を思い出した。

——そうだな、勘七……これは痛いな。

頭では理解していたが、勘七の気持ちのありようが、手にとるようにわかる気がした。

貧しさは、時に人を卑屈にさせ、恥というものを忘れさせる。

徳兵衛が物乞いを厭うのも、みすぼらしくいじけた態度に苛々させられるからだ。もちろん金の大事もあるが、誇りを失った人間の姿は、徳兵衛には見るに耐えがたいものだった。

相手の憐れを誘うよう、誇張な演技もあるのだろうが、それを差っ引いてもあまりに情けない。ただ与えられ、施され、満足しているようでは、人として高が知れている。

徳兵衛は、そう信じていた。

勘七は、そういう輩とは違う。身なりは貧しく無学であっても、あの子にはまだ気概がある。媚びるのを厭い、易々とへつらうことを良しとしない気骨が残っている。すでに身動きできぬほどに、腰まで深く泥のような貧しさに浸かりながら、それでもあきらめず懸命に手をふり回している。母を庇い、妹を守ろうと、小さなからだで精一杯抗っている。

そんな勘七に、千代太は手を差し伸べてくれた。頼りない綱に過ぎないが、泥の中に投げ入れてくれた。素っ気ない態度を通していたが、勘七にしてみれば、どんなにか嬉しかったことだろう。宛がわれた食い物そのものよりも、自分たちに目を留めてくれたことが、何よりも嬉しかったに違いない。

けれど、千代太が投げたのは綱ではなく、餌だった。

千代太と自分を繫いでいると思っていた綱は幻に過ぎず、あちらにもこちらにも放っている、余り飯に過ぎなかった――。思い知らされて、勘七は愕然とした。

ひもじさは、何よりも切ない。生命の危うさに晒されていては、人としての誇りなど二の次だ。恥知らずにもなろうし、悪行に手を染めても不思議ではない。

本当なら勘七も、千代太という金蔓を、もっとうまく使うこともできたはずだ。騙すなり追従するなり、ただ尻尾だけをふって、よけいに金品を引き出すことも、世間ずれした小利口な子供ならやってのけてもおかしくない。けれど勘七は、そうしなかった。憐れみは、弱き者の最大の武器になる。なのにその武器を、あえて投げ捨てた。

勘七には、見どころがある。泥にまみれても汚れることのない、玉のような心がある。

その考えに至り、徳兵衛は顔を上げた。

「お園、帰って千代太に伝えなさい。いつもどおりに、ここに来るようにとな」

嫁は言いつけどおりにしたようだ。昼を過ぎると、千代太は姉やとともに隠居家にやってきた。ただ見る影もないほどにしょんぼりして、小柄なからだがいっそう小さく見える。

「辛いか、千代太」

神妙な顔で、こっくりとうなずく。孫を正面に正座させ、おもむろに告げた。

「勘七は、もっと辛いはずだ」

「おじいさま、坊は勘ちゃんに嫌われちまったの？　坊の何がいけなかったの？　どうして勘ちゃんは、あんなに……」

ひと晩中、泣いていたのだろう。兎のように目は真っ赤で、目蓋が壊れてしまったみたいに、まだほろほろとこぼれてくる。

「千代太、おまえ、どうしても勘七と仲直りしたいか？」

「はい、おじいさま。坊は勘ちゃんやなっちゃんと、また会いたい、一緒に遊びたい」

「ありていに申さば、あの子らとつき合うのは骨が折れるぞ。もしかすると、いったん仲直りしても、また同じような諍いを、この先もくり返すことになるやもしれん」

「どうして……？」

「家や来し方が、あまりにも違い過ぎるからだ……そうだな、たとえば千代太は池で育った金魚で、あの子らは海で育った鯵としようか。金魚は塩の濃い海では生きてはいけぬし、鯵もやはり池の真水では生きられない。おまえたちは、そのくらい違う身の上だということだ」

「金魚と鯵は、一緒に住めないの？」

「魚はな、同じ場所では生きられぬ」

「でも、坊と勘ちゃんは、同じ巣鴨町にいるよ」

「同じ巣鴨町にいても、金魚と鯵ほどに違う。そういう者同士がつき合うには、苦労が要るものなのだ」

このまま縁を絶つ方がよほど楽であり、あえて遠ざけるのが祖父の分別かもしれない。けれどもあの兄妹は、すでに千代太の中に深く穿たれている。無理にちぎれば傷を広げるだけだ。

「苦労してもいいから、金魚と鯵で仲良くしたい！」

こぼれた涙を弾きとばしながら、千代太がはっきりと言ったとき、徳兵衛も腹を決めた。

「それなら、千代太。人に向かって可哀そうだとは、二度と口にするな」

「おじいさま？」

「可哀そうだと、千代太は言ったろう？　あれが勘七を、深く傷つけたのだ」

びっくりした顔で、祖父を仰ぐ。

「あれはいかん。決して言ってはならぬのだ、千代太」

やはり腑に落ちない表情を返す。徳兵衛は、やり方を変えた。

「おまえは本当に、可哀そうな子供だな」

「……え？」

「男のくせに泣き虫で、女師匠が怖くて手習いにも行けぬ意気地なしだ。憐れむべき、まことに可哀そうな弱虫だ」

千代太の顔の輪郭が、ふやけて歪んだ。

「いま、千代太はどう思った？」

「とっても悲しいです……」

「千代太も勘七に、同じことをしたのだぞ。海で塩水にまみれて可哀そうだと、鯵に向かって言ったのと同じなのだぞ」

ぱちぱちっと、二度まばたきした。

「……そっか、だから勘ちゃんは、あんな悲しそうにしてたんだ」

ずいぶんと遠回りをしながらも、どうにか千代太にも伝わったようだ。

けれどもこの先は、さらに面倒だ。徳兵衛は内心で、憂うようにため息した。

にわか師匠

巣鴨町はいずれも、畳の縁のような細長い町だったが、下組だけは少しようすが違う。この一画だけは、町屋が広く南にせり出していて、他の三町を長い柄にたとえるなら、その先についた斧の刃のような形を成していた。

奥行きが深い分、表通りから奥へ踏み込むと、まったく景色が変わる。道も建物も不規則に入り乱れ雑然として、まるで長屋に据えてある芥溜をひっくり返して撒いたようだ。

「長年、巣鴨町に住み暮らしていたが、この辺りは初めてだな……」

「ご隠居さまには、縁がございませんからね」案内役の善三が、ふり返った。

「おまえは、ちょくちょく来るのか?」

「いや、あっしもここ五、六年はとんと……それこそ子供時分は、遊び仲間がこの辺りにおりましてね、かくれんぼなぞをして遊んだものですが」

「たしかに、隠れる場所には事欠かんな」

大人ふたりが並んで歩けぬくらいに道は細く、奥へ進むごとにのたうつ蛇のように捻くれてくる。道に倒れそうなほどに傾いで見えるあばら家が、所狭しと地面を塞いでいた。

とっかかりは、千代太から見せられた催促状だった。『丑右衛門長屋・はち殿』とあり、千代太の話では、兄妹は巣鴨町下組に住んでいた。巣鴨各町の名主や世話役とは、いずれもつき合いがある。善三を連れて、下組の名主を訪ね、丑右衛門長屋の所在を確かめた。

「あの長屋に、どんな用件が?　嶋屋のご隠居が、足を運ぶようなところではありませんよ。あの辺りは、貧しい者たちばかりが流れ着いては吹き溜まるような場所でね。中山道を来た田舎者が住みついたり、逆に町場で食い詰めて両国や神田から流れてきたり。

私も気にはしていてね、いっそ更地にして小ざっぱりとした長屋でも建てたいところだが、住人たちが行き場をなくす。それじゃ殺生と同じだからね、痛し痒しといったところで、手つかずのまんまでねえ」

　途中からはぼやき口調で、界隈のようすをあれこれと語った。

「用というほど大げさなものでは。見知りができた故に、一度訪ねてみようかと思いましてな」

　嘘ではないが、肝心のところはぼやかした。案内に立とうかとの申し出も辞退して、長屋の場所だけ教えてもらった。ただ、地図にもできぬほどに一帯は入り組んでいる。説明には名主ですらもたいそう往生したが、幸い善三がこの辺りには明るかった。あっさりと呑み込んで、下組の脇道に逸れると先に立って歩き出した。

「当時の遊び仲間は、長じると皆、出ていっちまいやしたから」

「あまり愛着がないということか」

「ここにくらべりゃ、他所の方がよほどましに見えるんでしょうかね」

　捌けた口ぶりに、うなずきそうになった。明らかに空気が澱んでいる。家がぎゅうぎゅうに詰め込まれ、風の通り道がなく、ドブから上る臭いの逃げ場がない。奥へ進むごとに臭いはひどくなり、さっきから鼻をつまみたい衝動を堪えていた。重く垂れ込めるのは、人の臭いだ。明日をも知れぬギリギリの状況で、それでも何とか今日を生き延びようとあがく。表の皮を剝いで、生そのものを剝き出しにした、強烈な営みの臭いだった。

脇からとび出してきた子供に、善三が道を確かめる。間違ってはいないようだと、また歩き出した。徳兵衛自身は、とうに道筋など見失っていて、黙って従者の背中を追った。

「この隠居家に、また来てくれるよう勘七に頼んでみる」

昨日、孫にはそう約束した。今朝からさっそく出掛けてきたのは、せっかちな性分故だ。嶋屋での荷運びは終わったというから、善三も同行させた。唐突に、下男の足が止まった。

「たぶん、これが丑右衛門長屋の木戸だと思いますが……判じようがございやせんね」

木戸というより残骸に近い。ながめた善三が、途方に暮れた顔をする。

どこの長屋も同じだが、丑右衛門長屋と掲げられてはおらず、住人の名を記した木札が木戸上に並んでいるだけだ。それすらいまの住人のものではないのだろう。風雨に晒されて文字はほとんど読めなかった。扉すらなく、木戸の役目も果たしていない。

木戸を潜った先も景色は変わらず、家が無闇に建て込んでいるだけだ。途方に暮れていたが、思わぬところから声がかかった。

「あれえ？　じいちゃん、どうしたの？」

きき覚えのある声が、何故だか上から降ってくる。ひょいと見上げると、物干し竿にしがみつく、なつの姿があった。

「おまえはまた、そんな危ないところに！　早う下りなさい」

「こんなの、ちっとも危なかないよ」

ぱっと両手を離し、見事に着地する。まるで猿を見ているようだ。まったくこの子らは、心の臓に悪い。胸の動悸を抑えながら子供を見下ろした。

「じいちゃん、なつんちに遊びに来たの？」

「ああ、そうだ。兄さんや母さんはいるのか？」

「母ちゃんはいないけど、兄ちゃんはいるよ。兄ちゃーん、お客さんきたー」

話の途中で駆けていく。善三とともに急いで後を追った。数軒先の破れ障子に向かってなつが声を張り上げて、ほどなく中から声がした。

「客だと？　借金取りなら相手にするなって言ったろうが。どうせうちには金はねえと……」

ぼやきながら出てきた勘七は、徳兵衛の姿に、驚くというより呆れた顔をした。

間口九尺、奥行き二間。六畳ひと間の広さだが、一・五畳は土間に使われ、座敷は四畳半に留まる。いわゆる九尺二間が長屋には多いが、勘七の家はそれより狭い。

一畳ほどの土間に、奥の板間は三畳くらいか。畳すらなく、二ヵ所ほど踏み抜いた跡まである。ここでどうやって親子三人が眠れるのか不思議なほどだ。長屋というより、掘建て小屋に近い代物だった。おそらくもとの長屋を細切れにして、より多く詰め込んでいるのだろう。つい、じろじろとながめていると、不機嫌そうな勘七の目とぶつかった。

「わざわざこんなところに出張るなんて、いったい何の用だよ」

「おまえと、話がしたいと思うてな」

徳兵衛は、ふたつの穴を用心深く避けて、板間に上がった。勘七は横顔を見せる恰好(かっこう)で、足を投げ出して壁にもたれている。布団はおろか家財道具らしきものは何も見当たらず、座る場所だけは事欠かない。板間の隅に、風呂敷(ふろしき)包みがひとつ、埃(ほこり)を被っていた。

外からは、なつの高い声がする。しばし善三に子守りを任せていた。

「おまえ、歳はいくつだ？」

「九つ。なつは五つ」

いまさら何だと言うように、面倒くさげに返す。九歳といえば、千代太よりひとつ年嵩(としかさ)になる。食べ物が粗末な故に背丈が伸びないのか、ふたりとも見当より一、二歳上だった。

「ここにはいつから？」

「一年と、少し前」

「それまでは、どこにいたのだ？」

「谷中(やなか)」

ぶつりとちぎっては、放って寄越す。

「巣鴨に越したのには、何かわけがあるのか？　知り合いでもおるとか」

「誰もいねえ。巣鴨に来たのは、ただ……」

鉄瓶みたいに硬かった表情が、中に湯を注がれたように熱を帯びた。

「昔、遊山に来たことがあって……飛鳥山に登って、王子権現に詣でて、玉子焼きを食べた。あれはとびっきり旨かったなあ。それから巣鴨町をぶらぶらして、冷かしのつもりだったけど、せがんだら飴細工を買ってくれた」

勘七の頰が、らしくないほど弛む。巣鴨はきっと、一家にとって思い出の場所なのだ。父がいて母がいて子供たちがいて、誰の顔も笑っていた。そんな幸せな家族の背景に、描かれていた土地なのだ。

「巣鴨に越そうって言ったのは、おれなんだ……谷中にいると、母ちゃんが色々と思い出しちまって、毎日泣いてばかりいるから、谷中を離れて景気をつけようって」

巣鴨という土地に、勘七は希望を抱いていたのだろう。

しかし辿り着いたのは、この長屋だった。遊山の華やぎとはまるで縁遠く、ささくれた壁も破れ障子も、人の汗と暗いため息をたっぷりと吸い込んでいる。こんな場所にしか住めぬとは、巣鴨に移ったときには、すでに金が底をついていたのだろうか。もしかすると店賃が払えず、夜逃げに近いものだったのかもしれない。

「そういえば、おまえの母の生業は何だ？　酒浸りとはいえ、職がなければ酒も買えまい」

忘れていた虫歯がうずいたように、顔をしかめた。よほど痛いのか、むすりと黙り込む。沈黙に堪えられるほど、徳兵衛の気は長くない。せっかちにあれこれつつくと、煩わしそうにこたえが返った。

「前は、あの壺屋って店で働いてた。給金以上に呑んじまって、追ん出されたけどよ」

「なるほど、あの一両二分はそれか」

つまりは酌婦をしていたということだ。場末には、酒に留まらず色を売る店もある。酔客と二階に上り、しっぽりとが常套だった。御上に見つかればしょっ引かれるが、廐に群がる蝿のごとく、この手の店はいくらでもある。母親の稼ぎもまた、そのたぐいか。厄介な虫歯をもて余しているような勘七の気配から、そう察した。

「その壺屋とやらを辞めて、いまも似たような店に働いておるのか？」

「まあな。そっちもいつお払い箱になるか知れねえが」

「その手の店は、昼前は暖簾を上げぬだろうが。おまえの母は、どこに行った？」

「さあな。大方、昨日の稼ぎを握って、酒屋じゃねえか」

また沈黙が落ちた。今度は勘七が、せっかちな年寄りより早く沈黙を破った。

「酒さえやめれば、母ちゃんは稼げるんだ！　母ちゃんは、父ちゃんと同じ立派な職人だったんだから！　腕がいいって褒められて、父ちゃんの方が仕事は早かったけど、母ちゃんの方が粋な色に仕上がるって、番頭さんも言ってたんだ」

「おまえの母親は、職人だったのか？」

「修業はしてないけど、父ちゃんと一緒になってからはじめて、すぐに上達したって」

「夫婦で同じ居職をしていたというわけか。何の職人だったのだ？」

勘七が黙って、板間の隅を指す。ぽつりと置き忘れたような風呂敷包みだ。なるほど、とようやく合点がいった。

ただのがらくたかと思えたが、包みの一端から顔を覗かせている道具は、糸問屋たる徳兵衛にも馴染みがあった。どうしてあんなものがと腑に落ちなかったが、仕事道具一式が入っているのだろう。

「たしかにあれなら、女の職人も少なくないときいた」

「他の家財は粗方売っちまったけど、あれだけは母ちゃんが手放さなくて……」

打ち捨てられ、埃まみれの道具が、まるで母親そのものに見えた。

「おまえはやらんのか？　そのくらいの歳なら、真似事くらいはできそうに思うがな」

「前にちょこっと試してみたけど、おれは手先が殊のほか不器用で、てんで才がねえんだ。なつも見込みはなさそうだな。じっと座っているのが苦手な気質だから」

「ふむ、まあ、向き不向きはあるからな」

「代わりに時々、王子権現や飛鳥山で、参詣客の案内やら荷運びの手伝いやらをしてるんだ。けど、おれみたいな手合いは多くって、客にありつくのもひと苦労だ。たいした稼ぎにはならねえがな」

からだが小さいから荷運びの役には立たず、案内にももっと口の上手い子供がいるという。名所旧跡のたぐいには、貧しい子供たちがたむろして、あの手この手で参詣客から小銭を得ようとする。むろん徳兵衛は、どんなにまとわりつかれようと、一度も足を止めたことはない。

「やっぱり、おれが奉公に行くしかねえのかな」

「たわけ者が。読み書きもろくすっぽできん小僧を誰が雇うか。だいたい奉公に出たところで、向こう十年は給金なぞ出んわ」

すでに知っていたらしく、だよなあ、と壁に背中を預けて天井をながめる。

「まあ、しかし、おまえもそれなりに考えていたのだな」

「母ちゃんとなつには、おれしかいねえからな」

「その心意気があるなら……勘七、手習いからはじめてみんか？」

徳兵衛は初めて、子供の名を呼んだ。

「手習いったって、束脩も払えねんだぜ。じいさんが出してくれるのか？」

習い事の師匠に払うのが束脩だが、どこの塾でも特に値が決められているわけではなく、相場はあるものの決して高い金額ではない。親の懐事情によっては魚だの菜だのが束脩代わりにもなり、それでも無料で済まそうという不届き者はひとりもいない。我が子を何卒よろしくと、誰もがやりくりしながら師匠には精一杯の礼を尽くす。

しかしそれも、あくまで親しだいだ。この家の悩みは、金以前のところにある。母親が自分のことで手一杯で、子供を案じる気遣いすらなくしていた。いまのままでは、子の先行きもままならない。

　実をいえば、徳兵衛には、そこのところがよくわからない。たとえ伴侶と離縁しようと家が丸焼けになろうと、次の日から先の算段をはじめるのが徳兵衛の性分だ。嘆いていても先々の目処は立たないし、気落ちしている暇こそが惜しくてならない。

　そういう不幸に遭っていない者の傲慢だと言われればそれまでだが、情の深い人間こそが、この手の深みに嵌まりやすい。身内はもちろん、周囲の者たちに惜しみなく情愛を注ぎ、だからこそ失ったときの落胆は大きく、慟哭は深い。

　立ち直れぬほどの深情けなど、いっそ無用のものだ。虫のように日々の営みだけに邁進する方が、どれほど人生の効率が良いか。何も非情や無情を為せと言っているわけではなく、いちいち情にふりまわされる人のありようが、徳兵衛にはどうにも納得しがたく、面倒に思えて仕方がないのだ。それをあえて宣するように、断固たる口ぶりで勘七に告げた。

「わしは施しなぞ、するつもりはないぞ。よっておまえたちのために束脩を払うつもりもない」

「わかってらあ。おれも施しはご免だ」

　すでに壁を枕に、ほとんど寝そべった姿の勘七は、気のないため息を返した。

「だから勘七、おまえは千代太から手習いを教われ」

「何だとお！」

それまでだらけていた勘七が、ぱっと身を起こし、徳兵衛ににじり寄る。

「何でおれが、てめえの孫なんぞに」

「千代太はおまえのひとつ下だが、手習いの出来は師匠のお墨付きだ。読み書きを知らぬおまえに手ほどきするくらいできようし、千代太もその気になっている。……もちろん、おまえがあれを許してくれればの話だが」

「許すだと？　ふざけんな！」

ふしゅうっ、と頭から立つ湯気が見えるようだ。歯を剝き出しにした獣さながらだが、不思議と怖さは感じなかった。

「許すも許さねえもない。あいつとは、関わりたくねえんだよ！　ついでに言うと、じいさんともな！　おれたちのことは、もう放っといてくれ」

「わしもその方が有難いのだがな」むっつりと返す。

自身の過ちに気づいた千代太は、どうしたら勘七と仲直りができるのか、祖父を相手に懸命に考えた。

「お腹がすいているのだから、ご飯をあげれば喜ぶと思って……」

「それでは犬や猫と変わりない。勘七ががっかりするのも道理だ」

「どうしたら、勘ちゃんは許してくれる？　何をあげれば、喜んでくれるの？」

正直なところ、何をと問われると、徳兵衛にもとんと浮かばなかった。傷ついた心をなだめる方法もやはり知らない。徳兵衛が知っているのは、商いのことだけだ。

若いころには失敗もやらかした。些細な物言いで得意先の機嫌を損ねたり、納期に間に合わず出入りを禁じられたこともある。その中で学んだことは、とにかく諦めないことだ。一朝一夕に相手の気分を和らげることはできない。

芥子坊主を右に左に傾けながら、うんうんと考えていた千代太が、ふいに叫んだ。

「あっ、わかった！　勘ちゃんをこの家で、雇ってあげればいいんだよ。権現さまやお山では、たいして稼げないってぼやいてたもの」

「おわさ親子ですら暇をもて余しているのだぞ。雇人なぞ要らぬ上に、あれでは役に立たんわ。まず、読み書きを覚えるのが先だろうが」

その瞬間、ぱあっと千代太の顔が輝いた。小さな両手を握りしめ、きらきらの瞳で祖父に訴える。

「そうだ！　手習いをしに、勘ちゃんがここに通えばいいんだ！」

「何だと？」

「坊もおじいさまから、商いを学んでいるのだもの。勘ちゃんも一緒にやればいいんだよ」

「いろはから教えるなぞ、わしはご免だぞ。だいたい、どうしてこの家に通うことが建前に……」

祖父の文句なぞ、千代太はまるできいていない。頭にはすでに、その光景が浮かんでいるようだ。

「いろはなら、坊が教えてあげるよ。算盤だってできるもの。昼餉は坊も、嶋屋じゃなくここでとることにして、そうしたら、勘ちゃんとなっちゃんと一緒にご飯も食べられる！」

てんこ盛りの反論も、千代太のきらきらの表情に、喉の奥へと押し戻された。

たしかに、悪くない。手習いとなれば長くつき合うのは必然になろうし、教えることは千代太の励みにもなる。師匠怖さが先立つ孫に、学びの大切さを気づかせてくれよう。むろん勘七にとっても、先を自身で拓いていくには欠かせない。

静閑な隠居家が子供らのたまり場になるとは、徳兵衛にとっては甚だ不本意ながら、上策であることは認めざるを得なかった。千代太が直に乗り込んだところで、勘七も意地を張る。まずはようす見に、善三を連れて出向いてきたのだ。

「千代太は、おまえに詫びたいそうだ。おまえと友達になりたいと、そう申していた」

「は！　友達だと？　馬鹿馬鹿しい。金持ちの坊ちゃんの道楽だろうが」

「道楽と言われれば、そのとおりかもしれんが」

「気紛れに可愛がって、飽きたら見向きもしねえ。安い玩具と同じことだ。そんなのは、おれはまっぴらだ」

「千代太の同情は、たしかに安い。二束三文の大安売りだ。少しも有難くないことは、わしも承知している」

徳兵衛もまた、勘七と同じ言葉を投げられた。思い出すと、茶葉をそのまま嚙むような心地がする。口の中でざりざりと音を立て、苦みだけが舌に広がる。

「それでも勘七、よう考えてみい。母と妹を守ると言うたが、いまのおまえには何の手立てもなかろう。人の暮らしも、荷物と同じだ。背負う力がなければ、三人一緒に潰れるだけだぞ」

「んなこと、説教されなくともわかってらあ」

「力とは、何かわかるか？」

「……力は、力だろ？　おれがもっと大人になれば、それなりに……」

「力士でもあるまいし、たとえ米俵を十俵担ぐことができても、暮らしを担げるわけではないのだぞ」

「十俵担げれば、十分凄いと思うけど……」

口を尖らせて、小さく抗う。勢いはだいぶ失せていた。本当は、勘七にもわかっているのだ。言葉で敏感に傷つくのは、それだけ頭の良い証しだ。学問のあるなしではなく、恥を恥とわきまえる分別があるということだ。勘七は、父がいたころのまっとうな家族の姿を知っている。だからこそ、雲泥というべきいまの姿が、恥ずかしくてならないのだ。

「よく考えろ、勘七」

徳兵衛はくり返した。

「からだが小さく、手先も器用ではないおまえには、いまは何の力もない。手習いは、足掛かりだ。どんな職に就くにせよ、力をつけるための踏み台になる」

　勘七は、すでに徳兵衛を見ていない。何かと戦っているように、粗末な床を睨みつけていた。今日はここまでか、と徳兵衛は腰を上げた。そのとき、外からなつの声が響いた。

「あ、母ちゃん、お帰り！　兄ちゃん、母ちゃんが帰ってきたよ！」

　徳兵衛は、敷居をまたいで外に出た。派手な形の女に、なつがしがみついていた。長屋の入口を塞ぐ徳兵衛に気づき、女が顔を上げる。

「おや、この辺ではお見かけしないお顔ですねえ。どちらのご隠居さんで？」

　目はとろりと濁り、明らかに呂律が怪しい。まだ昼前だというのに、したたかに呑んでいるようだ。歳は嫁のお園と同じくらいか。こってりと化粧され、存外、見目は悪くないが、崩れた気配だけは隠しようもなかった。自身の弱さに首まで溺れ、ただ酒に逃げ、子供を放って朝から呑み歩く。徳兵衛が、もっとも我慢ならない手合いだ。

「母ちゃん、お帰り。このじいさんは、前に話したろ。飯と煮豆を馳走になって……」

「そうなのかい。それはそれは、うちの子がお世話になって」

　へらへらと笑いながら、へこりと腰を折る。下手な浄瑠璃人形のごとく、無様な辞儀だ。

　言いようのない怒りがわいて、胸がムカムカする。何を考える間もなく、家の外にあった手桶を摑んでいた。

「この、大馬鹿者があっ！　いい加減、目を覚まさぬか！」

桶に溜まった雨水が、母親目がけて降り注ぐ。まともに顔に当たり、拍子に相手が尻をつく。

「昼日中から、正体もなく酔っ払うなぞ何たることか！　いなくなった亭主を嘆くなら、少しは子供らのことも考えんか！」

母親の尻の側にいたから、ほとんど水はかかっていないはずだが、なつが泣き出した。何が起きたか、わからないのだろう。当の母親は、くしゃみをしながら座り込んでいたが、長男が代わりに怒鳴りつける。

「このクソジジイ！　母ちゃんに何しやがる」

「おまえが甘やかすから、この有様なのだ。今度はおまえが水をぶっかけて、正気に戻してやれ。行くぞ、善三」

さっさと水浸しの女の脇を抜け、下男が慌ててつき従う。

「勘七、さっきの話を母にも伝えてやれ。相談の上、どうするかはおまえが決めなさい」

路地を出しなに捨て台詞を残し、歩きづらい小道を黙々と先に進む。途中で道を見失い、立ち止まった折に善三の声がかかった。

「あの、ご隠居さま……」

「やり過ぎたのは、わかっておるわ。我ながら年甲斐もなく突飛な真似を……」

「いいえ、おっかさんに、良い土産話ができやした」

善三が、にっと笑う。それまで胸につかえていたムカつきが、少しだけ軽くなった。

「おじいさま、勘ちゃん、来ないね……」

筆をもつ手を止めては、同じ台詞を千代太が呟く。昨日も一昨日もそうだった。千代太は飽きることなく、勘七の再来を待ちもうけている。

徳兵衛が丑右衛門長屋に赴いてから、四日目。やはり訪ねてはこぬかと、徳兵衛は半ば諦めていたが、千代太のこだわりは溶けそうにない。どうしたものか、と別の思案に暮れていた。

もう一度、いや二度でも三度でも通って、勘七を説き伏せるのが早道だ。今度は千代太を連れていってもいい。この前はようす見であったし、貧しい暮らしぶりを千代太に知られることは、勘七の本意ではなかろうとあえて同行させなかった。

ただ、もうひとつ懸案がある。そもそも他人事に首を突っ込むのは性分ではない。些細な親切で手を出せば、ずぶずぶと腰まで浸かりそうで怖かった。徳兵衛はお人好しでも深情けでもない。しかしすべてにおいて、手を抜かぬきらいがある。いったん手をつけたものを半端に放り出すのは、飯粒が茶碗にこびりついているようですっきりしないのだ。

勘七と、ひいてはなつの手習いを曲がりなりにも引き受けてしまえば、母親のおはちを含めた、一家三人の暮らしを丸ごと抱える羽目になるやもしれない。そんな大がかりな厄介は勘弁だが、人との関わりに疎いだけに、どこに線を引いてよいかわからない。子供には必ず親がいて、子に関われば親もついてくる。無様な体たらくを目の当たりにすれば、つい怒鳴りたくもなる。水を浴びせたのがいい例だ。あのまま素通りすればいいものを、わざわざ親と関わるきっかけを作ってしまった。軽い後悔を覚えながら、このまま何もせず、千代太が諦めるのを待つのが最善の策だろうなどと鬱々とした考えに沈む。

「あっ！　ちいちゃん、いた！」

甲高い声に、物思いの沼からいきなり引きずり出された。

いつぞやと同じに、妹がひとりで廊下に立っていた。ただ、今日は格好が違う。着物は同じだがきちんと継ぎがあてられて、長い髪は首の後ろで結わえられていた。

「うわあ、なっちゃん、見違えちゃったよ」

廊下から駆け込んできたなつを、千代太が受け止める。畳にころがりながら、ふたりがきゃっきゃと再会を喜び合う。

「小ざっぱりして、とっても可愛いよ、なっちゃん」

「へへ、母ちゃんとね、お風呂に行ったんだ。髪も母ちゃんがといてくれたの」

なつが嬉しそうに告げる。たとえ今日だけにせよ、子供たちの身だしなみに母親が気を配ったということか。いくぶんの安堵がわいた。

「なつ、勘七はどうした？」

「兄ちゃん、いるよ。母ちゃんも」

「何だと？　母親も一緒か」

「うん。戸口でおきの姉ちゃんと話してる」

　子供たちを連れて、少々慌てぎみに囲炉裏の間に向かった。おきのは外で母親と挨拶(あいさつ)を交わしているらしく、声だけがきこえる。土間に退屈そうに突っ立っているのは勘七で、やはりだいぶ見目はよくなったものの、頭の後ろに腕を組みふて腐れている。おれはその気はなかったけど、仕方なく来てやったとでも言わんばかりだ。

　そんな見せかけも、千代太には通用しない。裸足(はだし)のまま躊躇(ちゅうちょ)なく土間に下り立った。

「勘ちゃん、勘ちゃん、勘ちゃん、勘ちゃん！」

「てめ、人の名を安売りするんじゃね……」

　相手の文句すら遮って、ひし、と首ったまにしがみつく。

「よかった、また会えた！　勘ちゃん、ごめんね。ひどいこと言って、ごめんね。許してもらえるまで何べんだって謝るから、坊を嫌いにならないで。千代太と、友達になって！」

　言うだけ言って、うえええんと盛大に泣き出す。泣く子と地頭には勝てない。勘七もたちまちもて余した。

「ちょ、暑いからしがみつくな。うわ、その顔くっつけんな。鼻水がついたじゃねえか」

　おたおたしながら引き剝(は)がそうと試みるが、こういうときの千代太は糊(のり)よりもしつこい。それしかないと悟ったのだろう。とうとう勘七が降参した。

「わかった、許す！　おれと千代太は友達だ！　これでいいんだろ」

「ほんと？　勘ちゃん」

「ほんとだ。男に二言はねえ」

「ありがとう、勘ちゃん！　よかった、よかったよおお」

相変わらずぺったりと張りつかれたまま、さらにおいおいと泣き出され勘七がげんなりする。

「よかったねえ、兄ちゃんちいちゃん、よかったねえ」

なつが歌いながら、ふたりのまわりをとびはねる。

「あの、ご隠居さま……おはちさんが、ご挨拶をさせていただきたいと」

おきのの後ろから、おずおずと入ってきた女に、徳兵衛は目をぱちくりさせた。

子供たち以上の様変わりに、同じ女だとはとても思えなかった。濃化粧と派手な着物をとり去った姿は、拍子抜けがするほどに地味でくすんでいた。

「先日は、お恥ずかしいところをお見せして……申し訳ありません」

奥の居間に通されると、おはちはまず頭を下げた。

煤けたような暗い灰緑の着物は、もとは御納戸茶か。褪せた焦茶の帯を締めている。装いもさることながら、口調や佇まいもまるで違う。この前は、いわば酌婦としての仕事着であったのだろうが、ただ酒を抜いただけでこうも変わるものかと、狐に化かされたような心地がする。化粧映えするたちなのか、素顔は平凡で、しかしその分しごくまっとうに見える。

「いや、わしの方こそ、大人げない真似をした」

「ご隠居さまに水を浴びせられて、目が覚めました。あたしが不甲斐ないばかりに、子供たちにも辛い思いをさせてしまったと、重々思い知りました」

　殊勝につらつらと述べたものの、あっさりと信じるほど安くない。

「で？　あれから酒は、何度口にした？」

「え……あの……」

「すぐさま酒を断つことなぞ、できるはずもない。そのくらい、わしにもわかるわ」

「……二度ほど」

　蚊の鳴くような声でこたえる。返事の代わりに、あからさまなため息を返した。

「金輪際、二度と呑むまい。明日からは、子供たちのために仕事に精を出そうと、本当に毎日のように誓っているのです。でも……暮れ方になると、どうにも物寂しくなっちまって。人恋しくてならなくて、ついふらふらと」

　働き口の居酒屋で、正体を失うまで呑み続け、翌日も残った酒でからだが動かない。この前のように朝から迎え酒をひっかけにいくこともある。そのくり返しだと、情けなさそうにうなだれる。

「ひとつきくが、その店で色も売っているのか？」

　ずけずけとした物言いが、かえって湿っぽさを感じさせなかったのか、おはちは素直にうなずいた。

「でも、呑んだくれのあばずれですから……酒が入ると、人が変わるみたいで……お客にも煙たがられて、たいした数はとれません。呑む量の方が給金を越えちまって、お払い箱になるのが常で」

　店にいた酌婦にわざわざ酒代を請求するとは、壺屋の主人もよほどの強欲だが、おはちの呑みっぷりも箍が外れているのだろう。酒癖の悪い者は概ね、素面のときは非常に行儀がいい。おはちもまた同じたぐいで、酔ってさえいなければ、ごくごくまっとうで良い母親なのだろう。勘七があああまで庇うのもわかる気がした。

「あの、ご隠居さま。うちの倅に手習いを教えてくださるというのは本当ですか？　束脩も要らぬと伺いましたが」

「そこまで大げさなものではない。師匠はわしではなく孫だからな。よって金などとれぬわ。歳はひとつ下になるが、手前味噌ながら手習いの出来は確かだ。仮名ややさしい漢字、算盤の初手くらいは教えられる。それで良ければ、という話だが」

「構いません。どうぞうちの子を、よろしくお願いいたします」

　有難そうに、額に畳の跡がつきそうなほどに辞儀をくり返す。やはりあたりまえの母にしか見えず、改めて徳兵衛はおはちにたずねた。

「この前、ちらと目に留まったのだが、おまえさんは、組紐師の腕があるのかね？」

「え……ああ、はい……」

どうしてだか、針をふんづけでもしたように、ちくりと痛そうな顔をした。

「風呂敷に包んであったのは、その道具だね？　丸台だけが端から見えた」

組紐は、実用を兼ねた飾り紐として広く用いられる。甲冑や刀剣、馬具といった武具から、仏具や茶道具、昨今は女物の帯締めとしても使われる。

狭義には、組紐・織紐・撚紐に分けられるが、拵える職人はいずれも組紐師と称された。

組紐には適度な柔軟性があって茶道具や帯締めに、織紐は逆にほとんど伸縮せず実用に富む。有名な織紐は真田紐で武具には欠かせない。撚紐はもっとも古くから伝わる技法で、丈夫では織紐に負けるものの、相撲のまわしをはじめ、やはり実に長けた紐として使われてきた。

組み方の技は合わせると二百にもおよび、名人とてすべてを網羅することなぞできないが、どの紐を打つにせよ、一人前になるには十年はかかるといわれる。

紐を打つための台には丸台と角台が多いが、高台、内記台、綾竹台などやはりいくつかある。過日、親子の長屋で目にしたのは組紐の丸台だと、糸問屋の主だっただけにすぐに了見した。

「せっかく組紐師としての技をもちながら、それを生かせぬとは惜しいことだな」

嫌味をこぼすと、おはちの面に影ができた。暗い物思いを滲ませながら、ぽそりと呟く。

「組紐のために、夫婦別れをする羽目になって……」

「どういうことだ？」

おはちの目許が歪み、涙がこぼれた。湿っぽいのも、徳兵衛の苦手とするところだ。しんみりとつき合う真似もしない。

「泣いておらんで、事情を話さぬか。組紐と亭主が、どう関わってくるのだ？　亭主も同じ職人だと勘七からきいたが、やはり組紐師だったのか？」

短気な徳兵衛に急かされて、泣きながらおはちはうなずいた。

「あたしも片親で育ちましたが、あたしの母が組紐師で、その縁で亭主と一緒になりました」

娘が縁付いてまもなく、勘七が生まれるより前に母親は身罷った。おはちが組紐をはじめたのはそれからだという。しかしほんの五、六年で腕を上げ、終いには亭主を越えるほどに上達した。

「技ということなら、修業を積んだ亭主には到底敵いません。ですが、幼いころからおっかさんの仕事を見てましたから……」

「なるほど、門前の小僧習わぬ経を読む、だな」

「組紐の色や模様には心得があって、それが問屋にはことさら受けがよくて、いつのまにかあたしの品の方が、亭主のものより高く売れるようになって」

それが亭主の屈託を生んだ。同じ稼業で、妻の方が評価も稼ぎも良いとなると、男にとっては立つ瀬がない。しだいに不機嫌を表すようになり、日を追うごとに気まずさが募った。

「とうとう我慢できなくなって、あたしが組紐をやめるからと、亭主に言ったんです。でも、その翌日、あの人は出ていって……二度と帰ってこなくて……」

妻のひと言は、亭主にとってはそれこそ憐れみにきこえたのだろう。男としての、家長としての矜持が、ぽっきりと折れてしまったのだ。徳兵衛にも亭主の気持ちは理解できる。

お登勢が褒めそやされるのは、あくまで内儀としての範疇だ。それすらときに癇に障るのだから、仮に嶋屋の主人として徳兵衛以上に見事な采配で仕切られては、とても居たたまれない。

かと言って、おはちに別段、非があるわけでもない。最初は、組紐のための下準備である糸繰りや、糸の長さをそろえる経尺などをしていたそうだが、やってみないかと勧めたのは亭主の方だった。出来上がりに歪みがなく紐が真っ直ぐで、模様が揃っていることが組紐の要となる。おはちは母を手伝いながら、自ずとこつを呑み込んでいたのだろう。糸を撚り締める力加減や、何よりも色の合わせように優れていた。その才が開花しただけに過ぎないが、亭主にとっては、自身の修業が妻の天分に負けたように思えたのに違いない。

　情が絡むと、かくも人の世は面倒だ。

　どちらが悪いわけでもないのに、越えられぬ溝がそこここにあく。

「本当は、組紐の道具なぞ見たくない……でも、あれはおっかさんと亭主の思い出の品だから、どうしても捨てられなくて……」

　粗末な着物の袖で、しきりと涙を拭う。ふうむと徳兵衛は、低く唸った。

「そうまでこだわるのなら、いっそもう一度はじめてみてはどうか。二年も経ったのなら、そろそろ潮時だろうが」

「いまは、そんな気にはとても……むしろ丸台を見るたびに、酒屋に走りたくなるほどで」

「まあ、わからんでもないが……ちなみに、品を納めていた組紐問屋はどこだ？」

「上野池之端の、長門屋さんです」

「長門屋か、なるほど……」

　嶋屋との取引はないものの、長門屋は組紐問屋としては大店だ。徳兵衛もある程度は内情を知っていた。武具や茶道具などの高価な品はあつかわず、大衆向けのどちらかといえば安価な品に限られるが、その分町人受けするような粋な色柄にかけては定評がある。おはちの組紐が見込まれたというのも得心できる。

「長門屋ほどの間口ではないが、似たような品をあつかう問屋なら、二、三心当たりがある。気が向いたら、一度品を見せてみなさい」

「ご隠居さまが、品定めをしてくださるのですか？」

「まあ、色柄となれば、正直なところわしは疎いが、店には詳しい者もおるからな」

浮かんだのは、表店の手代たちではなく、末の娘のお楽である。他には取り柄がないが、お楽は着るものにかけてはたいそうやかましい。流行りに目ざとく、帯締め一本にも妥協を許さない。紐の出来なら徳兵衛にも見定める自信はあるが、お楽に見せれば色模様の善し悪しまで判じられよう。

「ですがいまは、材となる糸もろくに買えなくて……」

「わしに無心をするつもりか？」

「いえ、滅相もない」

おはちが慌ててかしこまる。たしかに、材となる糸がなければどうしようもない。しかし、これはいわば商いに関わることだ。仕上がるかどうかすらわからぬ品のために、大事な商売物を預ける気にはなれない。しばし考えて、折衷案とも言える策をひとつ捻り出した。

「勘七となつは、これからしばらくここに通うことになる。おはちさん、あんたも一緒にどうか？」

「と、言いますと……？」

「この家で、組紐仕事をするということだ。材となる糸は、この隠居家に運ばせる。あんたは道具をもってここに来て、ここで打つ。それなら、互いに損はあるまい」

「たしかに、有難いお話ではありますが」

さっきと同じ色の影が差す。ふたたび組紐に携わるのは、おはちにとっては膿んだ傷口に塩を塗るようなものだ。怖気が先に立つのだろうが、親子が暮らしを立てるにはそれしかない。

「もういっぺん、親子三人で出直そうとは思わんか？」

「あたしも、そうしたいのはやまやまですが……」

そのためには、まずは酒を断たなくてはならない。何百遍も自ら誓いを破り続けているだけに、ふんぎりがつかないようだ。

酒癖は、容易に治るものではない。承知の上で、あえて言った。

「このまま借金を重ねれば、あんたの身売りだけでは済まなくなる。肩代わりするのは、あの子らだ。それだけは、肝に銘じておくのだな」

半ば脅し文句に近い。弱っている者を、これ以上鞭打つのはかえってよろしくない。わかってはいたが、言わずにはおれなかった。どのみち、これ以上悪くはなるまい。親子はすでに瀬戸際に立っている――。そこまで考えて、ふと背筋が粟立った。最悪の事態が残っていることに、遅ればせながら気がついたのだ。

「ここに来る来ないは、おまえさんしだいだが、頼むから自害や心中だけは、やらかしてくれるなよ。寝覚めが悪うて敵わんからな」

それまでの泰然とした態度が崩れ、滑稽に映ったのか、おはちの表情が初めて弛んだ。笑みらしきものを浮かべて、おはちはうなずいた。

翌日、善三に使いを頼み、嶋屋から三十種ほどの色糸をとり寄せた。いずれも問屋としては少量であるから、たいした額にはならない。念のため、組紐作業の前に糸を整える糸巻きなども併せて仕度させた。

その日から、勘七となつは千代太と待ち合わせて隠居家に通ってきたが、母親はやはり姿を見せなかった。素知らぬふりを通しながら、内心では落胆していた。

「だから他人に関わるのは、好かんのだ……己のことでもないのに、やきもきするなぞ割に合わんわ」

ぶつくさとこぼす徳兵衛をよそに、隠居家では勘七の手習いがはじまっていた。今日ですでに五日目になる。いろはからはじまった読み書きも、少しは進んだようだ。とはいえ子供同士であるだけに、互いに遠慮会釈がない。

「違うよ、勘ちゃん。それはめで、ぬじゃないよ。ほら、終いのところが、くるんとしてるでしょ？」

「どっちも変わらねえだろうが。何だってこんなに、わかりづれえんだ」

「何でと言われてもわからないけど、めはめでぬはぬって決まってるんだから」

昨日はたしか、はとほでつまずいていた。この分では、おとあ、わとれとねなど、前途はまだまだ多難だ。手習いは囲炉裏の間のとなり座敷で行われ、徳兵衛のいる居間からは見えないが、縁を伝って声だけはよく響いてくる。

　厠（かわや）に立った折に覗いてみると、座敷には千代太と妹しかおらず、なつは腹這（はらば）いになって落書きをしていた。墨で畳を汚されては敵わぬから、あらかじめ古い茣蓙（ござ）を敷いてある。

　勘七はどうしたとたずねると、厠に行くと言ったきり戻ってこないという。

「きっと、飽いちまったんだ。勘ちゃん、読み書きはことに嫌いみたいで」

「はは、早くも筆子に逃げられたか」

「教えるって、むつかしいね、おじいさま」

「ほう、おまえも師匠の苦労がわかってきたか」

「めとぬが似てるとか、坊は考えたことがなかったけどなあ。めはメザシのめで、ぬは沼のぬでしょ。でも勘ちゃんは、すぐに読み違えてしまうんだ」

「おまえには幼い折から、歌留多や双六（すごろく）なぞが宛がわれていたそうだからな。自ずと字に触れていたのだろうが、勘七はそのころ外を走り回っていたのではないか」

　大方の子供は似たようなものだ。男の子ならことに、家に籠（こ）もるより外を駆け回る方がよほど楽しい。けれども千代太は、外より家の中を好んだ。母親や女中相手に、大人しい遊びに興じていたと、おわさからきいていた。女の子さながらで感心できずにいたが、図らずも読み書きの一助には役立ったようだ。

「勘七は手習いには、一度も通ったことがないのか？」

「手習いに通うより前にお父さんが出ていって、それどころじゃなくなったって」

手習いは六歳前後からはじめるものだが、入門の時期なぞは親に委ねられる。父親が出奔し、この二年のあいだは母の代わりに妹の面倒を見つつ、勘七は小銭稼ぎに明け暮れした。手習いなぞ二の次だったのだろうが、子供というのはおしなべて勉強が嫌いなものだ。

「でもね、勘ちゃんは算術は速いんだ」

「算術とは、算盤か？」

「算盤はさわったことがないそうだけど、勘定なんぞは、頭の中でぱぱっとこたえを出しちまうんだ」

要は数に強いということらしい。千代太も得意としているが、同じほどに速いという。

「そうか。算術が得手とは、大きな取り柄だな」

「なのにどうしてだか、字になるとさっぱりなんだ」

悩める師匠は、小さなため息をこぼす。と、鼻歌を歌いながら、腹這いで筆を動かしているなつに目を留めた。

「わわ、なっちゃん、それは駄目だよ。勘ちゃんのお手本なんだから！」

千代太が半紙に大書した、めの文字に、目玉らしきものが落書きされていた。

「見て見て、ちいちゃん、めやし」

「めやし？　ああ、もしかして、メザシかな？」

「そう、めやしのめ！」

めの字の一本線の先に、目玉がついているだけだが、メザシのつもりのようだ。

「それ、目玉のめか？」

いつのまにか勘七が戻ってきて、何とも珍妙な代物をながめている。

「違う、めやしのめ」

「ずいぶんと貧相なメザシだな。でも、目玉もメザシも、同じめなんだな」

勘七が言って、徳兵衛はふと思い出した。

「そうか、葦手か」

「あしで、ってなあに？　おじいさま」

「葦手書きは、大昔の散らし書きでな。水辺の葦原なぞに草や鳥を配した絵だが、仮名や漢字を崩して絵にしてあってな」

子供のころ、祖父に見せられた折に葦手書きだと教わった。

葦手は平安の御代に、貴族のあいだで流行った風流な遊びであり、源氏物語にも出てくる。何かの写しだろうか、風流人の祖父は楽しそうにひもといてくれたが、当時はさして心を引かれなかった。崩し字に絵を嵌めた墨絵の書き物が、いまになって鮮烈によみがえる。

「もしかすると、葦手のように絵を入れれば、少しは覚えも勝るかもしれんぞ。千代太、ぬを貸してみなさい……たとえば、そうだな」

　別の半紙に、ぬと書かれた紙を受けとる。千代太は沼のぬだと述べたが、少し考えて、小さな絵をふたつ書き入れた。

「勘七、これを読んでみなさい」

「何だよ、これ。鎌と丸か？」

「どこかで見たことあるね……浴衣だったか手拭いだったか」

「千代太はこたえを言ってはならぬぞ。どうだ、勘七？」

「あっ、わかった！　かまわぬだ！」

　鎌と輪の絵に、仮名のぬで、鎌輪奴と洒落ている。元禄のころに町奴のあいだでたいそう流行り、衣装の文様に盛んに染められた。一時すたれたそうだが、七代目市川團十郎が役者文様として用いたために、ふたたび市井に広まった。

「めは目玉とメザシのめで、ぬは鎌輪奴のぬだ。これなら勘七も、少しは覚えやすいのではないか？」

「うん、さっきより、とっつきやすい。落書きも悪くねえな」

　葦手よりもだいぶ格は落ちたが、この落書き文字は、読み書きの覚えにたいそう役立った。思いつく言葉を羅列して、その中からひとつえらんで文字の中に絵を書き入れる。おは顔に見立てて角をはやして鬼に、あはアメンボとアリとアヒルで悩んで、結局朱で文字を書き、赤を表した。

徳兵衛はたまに口を出すことはあっても、長くかかずらうことはしなかった。ふざけ合って騒々しいかと思えば、物音ひとつしなくなり、覗いてみると川の字になって昼寝をしていた。

子供は実に目まぐるしく、三人を相手にするのはくたびれる。目付役はおきのに任せて、居間に引っ込んでいるのが常だった。

いつのまにか、昼過ぎから八つ半ころまでは、子供の声が絶えぬようになった。侘びた隠居家に似つかわしくはないものの、悪くないと思えるようになった。

しかし平家物語に諸行無常とあるとおり、万物は常に変化して、少しのあいだも留まってはくれない。さらに数日が過ぎたころ、いつものとおりにぎやかな声が届いたが、その日に限って、どうも耳に障る。何をはしゃいでいるのかと、めずらしく腰を上げた。手習い座敷を覗いて、ぎょっとする。

「あ、おじいさま、ちょうどよかった。いま、ご挨拶に行こうとしてたんだ」

「……千代太、その子供らは？」

「女の子はね、よっちゃんとりっちゃん。ふたりは歳が同じで、家もとなり同士なんだって。昨日ね、坊と友達になったの」

「こっちはヒョウとイツ、兄弟だ。おれの見知りだからよ、よろしくたのまあ」

勘七が、生意気な口ぶりで続く。薄汚れた身なり、真っ黒な顔と手足、バサバサの髪。勘七となつの兄妹が、この家に初めて来たときとそっくり同じ格好だ。しかも増えている。

「ヒョウは瓢箪の瓢だっけか？　イツはどう書くんだ？」

「知らね。それよりただ飯が食えるって、嘘じゃねえだろうな？」

「おう、任しとけ。飯とこたま甘い豆が食える」

「とーっても甘いんだよ。すごおく美味しいよ」

「あたし煮豆大好き。ほんとは餡こやお汁粉がいちばん好きだけど」

「じゃあ、今度お饅頭をもってくるね。りっちゃんは何が好き？」

塒に集まった椋鳥のごとく、いっせいにそしていつまでも囀り続ける。徳兵衛には手の施しようがない。いつものように部屋の隅からおきのが目で指図を仰いできたが、耳許でぴーちくぱーちくやられては、考えもまとまりようがない。

「ええい、うるさい！　少しは黙らんか！」

徳兵衛の癇癪に気圧されて、囀りがぴたりとやんだ。

「あ、あのね、おじいさま。みんなやっぱり、手習いに行けないんだ。でも、字を覚えたいって、ね、りっちゃん」

「あたし、少しだけ通ったことがあって、でも、父ちゃんが病になって三月しか行けなくて。でも、読み書きは好きだったの」

「あたしは一度も通ったことない。ちいちゃんが教えてくれるって、楽しいよって誘ってくれたから来たの」

千代太より年下に見える女の子たちはまだ殊勝だが、男兄弟は完全に舐めている。

「おれは手習いなぞしたかねえ。勘の顔を立てて、来てやったんだ」

「おいらも、来てやった」

「言っとくけど、手習いしねえ奴には、豆も飯も当たんねえぞ。銭稼ぎと一緒だと思え」

「そりゃあ殺生だろうよ、勘。おれとおまえのつき合いじゃねえか。もう先に、飛鳥山で見つけた客を、てめえに譲ってやったのを忘れたか？」

「そういや、あったな。しょうがねえ、今日だけは大目に見てやらあ」

兄弟は、勘七と同様に王子権現や飛鳥山で小銭を稼ぐお仲間のようだが、徳兵衛の頭はこんがらかってさっぱり働かない。何事にも手を抜かず、正面からとり組むのが身上だが、相手が子供では理も矜持も空の彼方にとんでゆく。

「おきの、後は任せた」

すでに怒鳴る気力すら失せていた。女中に丸投げにして、徳兵衛は奥へと退散した。

おはちが訪ねてきたのは、それから一時ほどが過ぎた時分だった。

「知らぬ間に、ずいぶんと増えたのですね」

「うちの孫と、あんたの息子のおかげでな」

昼餉を済ませると案の定、手習いどころではなくなったのだろう。子供たちは家のまわりを駆け回っていたが、真夏の蟬よりやかましい。隠居にふたたび怒鳴られて、遊び場所を移した。

この家の西側は、木がまばらに生えた野っ原になっていて、子供たちには格好の遊び場だ。西に面したこの座敷からは、遠くに子供たちの姿が見え隠れする。このくらいがちょうどいいわいと、口の中で呟いた。

すでに暦の上では秋になっていたが、七月の内はまだ暑気がとれない。この歳になるときついだけだが、子供たちは草木のように存分に日差しを浴びていた。

この西の座敷を、仕事場として宛がうつもりでいた。暑い時期は少々過ごしづらいが、丑右衛門長屋にくらべればよほどましだと、おはちは気にしたようすはなかった。

「道具は、もってきたか」

「はい、台と組玉と、あとは鋏などのお針道具ですが」

「糸や糸繰りはそこにある。無駄にならなくてよかったわい」

「こんな上等な糸を、こんなに……」

嶋屋では中程度の絹糸だが、色目の良いものを見繕うよう手代に言いつけた。

「長いこと離れていて、組玉の手触りすら忘れてましたから、うまくできるかどうか」

何事にも周到なのが徳兵衛だ。そうだろうと見越して、綿糸と麻糸も用意させた。数は少ないが、嶋屋では麻糸も扱っていた。

「こんなにしていただいて、お礼の申しようもありません」

「仕上がりを見るまでは、何とも言えんがな。ここに足を向けたということは、ひとまず決心はついたか」

「怖いばかりが先に立ってどうにも決められなくて……ついつい酒に逃げちまって。これまで以上に吞んだくれていたら、店から暇を告げられました。おかげで、ふんぎりがつきましたが」

「仕方なくといったところか。いつまで続くか見物だな」

「そのくらいの方が、あたしも気楽です」

「ただしわしは、気の長い方ではないからな。たとえば、帯締め一本仕上げるのに、どれほどかかる？」

　おはちがもっとも得意とするのは帯締めだと、最初に来た折に確かめてあった。

「以前なら、二、三日で……でも、手際を思い出すのにも時が要りますし……ひと月ほどでは？」

「話にならん。半月でも遅いわ」

「亭主は仕事の早い人でしたが、あたしは作る高は知れていて……」

「亭主の腕なぞきいておらん。いまここにいる組紐師に、きいているのだ！」

　突き飛ばされでもしたように、おはちの肩がはずみ、泣きそうな顔になる。

「商いに繋（つな）がらぬようなら、わしは手を引く。隠居の身とはいえ、糸の有難みは骨身にしみているからな。ただでくれてやるつもりなぞ毛頭ない。つまらない腕の職人を、わざわざ使う道理もない」

「つまらない、腕……」

「まず品を見んことには腕も測りようがない。売り物になるだけの代物を、わしに見せてみろ」

せいぜい煽ってみたが、甲斐はあったか。それまで右に左に揺れていたおはちの瞳が、真ん中に定まった。

「わかりました……七日、いただけますか？」

「申したな。その日限で仕上げられるのか？」

「はい」

「では、七日だ」と念を押し、おはちを座敷に残して居間に戻った。

やがて八つ刻になり、他の子供らが帰っていっても、おはちは出てこない。勘七となつは、しばし母を待ちもうけていたが、なつが眠りこけると勘七が座敷を覗きにいった。

「どうだ、ようすは？」

「まだ、糸の仕度をしてる。あんな顔の母ちゃん、しばらくぶりに見た」

怖いくらいに真剣で、声がかけられなかったと勘七が呟く。

いま時分は日が長い。おはちが西の間から出てきたのは、日暮れを知らせる六つの鐘が鳴るころだった。

「あら、まあ、こんな早くから！」

朝餉を済ませて茶を一服したところで、おわさの声がした。まもなく大きな女中のかげらだの陰から、おはちが申し訳なさそうに顔を覗かせる。

「昨日は糸揃えがやっとで、どうにも気が急いて……やはりご迷惑ですか？」

「日を切ったのはこちらだし、早いぶんには文句は言わんが」

「では、座敷をお借りします」

そそくさと奥に消える背中を、女中とふたりで見送った。

「少々、気合を入れ過ぎたか。あまり張り切っては、息切れしそうにも思うが」

さようですねえ、とおわさも相槌を打つ。勘七となつは、昼前は王子権現に行くのが常であり、昼頃に姿を見せるだろう。思い出したように、おわさが手を打った。

「それより、ご隠居さま、昼餉はどういたしましょ。昨日はまるで足りなかったと、坊ちゃまにぼやかれてしまいましたが」

ううむと考えるふりはしたものの、こたえはさっぱり浮かばない。

「おまえに任せる。按配せい」

「おや、おめずらしい。何事も人任せになさらない、ご隠居さまが」

「毎日、突拍子もないことが頻々と起きるからな。さすがのわしでも差配しきれんわ」

冗談ととったのか、おわさはころころと笑ったが、徳兵衛にしてみれば笑い事ではない。この先、子供が増え続けることにでもなれば、とても賄いきれない。

「千代太には、改めてようく説かねばならんな。これ以上は、増やさぬようにと」

「では、昨日増えた四人は、お認めになるのですね？」

「認めたわけではないわ。追い払いようがわからんだけだ」

「同じことですよ。これ以上は、さすがの坊ちゃまでも難しいと思いますがね」

「どうしてだ？　千代太のことだ、それこそ限りなく拾ってきてもおかしくないぞ」

「だって手習い師匠は、坊ちゃまおひとりなんですよ。六人だけでも手に余ると、早々におわかりになりますよ。それとも、ご隠居さまが指南役を務められますか？」

「とんでもない！　もとよりわしは子供時分から手習いなぞ嫌いだった。千代太には内緒だが」

「坊ちゃまの商い指南は当分お休みでしょうし、暇潰しになるのでは？」

「あの子らの相手をしていたら、それだけで寿命が縮むわ。そんなにわしを早死にさせたいのか」

見当違いの剣幕をぶつけられ、女中が台所へと引き返す。

忙しくなったのは、おわさと善三だ。おわさは竈にふたつの鍋をかけ、炊き出しと見紛うほどの豆を煮はじめ、善三は急に乏しくなった食材を仕入れに、巣鴨町へと出掛けていった。

座敷にぽつねんとする徳兵衛の耳に、やがて組玉の音がきこえてきた。

糸玉の音

徳兵衛は、一首捻(ひね)ろうと文机(ふづくえ)に向かっていた。俳句ではなく短歌である。

俳句は季語を覚えきれず、自然や景観を切りとるのは風流に疎いだけに得手ではない。代わりに短歌をはじめてみた。辞世の句のひとつくらいは、死ぬ前に残しておかねばなるまい。

幸い千代太が通うようになってからというもの、題材には事欠かない。

――我期せず六つに増えた筆の子ら　幼き師匠教えあぐねん
めずらしく慌てふためく千代太が見えるようで、ふふ、と独り笑いがもれる。その折に、奥の間から、コトン、コトンと心地の良い音が響いてきた。

水車の音を、少し高く、軽やかにしたような。規則正しい調子を刻む。

組紐(くみひも)を打つ音だった。おはちがいよいよ、紐打ちにとりかかったようだ。

まだ綿か麻を使った試しだろうが、組紐台と向き合うことができたのなら、大きな一山は越えたと言える。

丸台は、鏡と呼ばれる上台が、脚と下台に支えられ、鼓に似た形を成している。

組紐の台としては最も小ぶりだが、初歩の単純な紐から玄人の打つ複雑なものまで、ほとんどの組み方をこなせる万能の道具である。ただし小ぶりなだけに糸数、つまり使う色の数は限られていて、柄の種類には少々不自由がある。また平らな平打紐を打つと、面のなめらかさに欠け、そのぶん組目の風合には秀でていた。

厚みのある丸盆のような鏡の真ん中には、ホオズキほどの穴が開けられて、穴から外に向かって放射状に糸が伸びる。それぞれの糸は、瓢簞のようにくびれた形のもち重りのする糸玉に巻かれており、これが錘の役目を果たす。たとえば三本を使った三つ打ちなら、鏡の上には三枚の扇を円に並べたように、ぴんと張った三本の糸が等間隔に並ぶ。鏡の外側に垂れた糸玉の場所を入れ替え、交差させると紐はひと編みされ、これをくり返すことで、ホオズキ穴の下では、まるで身をよじりながらのたうつ美しい蛇のように、紐は少しずつ伸びてゆく。

三本、四本はあくまで初手で、玄人となれば糸玉の数は四十にも届く。この糸玉同士がぶつかり合う木の音が、何とも快い音を刻む。水車のごとく同じ調子が崩れぬのは、職人の腕の良さを物語っていた。

どの品にも言えることだが、玄人ほど手捌きに淀みがない。傍からすると、しごく簡単そうに見えるものだが、いざ試してみるとてんで覚束ず、その難しさに愕然とさせられる。組紐はその最たるもので、なまじ単純な作業なだけに、同じ力加減を延々と続けるには熟練の技が求められる。

組紐の作業場は、かつて徳兵衛も何度か覗いたことがあり、糸玉の音で職人の力量もある程度は推し量りが利く。おはちも自身で承知していたとおり、やや速さには欠けるものの、その分ていねいで調子っ外れになることもない。音の具合から、まずまずだと徳兵衛にも察せられた。

西の座敷からきこえてくる糸玉の音は、おわさが昼餉を運んでいったときより他は、ほとんど途切れることなく、心地よく続いた。

翌日も、その翌日も、隠居家には同じ音が響いていたが、座敷を覗きにいくことはあえてしなかった。代わりにちょこちょこと偵察に行く勘七が、あれこれと伝えてくれる。

「紐の先が台からはみ出していて、ようやく柄が見えたんだ。あれはきっと丸源氏だ。ふた色の矢羽根を交互に組むのが丸源氏だけど、母ちゃんのはもっと華やかなんだ。色んな色の矢羽根が混じっていてな、三、四十の糸玉がぶら下がっていた」

ほう、とたいして気のない素振りで応じながら、母親の仕事ぶりよりも、ことさらに嬉しそうな子供のようすに満足した。強がるばかりで、いたって可愛げに欠けていたのが、妙に無邪気に映る。子供というのは、これほどまでに親に左右されるものかと、かえって哀れを感じた。

「組紐同様に、おまえの手習いも伸びているのだろうな？」

「じさまはすぐそれだ。言っておくけどな、『豆堂』の男連中の中では、いちばん真面目な筆子だぞ」

勘七なりに、恩は感じているのだろう。ジジィやじいさんから、じさまに格上げされたものの、正直、豆堂はいただけない。どうせならもっと風流な名をつけたかったが、子供たちが勝手にそう呼びはじめ、いつのまにやら定着してしまった。気に入っているのはおわさだけで、毎日せっせと煮豆を拵えては、存分に子供たちにふるまっている。風呂屋通いも朝のうちに済ませるようになり、手習い前には昼餉を、終わってからはお八つを供するのが日課となった。

最初は着いて早々に与えていたのだが、腹がふくれると眠くなる。手習いより前に昼寝をはじめる始末で、思案の結果、昼餉とお八つに分けることにした。昼餉には小さめのお結びだけを与えて、終わってからお八つとして煮豆を出す。これも子供たちが勝手にはじめたことだが、その日の手習いの出来によって豆の量が変わる。まさに馬の鼻先にニンジンをぶら下げるごとく、唯一の甘味たる煮豆にありつきたいばかりに、どうにか手習いも続いている。

とはいえ、勉強嫌いも飽きっぽいのも子供の常だ。師匠の目が逸れたとたんに、ちょこまかと動き出す。ふざけたり走り回ったり悪戯に落書きと、大人の眉間のしわを増やすことばかりを子供たちは際限なく思いつく。畳だけは古茣蓙に守られているものの、手習い座敷の壁には盛大に墨がとび散り、襖は破れ放題だ。最初はもちろん怒鳴りつけていたのだが、毎日のことだからきりがない。この座敷以外を汚したら即座に破門だと言いわたし、目を瞑ることにした。

しかし誰よりもてんてこ舞いしているのは、千代太である。

「おじいさま、お願いだから手伝ってよう。坊ひとりじゃ、とても六人も手がまわらないよ。ひとりに字を教えていると他の皆が騒ぎ出して、ちっとも進まないんだ」

「わしは決して手伝わんと、前に言ったはずだぞ。おまえに面倒見きれんのなら、放逐するより他になかろう」

「ほうちくって、放り出すってこと？　そんなことできないよ！」

「ならばやりようを思案するか、いよいよできぬとなれば、豆堂を閉めるより他になかろうな」

厳かに告げると、千代太が顔色を変える。

「そんなの、もっと嫌だよ！」

「いいか、千代太。言い出したのは、おまえなのだからな。きちんと責めを負わねばならん。しかしまあ、子供のやることだからな。半ばでへこたれてやめたとしても、誰も文句はつけぬだろう。おまえ自身も困ることはなく、からだも楽になるぞ」

「でも、坊がやめたら、皆が困る……大好きな煮豆を食べられなくなる」

「わかっているのなら、踏ん張るしかなかろう」

子守りなぞ、たとえ百両積まれてもご免こうむる。徳兵衛自身の勝手もあるが、何事にも堪え性のない千代太に、世間の厳しさを教えるには良い機会だ。

情だけでは、物事は動かない。時に非情を貫いてでも、主人は店を守らねばならない。

上に立つ者の宿命であり、「旦那さま」とかしずかれる代わりに、大きな責めを負うのは必然でもある。千代太はたしかに優しい子だが、優しいだけでは嶋屋の暖簾は続かない。

毎日のように、選択と決断を迫られる。それが主人というものだ。

長の年月をかけて仕込むよりほかになく、ただ、意気地なしなだけに、とっかかりが摑めずにいた。千代太が自ら望んで立ち上げ、放り出そうにも仲間がいる。優しいが故に一度摑んだ手を離すことはできない。何よりもいま離せば、今度こそ勘七に愛想をつかされる。それは千代太にとって、どんな叱責よりも応えるはずだった。

毎日のように半べそをかきながら訴えるさまは、可哀そうにも思えたが、手習いについてはどのような仕儀になろうと決して手を貸すまいと心に決めていた。

幸か不幸か、世間は徳兵衛ほどには厳格でも辛辣でもない。

千代太の難儀を見かねて、師匠に加わったのは、おきのと、そして善三であった。

「おきのは、郷里で手習いに通っていたのか？」

「はい。村の和尚さんから教わりました。だから田舎では、いまでも寺子屋と呼びます。四年ほど通いましたが、他人さまに教えられるほどの出来ではありません。それでも仮名くらいは何とか……」

自信なさげに、おきのがこたえる。続いて善三が、己の手習い事情を語る。

「あっしも同じでさ。手習いは六歳から十一まで行きやしたが、性の合わない者にいじめられて、一年くらい通わずにおりやしたから、正味は四年です」

　頼りなさでは千代太に引けをとらないものの、少なくとも相手だけはできる。筆子を三人ずつに分け、仲の良い者同士は別の組に入れる。師匠がおらぬあいだも自ずと手持ち無沙汰になって、騒がしさもだいぶ目減りした。教えだけは、十把ひとからげというわけにはいかない。歳の違いはもちろん、それぞれ得手不得手があるからだ。

　町の手習所なら、親の家業も違ってくる。武士の倅ならまず『論語』は必須となり、百姓なら『満作往来』、職人なら『稼　往来』、商人なら『商家往来』というふうに、往来物はそれこそ無数にある。同じ手習所で机を並べていても、となりの子とは手本も教書もまったく異なり、師匠はひとりひとりの筆子に合ったものを与え、個別に指導する。

　それ以外の筆子がじっとしていられないのは、並の手習所でも同じなのだが、ひとつだけ困ったことがもち上がった。親が子供を手習所に入れるのは、読み書きのためばかりではないからだ。進言したのは、おわささであった。

「ご隠居さま、あの子供たちには、何より先に行儀作法を仕込まないと。豆を食べるのも未だに手摑みで、行儀の悪さときたら目も当てられません」

　手習所の本分は、挨拶やわきまえを身につけさせることにある。学業以上に大事なことで、それればかりは千代太はもちろん、山出しの娘や下男ではどうにも手のつけようがない。

「ここはひとつ、ご隠居さまにお願いするしか」

「あの子らに仕込むくらいなら、猿をしつける方がまだましだ。おまえが請け合えばよいではないか」

「お作法なぞ、とてもとても。私には荷が勝ち過ぎますよ。困りましたねえ、いっそどなたかに来ていただくとか」

「これ以上、金をかけるつもりはないぞ」

急いでさえぎると、さようでしょうねと、おわさは短い首をすくめた。

「ですがこのままでは、せっかくの手習いも半端に終わりそうですねえ」

気になる捨て台詞(ぜりふ)を残して、女中が去っていく。

打ってつけの者がひとり浮かんだが、像を結ぶより前に素早く頭から追い払った。妻を隠居家に呼ぶなぞ、もってのほかだ。それにいまは、手習いより商いの側に考えが傾いている。

おはちが出来上がった品を見せにきたのは、約束どおり七日目の夕刻だった。

「いかがで、ございましょうか？」

徳兵衛の判じようが、怖くてならないのだろう。膝(ひざ)に両手を握りしめたおはちは、張り詰めた面持ちで鯱張(しゃちこば)っている。

すでに日没時で、母親を待ちくたびれた兄妹(きょうだい)は、手習い座敷で寝息を立てていた。

「ふむ、なるほど……」とだけ呟(つぶや)いて、ためつすがめつ改める。

表面が平らな平組の帯締めで、勘七が言ったとおり矢羽根模様だ。

「これが、丸源氏か？　息子からは、そうきいていたが」

「あれは試しと手慣らしのために拵えましたが、出来がまずくてほどきました。これは四色を使った笹波です」

まさに矢の風切羽と同じ文様が、一糸も乱れることなく並んでいる。寄せては返す小波(さざなみ)を思わせることから、笹波と呼ばれる組み方だとおはちは説いた。

淡い黄に、渋めの橙(だいだい)。柔らかな若草色に、萌(も)えるような強い緑が模様を引き締めている。

正直なところ、見当を越える出来栄えに驚いていた。

紐そのものの出来は、たしかに並と言ったところだろう。これは道具の差もある。

もっとも美しく仕上がるのは高台(たかだい)だが、台の大きさは畳半畳ほどはあろう。一見、織機(おりき)と見紛(みまご)うような大がかりな代物で、職人を何人も使うような親方の仕事場でしかお目にかからない。ひときわ目が細かく面がなめらかに仕上がるために、高価な武具や茶道具を飾る紐として用いられる。糸玉の数もとび抜けていて、百を凌(しの)ぐことすらあるという。

高台にくらべると丸台で組んだ紐は、熟練の職人でも組目にわずかな凹凸が生じて、やや素人くさくなる。ただ、その温かな糸目を好む者も多く、何よりも値が安い。

おはちの品は、十分に及第点をつけられる域だった。

しかし目を見張ったのは、やはり色柄である。流行には疎くとも、ぱっと人目を惹く新味にあふれていることは、徳兵衛にすらわかる。色のとり合わせも申し分ないが、これは単なる笹波ではない。途中から、矢羽根は亀甲へと姿を変える。つまりはふたつの文様が編み込まれているのだが、配色に工夫が凝らされているために、どちらかが悪目立ちすることもなく、一本の紐の中に具合よく収まっていた。

「いかがでしょうか、ご隠居さま……やはりよろしくないでしょうか？」

徳兵衛のもったいぶりに、長い間があいた。耐えられなくなったのか、おはちはいまにも卒倒しそうなほどに青ざめている。

「うむ、これなら、売り物になるだろう」

「本当ですか！」

しかとうなずくと、胸に両手を当てた。

「ただし値付けは、もうしばらく待ってくれ。目利きの者に見せて、相談せねばならぬからな」

「十文でも、二十文でも構いません」

「それでは材の元すらとれぬわ。わしもこういう物には、とんと縁がないからな。相場はわからぬが、手間賃はきちんと払うつもりだ」

徳兵衛は確約したが、申し訳なさそうににわかに肩を落とす。

「決して、満足のいく出来ではありません……二年の怠けようは指先にはっきり残っていて、それを思い知りました」

「さようか……」

「値決めには暇(いとま)がかかるとのことですが、明日からもまた、こちらに通ってよろしいでしょうか？」

「むろんだ。手指の勘をとり戻すには、いちばんの早道だろうが」

素っ気ない返事ながら、おはちはまるで観音像でも拝むような顔をした。

「ご隠居さま、このたびのご親切には、お礼の言葉もありません。本当に、本当に、ありがとうございました。この御恩は、一生涯忘れません」

それはとても、奇妙な感覚だった。

こんなにも、誰かから直截(ちょくせつ)に、深い感謝を告げられたことがあったろうか？

ありがとうございます、どうぞよしなに、これからもごひいきに――。

客や仕入先とは飽きるほどに繰り返したが、単なる挨拶に過ぎず、それこそ礼儀の範疇(はんちゅう)だった。こんなふうに心を込めて謝辞を訴えられたことなど、六十年も生きてきて、ただの一度もなかった。

何故だか、ぽっと千代太の顔が浮かんだ。

あの安い同情は、もしかすると、このためだろうか？

見過ごせないのは孫の性分だとしても、どうしたら相手が喜んでくれるだろうかと、それだけは小さな頭で考え続けていた。感謝の辞を受けたいわけではなく、単純に、相手が喜べば自分も嬉しい――。しごく簡単な道理のはずが、こうまで深く感じ入ったことはなかった。

徳兵衛の言動は、すべて商いに通じていたからだ。必ず金が介在し、何らかの利がつきまとう。心や気持ちなぞ二の次だった。

組紐を促したのも、やはり算盤を弾きながらの勘定ずくだ。それでもおはちは、これほどまでに有難がってくれる。ついこのあいだまで、泥水の上にたゆたっていた落葉のように、我が身が思えていたのだろう。自力では、どうしても泥水の溜まりから抜け出せなかった。酒癖が悪くまともな生活もできず、二年ものあいだ、子供たちにひどい暮らしをさせていた。

傍から見れば、どうしようもない女だが、おはちはおはちなりに必死にもがいていたのかもしれない。そしてそういう者たちは、この世の中にいくらでもいる。

徳兵衛はただ、それをつまんで、日の当たる乾いた地面に移しただけだ。徳兵衛にとっては、さしたる労ではない。それで助かる者が、まだまだいるのだろうか――？

その思案が、いかにも嬉しそうな千代太の笑顔と、ぴたりと重なる。

「いかんいかん、わしまで悪い病を移されてはたまらぬわ」

座敷の外で、もう一度ていねいに辞儀をするおはちを見送りながら、慌てて孫の面影をふり払った。

「戻ったのか、おわさ。品と文は、番頭に渡してくれたのだろうな？」

女中が風呂から帰ってきたのか、戸口の開く音がした。ふだんの帰りより、よほど早い。

返事はなく、代わりに足音が廊下を伝って近づいてくる。断りもなく座敷にとび込んできたのは、大柄な女中ではなかった。

「お父さん、この帯締めは、いったいどこで求めたの？」

挨拶も前置きもなく、いきなり詰め寄ってきたのは、末娘のお楽だった。

「何だ、お楽、急にやってきて騒々しい。少しはわきまえんか」

かれこれふた月半ぶりの親子の再会だというのに、無沙汰を惜しむことさえしない。

「お父さん、そんなことより、この帯締めよ。いったいどこの店で売っていたの？」

「おまえ、おわさからは何もきいておらんのか？」

昨日、おはちから受けとった帯締めを、徳兵衛は風呂に出掛けるおわさに託した。

『この品に値をつけるとしたら、いくらになるか。お楽に見せて確かめよ。また、同等の帯締めが、周辺の小間物屋ではどれほどの値になるか、手代に調べさせるように』

そう書いた文を添えて番頭に届けるよう頼んだが、どうやら番頭から帯締めを見せられて、お楽はすぐさま隠居家に駆けつけたようだ。おわさとは顔を合わせてもいないとこたえる。

「ここは初めてだろう。よく道がわかったな」

「お父さんの引っ越しを手伝った、下男に案内させたのよ。思っていた以上の田舎で、びっくりしたわ。本当に何もないのね。呉服店も小間物屋も甘味屋もない土地なんて、あたしにはとても暮らせないわ」

「まあ、おまえなら、そうだろうな」

ぺらぺらとまくしたてられては、反論することさえ億劫だ。さっさと本題に入ることにした。

「その帯締めは、店で購ったものではない。組紐職人に作らせた品だ」

「まあ、そうだったの！　じゃあ、仕立てってことね？　ますます値打ちがあるわ」

「値打ちとは、どういうことだ？」

「気の利いた小間物屋なら、同じ模様の色違いをいくつも出すはずだもの。他の人に買われちまったら、価値が下がるでしょ。どこの店か確かめて、ほかの色目もすべて手に入れたいと思ったのよ」

「つまりは、買い占めというわけか。たかが帯締めにそこまで金を使うなぞ、正気の沙汰ではないわ」

遊び以外にはいたって腰の重い娘が、すっとんできた理由がようやくわかった。

「お父さんたら、何にもわかっていないのね。うんと目を引く色柄だからこそ、他人に渡すのは惜しいのよ。なにせ御上のお達しで、着物や帯は地味になる一方だもの。あとは裏地と半襟、それに帯締めくらいしか、華やかな趣きを凝らせないでしょ」

「おまえの着物は、十分に派手やかだと思うがな」

たしかにお楽は明るい色目を好むが、あくまで他所の妻女にくらべればという範疇だ。

くり返し出される奢侈禁止令のおかげで、仰々しい花鳥柄や刺繍や緞子などは鳴りをひそめ、昨今ではかえって野暮ととられるようになった。代わりに裏地などは派手になる一方で、最たるものは羽織である。伊達者となれば床の間にでも飾れそうな雅な絵を、羽織の裏に描かせる。羽織は男が着るもので、女で身につけるのは男勝りを気取る一部の芸者に限られた。

着物の裏地はそこまでは奢らぬものの、表地よりも明るい色模様が好まれて、褄をもち上げる折なぞに覗くのが粋とされた。むろん簪や櫛笄は何よりも金をかけたいところだろうが、なまじ目に立つだけに、真っ先にご禁令の槍玉に挙がる。

お楽がぼやいたとおり、根付とか履物とか、洒落道楽の者たちは目立たぬところで見栄を張る。そういう意味では帯締めもまた、遊びの間合いが広い装身具だ。むしろ渋い着物や帯には鮮やかな紐はよく映える。めずらしく、娘の講釈を拝聴する気になった。

「まず矢羽根と亀甲、二模様が入っているのがいいわね。帯締めは前で結ぶものだから、結わえたときに両の柄が見えるでしょ」

帯締めは、しごく歴史が浅い。もとは歌舞伎役者が着崩れを防ぐために、帯の上から締めた紐で庶民にも広まった。文化のころの人気役者だというから二十年は経っていまい。徳兵衛の子供時分には見かけなかったが、いまや若い娘から内儀まで、やたらと目につくようになった。

もっとも貧乏人には、帯締めなぞ縁がなく、使用人も日々のふだん着には使わない。また年のいった者は、慣れぬ故に気恥ずかしさが先に立つのだろう。お登勢は締めていなかったなと、ちらと思い返す。そのあいだにも、娘の品定めは続いていた。

「模様も良いけれど、何よりも色遣いに妙があるわ。色の組み方が新しいのよ。たとえばひと口に黄と言っても、浅黄に山吹、玉子色と二十は下らないでしょ。合わせや配しようを変えれば、それこそ限りがないもの。それでもね、案外似たような色組が多いのよ。お決まりの色合わせとか、この模様にはこの色だとか。無難ではあるけれど、こちらがとびつくほどの目新しさはないわ」

無難は字のとおり、難がない。合わせやすく勝手がよく、誰もが手にとるから売れ行きもいい。だからこそ定番になった。並の娘ならそれで十分だが、着道楽は並では納得しない。他の者と一線を画してこそ、着る意味があるのだ。

「その目新しさが、この帯締めにはあるのよ。こんな色合わせは初めて見たわ。華やかで洒落ていて、どこか可愛らしい。合わせる帯はもちろん、とり合わせには細々と気を使わないと野暮にもなりがちだけれど、そこを粋に仕上げるのが醍醐味よ。どんな着物に締めようか、考えるだけで胸が躍るわ」

衣装談義につき合いながら、徳兵衛はやはり商売の思案をしていた。

娘の話からすると、おはちの組紐は決して一般受けする柄ではない。けれどもお楽のような目の肥えた者には、ことさら新鮮に映るようだ。どのみち職人はひとりだけ、拵える数も知れている。むしろ他にはない希少を売りにすれば、値の交渉もしやすかろう。

「お楽、おまえなら、この帯締めにいくら出す？」

「そうねえ……二分といったところかしら」

「二分だと！　たかが紐一本に、一両の半分も出すというのか！」

「あら、お父さん、老舗(しにせ)店となれば、ありきたりな品でも一分、二分はあたりまえよ。そのぶん品には間違いがないけれどね」

　勘定の疎さには、頭を抱えたくなる。身を飾るのに、いったいどれほどの金をかけているのか、改めて算じることすら恐ろしい。

「そうね……たしかに、品の良さでは劣るわね。悪くはないけど、せいぜい並といったところかしら。その分を差っ引いて、それでも一分ならあたしは買うわ」

　そうだ！　と、お楽がぱちんと手を打つ。

「この浅黄の代わりに、金糸を使うのはどうかしら？　ぐっと華やぎが増すし、それなら二分出しても惜しくはないわ」

　娘の買い物には、金など滅相もないと言い立てるところだが、こと商いとなれば話は別だ。金銀を庶民が使うのは、厳密にはご法度とされてはいるのだが、寛政(かんせい)のご改革から三十年以上が過ぎたいまでは、単なる建前になり下がっている。さすがに金簪を大っぴらに頭に飾る娘はいないが、銀簪なら巷(ちまた)にあふれている。それと同じで、紐に一糸織り込むくらいなら難はなかろう。品の原価を上げることで価値も高まり、利鞘を稼ぐという手法は悪くない。

「ね、お父さん。この紐を組んだ職人を、知っているのでしょ？　もういくつか、拵えてもらえないかしら？」

「それをおまえが、すべて買うというのか？」

「ええ、そうよ。できればこちらから、模様とか色合いとか、大まかなところは注文できればなおいいわ」

「それではトカゲの尾を、自らせっせと食らうようなものではないか」

嶋屋の利には、一文にもならない。頭ごなしにはねつけようとして、いや、待てよ、と留まった。おはちは決して、満足のいく出来ではないと言っていた。やはり二年の空白は大きく、勘をすっかり戻すには、もう数本は必要だろう。いわばそこまでは試しの品で、商品として出すのはそれからだ。

試しの品も、見本に使えば無駄にはならない。どうせ見本にするなら、似たような品を並べるのではなしに、変化をつける方が相手の商売気を刺激する。金食い虫でしかないお楽の趣味も、大いに役立つかもしれない。

「よし、お楽、もう三本、いや、合わせて五本がよいから、あと四本にするか。その数だけ、わしの財布から出そう」

「嬉しい！　しわいお父さんとは、とても思えない太っ腹だわ」

甚だ失礼な言いようだが、吝嗇を恥じる気持ちなぞまったくないだけに気にはならない。代わりに、これこれこういう用途に使った後で、いわば払い下げる品だと念押しした。

「そんなことだろうと思ったわ。一日も早く締めたいし、色んな人の手垢をつけられちゃ、たまらないわ」

「稼ぎもしないくせに文句を言うな。おまえの好みを入れるのだから、それで了見しろ」

「あたしは古着にさえ、袖を通したことがないのよ。じゃあ、こうしてちょうだい。六本目の品も、あたしのものよ」

何があっても新品は手に入れたいと粘られて、徳兵衛も仕方なく承知した。

「で、お父さん、職人にはいつ？」

「いますぐに、会わせてやるぞ。なにせ仕事場は、この家だからな」

「驚いた。お父さんたら、本気で商売をはじめるつもりなのね」

「その気はなかったが、成り行きでな。職人の名は、おはちという」

「おはち、って……女の人ってこと？」

「ああ、そうだ。組紐師なら、めずらしくもなかろう」

「嫌だ、お父さんたら、まだ三月も経ってないというのに、もう妾を囲ったの？」

「馬鹿者が！　そんなつもりなぞ毛頭ないわ。三十路に近い年増の上に、亭主に逃げられて子供がふたりおる。この家に住んでいるわけではなく、毎日通っておるだけだ」

「でも、お父さんの歳からすれば、十分に若いじゃない。いまはその気がなくとも、ふと魔がさしてしっぽりと、なんてこともよくあるでしょ」

「下品なことを言うでないわ。この家にはもはや、しっぽりする間なぞどこにもないしな」

子供たちであふれ返ったさまを見せれば、娘の疑いもたちまち消えるだろうが、手習いも新商いも、妻の耳に入るのは別の意味で具合が悪い。

「いいか、この件は一切、お登勢には内緒だぞ。それだけは、含めておくぞ」

なまじ口止めをしたために、娘の疑念は最後まで晴れなかった。

徳兵衛は、というよりも世の男たちはわかっていない。女という生き物は、しゃべるために生きている。中でも内緒事は大好物だ。脂の乗った白身魚のごとく、つるりつるりと舌の上をよくすべる。人の口に戸は立てられず、とは、女のためのことわざだった。

実はお楽の口を介さずとも、隠居家で起こる一切は、古参女中を通してお登勢には筒抜けだった。風呂の帰りに、おわさは頻々と嶋屋に立ち寄って、隠居家でのあれこれをお登勢に披露していたからだ。幸か不幸か徳兵衛には、その筒がまったく見えていなかった。

ひとまず娘を連れて、西の座敷へ行く。昨日一本仕上げただけに、おはちはまだ組台には向かっておらず、下準備である糸割りや経尺（へいじゃく）などを行っていた。

ひと口に組紐と言っても、細かく分ければ二十に近い工程を経る。組み作業はそのうちのたったひとつに過ぎず、すべてをひとりでこなそうとするとかなり煩雑だ。たとえば仕上げの房付けだけを専らとする職人もいて、神田をはじめとする職人町では、ひとつの品を仕上げるために、何人もの職人が分業するのはあたりまえのことだった。むしろひとりですべての工程をこなす職人の方がめずらしく、その辺りはおはちの亭主が影響しているようだ。

「こだわりの強い職人気質(かたぎ)で……はじめは仕上げを他所の職人に頼んでいたのですが、気に入らないとやめちまって」

以前、おはちから、ちらりときいていた。そんな男であったから、なおさら女房の評判が受け入れがたかったのだろう。

それでもお楽が認めたほどだ、おはちの意匠の感性は本物だった。

派手やかなお楽を前にして、最初はたいそう恐縮していたが、娘があれこれと好みや注文を伝えると、たちまち引き込まれるように熱心に応じる。

「小さな丸紋を一面に散らしてほしいのよ。丸の色はうんと鮮やかにして、そうね……濃紫がいいわ。ツツジみたいに朱が勝った紫よ」

「では、濃紫が引き立つように、地は薄い色がよろしいですね。こんなふうに……ごく淡い桃色と合わせると、可愛らしく仕上がりますし、このように鳥の子色にすれば落ち着いた風情が出ます」

「うーん、迷うわね。娘時分なら桃色にするところだけど、やっぱり鳥の子かしら。あと、ぼかしもできる？　ただのぼかしじゃつまらないから、何か面白い思案はないかしら？」

「そうですね……たとえば、鬱金色と水色で合わせるのはどうですか？　……こんな感じになりますが」

「あら、いいわね。なかなか見ない色配りだわ。これなら柄がなくとも引き立つわね。あとは唐組も一本、欲しいのだけれど……」

　女同士のこの手の談議ほど、長引くものはない。ふたりに任せて、徳兵衛は早々に退散した。やがておわさが風呂から帰り、煮豆の仕上げを終えたころ、ようやくお楽が居間に戻ってきた。

「ああ、楽しかった。あの人、見かけはぱっとしないけれど、意匠の新味は格別ね。出来上がりが、いまから楽しみだわ。それにしても、あの着物はひど過ぎるわ。継ぎ接ぎだらけじゃないの。傍に置くのなら、もう少しましな格好をさせなさいよ。お父さんの沽券にも関わるわよ」

　相変わらず、どこか外れた勘違いをしているようだが、面倒くさくなってさっさと娘を追い払った。四半時もせぬうちに、シロが嬉しそうに吠える声がして、子供たちのにぎやかなざわめきが近づいてきた。

　お楽の来訪から、半月ばかりが過ぎた。

秋はすっかり深まって、実りの季節だけに、豆堂でふるまわれる昼餉もぐっと華やかになった。子供たちがどこからか、栗や柿を拾ってきては、おわさにねだる。柿は酒で渋を抜いて、うんと甘いお八つになり、栗は栗ご飯になった。家の軒には干柿も並んでいる。

食べ物に釣られて、また皆で集まるのも楽しいようだ。千代太を含めた七人の子供たちは、ひとりも欠けることなく通ってきて、おわさが予言したとおり、それ以上増えることもなかった。

おはちの方も、お楽の注文が良い刺激になったのか、組紐作業に打ち込んでいる。すでに濃紫の丸紋と二色のぼかしは出来上がり、いまは唐組にかかっていたが、こればかりは日数(ひかず)がかかるとあらかじめ断りが入っていた。

丸台で作る組の中で、もっとも難しいのが唐組である。

一本目に仕上げた笹波組の応用で、同じ向きの矢羽根を真ん中から逆方向に組むと、菱形(ひしがた)模様となる。お楽の注文はひときわ凝っていて、菱を何層にも重ね、色遣いも複雑だった。使う糸玉は五十近くにもおよぶという。半月以上要するかもしれないと言われ、徳兵衛も承知した。

手習いも組紐もひとまずは落ち着いて、やれやれと肩の力を抜いたころ、またぞろ面倒がもち上がった。ある日、子供たちと一緒に、ふたりの女が隠居家を訪ねてきた。千代太が連れてきた女の子、よしとりつの母親だった。

「ご挨拶が遅れまして、申し訳ありません。子供同士の手習いときいていたので、ごっこ遊びのようなものかと」

「改めてきけば、毎日たいそう馳走になっているようで、ありがとう存じます」

単なる挨拶かと思いきや、ふたりの女はなかなか腰を上げようとしない。終いにはもじもじしながら、よしの母親のおむらが、思い切るように申し出た。

「娘たちが世話になっておきながら、たいそう厚かましいのは承知しておりますが……こちらのご隠居さまにお頼みすれば、仕事を世話してもらえると……」

「いったい誰が、そんな出まかせを？」

「お孫さまの、千代太坊ちゃんから、そのように」

またか……。思わず額に手を当てて、低く唸った。孫の悪癖ばかりは、どうしようもない。安心していた矢先に、性懲りもなく千代太の安請け合いがはじまったようだ。

「あたしら……あたしとおむらさんは、板橋宿の同じ旅籠で働いていたんです。でも、その旅籠が先ごろ潰れっちまって、奉公先を探しあぐねておりました。けれど通いの口がなかなか見つからなくて……。子供らがいるから、住み込みはできません。たまに見つけても給金で折り合わなくって。病持ちの亭主もおりますし、あれじゃ親子三人、とても暮らしていけません」

りつの母親のおしんが、切々と訴える。おむらの方は、博奕癖のある亭主と別れて、からだの利かない実母を養っているという。

長屋のとなり同士という縁で、よほど馬が合うようだ。おむらが働いていた旅籠で人手を探していた折に、口を利いて、おしんも働くようになった。しかし先月の末に、旅籠の主人が卒中で頓死して、店は人手に渡り使用人はすべて雇い止めとなった。

江戸は常に人手が入用で、女手はことに重宝される。とはいえ、江戸の内では片田舎にあたるこの辺りでは、ぐっと数も目減りする。ふたりは口入屋を通して職を探したが、子供や病人を抱えているだけに、見合う仕事はなかなか見つからないようだ。

「そんなときに、長屋に遊びにきた千代太坊ちゃんから、ご隠居さまのお話を伺って」

「同じ手習い仲間の母親に、良い仕事を世話してあげたから、きっとあたしらの力にもなってくださると」

ふたりの女は拝まんばかりにそろって手を合わせたが、徳兵衛はすげなく言い切った。

「勘七となつの母親は、もとから組紐師だったのだ。技はあるが、わけあって長く仕事をせずにいた。うちは糸屋だから、材となる糸を調えられる。それでこの家のひと間を貸して、組紐仕事をさせている」

「さようでしたか……旅籠では女中でしたから、職人技などあたしらにはとても……」

露骨なまでにがっくりと、ふたりが肩を落とす。しかしこればかりは、徳兵衛にもどうしようもできない。母親たちが帰ると、妙な後味の悪さだけが残った。

その日の手習いが済むと、孫を呼んで久方ぶりに説教する。

「千代太、何べんも言うておいただろう。安請け合いはするなとな」

「だって、よっちゃんとりっちゃんのお母さんは、とっても困っていたもの……」

「だからと言って、何でもわしにおっつけるでないわ。わしは聖徳太子でも千手観音でもないのだぞ」

「でも、おばあさまが……」

「お登勢が、何だと？」

「困ったことがあったら、おじいさまに相談しなさいって。おじいさまなら、きっと悪いようにはしないって」

　妻を出されたとたん、返しに詰まった。千代太の後ろに、お登勢が控えているような気がして、妙な負けん気がこみ上げる。孫へのくどくどしい文句すら、何やら負けを認めたようで後が続かない。急に黙り込まれ、かえって怖くなったのか千代太が懸命に言い訳する。

「この前、勘ちゃんが言ってたんだ。お母さんひとりだと、やっぱり手が足りないって。もう少し人手があれば、もっと早く仕上げられるのにって、お母さんがおうちで言ってたって。よっちゃんとりっちゃんのお母さんに手伝ってもらったら、いいかなって思ったの……」

　祖父の顔色を窺いながら、だんだんと尻すぼみになる。説教を切り上げるつもりになったのは、悪くない思案にも思えたからだ。組台に向かい糸玉を操る組み作業は、長い手順のひとつに過ぎず、残る工程を他人に任せれば、おはちは紐組みに没頭できよう。

「いや、それでも、ふたりは要らぬな」と、声に出す。

工程は長くとも、もっとも時間をとられるのはやはり紐組みだ。さらに紐の図案もおはちに委ねることになる。職人ひとりに手伝いふたりは余計だろうし、何より給金を払う目処が立たない。おむらもおしんも、それぞれ一家三人の口を養っている。おはちにもまた、勘七となつがいる。いわば九人もの大所帯を賄うことになり、職人ひとりでは荷が勝ち過ぎる。

「千代太、どちらかひとりなら、雇いようもあるが……」

「そんなの駄目だよ！　ひとりだけじゃ、もう片方が可哀そう……じゃなくて、不憫、でもなくて、えーとえーと、あ、そうだ！　もうひとりが、がっかりしちまうもの」

祖父の戒めは頭に刻んでいるようで、別の言いようを捻り出す。

たしかに孫の言い分も納得がいく。母も娘も、まるで姉妹のように仲が良い。とはいえ、いつまでも仲良しごっこを続けていけるほど、世の中は甘くない。

「いいか、千代太。職人は、おはちひとりだ。ふたりも助ける手は要らん」

「それなら、もうひとり、職人さんを増やしたらいいよ」

「そんな都合よく、組紐職人がころがっているものか」

「だったら、よっちゃんとりっちゃんのお母さんも、職人修業をしたらいいよ！」

「それこそ、馬鹿げておるわ。一人前になるには、十年はかかるのだぞ。そのあいだ、どうやって凌ぐというのだ」

思いつきをことごとく否定され、千代太が悔しそうに下唇を突き出した。

ついこのあいだまでは、祖父に叱責されるたびに涙の堰が切れていたが、前よりは頑丈になったようだ。千代太は泣くことをせず、代わりに恨めし気に祖父を仰ぐ。

まるで理想と現実を、芝居にして演じてでもいるようだ。子供のうちは夢にあふれていても、歳を経るごとに否応なく現実にさらされる。

千代太もいずれ、嶋屋の屋台骨を背負う身だ。いつまでも夢見がちなままではいられない。現実に則った考えを身につけさせるには、頃合かもしれない。

「商いとはな、千代太、利を出さねば立ち行かぬのだ。利とは、何かわかるか？」

「えーっと……儲け？」

「さよう。世間では、儲けを出せば強突だと罵られるが、儲けは暮らしになる」

「……暮らし？」

「おまえのその着物も、お八つに食うた煮豆も、すべて嶋屋の儲けから出されているのだぞ」

千代太は改めて、自分の着物を繁々とながめている。

「それだけではない。おわさ親子やおきの給金も、やはり嶋屋の儲け、利があってこそ支払える。もしも嶋屋が潰れれば、わしら一家だけではなしに、大勢の奉公人とその身内までもが路頭に迷う」

どこまで理解しているかは測りようがないが、神妙な顔でこくこくと首をふる。

「つまりはな、人手を増やせばそれだけ、利も増やさねばならん。勘七となつの母が拵える組紐についても、同じことが言えるのだ」

「ふたり雇うには、ふたり分の儲けが余分に要るということ?」

「そのとおりだ。ふたりも要らないとわしが言うたのは、そういう理屈よ」

いつになく、千代太の顔が引き締まった。何事か、考えているようだ。理を呑み込んでも、わかりましたと引き下がることをしない。前に見た、静かな抵抗を思い出した。

「どうしました、ご隠居さま、浮かぬ顔をなされて。箸もあまり進んでいないごようすですが」

「いや、何やら胸騒ぎがしてな……飯の通りが悪いのだ」

「おめずらしいことも、あるもんですねえ」

「さすがにわしも、あれの気性はだいぶ呑み込めてきたからな」

その夜、夕餉の膳を前にして、徳兵衛は女中に渋面を返した。

徳兵衛は大いに危惧していたが、所詮は子供。大人の知恵が覚束ぬ難問を、解く方法なぞそうそう見つかるものではない。そのままさらに半月が過ぎ、暦は九月に変わり晩秋を迎えた。

よしとりつの母親は、それぞれ奉公先を見つけた。おむらは商家の下女に、おしんは料理屋のお運びになったときいた。どちらも通いのぶん、満足のいく給金は出ないものの、働かねば明日の米すら購えない。孫を通して知らされ、徳兵衛も安堵した。

千代太もあれ以来、話を蒸し返すこともなく、手習い師匠に専念している。また突飛なことを思いつくのではないかと冷や冷やしていたのだが、どうやら取り越し苦労であったようだ。

徳兵衛はやはり、孫の性分を侮っていた。

安い同情以上に厄介なのは、諦めの悪さ、いわばしつこさだ。祖父がとうに切って捨てた面倒を、千代太は小さな手で拾い集め、じっと見詰め続けていたのである。それには理由がある。よしとりつから、前よりいっそう苦しくなった暮らしぶりを逐一きかされていたからだ。助けたい、力になりたい、との思いだけは、千代太の中で消えることなく燻っていた。

ぽっ、と火がついたのは、ある日の午後だった。

ここ数日は秋雨が続き、勘七や飄逸兄弟はくさくさしていた。雨で参詣客がぐっと減り、王子権現や飛鳥山でさっぱり稼ぎにならなかったからだ。

兄は瓢吉、弟は逸郎というのだが、そのつもりで名付けたとしたら、親の方こそ飄逸が過ぎる。飄逸とは、世間の事々を気にせず、明るく呑気なさまを言う。

兄弟の父親は、籠を作る籠師を生業としていたが、とかく女癖が悪く、女房も愛想を尽かして数年前に出ていったという。子供のことは放ったらかしにして、稼いだ金はすべて色街に注ぎ込んでしまう。当の兄弟は、さして湿っぽくもない調子で来し方を語ったが、徳兵衛にしてみれば、水をかけるだけでは飽き足らず、井戸に放り込んで蓋をしてやりたいほどだ。

豆堂の中で、もっとも堪え性のない筆子はこの瓢逸兄弟で、手習いを抜けて外を駆け回るさまもめずらしくはない。その日はたいそうな降りで、外にも出られず廊下を走り回っていたが、徳兵衛に怒鳴られて場所を変えたようだ。

兄弟が見つけた新しい遊び場は、あろうことか屋根裏だった。

百姓家なだけに屋根が高く、梯子を上がると、一階の襖をすべてとっ払ったほどの、だだ広い屋根裏部屋がある。もちろん徳兵衛は、家の下見の折に検分していたが、使うこともあるまいと、残されていたがらくた込みで引きとった。前の持ち主の道具ではなく、その前に住んでいた百姓の持ち物だ。たいそう古びている上に、大方は農具のたぐいだから売ってもたいした価値にはならない。手間の方が煩雑だから、放ったまま忘れていた。

子供たちにしてみれば、屋根裏は格好の遊び場だ。瓢逸兄弟が大喜びで知らせ、すぐに他の子供たちも追随する。まもなく広い板間で鬼ごっこがはじまった。

突然、天井がゴロゴロと鳴り出して、居間でのんびりしていた徳兵衛は、大いに肝をつぶした。外の天気と相まって、屋根に雷が落ちたのかと本気で案じたが、合間に子供たちの笑い声がする。

「あの悪ガキどもめ。ろくなことを考えんわい」

頭から湯気を上らせながら梯子を上り、一喝した。

「こらあっ！　こんなところで遊ぶでないわ！　床が抜けたらどうしてくれる！」

「ちょっとくれえ、いいじゃねえか。こちとらからだが鈍ってんだからよ」

「そうだ！　鈍ってんだぞ」

兄弟が生意気な口調で反抗したが、徳兵衛はとっとと追い払いにかかった。足袋裏についた埃に、顔をしかめる。善三やおきのまでもが一緒に上がり込んでいて、不機嫌を下男に向かって投げつけた。

「おまえがついていながら、何たる体たらくだ。雑巾をもってきて、子供らが座敷に下りる前に、ようく足を拭かせなさい。畳を汚されては敵わんからな」

すいやせん、と首をすくめながらも、吹き出す寸前のように善三の口許は弛んでいる。

ぶうぶう文句を垂れながら、子供たちが梯子を下りてゆく。数が足りないように思えて、もう一度屋根裏を覗いてみると、隅の方に千代太とおきのがいた。

「これ、千代太！　おまえも早う下りなさい」

「おじいさま、すごいものを見つけたの！　こっちに来て、早く早く」

埃を厭うてぐずぐずしていると、千代太は祖父の手を引っ張るようにして奥へと誘う。

「見て、おじいさま、すごいでしょ！」

「何だ、ただの機ではないか……そうか、おまえは初めてか」

畳二畳分にはなる織機が、蜘蛛の巣をたっぷりとまとわりつかせて静かに佇んでいた。

千代太は初めてのようだが、百姓家に織機はめずらしくもない。しかし千代太は、目をきらきらさせながら、誇らしげに祖父に告げた。

「おきのはね、これを使えるんだって！　すごいよね、おじいさま」

どこがすごいのか、合点がいかないまま、ほう、と相槌を打った。

「機でしたら、私の田舎にもありました。小さい時分から、おっかさんに教わって」

「言われてみれば……桐生の女なら機を使えてあたりまえか」

はい、とおきのは、少し恥ずかしそうにうなずく。

大方の土地では、生まれてくる子供は、女子より男子が歓迎される。家を継がせるためであり、力仕事にも重宝するからだ。しかし上州だけは、女子の誕生が喜ばれる。上州の絹を支えるのは女手であり、機織りや糸繰りには欠かせない。女の子は幼いうちから機織りを仕込まれて、まともな布が織れぬようでは嫁ぎ先さえままならないときく。少年のころに修業に出された土地だけに、徳兵衛もよく承知していた。

十三まで桐生で育ったおきのにとっては、からだに馴染んだ道具であるようだ。

上州の絹の歴史は非常に古く、奈良時代まで遡る。当時すでに租税として上野国からは「あしぎぬ」が収められていたことが、『続日本紀』や『延喜式』にも書かれている。応仁の乱を境にいっとき衰退したが、江戸中期、複雑な文様織が京の織師によって桐生に伝えられ、桐生織は「西の西陣、東の桐生」と並び称されるまでに名声を高めた。華やかさが身上の西陣が、奢侈禁令に阻まれて伸び悩む一方で、江戸に近い立地もあって、桐生織はかつてないほどの隆盛を極めていた。

いまでは分業化が進み、上州一帯が絹製品の一大産地となっている。糸の集積地は、徳兵衛が世話になった藤岡になるが、織の中心は桐生というように住み分けもなされていた。

「ね、おじいさま、いい考えでしょ？」

「いったい何の話だ、千代太？」

「おきのがこれで機を織れば、職人がふたりになるもの。職人がふたりなら、手伝いもふたりいるでしょ。よっちゃんとりっちゃんのお母さんを、雇ってあげられる！」

「おまえ……まだ諦めてはおらなんだのか」

「あたりまえだよ。お母さんの稼ぎが減って、ふたりともとっても困っているんだもの。参詣案内に混ぜてもらえないかって、勘ちゃんや瓢ちゃんに相談していたほどなんだよ。勘ちゃんとこみたいに実入りが確かになれば、よっちゃんやりっちゃんも安堵できるでしょ」

「安堵なぞ、できるものか。まったくもって、何もわかっておらんな」

おはちの組紐ですら、未だ見本を組んでいるほどだから、儲けに至るにはほど遠い。それまでは仕方なく、前金の形で徳兵衛の方からいくばくか支払っていた。職人の稼ぎとしては微々たるものだが、酒代に消えなくなったぶん多少の余裕が出たのだろう。勘七は大喜びで、柄にもなく徳兵衛に礼を伝えにきた。

「何よりな、千代太。欲しいのは織子ではなく組紐師だ。まだ先行きのわからぬ商いに、あれもこれもと手を広げては、まわり出す前に潰れかねん」

　こんこんと説くと、千代太にも一応の察しはついたようだ。後には理屈では割り切れぬ情だけが、置き去りにされる。常のごとく、わかりやすくしょげて見せた。

「いい考えだと、思ったのにな……お母さんの帰りが遅くなったから、ふたりとも寂しいって言ってたし」

　はああっと、小さなからだがさらに縮まりそうなため息をつく。

　気の毒そうにながめていたおきのが、行こうとする徳兵衛を呼び止めた。

「あのう、ご隠居さま。いまのお話だと、組紐師をお探しですか？」

「別に探しているわけではないが……まあ、そうとも言えるか」

「組紐師なら、私に心当てがありますが」

⁙ 千客万来

「組紐師(くみひもし)に、当てがあるだと？　おまえのような小娘に、どんな伝手(つて)があるというのだ？」

「故郷には、絹に関わる職人は多くいますから。織子にくらべれば数はぐっと落ちますが、組紐師も中にはおります」

言われてみれば……と、徳兵衛も思い出した。徳兵衛が最初に組紐仕事を目にしたのも上州だ。場所は藤岡だが、高台を何台も据えた広い仕事場をもつ職人だった。そこまで大がかりでなく、機織りと同様に家で拵える者もいると、おきのが言い添えた。

「私の従姉妹の家でも、三人姉妹そろって組紐を拵えています」

「これは驚いた……いや、しかし、上州ならさもありなんか」

父方の従姉妹になるそうだが、曾祖母が足を痛めて機を操れなくなった。代わりに組紐を覚え、以来、祖母から母、娘たちへと、その家では代々、組紐を生業にするようになったという。

「三姉妹の真ん中にあたる、あたしのひとつ上の従姉とは、ことに仲がよくて。よく文のやりとりをしています。おくにちゃんもやっぱり、できれば江戸に出てみたいと書いてありました」

若い娘同士のやりとりだから、どこまで本気にできるかは怪しいものだ。

まず、親の許しが必要となろう。それでも三人も姉妹がいれば、ひとりくらい江戸に出す気になるかもしれない。家にとっては大事な稼ぎ手であろうが、できた組紐をどこよりも高く捌けるのは江戸である。稼ぎに不足がなければ、親にとっても悪い話ではない。

「それって、とってもいい思案だね！」

すでに千代太は、さっきよりいっそう目を輝かせて、祖父の裁量を待っている。

「これこれ、千代太、そう逸るでないわ。何事にも順というものがあるからな。おきの、おまえの従姉に、文を送ってもらえるか？」

「はい、すぐに」

「おきの、返しが来たら坊にも教えてね。よっちゃんとりっちゃんに伝えてあげないと」

「だから千代太、そう安々とは運ばぬぞ。人を雇うとなれば、その前にやることがある。藤岡に詰める嶋屋の手代に事情を書き送って、調べなり手配りやらを指図せねば」

急いで孫に釘をさした。小僧や女中なら、何人も上州から呼び寄せているが、曲がりなりにも職人となれば、給金の相場なども勘がつかめない。何よりもまず、おくにという娘の腕前を確かめるのが先だろう。娘への打診はおきのに頼むとしても、品を送らせたり相場を確かめて親と交渉させるには、手代を使う方が間違いがない。

「いいか、千代太。本決まりになるには三月はかかると思え。それまでは決して、よしやりつには明かしてはならぬぞ」

「えーっ、三日なら我慢できるのに。どうして三月もかかるの？」

子供の時間は、大人の十倍は長く伸びる。三月先は三年先にも思えるのだろう。千代太は不満そうに抗議したが、徳兵衛が三月と言ったのには理由があった。いまは九月の半ば過ぎ。上州藤岡に詰める手代たちが、一年でもっとも忙しい時期に当たるのだ。

「藤岡の者たちは、晩秋蚕(ばんしゅうこ)にかかりきりでな。たとえ文を書いたところで、開く暇すらないかもしれん」

「ばんしゅうこって、なあに、おじいさま？」

「秋の終わり、晩秋に、生糸を作ってくださるお蚕さまのことだ。いわばお蚕さまにとっては仕事納めでな」

大事な商売を支えてくれる虫だけに、養蚕家のみならず糸屋も機織師も呉服屋も、敬意を払いお蚕さまと呼んだ。

「お蚕さまは、芋虫なのでしょ。前におきのからきいたよ」

ね、と傍らの姉やを見上げる。

「そういえば、千代太。おまえは芋虫が好きだそうだな。もしやお蚕さまと、関わりがあるのか？」

「芋虫はね、もとから好きだったの。いつだって、うんしょうんしょと一生懸命で、可愛らしいでしょ。でも、おきのからお蚕さまも芋虫だってきいて、もっと好きになったんだ」

「そうかそうか、千代太はお蚕さまが好きなのか」

可愛らしいには賛同できぬものの、目を細めて孫の頭を撫(な)でた。

徳兵衛は蚕について、少し詳しく孫に説いてやった。

蚕は蚕蛾(が)の幼虫で、およそ三十日から四十日で繭(まゆ)になる。養蚕は春から晩秋まで行われるが、相手が生き物であるだけに、暑さや湿り気によって繭の質は変わってくる。また餌となる桑の葉も、春と夏ではまったく違い、やはり繭の出来を左右する。

　このため一年のあいだにできる繭は、とれる生糸の質によって四つに分けられる。春蚕、夏蚕、秋蚕、そして晩秋蚕である。

「いちばん良い糸を出してくださるのは、どのお蚕さまかわかるか？」

「んーっと……夏蚕！　虫は夏にいちばん動きまわるもの」

「残念ながら、はずれだ。もっともいい糸ができるのは、春蚕でな」

へええ、と千代太が素直に感心し、どうして？　と祖父に問う。

概ねで、春蚕は陰暦三月から五月にかけて、夏蚕は六月、秋蚕は七月、晩秋蚕は八月から九月に飼われる蚕をさす。桑の葉は、成長盛りの春から初夏がもっとも柔らかく、これを餌とする春蚕の糸は、柔らかく艶があり、生糸の中でも最高級とされるのだ。夏蚕の繭には脂肪が多く、そのぶん少し硬くなる。着物には向かないが、帯の素材には適していた。

　秋蚕は、初秋蚕とも称される。千代太が言ったように虫は夏を好むが、蚕はあまり暑いと育ちが悪くなる。秋蚕は盛夏と残暑にかかるだけに繭も小さくなり、途中で諦めてしまうのか半端な繭も多かった。生糸としては使いものにならない屑繭としてあつかわれ、従って秋蚕はもっとも価値が低いとされていた。

　晩秋蚕は、春蚕の次に位置づけられる。蚕には快適な時期で、ただ、餌となる桑の葉はだいぶ硬くなっている。晩秋蚕は春蚕よりも成長が十日ほど遅く、四十日をかけてゆっくりと硬い桑の葉を咀嚼して、粘りのある腰の強い糸を作るのだ。

「紬なぞは、晩秋蚕が良いとされますね。桐生では紬はあまり見かけませんが」

「ねえ、おきの。繭を剝がれた後、お蚕さまはどうなるの?」

ふいを食らって、おきのはこたえに詰まった。

「だって繭は、お蚕さまの着物でしょ? 着物を剝ぎとられたら、お蚕さまは裸ん坊になっちまうでしょ。寒くて凍え死んだりしないのかな?」

「坊ちゃま、お蚕さまの命は、とても短いのですよ。繭を出て蛾になっても、蟬と同じに七日ほどで死んでしまいます……ですから、そのう……」

本当のことを言い出せず、若い女中の目が助けを求めるようにこちらに向けられる。ここは自分が治めるしかなかろう。徳兵衛は膝をつき、孫の顔を正面からとらえた。

「お蚕さまはな、繭を剝がすより前に、蒸して殺されてしまうのだ」

「え、そんな……」

「糸をとるにはな、お蚕さまごと繭を釜茹でせねばならない」

その前に、蛹となった蚕を蒸して中の虫を殺し、一度乾燥させる。それから湯を満たした釜に入れて糸取り作業にかかるのだ。

「釜茹でなんて、ひどいよ! たくさん糸をとるには、たくさんお蚕さまが要るのでしょ? みんなみんな殺してしまうの?」

「そうだ、千代太。わしらの商いは、多くのお蚕さまの命の上に成り立っておるのだ」

ひと粒の繭からは、五千尺もの生糸が引ける。それでも着物を作るには、十や二十ではまったく足りない。一反、つまり着物一枚分の糸を得ようとすれば、実に三千粒の繭が必要となる。獣肉を禁じ、殺生を戒めていても、人の暮らしには多くの犠牲がつきまとう。

「そんなの、嫌だよ……可哀そうだよ……」

「たしかに蒸しも釜茹でも、酷な仕儀だがな」

十二で藤岡に行き、初めて繭の糸取りを体験したときのことを、徳兵衛は思い出していた。

あの強烈な臭いは、五十年経ったいまでも鼻の奥にこびりついている。一度繭を煮た鍋(なべ)は、他では使えないと言われるほどに臭気がきつい。最初は猛烈な吐き気に襲われて、土間に盛大にやらかした。いまの千代太なら、たちまち卒倒しかねない。

それでも、繭から引き出された糸の美しさには、目を見張った。

繭を煮ると、まるで雲がゆっくりとちぎれていくように、細い細い糸の破片が繭の周囲にただよい出す。いわば糸の片端にあたり、これを藁(わら)などの柔らかいものですくい上げ、糸巻きにかける。ゆっくりと糸巻きを回すたびに、糸はするすると抜けてきて、その儚(はかな)いまでの美しさに、徳兵衛は心を奪われた。

それは蜘蛛(くも)の巣のように繊細で、空の雲を紡いだように白く光っていた。

「わしはな、あのとき初めて、糸屋商いが尊く思われた。お蚕さまが命を賭して授けてくれた糸を、大事に大事にあつかわねばならないと心に刻んだ。人はな、たしかに酷い真似をしておるが、あのように美しい糸を紡ぐこともできるのだ。可哀そうのその先も、いつかは受け止めねばならん。わかるか、千代太」

じいっと、上目遣いに祖父をながめる。

「玉子焼きと、同じだね……玉子もやっぱり生類だって、前にきかされたもの」

「そのとおりだ、千代太。鶏の卵から、知恵と工夫で美味しい玉子焼きが作られた。人の暮らしはすべて、そうやって営まれておる」

ん、と千代太は、少し残念そうにうなずいた。わかったような気もするが、まだ呑み込みがたい。そんなところか。いまはそれで十分だった。

「ええっと、何の話だったかの」

「藤岡の手代さんらが、いま時分は晩秋蚕のためにお忙しいとの話でした」

「おお、そうだったな、おきの。晩秋蚕の糸が出回りはじめるのが、もうまもなく、九月の末でな。糸問屋は買い付けに走り回らねばならん。十月いっぱい、いや、十一月までは気が抜けぬか」

藤岡の手代たちには、他のことにかかずらう暇はなかろう。

「忙しい折に、無理を頼むのは気の毒ですね……わかりました、おじいさま」

歳がいかなくとも、思いやりという分別だけは持ち合わせている。千代太はその点だけは、案外素直に得心してくれた。

組紐については、調べや交渉が後回しになり、おそらくは師走にかかる。当のおきのの従姉が江戸に上るのも、年明けが妥当だろうと徳兵衛は目測を語った。

「おきの、おまえの従姉にも、その見当を合わせて書き送りなさい」

あまり急では、心構えもできぬだろうと、文だけは先に送らせることにした。

「よいか、千代太。くれぐれも、よしとりつにはしゃべるでないぞ。ぬか喜びをさせては、うまくいかぬ折の落胆も大きいからな。それだけは、わしと約束できるか？」

「はいっ、おじいさま！」

いつもどおりの返事の良さは、甚だ心許ない。表立つまでは、ここにいる三人だけの秘密だと、くどいほど念を押し、おきのの勧めで孫と指切りまで交わした。

「あれもこれも、やることが多くて敵わぬわ。せっかくの隠居暮らしが台無しだわい」

ぼやきながらも、梯子を下りる徳兵衛の足取りは、いつになく軽やかだった。


新しい組紐師は、年明けから雇う。徳兵衛はすっかり、その心積もりでいた。

おはちがとり組んでいる見本の品も、揃うまでにはひと月ふた月はかかろうし、組紐問屋との交渉もそれからだ。商売になる見極めがつくまでは、新たな雇人を迎えるのはむしろ控えた方がよかろう。そんな算段をしていたが、事は徳兵衛の目測よりよほど速くまわりはじめた。

十月の初旬、屋根裏部屋での密談から、ほぼひと月が経っていた。

子供たちの手習いがはじまってほどなく、おわさが徳兵衛を呼びにきた。

「ご隠居さま、お客が見えておりますが」

「客だと？　いったい誰だ」

「それが……」

おわさが告げるより早く、戸口の方からけたたましいばかりの若い女の声がした。

「おくにちゃん！　おくにちゃんじゃないの！」

「おきのちゃ！　はあ、会えでよがったいね。嶋屋さんいねがったもんで、こっち訪ねてきだあ」

「よぐ来てくれたんねえ。こっだら早かんベーたあ思わんかったいね」

「おきのちゃが呼んでくれたで、じっとできねがった。おうねと一緒に来ちまっただで」

「あれまあ、おうねちゃまでえ。でっかくなって、びっくりしたいね」

「おきの姉ちゃだで、垢抜けっちまってびっくりだあ」

徳兵衛が行ったときには、戸口で娘三人が抱き合って再会を喜び合っていた。

お国者同士が顔をつき合わせると、たちまち方言がとび出す。おきのも日頃の女中言葉を置き忘れ、上州弁に返っていた。上州弁なら、徳兵衛も馴染んでいる。耳に届くやりとりには懐かしさすら感じるが、話の内容からすると、不測の事態が起きたようだ。

気がつくと、七人の子供たちが、何事かと障子の陰から覗いている。

「おじいさま、おくにちゃんて、ひょっとして……」

「千代太、黙っておりなさい。ほれ、おまえたちも手習いに戻らぬか」

急いで孫の口を封じて、子供らを部屋に押し込める。

きゃっきゃと騒々しい娘たちを、三人まとめて居間に上げ、ひとまず姉妹に仔細をたずねた。

若い娘ふたりきりでは、中山道は越えられない。巣鴨町の嶋屋までは、江戸と上州を行き来する馴染みの商人に同行を頼んだようだ。隠居家までは、嶋屋の下男が道案内をした。

「つまり、かねがね江戸に出たいと思うていただけに、今度の話は渡りに船だった。まだ話が整わぬうちから、妹を連れて勝手に出てきたというわけか」

「勝手でねえがね。おとうもおかあもお婆も、えれえ喜んでくれたいね」

「おきの、便りには何と書いたのだ？」

「はあ、ご隠居さまの仰るとおりに、書いたつもりなのですが……」

「おきのちゃは悪くねえだ。雪降りゃあ道が難儀だで、早え方がよかろうて、お父が出してくれたべ」

何という気の早さかと、徳兵衛が頭を抱える。

「しかも妹までとは、わしはきいておらんぞ」

「おらもう十四だど、いっちょまえだあ。紐組だで姉ちゃに負けね、立派に組めるっぺ」

姉のおくにはおっとりしているが、ふたつ違いの妹、おうねは少し勝気そうに見える。器量はどちらもまずくはないのだが、田舎じみた口利きと所作で台無しだった。

「ご隠居さま、どんぞおらたちが紐組見てくんない」

「おらたち婆さま仕込みだで、腕っぷかしは他所には負けね」

「あたしからも、お願いします！」

三人の娘に頭を下げられて、徳兵衛も往生したが、どのみち来てしまったものを送り返すわけにもいくまい。

「とりあえず、仕事ぶりを見せてもらわねばな。道具が揃いしだいかかってもらうぞ」

「道具だら、ここにあるだで」

用意のいいことに、姉妹はそれぞれ丸台を抱えてきた。道具には癖があり、馴染んだ組台でなければ、本領を発揮できないと主張する。

「何とも、手回しのいいことだな。よかろう、さっそく試させてもらおう。ただし判じるのはわしではなく、ここにいる職人だがな」

女中を手習い部屋に戻し、姉妹を西の座敷に案内した。夏場よりはだいぶ過ごしやすくなった座敷では、おはちがひときわ手の込んだ四本目の品を仕上げつつあった。

「邪魔するぞ、おはち。すまんな、話が整うまではと、おまえさんには明かさずにいたのだが」

簡単に経緯を語ると、おはちはひどく驚いたものの、嫌な顔はしなかった。

「ひとりは慣れてましたけど、やっぱり色々と手が足りなくて。職人が増えるのは助かります。おしゃべりしながらなら、きっと楽しく励めるでしょうし」

　むしろ若い職人の来訪を喜んでくれた。

「そう言うてもらえれば、助かるわい。ひとまずこのふたりの仕事ぶりを見定めてくれぬか。雇うかどうかは腕しだいだ。ほれ、おまえたちも挨拶せんか」

　徳兵衛が促しても、ふり向きもしない。姉妹が見詰めているのは、すでに丸台から外されて、房付けにかかっていた四本目の見本である。

「姉ちゃ、おら、こっだらきれえな紐、初めて見たいね」

「おらもおったまげたあ……唐組だらめずらしかねえども、色も組みもえれえ凝りようだあ」

　目を輝かせ、心底見惚れているようだ。もっとも難しいとされる唐組であるだけに、おはちも気合が違う。素人目にも、これまでいちばんの出来だった。

「おっしょさん、お願えでがんす。おらたちをここで使ってくんない」

「きっと役に立ってみせるだで。おらもこっだら紐、こしゃえてみてえだ」

「お師匠さんだなんて、あたしはそこまでの職人じゃあ……こちらこそ、よろしくね」

　姉妹に乞われて、おはちが照れくさそうに挨拶する。

　女同士は、すぐに睦み合う。あとはおはちに任せて、座敷を出た。

　おはちが徳兵衛の居間に来たのは、日が落ちてからだった。少し興奮気味な目の色で、口を開くより前に大方は察せられた。

「ご隠居さま、あの姉妹の腕は、歳に似合わずたいしたものです。十六の姉さんの方は、あたしを凌ぐほどの糸玉捌きです」

「ほう、それほどか。たぶん幼い頃から、手ほどきを受けていたのであろうな」

「妹のおうねちゃんは、姉さんには劣りますが、それでも品として出すには十分です。何よりふたりとも、びっくりするほど手捌きが速いんです」

きこえてくる糸玉の音から、徳兵衛も居間にいながら感づいていた。おはちの音に慣れていただけに、少々速過ぎるのではなかろうかと訝しんでもいたのだが、出来にも遜色はないと、おはちは太鼓判を押した。

「他には、粗はないのか？」

「そうですね……強いて言えば、組み上げ以外は馴染みがないところでしょうか。仕上げは房付師なぞに頼んでいて、計尺なども他の者に任せていたようです」

桐生は機織りでも分業が進んでいるだけに、組紐もやはり一本の紐に多くの手がかけられているようだ。姉妹の手の速さは、組み上げ作業に没頭できるからこそかもしれない。

「ですから、ご隠居さま、残る見本はあの姉妹に組んでもらって、仕上げや下仕事をあたしが引き受けるということで、いかがでしょうか？　おそらく十日も経ずに、目処が立つと思います」

「おまえが下仕事では、立場がなかろう。おはちはいわば、弟子をふたり従えた、職人頭になるのだからな」

　励ましのつもりで発破をかけたが、おはちの表情は不安気に曇る。

「あたしに、務まるでしょうか……この前まで、ただの呑んだくれだったのに」

「そう卑屈になるでないわ。この組紐商いは、おまえが頭に描く下絵にかかっておる。職人や手伝いをいくら集めても、要はやはり紐の色模様だからな。おまえさんがいなければ、成り立たぬわ」

「はい、ご隠居さま……痛み入ります」

　嬉しさをにじませながらも、やはり不安は消えぬようだ。上の立場には、気苦労がつきまとう。人が増えれば、これまでとは違った目配りも要るだろうし、何かと面倒も増えよう。男なら即座に喜ぶ昇進も、女には荷の重さが先に立つのかもしれない。

「相談にはいつでも乗るから、あまり根を詰めすぎるなよ」

　徳兵衛にしては優しい言葉をかけたのは、おはちの迷いに気づいたからだ。おはちは未だに、自分を頼みにできないのだ。何かの拍子に大きく傾いて、また酒甕の中に落ちてしまうのではないか――。誰よりもおはち自身が、その恐怖におののいている。

　一度深みに嵌まると、容易には抜けられない。毎日くり返されるありきたりな日常すら、まるで細い塀の上を歩いているかのように、心細い思いで過ごしているのかもしれない。

多くの雇人を見てきただけに、徳兵衛にも察しがついた。

「これは取り急ぎ、手を打たねばならぬかもしれんな」

おはちが座敷を出ていくと、徳兵衛は独り言ちた。入れ替わりに、肥えた女中が廊下に姿を見せる。おはちの話が終わるのを、待ちかねていたようだ。

「ご隠居さま、ご相談が……今日着いたあの姉妹は、どこで寝泊まりさせればよろしいかと」

うっかりしていたが、急な来訪であっただけに、そこまで頭がまわらなかった。

「やはりおきのと一緒に、嶋屋の女中部屋になりますかねえ」

「しかしそうなると、お登勢に話を通さねばならんしな」

「嶋屋がまずければ、この家に泊めるしかありませんが。若い娘ふたりですから、安宿に泊めるのも不用心ですし」

「まあ、仕方あるまいな。夜具などはあるのか?」

予備の煎餅布団が一枚と、綿入れが数枚あるから、細身の娘なら凌げるだろうと女中がこたえる。

「それなら、後はおまえに任せる」

「またですか。このところ、多くなりましたねえ」

さりげない嫌味を残して、女中は居間を出ていった。

その晩は、期待やら興奮やらで、遅くまで目が冴えてしまったのだろう。徳兵衛の寝間からは離れているはずが、若い娘のおしゃべりとおわさの文句が、遅くまで響いていた。

「ねえ、おじいさま、まあだあ？」

おきのの従姉妹が来てからというもの、日課のように千代太は祖父にたずねる。

「職人が増えたのだから、手伝いも要るでしょ。よっちゃんとりっちゃんに、言ってもいいよね？」

この孫のしつこさには、心底恐れ入る。我ながら辛抱強くなったものだと自分で感心しながら、昨日とまったく同じ台詞(せりふ)をくり返した。

「まだ早いと言うておろうが。もう少し我慢せい」

「坊はもう、待ちくたびれちゃったよ」

「千代太に毎日責められて、わしの方がよほどくたびれておるわい」

祖父にこぼされて、ぷくっと頬をふくらませる。その折に、筆子が師匠を呼びにきた。

飄逸兄弟の兄の方だ。これ幸いと千代太を追い払ったが、迎えにきたはずの瓢吉が、代わって座敷に上がり込む。

「おまえは、行かんのか？」

「いまはおれの手習い時じゃねえんだよ。ちょいとじいさんに話があってよ」

「まさかおまえまで、父親を雇えというのではなかろうな？」

「そんなんじゃねえよ。おれたちの商売の相談に、乗ってもらえねえかと思ってよ。商い事にかけちゃ、えれえ目端が利くと、あんたの孫が言ってたからよ」

生意気な物言いで、そう切り出した。

「おまえたちの商売というと、参詣案内のことか？」

そうだと瓢吉がうなずく。瓢逸兄弟は、なかなかの商売上手のようだ。王子権現や飛鳥山には、同様の子供たちが多くたむろしているが、もっとも稼ぎがよかったのはおれたちだと、ちょっと得意そうに兄が胸を張る。勘七からもきいていたから、単なる自慢ではなさそうだ。

兄の瓢吉は口が達者で、細い割には力もある。弟の逸郎に小まめに指図をする形で、あれこれと客にも気を配っていた。くり返し参詣する者も多いだけに、馴染み客もそれなりに得ていたが、このところ新客が摑めなくなったと文句をこぼす。

「この前の長雨の後くれえか、おれたちの商いに大人が割り込んできてよ、客がそっちに流れちまうんだ」

「大人とは、どんな輩だ。まさか、やくざ者ではなかろうな？」

「いや、危ねえ手合いには見えねんだが、ある日を境に、三人組でやってきやがった。やたらと愛想がよくて弁の立つ者と、からだのでかい奴、それに色男も交じっていてな、若い娘から爺婆まで、根こそぎ客をさらっちまう。長雨のおかげで、ただでさえ実入りが少ねえのに、連中が来てからというもの、こっちの商売が上がったりでよ」

「なるほど、商売敵が現れたというわけか」

「なあ、じいさん、何か上手い手を考えてくれねえか？」

「都合のいいときばかり、人を頼るものではないわ。だいたい何だ、その物言いは。人にものを頼むというなら、少しは礼儀をわきまえんか」

「んなもんわきまえたって、腹の足しにはならねえじゃねえか。そんな暇があるなら、一文でも多く稼がねえと」

ああ言えばこう言う。勘七と違って、まともに突っかかってくることはしない。世間ずれしていて、生意気さもより際立っている。

「おまえの場合、その阿漕が、客に透けて見えているのではないか？　いかに銭儲けとて、両の目玉に文銭を貼りつけているようでは、客も興覚めしようて」

「目玉に文銭とは、面白えな」

「笑いごとではないわ。いいか、商売というのはな、銭の裏表のようなものなのだ。いい目を見る者がいれば、裏には必ず割を食う者が張りついておる。長く表の側にいて天狗になっていたようだが、それをひっくり返されたに過ぎん。商売とは常に栄枯盛衰だ」

「いや、説教はいいからよ、何か連中を出し抜く策はねえかってきいてんだよ」

まさに馬の耳に念仏。自慢の商売訓も、相手が糠では差すだけ虚しい。それでも言わずにはおられないのが徳兵衛だ。

「下がり調子の折には、商売の大本に立ち返るより他にない」

「で、その大本ってのは？」

「何よりもまず、客の利を考えることだ。向こうさまに喜んでもらってこそ、商いは成り立つからな。ふりの客ならなおさらだ」

嶋屋のような問屋なら、客も取引先もつき合いの長い者同士に限られる。同業者とも住み分けができていて、互いの利の線引きもなされているが、新客をとり込もうとすれば、相手の目を引くだけの工夫が必要となる。

単純なのは値引きだが、安直には行えない。自分の首はもちろん、相場が下がれば同業者の首をも絞めることになるからだ。値引きのしわよせは、必ずどこかにかかる。奉公人の数や給金、仲買や運搬の手間賃、ひいては店内の弛(ゆる)みや品の劣化にも繋(つな)がる。ために糸問屋の株仲間では、固く戒められている。

残る方法は、目新しい品や思いがけぬ思案で、客をふり返らせることだ。ちょうどおはちの華やかな組紐が、それにあたる。こんこんと説いたが、相手にはちっとも響かぬようだ。

「だからよ、その目新しい思案とやらを教えてくれや」

「そこは己で考えんか」

「何だよ、役に立たねえなあ」

たったいま乞われて、すぐさま良い知恵など浮かぶものか。言い返そうとしたとき、障子の陰から鳩が鳴いた。映った影は人の形をしている。鳩ではなく、喉(のど)の奥で立てた笑い声だった。

「お父さんが、こんな子供を相手に商売談議とは。嶋屋六代目の威光も形無しですね」

「これは驚いた。政二郎ではないか」

湯島の綿問屋、富久屋に養子に出した次男だった。

「来るなら来ると、前もって文のひとつでも寄越さんか」

「三月は顔を出すなと達したのは、お父さんの方ですよ。気づけばそろそろ五月ほども経ちますからね、ご機嫌伺いにきたのです」

「言われてみれば、そんなに経つか」

いつのまにか、すっかり失念していた。たぶん、千代太がここに通いはじめてからだ。

一日が間延びしたように、暮れるまでひどく長かったのが、飛ぶように過ぎてゆく。人が増えるたびに日は加速して、一目散に西の空へと走っていった。

「お父さんも、つれないなあ。せっかく倅が訪ねてきたというのに……とはいえ見たところ、千客万来のようですが」

つい、ひのふのみと、指を折って数えてみた。

「たしかにな、客はおまえで十六人目だ。いまさら珍しくもないからな」

その数には、徳兵衛自身が驚いていた。筆子の六人に、その母親が三人。孫と守役、嫁と末娘に、桐生の姉妹が加わった。ここに移ってきたころには、ちらとも描けなかった客の多さだ。

当初の予定とは大きく食い違ってしまったが、不思議と悔やむ気持ちはない。侘び住まいは、徳兵衛にはただ退屈なだけだった。あれが半年近くも続いていたら……想像するだけで身震いが起きそうだ。

「ところで、いまの話を、私にもきかせてもらえませんか。終わりのところしか耳に入らなかったので」

「おまえも酔狂だな。まあ、構わんが」

「えーっ、同じ話をもういっぺんするのかよ」

大いに不平をこぼしながらも、参詣案内について、瓢吉がいま一度くり返す。

「どうだ、おっさん。何か良い策は浮かんだか？」

「いや、まったく。ひとつも出てこない」

「何だよ、そろいもそろって。二度も無駄口を叩かせて、そのざまかよ。子供と思っておちょくってやがるのか？」

「思いつきでとび出す思案など、底が浅くて高が知れている、ということさ」

「うむ、そのとおりだぞ。浅知恵は往々にして、試してみると穴が多いものだからな。とはいえ、おまえは子供だからな、しくじりから学ぶのが本来の姿とも言えるぞ」

倅に便乗し、あえて重々しく告げたが、たちまち文句が返った。

「そんな呑気をしていたら、すぐに干上がっちまう。親父は当てにならねえし、うちの大黒柱はおれたちなんだから」

粋がる子供を、政二郎は面白そうにながめている。

「瓢吉と言ったか。策はないがね、代わりに策に繋がる教えなら与えてやるぞ」

「まどろっこしいなあ……まあ、いいや。きいてやるから、ちゃっちゃと教えろや」

「どうして教えを乞う側が、そんなに偉そうなのだ！」

「まあまあ、お父さん。いちいち目くじらを立てては、話が先に進みませんし」

息子になだめられ、ひとまずは下駄を預ける。政二郎は、瓢吉の前に座り直した。

「まずは、おまえの商売敵をよく見極めることだ。客がそちらに流れているというなら、それなりの理由があるはずだ」

「そんなの、大人と子供の差だろ。大人は所詮、大人を信用するからな」

「そうとは言えないよ。子供には子供の長所もあるからね。子供というだけで愛嬌があるし、客の用心もほぐれる。財布の紐も弛みやすいだろう？」

「たしかに……弟の逸は、えらく客の受けがいいんだ。おれの言葉尻を真似るのが可愛いと、女客からはちやほやされる」

「一長一短はあたりまえ。立場の違いを言い訳にするようでは、最初から勝負はついているよ」

それまでのらくらとしていた瓢吉が、初めてきつい目を向けた。勘七が時折見せる、本気の眼差しだ。斜に向いていたからだを、政二郎の正面にまわした。

「いいか、とにかく相手をようく見るのだ。客への近づき方、声のかけ方、客あしらいや言葉遣い、何がおまえたちと違うのか、何が客寄せに繋がっているのか見極めるのだ」

「うーん……ひとつふたつなら、わかるかな」

「ほう、何だ？」

「連中は、まとまりがいいんだ。三人組だろ？　色男が客を引きつけて、弁の立つ者が案内役、荷運びは力自慢と、具合よく収まっている」

なるほど、と政三郎が相槌を打つ。「他には？」

「そうだな……講釈役の男が、やたらと物知りなんだ。堂の前でもお山に登っても、長々としゃべってやがる。おれたちには、ちっとも面白かねえんだが、爺婆なんかは有難がって耳を貸す。……たしか、えんぎとか言ったな。えんぎって何だ？」

「そんなことも知らんのか。縁起とは、寺社の起こりや由来のことだ」

だんまりを続けていたが、ついつい徳兵衛が口を出す。

「王子権現なら、熊野三山の若一王子であろう」

「おお、それそれ、そのこんにゃくだ」

「こんにゃくではないわ。この罰当たりめが」

王子権現の歴史は非常に古く、鎌倉幕府ができるより以前とされる。幕府を開いた源頼朝の祖先にあたる源義家が、奥州征伐の際に、寺を建てて甲冑を納めたとの伝えがある。

若一王子とは、熊野三山に祀られる祭神のひとつで、鎌倉期の領主、豊島氏が熊野信仰に厚かったことから、寺を再興し若一王子を勧請した。ために寺の周囲は、豊島郡王子という地名になった。江戸期には王子村となり、徳川将軍家もまた、王子権現を手厚く庇護した。三代家光は社殿を建立し、八代吉宗は飛鳥山に桜を植えた。遊山の客が増えたのは、そのころからだ。

瓢吉の商売敵は、それらの縁起を口舌滑らかに語り、人気を博しているという。

「なかなかの商売上手だ。寺社に参って縁起を知れば、それだけ得したような気分になるからね」

「おれにはさっぱりわからねえが」

「案内人を名乗るなら、おまえたちも覚えておいて損はないだろうよ」

政二郎を、きょろっと見上げる。

「向こうのやり口を、真似ろってことか？」

「ただ真似るだけでは駄目さね。二番煎じは所詮、新味に欠けるからね。むしろ商売敵のやりようを、あたりまえと考えるのだ」

人は便を見出せば、後ろには戻れない。新しい商売も、やがては世の常識になる。

「そのあたりまえに、目新しさや、おまえたちらしい何かを乗せれば先に繋がる」

「おれたちらしいって、何だ？」

「さあね。会ったばかりの私にはわからないよ」

政二郎は、煙に巻くようにはぐらかした。

「ただ、ひとつだけ言えるのは、おまえたち兄弟ふたりきりでは、そもそも数で負けている。太刀打ちはできないだろうね」

「じゃあ、どうしたら……」

「ここから先は、己で考えてみるのだね。その頭は、飾りかい？」

「何でえ、肝心なところはお構いなしかよ。ちぇっ、糞の役にも立たねえや」

「まあ、何か思いついたら、お父さんに判じてもらうといい」

「もういいやい。金輪際、頼むもんか」

瓢吉にしては、真面目にきいていたのだろう。急に放り出されて、柄にもなく気落ちしたのかもしれない。わざわざ捨て台詞を残して、座敷を出ていった。

「まったくおまえは、親切なのか意地悪なのかわからんな」

「両方ですかね。井の中の蛙でいるうちは、金言も光りようがありませんから」

「なるほどな……そういうことか」

政二郎が何を言いたかったのか、徳兵衛は阿吽の呼吸で理解した。親子の間柄ではなく、商人同士なればこそだ。政二郎も、いまは富久屋の所帯を任されている。主人としての経験が、瓢吉に欠けているものを正確に見抜いたのだ。

「だが、子供にはまだ無理だろうて」

「子供のままで、いられない子供もいる。あの子らも、そのたぐいでしょう？　無理にでも大人の道理をわきまえねば、先はありませんよ」

ちろりと、倅を横目で窺った。

「おまえのことだ。いくつか知恵も浮かんだのではないか？」

「私のやり方は、他人には突飛ととられかねない。それこそ押しつけるわけにはいきません。まあ、せっかくだから、お父さんにはご披露しますがね」

ふむふむと、次男の意見を拝聴する。たしかに奇抜だが、面白いとも言える。

政二郎には、そういうところがある。

堅実には欠けるものの、物事の見方に枠がないだけに発想が豊かだ。他人よりも遠くを、五年先ではなく二十年先を見通そうとする目が、違うものを映すのだ。ある意味、長男よりも商人に向いている。商売を興し、あるいは大きく広げるのなら、次男に軍配が上がるだろう。ただし遠くを見るのに適した目は、足許がおろそかになる。その危うさも伴っていた。

「私はお父さんほど、面倒見がよくはありませんからね、後はお任せしますよ」

「ふん、皮肉のつもりか」

「とんでもない。これほど賑やかな暮らしぶりとは、思いもしませんでしたよ」

先刻と同じに、喉の奥で笑う。ばつが悪くなり、話の流れを変えた。

「さっさと用件を話さぬか。おまえこそ、相談事があってきたのだろう？　用もないのにこんな田舎まで、足を延ばすはずがないからな」

「さすがお父さん、察しがよくて助かります」

にっこりと笑い、政二郎は本題に入った。

「となりの古道具屋が、売りに出されることになりましてね。どうせなら、うちで買ってもらえまいかと、向こうから話をもってきたのです」

「その古道具屋は、どうして店仕舞いを？」

「そこの主人は、大きな米問屋の息子でしてね。嫡男ではないから、好きな骨董を商いにして、まあ道楽ですね。ところが先だって本店たる米問屋が大損を出して、店をたたまざるを得なくなったようです」

「米問屋ということは……もしや、米相場のしくじりか？」

「どうやら、そのようです」

「先物買いなぞ、博奕と同じだ。おまえもせいぜい気をつけるのだぞ」

「嫌だな、お父さん。米相場を手掛けられるのは、米商人だけですよ」

米の先物取引ができるのは、米仲買株や米方両替株をもつ商人に限られていた。

「それにこう見えて、富くじだの先物だの、いわば運頼みには興が乗りませんしね。目先の変わったことを、手ずからはじめるのが好きなのです」

「となりの店を買うのも、そのためか？」

「はい。損料屋を、はじめようかと」

「富久屋は綿問屋だというに、どうして見当違いの商いに手を出すのか。せめて太物屋とか布団屋とか、近しい商いがあるだろうに」

「損料屋で、もっとも儲けが大きいのは、布団ですよ」

なるほど、と一本とられた気になった。損料屋は、貸物屋ともいう。損料とは借り賃のことで、貸し出す品は衣類や布団が多かった。

「で、ここに来たということは、金の無心か」

「富久屋の内証でも賄える額ですが、現金で直ちにそろえるのは難しい。あちらさまは困っておりますからね、小判の顔を拝めば、それだけ値を下げる気になりましょう」

筋は通っているし、策として悪くはない。徳兵衛もまた、同じことをしただろう。

「できれば二百両、いえ、百五十で結構です。都合をつけてもらえませんか」

「出しても、半分だな。百両なら、すぐに用立てられるが……」

と、言いかけて、肝心のことに気がついた。急いで頭をふる。

「いまの嶋屋の主は、わしではなく吉郎兵衛だ。おまえの兄に頼まんか」

「もちろん、お頼みしましたよ。ですが兄さんは、それどころではないようで」

「何か店に、不都合が起きたのか？」

「いいえ、番頭の話では、特に障りはないようですが。心配癖は、兄さんの性分ですからね」

未だに仕事に慣れずあたふたしている上に、細かなところまで気になって手を抜けない父親譲りの性質も受け継いでいる。なまじ真面目であるだけに、悪戦苦闘しているのだろう。

「金のことはお父さんにきけと、兄さんから言われまして」

「馬鹿者が！　嶋屋の七代目はおまえだろうが！　……吉郎兵衛にはそう申しておけ」

わかりました、と素直に引き下がる。こうなると、政二郎には筋書きが見えていたのだろう。百両の言質をとった。そう伝えれば、吉郎兵衛の気も休まる。

現金なもので、用件が済むと、政二郎は帰り仕度をはじめた。

「そろそろ嶋屋に、顔を出してはいかがです？　お父さんと会えば、兄さんも安堵できますし、色々と相談事もあるでしょう」

「わしも何かと忙しい身であるし、手を貸しては吉郎兵衛のためにならん。隠居した上は、口出しはせんと決めたからな」

「たしかに、思いがけない暮らしぶりでしたが」

政二郎は、吹き出すのを堪えながら暇を告げた。

「また折を見て、ご機嫌伺いに参ります。いっそうの千客万来を楽しみにしておりますよ」

悠々と出ていく次男を見送って、ついぼやきが口をついた。

「同じ倅だというのに、どうしてああも違うものか。足して二で割れば、ちょうどよかったろうに」
三、四日過ぎたころ、ふたたび瓢吉が、徳兵衛の居間を訪れた。

「この前の旦那は、じいさんの倅だろ？　あれから色々考えてみたんだがよ」

小生意気さがいつもより失せていて、どこか神妙な面持ちだった。

「おれたち兄弟だけじゃ太刀打ちできねえと、そう言ったろ？　あれはとどのつまり、他の仲間と合力しろってことじゃねえかな？」

「倅の考えは、わしにもわからんが……あるいは、そうかもしれんな」

瓢吉は正答に辿り着いていたが、徳兵衛はわざととぼけた。

「だが、いまのおまえでは、仲間に力添えを頼むのは難しかろうな」

「どうしてだよ。勘だって他の皆だって、おれが声をかければきっと……」

「果たしてそうか？　ようく考えてみい。おまえは大人の三人組に腹を立てたが、その場所にこれまで居座っていたのは、おまえではないか？」

子供の眼が、ぐりっと開き、石でも呑み込んだように黙り込んだ。

「おまえが不満だという立場に、ずっと甘んじていたのは他の子供らだろうが。その情けなさを、一度でも思いやったことがあるか？　権現さまの境内で天狗になっていた。そんなおまえに、喜んで力を貸してくれると思うか？」

政二郎の言った井の中の蛙とは、そういうことだ。子供なのだから、お山の大将も無理はない。それでも、ここで這い上がらねば日の目は見えない。

「仮に皆の力を借りられるとしてだ、稼いだ金はどうする？」

「どうするって……そりゃ、皆で分けて」自信なさげに、ぼそぼそとこたえた。

「どのように分けるのだ？　働きの良い者が多く貰うのか？　それならやはり、おまえの取り分が多かろうな。皆がそれで納得するか？」

「じゃあ、皆で等しく分ければ……」

「それではきっと、おまえたち兄弟の以前の稼ぎには追いつかぬぞ」

両の眉を寄せて、ふたたび黙り込んだ。

「わかるか、瓢吉。皆を巻き込むなら、それなりの覚悟が要るということだ」

先頭を切って十四、五人もの子供たちをまとめ、引っ張っていきながら面倒を見る。子供の肩に背負わせるには、荷が勝ち過ぎる。しかしそれ以外に、生き残る術はない。

「苦労ばかりで稼ぎは前より少ない。その覚悟があるのなら、多少の知恵は授けよう」

相変わらず、瓢吉はじっと考え込んでいる。損得というよりも、果たして自分にできるだろうか——。表情からは、そんな迷いが見てとれた。

「瓢なら、できると思うぞ」

襖の向こうから、小さな声がした。ごほん、と徳兵衛が咳払いする。

「勘七か。立ち聞きとは行儀が悪いぞ」

「悪い……でも、気になっちまってよ。このところ、瓢のようすがおかしかったから」

手習いの子供たちは、千代太も含めて家路につき、勘七となつは、母の仕事が終わるのを待っていた。瓢吉の弟の逸郎は、なつと一緒に遊んでいるようだ。

「瓢は決して、嫌な奴じゃねえよ。客をまわしてくれたりとか、おれも世話になった」

「そんなの、数えるほどしかねえよ」

「でも、おれは有難かった。だから、瓢が頑張るってんなら、おれも頑張るからよ」

「勘……」

「皆もきっと同じだと思うぞ。ちびたちはともかく、大きいのは十人ばかしいるからよ。おまえひとりが無理をすることはねえ。ほら、三人寄れば寿限無の知恵っていうじゃねえか」

「勘七、そこは文殊の知恵だ」

「じさまはいちいち細けえんだよ。知恵を出し合って力を合わせれば、おれたちにも何かできるかもしれねえだろ？　上手くいかなくとも、誰も瓢のせいにしたりしねえよ。だから……」

瓢吉の口がへの字になり、下を向いた。まだ青い畳に、ぱたぱたと雫が落ちる。

「……りがとな、勘……おれ、こんな嬉しいこと言われたの、初めてだ……」

「よせやい、瓢。おれとおめえの仲じゃねえか」

しばし瓢吉は、男泣きに泣いた。それから盛大に洟をかみ、徳兵衛の前に両手をついた。

「じいさん、いやさ、ご隠居さま。おれは覚悟を決めた。だからどうか、知恵を貸しておくんなせえ」

勘七も並び、一緒に頭を下げる。当人たちは大真面目なのだが、大袈裟が過ぎて芝居じみている。腹の底から込み上げる笑いを懸命になだめながら、よかろう、と精一杯厳かに達した。

政二郎が置き土産にした策を、二、三伝えた。といっても、大雑把な外枠だけの代物で、肝心の中身は、子供たち自身が考えねばならない。それでもふたりのやる気は、削がれなかった。

「明日にでも、皆を集めて相談するか」

「いや、次に雨が降ったら、ってことにしようぜ。稼ぎは惜しいし、おれたちの姿が境内から消えたら、向こうに怪しまれる」

「瓢に乗った。じゃあ、次の雨の日な」

これでひとつ片付いたと、徳兵衛は安堵した。しかし、その見通しは甘かった。

朝から、雨脚の強い日だった。常のとおりにおはちが通ってきてまもなく、急に家の中が騒々しくなった。急いで見にゆくと、手習い座敷がとんでもないことになっていた。冴えない風体の子供が、次から次へと上がり込む。

「ご隠居さま、これはいったいどういうことです？」

おわさはあんぐりと口を開け、廊下に突っ立っている。

「わしにもわからんわ。これ、勘七、どうなっておる？」

「どうって、この前言ったじゃねえか。雨が降ったら集まるって」

「わざわざこの家に、集まるとはきいておらんぞ！」

「他に雨を凌げるいい場所がねえしよ、ここなら広い上に、他人にきかれる心配もねえだろ？　相談事にはもってこいだ」

勘七が、あたりまえのように告げる。

「おまけに、どうして千代太までここにおる？　手習いはどうしたのだ！」

「やだなあ、おじいさま。今日は三日のうちの十五日だから、手習いはお休みですよ」

毎月、一日、十五日、二十八日は、三日と称し、大方の手習所は休みになる。

「勘ちゃんからきいて、坊もこの相談には混ざりたかったんだ。ちょうどお休みに当たってよかったあ」

いかにも嬉しそうに千代太が言って、壁際にちょこんと座った。

いちばん後に入ってきた瓢吉が、徳兵衛を見るなり満面の笑みを向ける。

「よ、ご隠居。ひとつよろしく頼まあ。ほら、皆も挨拶しねえか。おれたちの商いの相談役を務めてくださる、ご隠居さまだ」

「お願いしまあす！」

ばらばらと、てんでに頭を下げられて、徳兵衛は心底げんなりした。

主人の胸中は頓着されず、瓢吉の音頭で子供たちの相談がはじまった。

「ご隠居さまと息子さまに知恵を借りてな、ひとまず二刀流で行くことにした。まず、一刀目は、縁起を披露することだ」

「えんぎって、何だよ？」

どこかから問いがとび、またそこからはじめるのかと、内心でうんざりする。

小ぎれいとはいえない子供たちと、同席するのはご免こうむる。襖を開け放ち、となりの座敷で聞き役に徹していた。

徳兵衛の説明を、かなり端折って瓢吉が手早く語る。それすら別の声が、不満を訴えた。

「そんな長えもん、とても覚えられねえよ」

「だからよ、皆で手分けすりゃいいんだよ」

「じゃあ、そいつを語るのに、おれたち皆でぞろぞろと客につき従うのか？」

「三組くらいに分けたらどうだ？」

「いや、四、五人でも鬱陶しいぞ」

誰もが、いっせいにしゃべり出し、待て待てと瓢吉がひとまず収める。

「覚えて語るだけなら、あの三人組におよばねえ。もうひと工夫してえんだが、何か思いつかねえか？」

いっとき、しんとした間に、幼い声が響いた。勘七の妹の、なつの声だ。

「ねえ、ちいちゃん、えんぎを披露って、お芝居のこと？」

「それだ！」と、瓢吉が叫んだ。

勘七は、今日は妹の傍らではなく、前にいる瓢吉の脇に座を占めていた。なつはとなりにいた千代太にたずねたようだが、こたえるより早く瓢吉が叫び、思いつきを語り出した。

「それぞれ役を決めて、芝居に仕立てるってのはどうだ？　そいつを日に一、二度、時を決めて見せるんだ。芝居を打てば、それだけで客を集められるだろ？　その後で客を案内すれば、一石二鳥だ」

「いいな、それ。さすがは瓢だ」

勘七は、即座に賛同したが、最初は不安な顔の方が多かった。

「役者でもあるまいし、芝居なんて、おれたちにできるのか？」

「別に下手でも構わねえよ。縁起が伝わればいいんだから」

「台詞や筋書きは、誰がやるの？　芝居狂言なんて、無理じゃない？」

「少しなら、わかるよ。前に手習所で教わったんだ」壁際から、千代太が声をあげる。

「だいぶ忘れちまったけれど、おじいさまならご存知でしょ？」

「わしではなく、お師匠さまにききなさい」と、そこだけは釘をさす。

その後も、問いや意見が続いたが、瓢吉と勘七に説き伏せられる形で、終いには子供たちもやる気になった。

「で、瓢、二刀目は何？」

少し年嵩に見える女の子が、次の題目に移らせた。女の子は、幼いなつを入れて五人きりだった。

「二刀目はな、景物だ。つまりは、客への配り物だ」

「それなら、権現さまで札やおみくじを配っているじゃない」

「おれたちが案内した客だけに、違う景物を土産にすれば、客寄せになるじゃねえか」

「売り物じゃなく、ただであげるってこと？　だったら、元手のかからないものにしないと」

「だからよ、何かいい土産はねえか、知恵を絞ってくれや」

「無茶言わないでよ。そんな都合のいい物が、早々あるわけ……」

「あるだで」

見当違いの方角から、こたえが返った。廊下に、桐生の姉妹の妹が立っていた。

⚅⚀ 狂言作者

「……誰？」

急に現れた見知らぬ少女に、皆が一様に首を傾げる。

「おきのの従妹の、おうねだよ。姉さんと一緒に上州から出てきたばかりなんだ。こう見えて、組紐の職人なんだよ」

　千代太の紹介に、へええ、と座敷から声があがった。姉のおくには、性分か年齢故の分別か、この家にいても未だ遠慮がちなのだが、妹のおうねは、まったく物怖じしない。

「元手かかんね土産だら、こっだらもんはどうだんべ？」

　と、左腕を顔の横にもっていく。細い手首には、薄汚れた紐が巻かれていた。

「何だ、それ？　にしても、きったねえな」瓢吉が、露骨に顔をしかめた。

「江戸までの道中で汚れっちまったども、元はきれえな七色の紐だんべ」

「だんべ、だってよ。どこの田舎者だよ」

　容赦なく、お国訛りをこき下ろす。どっと笑いが起きたが、おうねは負けん気の強い目で瓢吉を睨み返した。

「馬鹿にすってでね、こりゃあ紐数珠だで」

「紐数珠？　って何だよ。きいたことねえぞ」

「そらそうだ。おらが編み出して、名付けたもんだで」

　子供たちから見れば、小汚い紐に過ぎない。さして興を引かれぬようだが、徳兵衛だけは身を入れてたずねた。

「おまえが自ら工夫して拵えた、ということか？　それも組紐のたぐいなのか？」

「んだ。組台は使わねども、ちょっくら似とるだ。屑糸を結わえたもんだで」

　おうねは短く説明したが、どうも要領を得ない。

「見せた方が早いべ。ちっとんべえ待っててくろ」

独特な方言に、座敷にはまた笑いが広がる。

猫のような素早さで、おうねは仕事場にとって返し、すぐに戻ってきた。手にしているのは、白と青の糸を巻きつけた、ふたつの糸玉だった。おうねはくるくると手早く糸を外す。どちらも二、三尺ほどの長さで、組紐を拵えた余りの糸だと思われた。

これほど中途半端な長さでは、組台にかけたところで羽織の紐すら拵えられそうにない。いわば屑糸だった。引き取り先はあるだろうが、二束三文の値だろう。

おうねは徳兵衛の前に両の足を投げ出して、片膝を折った。行儀が悪いと咎めなかったのは、おうねの顔は少しもふざけていなかったからだ。右足の親指に糸を巻き、きつく縛る。親指からは白青二色の糸が、合わせて四本伸びていた。

「見てでくろ、ご隠居さま」

そう告げられたものの、誰もおうねの手捌きについていけるものはいなかった。細い指先は、規則正しく同じ動作をくり返し、みるみる糸は細い紐の姿になっていく。白と青の二色のはずが、出来上がる紐はなぜか白一色で、それも不思議だった。途中で、あっ、と誰かが叫んだ。

「紐の色が変わった……青くなった」

爪の長さくらいで、紐は白から青に、また白にと色を変えていく。二色を交互に編んでいくだけでは、こんな色変わりはなし得ない。まるで手妻を見ているようだ。

長らく目を凝らして、徳兵衛はようやく手妻の種に気づいた。

「そうか、青の糸に、白を巻きつけることで、青色を隠しておったのか」

「んだ。三色だら三代わり、四色だら四代わりになるだで」

まず一本の白糸を、残り三本をまとめる形で巻きつけて、一回巻くごとにきつく結わえる。これをくり返すことで白い紐が仕上がり、途中から青糸で残り三本を結ぶと、紐は色を変えるのだ。

「これをおまえが、己で思いついたのか。たいしたものだな」

「ちっちぇー時、紐いじらせてもらえねかったで、姉ちゃらがうらやましくてよ、屑糸で遊んでるうち、じっちゃの藁ない見て真似っこしたいね」

ほどほどの長さになると、足から外して両端を結ぶ。子供たちから、歓声があがった。白に青が鮮やかな、紐数珠ができ上がった。

「きれい！　こんな数珠なら、あたしもほしいな」

「あたしも。でも、色は白と桜色がいいな。桜の花みたいに」

女の子たちから次々と、うらやまし気な声があがる。少なくとも、女客には受けがいいということかと、徳兵衛は頭の隅で値踏みした。しかし瓢吉と勘七は、別の心配をしはじめる。

「けどよ、おれたちにできるのか？　さっきの手捌き、まるで見えなかったぞ」

「おれは無理だ……糸をつまんだだけで、こんぐらかっちまうこと請け合いだ」

不器用を自認する勘七は、早くも白旗をあげる。

「おうね、こっだらとこで油売ってただか。ちゃっちゃと戻れ」

「いけね！　おら行かねえと。おめらが覚えてえだら、今度じっくり手ほどきすんべ」

愛想よく告げて、姉のおくにとともに座敷を出ていったが、子供たちの相談は続いている。

「最初はゆっくりでいいからさ、やってみようよ。修業すれば、そのうち上手くなるよ」

「千代太は、おれのぶきっちょを舐めてやがるな。算盤玉ですら、うまく弾けねんだぞ」

「勘ちゃんは、頭の中に算盤があるから大丈夫だよ。ね、瓢ちゃん。さっき言った縁起の芝居立てと合わせて、皆でやってみよ」

「そうだな……ひとまず、組分けをしてみるか。紐数珠は女たちに任せて、男連中は縁起芝居にかかるとしようか。こっちはおれや勘がいるからいいとして、紐の方はどうするか……」

考えをいちいち口に出していた瓢吉が、あ、そうだ、と思いついたように叫ぶ。

「てる姉、おめえが紐数珠組の頭になれ。女の中ではいっとう年嵩だし、いいだろ？」

「勝手に決めないでよ。あんたたちに加勢することすら、まだ承知してないんだから」

思いのほか、きつい視線が瓢吉に向けられる。てるは勘七や瓢吉より、ひとつ年上の十歳だというが、引き締まった表情のせいか、二つ三つ上に見える。

「ひとまず話をきいてくれっていうから、来てやったんだ。平たく言えば、あんたたち兄弟の分け前が減ったから、力を貸せってことだろ？　そんなの勝手じゃないか」

「そう言わずによ、てる姉。瓢の気持ちも、汲んでやってくれよ」

勘七のとりなしにも、折れる気配は見せない。呼び名のとおり、子供ながら姐御肌な気性のようで、口もなかなかに達者だった。

「あの大人たちはたしかに目障りだけれど、あたしたちは、もともとたいして稼いじゃないから、さほどの損も被っちゃいない。色々と面倒を押しつけられる義理もないしね」

「だよな、いまさらって感じがするもんな」

誰かがてるに同調し、同じ空気がじんわりとしみわたる。外の雨が畳にもしみて、じっとりと湿ったようだった。

さすがに助言を与えるべきだろうか……。徳兵衛はちらと考えたが、あえて見守ることにした。女中のおきのの言葉が、ひらと浮かんだからだ。

——子供には子供の世間があって、大人とは了見が違います。——見て見ぬふりをするくらいの方が、子供には有難いのかもしれません。

口を出して収める方が、よほど楽だし、徳兵衛の性分ならなおさらだ。けれども大人の押しつけは、子供の言い分を封じてしまう。大人は優越に浸れるだろうが、子供は伸びはじめた新芽を摘みとられることになる。

新芽とは、ものを考える力だ。学問とはまた別の、生き抜こうとする力にほかならない。

何よりも徳兵衛に自重を促したのは、やはり商売の観念だった。これは彼らの商売であり、外の者が容易く口出しすべきではない。子供と言えど、結論は自分たちで出すべきだ。

「すまねえ！　これまでのこと、すまなかった！」

ふいに瓢吉が、畳に両手をついて頭を下げた。

「てる姉や皆が責めるのも、もっともだ。いまさらと言われても仕方ねえ。皆が辛い目を見てるだなんて、これまで考えもしなかった。心から、お詫びしやす」

「またどうせ、口先だけだろ。ほんとに瓢は調子がいいんだから。あたしはやっぱり信が置けないよ。後で分け前なぞで揉めそうだもの」

「それなら、てる姉が頭に立ったらどうだ？」

「嫌だよ、面倒くさい。寝たきりの母ちゃんの世話もあるから、長くかかずらうわけにもいかないし」

勘七の案も、早々に却下された。瓢吉は、面目なげにうつむいていたが、ふと気づいたように、壁に張りついている姿に目を向けた。

「……だったら、師匠に頼もう」

「師匠って、そこにいるじいさん？」

「ご隠居さまじゃなく、おれたちに手習いを教えてくれる師匠だ」

「千代太ってことか！」

勘七がびっくりして、徳兵衛もこれには思わず目をむいた。

当の千代太は、誰より驚いているのだろう。壁際に置かれた人形のように、微動だにしない。

「いい加減にしなよ、瓢。あそこにいる坊ちゃんは、いわば余所者だろ？　それを頭に据えるなんて、乱暴にもほどがあるよ」

「だからこそ、だ、てる姉。師匠には頭として、おれの張り番をしてもらう」

「ますます、わからないんだけど」

「おれが皆に信用されていないのは、よくわかった……情けねえけど仕方ねえ。おれはこの前ようやく気づいて、心を入れ替えるって決めたんだ。でも、いまはまだ皆に見せようがない。だから、おれが間違った方角を向いてねえか、また天狗になってねえか、師匠に判じてもらうんだ」

　瓢吉の意図が、ようやく徳兵衛にも呑み込めた。仕事を実際にまわすのは、瓢吉や勘七、てるであることには変わりない。ただ、その上に、千代太という目付役を置こうというのだ。

　たしかに、そういう主人もいる。商いの実は使用人に任せ、己は目付役と調整役に徹する。徳兵衛とはむしろ逆の類になるが、自ら小まめに動きまわり、口も手も出す主人の方が案外少ないかもしれない。

「師匠ならきっと、おれの粗忽を補ってくれる。学問のできる、お店の坊ちゃんだからじゃねえ。師匠は誰に対しても、同じに優しい。分け隔てをしねえんだ。もしもおれがひとりよがりに突っ走ったら、きっと止めてくれる。稼ぎの按配も、仕事の差配も、皆が納得するようにまわしてくれるはずだ」

まさに、目から鱗だった。孫の安い同情を侮っていたが、ひっくり返せば平等の精神となる。好き嫌いは自ずと態度に出るものだが、千代太は贔屓もせず、誰かを疎んじることもしない。ただ、残念ながら気概には欠ける。

「むむむ、無理！　坊には無理だよ！　そんなこと、できないよ」

「いや……おれも、いいと思う。関わった者たちのことは最後まで面倒見てくれる、そういう奴だ。おれも千代太なら、任せてもいいぞ」

「勘ちゃんまで！　だってだって、坊は皆の商いなんて、何も知らないんだよ。なのにその稼ぎを預かるなんて、おかしいよ」

「たしかに坊ちゃんの人となりは、勘やなつからきいてたし、会ってみたらそのとおりに見えるけれど……会うのは今日が初めてだし……」

と、てるが値踏みするように、千代太をながめる。

「おじいさまも、置物みたいに黙ってないで、何とか言ってよ」

ふうむ、と顎をさすり、徳兵衛は孫ではなく皆に向かってたずねた。

「もしも、今日の儲けが百文だとすると、おまえたちはどう分ける？」

「そりゃ、同じに分ければいいんじゃねえか？　ええっと、百文を十五人で割ると」

「ひとり六文、残り十文だな」と、勘七が難なくこたえる。

「でもよ、ちびたちも同じ分け前ってのは、どうよ？」

「じゃあ、歳で線引きするの？」

「歳より、年季じゃない？　長くいれば、こつも呑み込めるもの」

「線引きならやっぱ、稼ぎの多い少ないじゃねえか？」

「それじゃあ、いままでと変わらないよ」

方々から一斉に声があがり、夕暮れ時の烏さながらだ。ひととおり意見が出つくしたところで、徳兵衛は改めて問うた。

「千代太、おまえはどうだ？　おまえだけ、何も言うておらんぞ」

「はい、皆の話をききながら、考えてました……どうしてお店は、お店なんだろうって」

何の話だ？　と誰もが一様に首を傾げたが、徳兵衛は、ふむ、と先を促した。

「お店には、主人がいて番頭がいて、手代がいて小僧がいて、あと女中がいて下働きもいて、大勢が働いてます。どうして大勢で寄り集まって、働くのかなって」

「そりゃ、店をまわすためには、人手がいるからだろ？」

「うん、そのとおりなんだ、勘ちゃん。それぞれに役目があって、果たした役目に応じて、お金を貰えるんだ。だからね、歳や年季や稼ぎじゃなく、役目に値をつけたらどうかな？」

「役目に、値を？」と、てるがきき返す。

「たとえば、参詣案内をしたら一回五文。縁起芝居を打てば、役者に三文。紐数珠を拵えたら四文、みたいにさ」

「なるほど、さすがは師匠だ。それなら皆、納得がいくんじゃねえか？　どうだ、てる姉？」

　瓢吉が大きくうなずいて、てるに判断を促す。

「うん、悪くはない、かも……でも、値決めをして、それより稼ぎが多かったり少なかったりしたら、どうするの？　あたしたちの儲けは、客の心づけで決まるもの」

「多い日の分はとっておいて、少ないときのために蓄えておけばどうかな？　ほら、囲米も、凶作のためにお米を囲っておくでしょ？　あれと同じだよ」

「役目の値は、どうやって決めるの？」

「うーん、そこは儲けしだいかな。まずは芝居や紐数珠を試してみて、それからだし、あと参詣なら月や催しによって上がり下がりするでしょ。そこも考えに入れないと」

　泣き虫でひ弱な千代太が、これほど頼もしく映ったことはなかった。

　柄にもなく、うっかり涙ぐみそうになる。決して爺馬鹿な感慨ばかりではなさそうだ。てるをはじめとする初見の子供たちも、千代太を見る目が明らかに変わった。

「な、言ったとおりだろ？　師匠ならきっと、うまくまとめてくれる」

「だから瓢ちゃん、それとこれとは別だって。困ったなあ……」

　瓢吉や勘七がいくら勧めても、やはり気後れが先に立つようだ。千代太はあくまで固辞する。少しだけ、背中を押してみる気になった。

「千代太、もしもおまえが頭役を賜ったとして、分け前をもらうつもりか？」

「とんでもない！　坊はお金なんていらないもの」

「ならば、その役を引き受けたなら、おまえの大好きな人助けになるのではないか？」

え、と千代太は、祖父を仰ぐ。それから、そろりと皆を見回した。

「えっと……坊がまとめ役をしたら、みんな嬉しい？」

「なつは嬉しい！」

豆堂の筆子たちはもちろん、他の者も異議なしというように首をふる。

「あたしも、いいよ。余所者を立てるのはどうかな、とも思えたけど、恨みっこなしでかえっていいかもしれない。ただし力不足と見たら、すぐにすげ替えるからね」

手厳しいながらも、てるの賛意を得たことで、皆の意見が一致した。千代太も否応なく、腹を決めざるを得なくなった。

「うん、じゃあ、やってみるよ……正直、自信はないけど……でも、皆のために頑張るよ。皆さん、よろしくお願いします」

千代太が紅葉のような手をついて、ぺこりと頭を下げた。

そこからはとんとん拍子に相談がはこび、千代太の下で、番頭役に瓢吉が、勘七は勘定方の役目についた。芝居組の組頭は、瓢吉が兼任することになり、紐数珠組はてるがまとめることになった。

「よし、今日からおれたちは、『千代太屋』だ！」

瓢吉が高らかに宣して、皆から拍手があがった。

「で、芝居の狂言て、どう書くんだ？」

「おれにきくなよ、勘。千代太師匠なら、わかるんじゃないか？」

「瓢ちゃん、師匠はやめてよ」

「いいと思うけどなあ、師匠。じゃあ、千代太屋だけに、旦那(だんな)にしておくか？」

「よけいに嫌だよ。いままでどおり千代太と呼んでね。でも、困ったなあ。恐いのを我慢して、せっかく弥生塾の先生に縁起を書いていただいたのに」

「そいつを芝居に仕立てりゃいいんだろ？……って、どうやるんだ？」

千代太と瓢吉と勘七、いわば千代太屋の三役は、先刻から額をつき合わせて芝居の相談をしているが、ぴょこぴょこと話は横道に逸(そ)れ、さっぱり進まない。

「ねえ、おじいさま、狂言てどう書くの？」

「いちいち、わしにきくでない」

「それはねえだろ。ご隠居は、千代太屋の相談役なんだから」

「おまえたちが勝手に据えただけだろうが。わしは承知なぞしてはおらんぞ」

午後になると、ほぼ毎日のように、十八人もの子供たちが押し寄せるようになった。主(あるじ)そっちのけで、千代太屋の本店は、この隠居家と定められたためだ。あたりまえのように相談役まで押しつけられて、徳兵衛も虫の居所が悪い。

参詣商いの二本柱が形を成すまでは、豆堂の手習いも休みになった。それは如何なものかと、ケチをつけた祖父に対し、千代太はしれっとこたえた。

「だって、おじいさま。狂言を書けば字も覚えられるし、紐数珠を覚えるのは職人修業と同じでしょ。ちゃんと実のある学問だよ」

孫に言いくるめられた徳兵衛に向かって、苦言を呈したのは古参女中である。

「ご隠居さま、さすがにこれ以上は増やしようがありませんよ。どうなさるおつもりですか」

おわさの文句は、煮豆のことだ。豆堂の筆子たちのために大鍋で拵えていたが、子供の数が倍以上に増えては、とても賄えないと悲鳴交じりに訴える。

「いいよ、ご隠居。豆堂の七人の分を皆で分けよう。ひとり分は減っちまうけど、皆が喜ぶならそれでいい。とどのつまりは、そういうことだろ？」

瓢吉が、なかなかにうがったことを言い、煮豆の件はそれで片付いた。境内仲間には入らない、りつとよしも、不満のようすは見せなかった。というのも、女の子同士ですぐに馴染み、てるたちと一緒に紐数珠作りをはじめたからだ。

「そこはこうやって、くるりとまわして……ああ、少しゆるいよ、ひと編みひと編み、きっちりと締めていかないと」

指南役は、てるである。おうねからやり方を伝授してもらい、それを皆に教えている。この前は、母親の看病で忙しいと不服そうにしていたが、もともと面倒見のいい性質のようだ。りつとよしを加えた、十人近い子供たちに、まめまめしく手ほどきしていた。

芝居組は未だとっかかりようがなく、三役以外は、男女を問わず組数珠を習っていた。

五つ以下の小さな子供たちは庭先で戯れていて、その姿をながめながら、どうしてこんな羽目になったのかと、恨み言がこぼれそうになる。

「ねえねえ、おじいさま、狂言の書き方を教えてよ」

「わしにもわからぬわ。だいたい芝居なぞ、とんと縁がないからな」

「あ、そうだ！」と、千代太がぱちんと手を叩いた。「お母さまや叔母さまに、きけばいいよ！　だって、しょっちゅう芝居に出掛けているもの」

たしかにお園やお楽は、しばしば連れ立って芝居見物に行く。なるほど、とついうなずいたが、観ると演るとではまったく違う。翌日、しゅんとした顔で報告にきた。

「ふたりにきいたけど、やっぱりわからないって……」

しかしさらに次の日、末娘のお楽が、隠居家を訪ねてきた。以前、おはちの組紐目当てに乗り込んできて以来だ。うじゃうじゃと増えた子供の数に、まず仰天する。

「お父さんたら、いつのまにこんなに集めたのよ。また、そろいもそろって、小汚い形ばかりじゃないの」

「わしが集めたわけではないわ。皆、千代太の友達だ」

「そんなこと言って、お父さんの隠し子が交じっているのじゃないでしょうね？」

「馬鹿げたことを申すでない！　冗談にしてもたちが悪いわ」

一喝されて、首をすくめる。

「だいたい、何の用だ。組紐なら、まだ仕上がってはおらんぞ」

「何本かは、出来上がったのでしょ。もちろん、見せてもらうわ。もう、楽しみでならなくて。でもね、今日は別の用件で来たのよ……銀さん、どうぞ入ってちょうだいな」

それまでは廊下で控えていたらしい。若い男が入ってきた。

「こちらはね、狂言作者の宍戸銀麓さん。お父さんが困っているときいたから、わざわざお連れしたのよ」

「どうぞ、ご隠居さま、よろしくお見知りおきを」

へらりと笑い、軽く頭を下げる。目を合わせるなり、気に入らない輩だと、徳兵衛の本能は即座に判じた。二十代と思しき年恰好で、なかなかの色男だ。いかにも女受けしそうな姿と、堅気とは違った、どこか奔放な芝居者らしい匂いが、徳兵衛の警戒心を煽った。

「芝居で悩んでいるのは、わしではなく千代太だ」

「そうは言っても、あの子たちの面倒を見ているのは、結局のところお父さんでしょ。本当に、らしくない酔狂をはじめたものね」

反論は山ほどあるが、いまは目の前にいるこの男の方が気になる。

「お楽、そんなことより、この男とは、どういう間柄なのだ？」

何より気になっていたことを、せっかちに口にした。お楽が笑い出し、男も苦笑する。

「いやあね、お父さんたら、勘繰り過ぎよ。芝居見物をする折に、お世話になっているというだけよ。お姉さまにも、きいてちょうだいな」

父親の不機嫌など気にも留めずに、お楽はぺらぺらと男について語った。

「銀さんはね、中村座に出入りしている狂言作者なの。以前、お姉さまと見物に行ったとき、勘三郎人気で茶屋では升がとれなくて往生してね。そのときに、たまたま茶屋にいたこの人が、小屋に口を利いて入れてくれたのよ。やはり座付き作者となると、顔が利くものね。それからは中村座に行くときは、茶屋を通さずに銀さんに頼んでいるのよ」

芝居小屋に入るには、必ず茶屋を通すしきたりがある。そのくらいは、常識として徳兵衛も知っていた。おそらくは茶屋と繋がって客を引き、ちゃっかり礼金をせしめているたぐいだろう。そのぶん見物料は割高になっているのだろうが、相手が見目の良い男だと、女はちらとも疑わない。

「千代坊から話をきいて、昨日、中村座宛に文を書いて相談したのよ。そうしたら今日、巣鴨まで足を運んでくれて。銀さん自らが、狂言に仕立てても構わないと言ってくださったの。どう？　すごい話でしょ。中村座の座付き作者が、書いてくださるのよ！」

きけばきくほど白けてくる。座付きにしては歳が若過ぎるし、昨日知らせを受けて今日駆けつけるとは、あまりに暇過ぎる。顔が利くと吹聴する輩は、大方がその周囲でうろうろしながら、こぼれ銭を拾うような真似をして凌いでいる。この男も、きっと同じだろう。

「座付き作者にお願いするのだから、ただというわけにはいかないでしょ。お父さんと相談しようと思って、こちらにお運びいただいたのよ」

「いや、ご隠居さまの道楽で子供芝居だとききやしたから、決してふっかけるつもりはねえんですがね。あっしも座付きとしての立場がありやすし、手弁当というわけにもいかなくてねえ」

　べたべたした口調が、いっそう不快を募らせる。隅々までほじくり返して、化けの皮を剝いでやりたい衝動に駆られたが、このところ培った忍耐を発揮して精一杯堪えた。芝居に疎い徳兵衛では、口八丁でかわされてしまうとわかっていたからだ。

　代わりに、ここぞとばかりに厳かに伝える。

「金の話なら、子供たちに掛け合ってくれ。わしは金の面では一切、関わってはおらぬからな」

「まさか、お父さん、そんな薄情な……」

「これはわしの道楽ではなく、あの子らの商売だ。たまに相談に乗ることはあっても、手出しはせん。むろん、金を出すつもりもない」

　金銭にかけては、ことさらしわい父親だ。よく知っている娘は、これは駄目だと早々に理解したようだ。赤く塗った唇を尖らせたものの、大人しく引き下がった。

「お父さんがその腹積もりでは、どうにもならないわね……ごめんなさいね、銀さん、無駄足を踏ませてしまって」

すまなそうに、お楽が侘びを入れる。別段、気を悪くした風もなく、自称、座付き作者も腰を上げる。

「さいですかい、それじゃあ、仕方ありやせんねえ……」

これで追い払えるだろうとふんでいたが、予見は外れた。

「金にはなりそうにないが、せっかく巣鴨まで足を運んだんだ。どれ、縁起とやらを、見せてもらいやしょうか」

「でも、銀さん……それじゃ、あんまり申し訳ないわ」

「なに、構いやせんや。子供芝居とはちょいと面白そうだし、縁起の芝居立てってのもそそられる。ひとまず、預かっていきやすよ。おっと、その前に、役者の顔ぶれも拝まねえと」

意外にも、宍戸銀麓は帰ろうとせず、子供たちのいる部屋に向かった。お楽は申し訳なさそうに、その背中を見送る。

「ね、お父さん、とってもいい人でしょ」

「わしに言わせれば、うさんくさいわ。子供らから少しでもふんだくろうとの腹か、あるいは、おまえや嶋屋に恩を売り、近づこうとの魂胆ではないか？」

「そうやって何でも疑ってかかるのは、お父さんの悪い癖よ。人づきあいを、大いに狭めていると思うわ！」

憤然と捨て台詞（ぜりふ）を残し、お楽は組紐の進み具合を見にいった。娘が立ち去ると、廊下伝いに子供たちの歓声がきこえた。狂言作者の登場に、大いに盛り上がっているようだ。

にぎやかに届く声よりも、娘から放たれたひと言が、耳の奥に長く居座っていた。


五日を待たず、宍戸銀麓は、ふたたび隠居家を訪ねてきた。

「あ、ご隠居さん、狂言が仕上がりやしたんで、お持ちしやした」

「また、ずいぶんと早いな……」

「何やら興が乗っちまいやしてね、頭ん中にぽんぽんと思案が浮かんで、ひと息に書き上げちまったんでさ」

この前は、へらへらのらくらとしていたが、まるで人が違って見える。

「三場立てにしやしてね、といっても、一場はごく短いんですが。演者が子供ですからね、台詞も長くならないよう工夫して、幕ごとの見せ場だけは、ちょいと派手にしたんでさ」

門外漢の徳兵衛を相手に、目を輝かせて語る。昼にかかった時分だが、子供たちはまだ来ていない。芝居の筋立てには興味はなかったが、その顔を見ているうちに、祖父を思い出した。

『どうだ、この壺の見事なこと。これは備前で焼かれたものでな、茶の地に少うし赤味がかっていて、素朴ながら実に味わい深い。華美に走らず、焼き物の真髄を貫いておる』

絵付けをした陶器ならまだしも、備前焼の厚い地肌や武骨な姿は、幼い徳兵衛には何の良さも伝わらなかった。ただ、壺を前にして語る祖父があまりに嬉しそうで、その横顔だけはよく覚えている。

何かに夢中になり、なりふり構わず入れ込むことができるのは、ひとつの才能かもしれない。自身には授からなかっただけに、得体の知れない狂言作者が、どこかうらやましくも映った。

やがていつもどおり、千代太がいちばんに隠居家に顔を見せた。

「銀おじさん、来てたんだ！　もしかして、狂言が仕上がったの？」

「おう、できたぞ。しかも、とびきりの出来栄えだ。にしても、おじさんはやめてくれよ。まだ、二十五なんだぜ」

「だって、お楽叔母さんの友達だから、おじさんでしょ」

「そりゃあそうだが、おじさん呼ばわりされると、それだけで老け込みそうだ。銀でいいからよ」

「じゃあ、銀さんね！」

この前一度会っただけで、すっかり懐いてしまったようだ。千代太に限らず、それから次々と子供たちが到着したが、誰もが親しげに口を利く。男の子のみならず、てるやなつなど女の子にもまとわりつかれている。

「おまえさんは、子供好きなのか？」

「いや、好きというほどじゃあねえんですがね、よく懐かれまさ。どうも子供には、仲間と思われちまうようで。大人らしい分別が、足らねえのかもしれやせんね」

　首の裏に手を当てて、へらりと笑う。やはり変わった奴だと判じながらも、警戒と不信が強かっただけに、いささか拍子抜けした気分になる。

「どんな役があるんだ？　おれはやっぱり、源氏の侍大将がいいな」

「あたしは、お姫さま！」

「姫なんて、出てこねえだろうが」

「いちばん高貴なのは、若一王子だろ。王子だから男がやるけどな」

　銀麓をわらわらととり囲み、仕上がった狂言を覗き込みながら、蜂の巣をつついたような騒ぎになる。待て待てと、銀麓がひとまずその場を収めた。

「役者はのべ、十九人。三場あるから、ふた役をこなしてもらう者もいる。役についてねえときは、黒子や道具方に早変わりだからな。結構、忙しいぞ」

　嫌がるどころか、子供たちはかえって期待の籠もった眼差しを向ける。

「役は、どうやって決める？　人気の役はとり合いになっちまいそうだな」

「いっそ銀さんに決めてもらったらどうだ？　それなら恨みっこなしだ」

　誰かの案で話がまとまり、銀麓も快く引き受ける。

「ようし、これからひとりひとり、台詞を語ってくれ。その上で、役者器量を見定める。おれが言ったとおりに、くり返すだけでいいからな。難しいことはねえぞ」

　上は十一から下は四歳まで、すべての子供が銀麓の前で台詞をまわす。同じ台詞でも、声や抑揚、言いまわしによって個性が出る。そのたびに笑い声や拍手がわき、見物していた徳兵衛も飽きることがなかった。

銀麓は、その場で決めることをせず、三日の猶予をもらいたいと告げた。

「三日もかかるとは、役を決めるのも案外難しいものなのだな」

「いや、どちらかというと、狂言の直しに暇がほしいんでさ。子供に合わせて台詞を足し引きしたり、ちょいと面白い趣向も思いつきやしてね。あちこち書き直しをしたくてね」

「何度も言うが、そんなに身を入れても、たいして儲けにはならぬぞ」

「わかってまさ、ご隠居。たしかにあっしらは、木戸銭をもらわねえとおまんまの食い上げになる。それでもね、芝居の本当の良し悪しは、儲けの外にある……それが芝居者の心意気でさ」

役者をはじめ芝居に関わる者には、堅気ではもち得ない独特の雰囲気がある。自由奔放なさまは真面目とは無縁なだけにだらしなくも映り、興味がないことも手伝ってこれまでは露骨に疎んじてきた。少なくともこの男は、そう悪い奴ではないのかもしれない――。

わずかだが、見直す気持ちがわいた。

きっちり三日後、銀麓はやってきて、役の割り振りを皆に告げた。

「まずは一の場、『甲冑納めの場』。主役の源義家は、逸郎だ」

驚き交じりの歓声が、どっとわいた。当の逸郎は、兄の瓢吉のとなりで目をぱちくりさせている。

「え……おいら？」

「すげえな、逸、主役だぞ！　おいら、長台詞なんて言えねえもの」

「無理だよ、あんちゃん。侍大将だぞ！」

まだ六歳で、いつも兄の陰で、兄の言葉尻を真似ていたような子供だ。逸郎はひたすらおろおろする。銀麓は、逸郎を前に呼び寄せて、頭に手を置いた。

「心配すんな。台詞はたった三つだけ。しかもごく短い」

「でもお……」

「それに、お仲間もいるぞ。三場の主役は、どれもちび助たちだ」

「じゃあ、なつも？」と、勘七のとなりから声があがる。

「そうだ。なつは三の場、『社殿桜の場』で、恐れ多くも三代さまの役だぞ」

「さんだいさまって、なに、兄ちゃん」

「将軍さま、上さまの役ってことだ」

「うわあい！　なつ、将軍さまだあ！」

何事にも尻込みしないなつは、逸郎とは逆にとび上がって喜んでいる。

二の場と三の場は、主役がそれぞれふたりいる。二の場は『若一王子勧請の場』で、若一王子と、勧請した豊島氏が芝居の中心となり、三の場は、社殿を建立した三代家光と、飛鳥山に桜を植えた八代吉宗が登場する。銀麓は、五人の主役すべてに、仲間内でもっとも小さい者たちを当てた。

「大丈夫かな。ちびたちには、荷が勝ち過ぎないかな」

心配をしはじめたのは、てるだった。その辺は按配してあると、銀麓が頼もしく請け合う。

「言ったろ、主役の台詞はごく少ねえって。そのぶん脇のおまえたちには、存分に語ってもらう。まあ、こっちも掛け合いで進めるから、長台詞にはならねえけどな」

先日、銀麓が言った面白い趣向とは、このことだった。主役をあえて小さい子供たちに与え、筋運びは家臣とか僧侶とか、脇役を与えられた年嵩の者たちに託す。

「小さい子が高貴な役を果たすと、愛らしく見えまさ。それに小屋の芝居と違って、実の名を使いやすからね。よけいな台詞をしゃべって、御上の不興を買っちゃ元も子もありやせんから」

後になってこっそりと、徳兵衛にだけは本音を告げた。

芝居の種は、実際に起きた事件や騒動からとられることも多い。たとえ昔の話でも、御上をはばかって別の名で演じるのが定石だった。しかし縁起というからには、名を違えるわけにもいかない。そこで銀麓は知恵を絞った。演者が小さな子供であれば、寺社や役人も目くじらを立てないのではないかと、思案を凝らしたのだ。

「そこまで考えておったとは、驚いたな。もっと知恵の浅い男だと思うておった」

遠慮のない物言いにも、やはりへらりと笑う。

「あっしらは、何かと御上に目の敵にされやすから。こういうところには用心が利くんでさ。それに……」

と、張りついていた軽々しい笑みが、一瞬とぎれた。

「あっしもあの連中と、似たような来し方で……柄にもなく、肩入れしちまった」

「さようか」

詳しいことは語らず、徳兵衛もきかなかった。

気づけば霜月に入っており、雪こそ降らぬものの、江戸はすっかり冬の景色に変わっていた。


「こちらにおわしますは、八幡太郎（はちまんたろう）さまにございまする」

「八幡太郎じゃ」

「これより奥州攻めに向かわんとすれば、神仏の加護を賜りたくこの地に鎧兜（よろいかぶと）を奉りたくそうろう」

「そうろう」

飄逸兄弟の声が、廊下の向こうから流れてくる。八幡太郎は、王子権現に甲冑を納めたという源義家の別称であった。さんざん渋っていた逸郎だが、兄の瓢吉が家臣役として脇に立つことで、どうにか承知させた。弟の口癖を生かし、言葉尻をなぞる形に台詞まわしを変えてからは、むしろ喜んで稽古に励むようになった。

稽古がはじまって、すでに十日ばかりが経つ。知らぬ間に、だいぶ形になってきたようだ。

このところ、徳兵衛もめずらしく忙しかった。ほとんど毎日のように出掛けていき、隠居家にいるときの方が少なかったくらいだ。こうして終日、家にいるのは久々のことだった。

「ふたりとも、ちょいと急ぎ過ぎだ。もっとゆっくりでいいから、はっきりと大きな声で。台詞は客に届けてこそ、伝わるものだからな」

銀麓の声が続き、もう一度、同じところをくり返す。

「あの男も毎日毎日、熱心なことだな」

と、使用人親子に話しかけた。おわさはお茶を出し、善三は火鉢に炭を足していた。

「熱心は結構ですがね、これ以上、食扶持が増えては敵いませんよ」

賄いに頭を悩ませるおわさは、これ見よがしにため息をつく。

「なにせ若いだけあって、食べっぷりが凄まじくて。朝から三膳もお代わりするんですよ」

「ひょろりとして見えるが、あの男はそんなに食うのか」

「いえ、男じゃなく、女の方ですよ。姉妹の妹が、とんでもない大食らいでして」

膳を供にすることがないから徳兵衛は知らなかったが、おうねの食欲は、男を負かす勢いだという。

「まあ、十四なら、食べ盛りの年頃であるからな。米くらい好きなだけ食わせてやりなさい。田舎では、縁遠い代物だからな」

上州に二年いただけに、暮らしぶりのつましさは容易に思い描ける。姉妹の家も、女たちは組紐師だが、男たちは田畑で働く百姓である。米を作りながら、大方の百姓は米を口にできない。絹で潤う上州でさえも、羽振りのいいのは商人ばかりで、農民は貧しい者が多かった。

「おれは銀さんが来てくれて、嬉しいですよ。気さくで気持ちのいいお人です」

火箸を手にした善三は、母とは逆に、にこにこする。

「布団を並べて、色々と語り合うのが楽しくって。一人っ子のおれに、兄貴ができたような気がしまさ」

嶋屋の下男は皆、善三よりもだいぶ年嵩になり、表店の手代とは同じ店内でも隔たりがある。あまり顔に出さない若者だが、内心では寂しかったのかもしれない。

銀麓とは最初から馬が合うようで、来訪のたびに親しく声をかけていた。銀麓をここに寝泊まりさせてはどうかと、言い出したのも善三である。

「芝居町から巣鴨までは結構な道のりがありやすし、毎日通うのも大変そうで」

「霜月といえば、たしか顔見世があるのだろう？　小屋にとっては一年でもっとも忙しいはずが、座付き作者にしては、ずいぶんと暇をもて余しているのだな」

歌舞伎は毎年、十一月に顔見世を行って、翌年の十月まで続けられる。そんな時期に巣鴨に入り浸っているようでは、やはり座付きは自称に過ぎないのだろう。大口を叩く者ほど信用に値しない。それでも下男の訴えをきき入れたのは、銀麓の別の一面が見えたからだ。

「銀さんはあの子供らに、本気で肩入れしていやす。手習いをもう一度はじめさせたのが、その証しでさ。いまじゃ自ら師匠役に立って、十八人もの大所帯の面倒を見ている。せめて寝床と飯くらいは、宛がってやりてえんでさ」

参詣商いの十五人に、りつとよし、千代太を加えてその数になる。大方が字の読めない子供ばかりであることが、銀麓には応えたのかもしれない。

驚いたことに銀麓は、芝居稽古の前の一時を、これまでどおり手習いに充てることにした。

「似た者同士の身の上だけに、できる限りはしてやりたいと言ってやした」

たずねることをしなかった銀麓の過去は、善三が語ってくれた。

銀麓は両親を早くに亡くし、行商をしていた祖父に育てられた。土地を転々とする暮らしであっただけに、手習いにはほとんど通っていない。やがて祖父が死に、銀麓は十歳で奉公に出されたが、読み書きが覚束ないだけに、最初の数年は苦労したようだ。ただ、奉公先が貸本屋であったことが、銀麓のその後を変えた。

独学で字を覚えると、仕事の合間に貪るように読みふけった。黄表紙のような娯楽本が多かっただけに、雑多な物語を大量に詰め込むことになったのだろう。結果、二十歳で店を辞め、狂言作者などという横道に逸れてしまったものの、読み書きだけは人並み外れて達者になった。

「おじいさま、銀さんはすごいよ。手習いの先生に負けないほどに難しい字をいっぱい知っていて、漢文や漢詩にも詳しいんだ。難儀な算術問答すらこなせるんだよ。坊にも色々と、教えてくれるんだ」

千代太が報告に来たほどだから、もともと学問向きの頭なのだろう。算学もまた、算盤は貸本商いをしながら覚え、十五を過ぎてからは算術書などを読み漁り、身につけたという。

千代太では、豆堂の六人が精一杯だったが、銀麓は、十八人を相手にしている。まず、子供を三組に分けて、桃組、菖蒲組、紅葉組とした。

桃組は、芝居で主役に据えられた、五人の小さい子供たちだ。いろはを大きな声で唱和させたり、箸は一膳、犬は一匹、というような物の数え方から算術を教える。桃組の手習いは四半時ほどで終わり、その後は座敷から出して勝手に遊ばせている。

次に菖蒲組。豆堂に通っていなかった八人の子供たちで、人数も多く、およそ七歳から十一歳と年齢の幅も広い。それでも、文字や算盤に縁のないのは同じである。八人まとめて、仮名の読み書きからはじめさせた。教材は、豆堂が工夫した絵文字である。

「なるほど、絵文字とは面白え。工夫に富んだ思案だ。千代太師匠はたいしたものだな」

銀麓は大いに褒めて、その絵入りの手本で菖蒲組に文字を習わせた。

こちらも四半時ほどで講義は終わるが、書きとりなどで自習させ、最後に紅葉組に移る。

紅葉組は、豆堂にいた年嵩の者たちで、千代太もここに入っている。覚えに多少の差異はあるものの、仮名はほぼ修めている。漢字にとりかかったが、使う教本には、徳兵衛もいささか度肝を抜かれた。戯作と呼ばれる、俗な読み物であった。子供に与えるのはどんなものかと異論を唱えたが、中身はそれなりに考慮していると銀麓には返された。職業柄、その手の本には事欠かず、昔話や妖怪物、それを倒す武将の英雄譚などを見繕い、十冊余も抱えてきた。

「学問には、興を引くのが何よりの早道でさ。戯作には、一流の絵師の描いた絵がふんだんに入っておりますからね、とっつきやすいんで。大人が惹かれるものは子供も読みたがると、相場が決まっていやす」

「しかし……孫には与えたくないというのが本音だが」

「ご心配にはおよびませんよ。坊ちゃんには当人のお望みで、漢詩を教えていやす」

「ほう、そうか、漢詩をな」

「すでに坊ちゃんは、戯作なぞ難なく読めるほどの域に達してまさ。さすがは嶋屋さんの跡継ぎだと、感心しておりました」

お世辞だろうと思いつつ、悪い気はしない。口の上手さには用心も覚えるが、どこか憎めないところがある。善三の頼みをきき入れて、家に置くことを承知したのもその理由からだった。

おわさには、桐生の姉妹との相部屋を頼み、銀麓は善三と寝起きさせることにした。おわさにはぶつくさこぼされたが、急に家族が増えたようで、善三は喜んでいる。善三とおきのも相変わらず、銀麓を手伝って、手習いにかかずらわっていた。三組それぞれに四半時ずつ費やして、それから芝居の稽古にかかる。

稽古は一場ごとに行われ、役のない者は、せっせと紐数珠作りに精を出す。最初のうちは出来がよれよれで、何とも情けない紐数珠だったが、誰もが三本目あたりから難のない仕上がりとなり、師匠のおうねもお墨付きを与えた。

このあたりの仔細(しさい)は、すべて千代太やおわさからの又聞きで、徳兵衛は直(じか)には関わっていない。孫は概(おおむ)ね嬉しそうに語りにくるが、女中は文句が先に立つ。

「ご隠居さまのことですから、抜かりはないでしょうが……来月、師走に入れば、掛け取りですからねえ。米屋や雑穀屋や炭屋への支払いを考えると、身の細る思いがいたしますよ」

ころりとした女中が言っても冗談にしかきこえないが、たしかに隠居家の掛りは、見過ごせないほどに膨らんでいた。ほぼすべてが食料と薪炭(まきすみ)に消えており、得意の小まめなやりくりで、どうにか宛がわれた隠居代で収めているものの楽観はできない金高だ。どこの店も、盆と暮れにまとめて支払う慣習なだけに、来月には大枚が消える。

徳兵衛の性分上、それだけでじっとしていられない気分になる。すでに動きはじめている組紐商いを、何とか軌道に乗せなければと、前以上に気概がわいた。

おはちが見本の組紐を仕上げたのは、ちょうど子供たちが千代太屋を立ち上げた頃だった。

六・二 商売道楽

「いや、見事なものだ。おはち、ご苦労であったな。おくにとおうねも、よう働いてくれた」

盆に並べられた五本の組紐(くみひも)は、どれも申し分のない出来栄えであった。三人の職人を惜しみなく労(ねぎら)い、まだ江戸見物すらしていないとのおうねの文句を受けて、三日の休みも与えた。その後は引き続き、帯締めを拵(こしら)えさせている。

徳兵衛はさっそく、見本を手にして自ら売り込みに出掛けた。

巣鴨町や周辺にも小間物屋は多いが、帯締めを商う店は案外数が少ない。あらかじめ手代に調べさせ、徳兵衛は十軒ほどをまわったが、まじめにきいてくれたのは三軒ほどだった。

同じ町内にある平屋と、下仲組にある構えの大きな周防屋、そして王子権現の参道沿いにある繁盛店である。

「糸屋のご隠居さまが、今度は組紐商いですか。えろう儲けはりますな」

平屋では、顔なじみの番頭に感心された。上方訛りは不躾にもきこえるが、儲けをたずねるのは彼らの挨拶だ。西の商人は江戸ではめずらしくもなく、越後屋や白木屋といった名だたる呉服問屋も、本店は伊勢や京である。平屋の主人は江戸者だが、雇人には上方者も多かった。

なにはともあれ、地元ではご近所の顔をまず立てなくては、商売なぞままならない。平屋に最初に足を向けたのは、いわば義理を通すためであった。

「これはまた、派手な色合いですなあ……」

繁々とながめたものの、手にとろうとはしない。上方商人の勘定の早さは、徳兵衛をも凌ぐ。平屋ではあつかい辛い品だと、早々に見切りをつけたのだろう。

察しながらも、ちょうど茶が運ばれてきたこともあり、徳兵衛はあえて腰を落ち着けた。

「こちらでも、帯締めを置いていると伺うたが、どのような品を?」

「よろしければ、ご覧になりますか。いま、お持ちしますさかい」

手代に言いつけて、棚から品を下ろす。棚のかなり高い位置にあるようで、手代は踏み台を使った。この店では、さして売れていない証しである。

盆に七、八本の紐が並べられ、番頭とは逆に、一本一本を手にとって、じっくりと検分した。たしかにどれも地味な色模様だ。あたりさわりがなく、おはちの品とくらべると、くすんでさえ見える。

「この前、手代さんに、帯締めをあつこうているかとたずねられまして。どうして嶋屋さんがと首を傾げておりましたが、謎が解けましたわ」

品定めのあいだも、ぺらぺらとよくしゃべる。口の達者は耳にうるさいものの、儲けへの執念には、むしろ感嘆すら覚える。商売根性ばかりは西に見習わなければと、常々考えていた。

「こちらでは、平紐が多いようですな」

「へえ、平屋だけに」

いちいち滑稽を挟む習い性だけは、ちょっと鬱陶しい。徳兵衛に顔をしかめられ、番頭は察しよく直ちに話を切りかえた。

「平の方が、帯の上で模様が映えますさかい」

「つまりは、平紐の方がよく売れると？」

「いえ、正直、帯締めそのものが、商売としてはまだまだですなあ。身につける方が少のうおますよって。一時の流行り物で、終わってしまいそうにも思いますわ」

番頭が関心を寄せない理由が、ようやく呑み込めた。

「紐を商いにするなら、品を替えた方がよろしいんやありまへんか？　武具や道具、羽織の紐なぞ、他にいくらでもありますがな」

　武具や茶道具にはそぐわない趣向であるし、ましてや羽織の紐など論外、悪目立ちすること請け合いだ。いまさらながら、徳兵衛は思い知った。

　紐商いそのものに魅力を感じたわけではなく、人目を引くこの色柄にこそ勝機があると、長年培った商人の勘がささやいたのだ。客の求めに応じて、手を替え品を替えするのも商いの一理だが、こちらから目新しさを提示するのもまた、商人の醍醐味である。

　ただし新規なものには、失敗もつきものだ。政二郎でもあるまいし、自分にこんな山っ気があるとは、徳兵衛自身が驚いていた。主人でいた折には、むしろ避けてきた。よけいなものに首を突っ込む暇もなかった。

　隠居したからこそ、よけいに勤しむことができるのだ。

　そう考えると、にわかに楽しくなってきた。

　内心でにまにまする徳兵衛を他所に、番頭は相変わらず達者に口を動かしている。

「そないに大仰な模様となると、締めるのはそれこそ帯締めの本家本元たる、役者くらいしかおりまへんやろ」

「なるほど、役者とは……これは良い思案をいただいた。礼を申しますぞ」

　浮かんだのは、宍戸銀麓である。

　はて、と首を傾げる番頭をよそに、徳兵衛は機嫌よく平屋を後にした。

残る二軒も平屋と同じようなあつかいで、似たような感想を述べられた。端的に言えば商売には繋がらなかったのだが、がっかりはしなかった。

巣鴨近辺では難しいかもしれない――。娘のお楽の話から、そんな心積もりをすでにしていたからだ。ある意味、読みが当たったともいえる。

周防屋は、界隈ではもっとも大きな小間物店で、馴染みの客が多いだけに、無難な品を満遍なく揃えている。体よく断られ、三軒目の参道沿いでは、客層が雑多なせいか、一、二本なら置いてみてもいいと言ってくれたが、値段の面で折り合わなかった。

安く売れれば、品そのものの価値を落とすことにもなる。徳兵衛もそこは譲らなかった。

外に出て、やれやれと腰を伸ばすと、案内役の嶋屋の手代が、お疲れさまですと労った。

「うまく商いに繋げられず、申し訳ございません」

「いや、どこもおまえの申したとおりであった。調べに間違いがないと言える」

「恐れ入ります」

喜介という手代は、何を任せてもそつがなく、嶋屋にいた頃から頼りにしていた。三十を二、三過ぎており、次の番頭候補でもある。

「小石川まで足を延ばせば、他にも小間物店がありますが、どうなさいますか？」

「いや、この辺りの店は、似たようなものだろう。明日は日本橋をまわってみよう」

承知しました、と頭を下げる。

「連れまわすことになって、すまないな。店の方は大丈夫か？」

「はい、晩秋糸はまだ届いておりませんし、ご心配にはおよびません」

ともに参道の坂道を下る。日の傾き具合からすると、八つ刻くらいか。隠居家では今頃、おわさの言うところのひどい行儀で、子供たちが豆を頰張っているころだろう。

つい、ふふっと忍び笑いがもれた。手代に怪訝な顔でふり向かれ、急いで口許を締めなおす。

「ご隠居さまは、少しごようすが変わられましたね。何というか、穏やかになられたような」

「主人であった頃は、穏やかとは縁遠かったからな」

「厳しくとも、芯の通ったお姿でしたよ。おかげで私ども下の者は、迷わずにすみました」

徳兵衛の皮肉に、さらりと褒め言葉を返す。機転と胆力が、喜介にはあった。

主人の怒鳴り声に怯える奉公人も多かったが、喜介は平然としていた。怯えるのは、幽霊や物の怪を恐れる気持ちと変わりはない。いつ、どこに落ちるかわからない雷に、ただ頭を抱えてうずくまっているようなものだ。

喜介は違う。徳兵衛が何に腹を立てたのか素早く判じ、非があれば素直にあやまる。相手から目
理由が見当たらなければ、単に腹の虫の居所が悪いのだろうと放っておく。相手から目

を逸らして縮こまっているあいだは、物事なぞ見極められない。ただ自らの身を守ることだけに終始し、それが礼儀でもあるように、ひたすら侘びと追従をくり返す。短気な主人のまわりには、往々にして媚びへつらう手合いが多くなる。

対してこの手代には、気概がある。相手が主人であろうと、言うべきときは言い、機嫌を損ねることのないよう言い回しも気が利いている。

これが倅であったら、嶋屋も二十年は安泰だったろう。そう考えたのも、一度や二度ではなかった。歳が近いせいか、どうも長男の吉郎兵衛とくらべてしまう。真面目で難がない一方で、度胸や機転には欠ける。つい、手代にたずねていた。

「店はどうだ？　七代目は、つつがなくまわしておるか？」

「はい。特に障りもありませんし、商いは番頭さんたちが目配りしておりますから……ただ、」

喜介が、言葉を切る。明かすべきかどうか、躊躇したようだ。

「ただ、何だ。早く申せ」

徳兵衛にせっつかれて、先を切り出した。

「ひと月ほど前でしたか、お顔の色が優れず、何か悩んでいるごようすでした」

商い向きにもようやく慣れて、肩の力が抜けてきた頃だ。番頭らも心配し、仔細をたずねたが、これは主人の仕事だからと吉郎兵衛は口をつぐんだ。

「ですが、それからしばらくして、万事滞りなく片付いたと伺いました。旦那さまも元の調子に戻られたので、私どもも安堵いたしました」

安堵したと言いながら、多少は引っかかっているのだろう。少なくとも、吉郎兵衛に何がしか心痛の種があったことは間違いのないところだ。何があろうと顔には出さぬのが、主人の務めでもある。上の者の失意は、使用人の不安を煽り、より色濃い影を落とす。

「そのあたりは、まだまだ練れておらぬな」

「まだ半年ですから、無理もございませんよ」

後ろを歩く手代を、ふり返った。

「主人としてはどうだ？　はばかりのない申しようで構わぬぞ」

「私がでございますか？」

「おまえだから、きいておるのだ。当たり障りのないこたえでは承知せぬぞ」

困ったことをと言いたげに、わずかに顔をしかめる。

「そうですね……細かいところばかりは、ご隠居さまによく似ています。商いだけでなく、私どもの加減なぞも案じてくだされて、お優しいご気性です」

「優しい者が、良い主人になるとは限らぬ。つまりは、そういうことか」

「小僧や若い手代は、怒鳴られることがなくなって、安堵しておりますよ」

「忌憚なくとは言ったが、少しは遠慮せんか」

ははは、と背中から、軽い笑いが返る。

「私ども古参の手合いは、少々気が抜けてしまいましたが……思いのほか、寂しゅうございますよ」

「ふん、いまさら褒めても遅いわ」

　憎まれ口が出たのは、嬉しかったからだ。世辞にはない響きが、声にはあった。もしかしたら喜介だけかもしれないが、惜しんでくれる者がひとりでもいたことが純粋に嬉しかったのだ。ただそれは、嶋屋にとっては芳しくない。先代を惜しむ気持ちは、裏返せば、いまの主人の頼りなさを物語る。

　人間とは勝手なものだと、つくづく思う。倅には親を越えてほしいと願いつつ、いざとなると越えられるのがどこか恐ろしい。自分の来し方が、否定されるように思えるからだ。喜介の言葉に喜んだのは、そんなさもしさが徳兵衛の中にもある証しだ。

「ご隠居さま、そろそろこちらに顔を出してはいかがです？」

「いや……いまは紐商いの正念場だからな。整うころには、正月が来ようて」

　物思いに蓋をしながら、喜介の誘いを断った。

「店ではなく、大おかみのご機嫌伺いにございますよ」

「どうしてわしが、女房の機嫌をとらねばならんのだ」

「隠居住まいに女子を入れたときけば、心中穏やかではありますまい。早めに申し開きをされた方がよろしいかと」

「いったい、何の話だ！」

「お楽さまが、誰彼かまわず吹聴なさっておりますよ」

「お楽か……あの、おしゃべりめが」思わず舌打ちした。「女子というても職人だ！同じ言い訳をくり返すのも馬鹿らしいわ」

「その女子のために、組紐商いに熱心なのだと……組紐で生計を立てさせようとの腹積もりで、金で面倒を見ようとしないのが、いかにもご隠居さまらしいと……」

「おまえまでが、そんな目でわしを見ておったのか！」

「いえ、あくまでお楽さまが、そのように」

無闇に怒鳴り散らし、いっぺんに疲れが出た。

嶋屋の敷居が、さらに高さと厚みを増したように思える。ただでさえ能面めいた女房だ。いまさらお登勢に向かって、何を弁明したところで虚しい。

明日、日本橋へ行く段取りを含め、徳兵衛は急に重くなった足どりで家路についた。


「ようこそお越しくださいました。どうぞ我が家と思うて、ごゆるりとお過ごしくださいまし」

血色の良い丸顔で、福笑いのように細目が垂れている。いつ見ても、屋号と同じに福々しい。

富久屋の隠居、亀蔵は、徳兵衛を満面の笑みで歓待してくれた。

「仔細はすでに、政二郎からきいております。隠居されてもなお、商い事と手が切れぬとは、まことに徳兵衛さまらしい」

「何の因果か、未だにあくせくしておりましてな」

日本橋には名だたる商家が集まっているだけに、喜介が挙げた小間物屋の数も、巣鴨町の比ではない。すべてをまわることは叶わずとも、足を使い己の耳目で確かめるのは、新規な商売を手掛ける上で欠かせない。厭うつもりはなく、どうせなら上野や浅草の店もまわりたい。

毎日、巣鴨から通うのは、この歳になるとさすがに億劫だ。ひとかどの店の隠居となれば、それなりの宿に逗留する手もあるだろうが、徳兵衛には無駄金としか思えない。

富久屋のある湯島は、日本橋にも、上野や浅草に出向くにも便利な土地柄だ。

ちょうど先日、政二郎が隠居家を訪れたこともあり、数日の厄介を頼んであった。

「政二郎は、いかがなものですかな？　損料屋を手掛けるとききましたが、主人に就いてもどうも落ち着きに欠ける。亀蔵殿をハラハラさせているのではないかと、そればかりは気が揉めましてな」

「いやいや、まったくの取り越し苦労にございますよ。そういえば、お礼が遅くなりましたな。このたびは大枚のやりくりに応じてくださいまして、まことにかたじけのうございます」

となりの店を買い取るために、富久屋は嶋屋から百両を借財した。亀蔵は改めてていねいに礼を述べたが、本家と分家という間柄からすれば、決して無理な頼みではない。

富久屋が分家したのは、二代目のときだから、ゆうに百年は前の話になろう。

分家に至ったのには、少々ややこしい経緯がある。嶋屋の初代は男子に恵まれず、甥を養子にとった。ところが養子を迎えてほどなくして、二代目が生まれたのである。実子を儲けたからといって、迎えた跡継ぎを突っ返すわけにもいかない。武家ほど厳格ではないものの、いっぱしの商家となれば、筋を通さねば面目が立たない。二代目が無事に育ち七歳になったとき、分家を立てるということで事を収めた。つまりは富久屋の先祖は、二代目の従兄にあたる。

代を経ても両家の立場は明確で、分家は本家に礼を尽くす代わりに、本家は分家を庇護する立場にある。今回、融通を頼んできたのも、いわば分家なればこそだ。逆に本家が分家に無心するのは、面子に関わるだけにはばかりがある。

子が親の脛をかじるのに似ているが、富久屋はさほどの面倒は起こさず、借財をしても焦げついたことはない。百両ならと徳兵衛が即座にこたえたのも、次男に対してというより、長年にわたる富久屋への信用あってのものだった。

「商いについては、いまでは政二郎にすっかり任せております。末頼もしい主人です」

世辞にしても褒め過ぎであろうと、徳兵衛は渋面を返す。

「決して世辞ではございませんよ。商いを楽しむ心延えが、あれにはありますからな。楽しいうちは投げ出すこともなく、苦労も苦労とは思わぬもの。血は繋ごうておりませんが、そこばかりは私に似ております」

「楽しい、なぞと……わしは思うたことがないが」

「さようでございますか？」

ちょっとびっくりしたように、細い目を見張る。

「生涯をほぼ注ぎ込むようなものですから、苦しいばかりでは続けるのが難儀にも思えますが」

「では、亀蔵さんも？　商いを楽しんできたと？」

「もちろん、楽しいだけでは済みませんが、何といいますか……やり甲斐と言った方が、良いかもしれませんね。質の悪い綿に手を加えて、何とか売り物にできないかとか、堪え性のない小僧らに、長く居着いてもらうにはどうしたらよいかとか、毎日そんな思案を重ねるのが楽しみでして。どうにか二十年をやりくりしてきたように思います」

「そういうものかの……」と、腑に落ちない顔を向けた。

さほど歳の違わない富久屋の隠居が、よもや孫と同じことを口にするとは意外だった。仕事なのだから、辛くともあたりまえ。堪えるよりほかになかろうと考えていた。

「とはいえ、お互い晴れて隠居の身になりましたから、余生は存分に楽しむつもりでおりますよ」

亀蔵は二年前、五十五歳で主人の座を退いた。歳は若くとも、隠居としては先輩にあたる。

「ちなみに、亀蔵さんはどのようにお過ごしか？」と、たずねてみた。

「まず、釣りですね。五日に一度ほどは堀端に通って、半日ほど糸を垂らしております」

「釣れますかな？」

「まあ、そこそこは。ですが釣りの醍醐味は、魚だけではありませぬ。竿の吟味からはじまって、餌の工夫や釣り場探し、たまには舟を雇って大川や沖にも出ます。釣れぬあいだ、ぼんやりと土手に座っているのも良いものですよ」

　きけばきくほど、やはり徳兵衛には理解しがたい。

「句会にも入りましてな。俳句なぞ、とんと縁がなかったのですが、案外楽しいものですな。下手は下手なりに座興くらいにはなりますし。見慣れぬ方々とも、句を通じて知り合えますし」

「なるほど……」

「それともうひとつ、長唄もはじめました。これも五日に一度ほど習いにいって……この長唄師匠が、なかなかに良い趣でしてな」

　にんまりとして、鼻の下がにわかに伸びる。

「年増とはいえ元芸者だけあって、何とも艶っぽい。弟子は軒並み、いい歳をした男連中ばかりでして、私もご多分に漏れずというわけです」

　悪びれることなく、そんなことまで打ち明ける。釣りに句会に、さらには女と、いずれも徳兵衛が挫折したものばかりだ。世の隠居とはこういうものかと、心底うらやましく思えた。

「徳兵衛さまは、商いを道楽となすったようですな」

「商いが……道楽？」

「お顔を見ればわかります。先にお会いしたときよりも、楽し気に見えまするよ」

そうだろうか、と思わず自分の頬に手を当てた。

「本家のご当主でしたから、嶋屋にいた折には気を張っておられたのでしょうが、隠居の身であれば自在な商いも叶いますからな。まことに徳兵衛さまらしい」

福笑いに似た顔が、いっそうにこにことほころぶ。

千代太のおかげで、気づけば徳兵衛の隠居暮らしは、他の者とはまるで景色が違う。

いったいどこに向かっているのか、上がりすら定まらず、未だに右往左往している。

それでも、明日やるべきことがあり、女子供ばかりとはいえ頼みにもされている。

「まあ、そうか……商売道楽も、悪くはないな」

徳兵衛もまた、苦笑いを返した。

富久屋には、その日から六日のあいだ世話になった。

日本橋では、江戸でも屈指の大きな小間物店を何軒もまわったが、思ったほどの成果はあがらなかった。いずれも巣鴨の周防屋と同様、富裕な武家や商家に贔屓（ひいき）筋をもつ。帯締めそのものが未だ流行物の域を出ない上に、派手な色柄となれば、おいそれと手が出せないのだろう。平屋の番頭の読みは、外れてはいなかったということだ。

日本橋で最後の店を出て、喜介とともに湯島への帰途についた。

「ご隠居さま、お疲れではございませんか？」

「おまえの方こそ、よほどくたびれた顔をしておるぞ」

富久屋に滞在して三日目の夕刻で、茜空のせいか、手代の顔にわずかながら疲労が滲む。

「こちらから商い物を売り込むなぞ、嶋屋では滅多にございませんから。商人としてはまだまだだと、己の力不足を思い知りました」

「そう気落ちすることもあるまい。いわば畑違いの商いに、手を出しているに等しいからな。最初からうまくいくわけもない」

少し不思議そうな表情で、手代が主をながめる。

「ご隠居さまは、へこたれてはおられませんね。嶋屋の頂きにいて、このような泥臭い真似とは無縁のように思うておりました」

「むしろ逆だ。いざというとき責めを負い、客に頭を下げるのが主人の務めであるからな」

立場上、つき合いも自ずと広がり、世間には実にさまざまな者たちが、さまざまな考えを抱いていると思い知る。横柄で自慢の長い者や、あるいは小狡くて油断のならない者なぞとは、つき合いを遠慮したいところだが、そうもいかない。むろん主人に限らず、喜介ら雇人も同じ苦労を味わっているのだろうが、商人は上に上がれば上がるほど、むしろ頭はよりいっそう低くせねばならない。商人のひとつの法則であり、その辺りが武家や職人とは違う。

「それにな、喜介。わしの読みは、まだ外れてはおらん」

「と、言いますと？」

「最初は巣鴨の界隈で、商いをはじめる心積もりでおったが」

組紐をもう一度はじめるよう、おはちに促したときには、それこそ平屋や周防屋が念頭にあった。しかし組紐を目にしたとき、徳兵衛の算盤（そろばん）は違う音を立てた。江戸では田舎の部類にあたる巣鴨では、難しいかもしれない。同様に、日本橋の老舗（しにせ）のたぐいでは、敬遠されるのではなかろうか——。その憶測は、当たっていたことになる。

「なるほど……では、本腰を入れるのは、明日からまわる上野や浅草だと？」

うむ、と手代にうなずいた。巣鴨の三軒のうち、興を示したのは参道沿いの店だけだった。寺の参道や門前町は、さまざまな人々が行き交う場所であり、上野や浅草は寛永寺（かんえいじ）や浅草寺（せんそうじ）を擁するだけに、江戸屈指のにぎやかさを誇る。

中でも、ある一軒の店に、徳兵衛は白羽の矢を立てた。

上野池之端の組紐問屋、長門屋である。しかし商いとは別の点で迷いもある。

「長門屋については、調べてくれたか？」

「はい、ご隠居さまの仰（おっしゃ）ったとおり、組紐の卸問屋としては大店（おおだな）で、小売店も間口が広うございます」

いつものごとく、喜介は淀みなく主人の求めに応じる。

「場所柄もあってか、店では組紐に限らず、土産になりそうな手頃な小間物を商うているとか。卸しだけは組紐をもっぱらにしておりましたが、当代になってからは小間物問屋を名乗るようになりました」

長門屋は、以前おはちとその亭主が、品を納めていた店である。

当時の値をたずねたところ、決して満足のいく額ではなかった。徳兵衛としては、もう三割ほどは高く捌きたい。しかし新参者が横入りをしたに等しい立場だ。長門屋が承知してくれるとも思えない。どうしたものかと、未だに考えあぐねていた。

「長門屋の主人は、どのようなお人か？」

「ご主人の佳右衛門さまは、なかなかにやり手と伺うております。歳は四十二。十年ほど前に店を継がれたそうですが、店の商い物を一新させて、若い娘が喜びそうな品に変えたそうです。長門屋の評判が上がったのは、それからだとか」

そのような店なら、おはちの組紐に関心を寄せたのもうなずける。しかし目をかけていたならなおさら、商い交渉が難しくなる。

ひと晩とっくりと考えた末、翌朝、徳兵衛は手代に伝えた。

「今日は、上野に行くことにした。何かと面倒はあろうが、やはり長門屋は、逃すには惜しい得意先だ。売物や商売ぶりなぞも、この目で見ておきたいしな」

「かしこまりました。では、さっそく場所を確かめておきませぬと」

こうなると、喜介は予見していたのだろう。赤い表紙の本と、切絵図を出した。手代が持参した本は、『江戸買物独案内』である。

並の書物の半分くらいの大きさは、抱えるのに便の良いようにとの配慮だろう。江戸府内の店が、ざっと二千軒、上下巻と飲食の部の三冊に分れて掲載してあるが、発行されたのは大坂である。つまりは西から江戸へ来る旅人のための買物案内だが、あつかう商品別に屋号や所在が載っているため、江戸に住まう者にとっても何かと便利だ。

商品のいろは順に並んでいるため、最初に出てくるのは糸物問屋である。ただし残念ながら、嶋屋の名はない。巣鴨のような辺鄙な場所は含まれておらず、もし仮に版元がその気になっても、徳兵衛ならまず断っていたろう。掲載には、費用がかかるためだ。払った金額に応じて、紙幅も変わる。小さいものは一頁に四軒詰め込まれているが、薬種問屋などは、見開き二頁にわたって薬効の説明に割いている店もめずらしくない。いわば宣伝費がかかるのだ。

喜介は下巻にある、小間物屋の頁を開いた。長門屋の所在は、池之端仲町と記されている。

人出の多い下谷広小路を抜けて左に曲がると、ふたりはともにほっと息をついた。不忍池が広がっていた。季節柄、名物の蓮は冬枯れていて、まるで葦の原のようだが、それはそれで風情がある。池の中島に立つ朱塗りの弁財天が、葦原の絵に彩りを添えていた。池之端仲町は、不忍池に面していた。

「この辺はことさらに小間物屋が多うございますね。買物案内に載る店だけでも、同じ町内に六軒もあるのですよ。小店も合わせると、二、三十はありそうですね」

喜介は一軒の小間物屋に入り、長門屋の所在をたずねた。この道の先にあるそうだと、手でさし示す。十軒ほど過ぎた辺りで、徳兵衛が先に看板を見つけた。

長門屋は繁盛しているようで、上がり框は、ほぼ客に占領されている。女客、しかも若い娘の多いことが、まず目についた。手代はそれぞれ客に応じているが、この店ではめずらしい年寄りの姿に気づいたようだ。番頭らしき男がわざわざ帳場から立って、声をかけてくれた。

「いらっしゃいまし。今日はどのようなお品をお探しですか？」

「いや、品を求めにきたわけではなく、商い事の用向きで参りましてな」

徳兵衛が仔細を語ると、ふいの訪いにもかかわらず嫌な顔をされなかった。番頭だと名乗り、ひとまず品を見たいと乞う。機敏な対応は、この店の趣をよく表していた。

「これは……！」

出された盆の上に、喜介が五本の帯締めを並べると、番頭が目を見張った。

一本一本を手にとって、紐の手触りから房に至るまで、用心深く確かめている。

「ご隠居さま、こちらを拵えた職人の名を、おたずねしてもよろしいですか？」

「職人の名は、おはちと申します」

「やはり……そうでしたか」

「以前、こちらさまに品を納めていたとは、おはちからききました。勝手は承知の上で、お訪ねしたしだいです」

「お話向きは、了見いたしました。私の一存では決めかねますので、少々お待ちいただけますか。主人に伺うて参ります」

と、いったん店の奥に姿を消した。待つほどもなく、番頭が戻ってくる。

「主人がぜひ、お会いしたいと申しております。どうぞ奥へお通りください」

喜介には、この辺を好きに見物してこいと、半時ほど暇を与えた。徳兵衛のみが店奥に通されて、そこから先は女中が奥の座敷へと案内した。

気短な徳兵衛が満足するほどに、すぐに主人が姿を現した。

「ようお越しくださいました。長門屋の主、佳右衛門にございます」

やり手というにふさわしい。押し出しのいい、堂々とした居住まいの男だった。眉の太い精悍な顔立ちは、小間物屋というより、木場の材木商が似合いそうな風情がある。

しかし見かけとは裏腹に、ていねいな手つきで紐をとり、番頭以上に熱心に改める。

「たしかに、色の按配といい凝った柄模様といい、以前うちであつかっていた品に間違いございませぬな。こうしてふたたび出会えるとは、嬉しい限りです。よう、おもちくだされました」

感慨深げな表情が、深い安堵に変わった。

「あの女房は、無事でおりましたか……亭主に去られ組紐もやめてしまい、知らぬ間に谷中からも消えてしまった。どうしているやらと案じておりました」

「ご主人も、おはちを存じておられましたか」

「私が直に会うたのは、亭主の榎吉だけですが」

品を納めに長門屋に通っていたのは、亭主であったと語る。

「どうやらご隠居さまも、あの夫婦の経緯はご存知のようですね」

「まあ、だいたいのところは……女房の品の方が、亭主のものより高直になったと」

「それは、少しばかり違います。値を上げるより前に、亭主が気を損じてしまいましてな」

おはちの帯締めは、長門屋の客から少なからず贔屓を受けた。しかし職人がひとりでは、数に限りがある。そこで佳右衛門は、榎吉に話をもちかけた。

「賃金はこれまで以上に上乗せするから、女房の色柄で、亭主も拵えてはくれまいかと、そのように」

「なるほど、さような理由でしたか」

「断っておきますが、決して榎吉を侮ったわけではありません。むしろあの腕は、高く買っておりました。女房の意匠で亭主が拵えれば、もっと見事な品に仕上がると算段したのですが……職人の意地や誇りまでは、考えがおよびませんでした」

自信に満ちた顔つきが、苦渋にゆがむ。

「あのときの榎吉の顔は、忘れられません。一瞬、呆然として、それまでみなぎっていたものが、みるみるしぼんでいくようでした」

長門屋としては、良い話を示したつもりでいた。しかし榎吉にとっては、自身の意匠には価値がないと、否定されたように思えたのだろう。以前は月に二度ほど、品を届けに通っていたのに、以来ふっつりと長門屋に姿を見せなくなった。

ひと月が過ぎても音沙汰なしで、手代を谷中に行かせてみると、榎吉は姿を消していた。佳右衛門もさすがに気が揉めて、手代にいく度かようす窺いと説得を試みさせたが、女房は二度と組台に向かわず、あの見事な組紐も潰えてしまったと残念そうに語った。

「どうも私は、目先の思いつきに走りがちで。人の気持ちまでは及びがつきません」

「まあ、それは誰しも同じでしょう。しくじりをくり返して、覚えるより他にありません。この歳になってすら、やらかしますからな」

「そう言っていただけると、いくらか気が楽になります」

決して慰めではなく、徳兵衛も折にふれて実感する。人の思いは目に見えず、触れもしない。齟齬や行き違いが生じるたびに、慮りを深めていくより他に学びようがない。人付合いこそが、経験をもっとも必要とする。長門屋佳右衛門は、政二郎に似たたぐいの商人なのだろう。商いぶりや客層などから、そう判じられた。

「ところでご隠居さまは、どのような関わりで、この帯締めを手に入れられたのですか？　やはり糸物問屋だけに、おはちが材を求めにきたのでしょうか」

「いや、ひょんなことから縁ができましてな。きっかけは、わしの孫です」

当初の子供同士のいざこざは省いたものの、千代太と勘七の出会いを含めて改めて語った。ひとつひとつ相槌を打ちながら、佳右衛門は耳を傾けた。

「さような仔細があったとは……ご隠居さまのお手並みには、感服いたしました」

「わしは殊更なことは何も……」

「いいえ、気落ちしていた職人を引き立てて、また組紐を手掛けるまでに至らせたのは、ご隠居さまの手際と心遣いにほかなりません」

心からの褒めようだろうが、慣れていないだけに額面通りには受けとめられない。何より、どんなに気持ちが傾こうと、情に流されてはならないのが商人だ。

頃合かと見計らい、徳兵衛は商売の話にかかることにした。

「こちらさまではおはちの品を、一本およそ八匁で引き取っていたそうですが、相違ございませんか？」

「少々、お待ちいただけますか。いま覚えを改めてみますので」

女中を呼び、番頭への言伝を頼む。先ほどの番頭が顔を出し、帳面と算盤を置いていった。

「組み方によって、多少のばらつきがありますが……さようですな、均すとそのくらいになりましょうか」

仕入れの帳面をめくりながら、主人がうなずいた。

銀貨の単位が匁であり、金一両は銀六十匁である。江戸は金遣いと言われるが、銀もよく使われる。商いの取引や、奉公人の給金、職人の手間賃なぞは銀払いが多かった。

金と同様、一朱銀、二朱銀などもあるが、銀は基本、秤量貨幣であり、より細かな額を正確に支払うことができる。加えて、金や銭にくらべると相場の変動が少ない。いまや金一両は六千五百文は下らないが、御上の定めた公定相場は、百年以上前と変わらず四千文、実に二千五百文もの開きがある。対して銀は、概ね六十匁辺りに落ち着いている。


「売値はさしずめ、十二匁といったところでしょうか？」

「小売商いは金ですが、ほぼそのくらいになりますか」

「ちなみに、亭主の榎吉に告げた額は？　差し支えなければ承りたい」

「三匁増しの、十一匁ではどうかと」

「では、こちらの儲けは、わずか一匁ということに？」

「いいえ、値を上げるつもりでおりました。榎吉の技と女房の意匠が合わされば、十五匁の値になると踏んでおりました」

佳右衛門は、いずれの問いにも躊躇なくこたえる。なるほど、と思わずうなずいた。

「それでは、この品なら、いかほどの売値がつきますか？」

「出来としましては並ですからな、やはり十二匁が頃合かと思いますが」

「おはちの帯締めを贔屓にしていたお客がいたと、先ほど申されましたな？　おそらくは着道楽のたぐいではありますまいか？　二年も待たされておったなら、たとえ一、二割、値が増しても、求める客はおるはずです」

　一分でも二分でも構わないと、娘のお楽は言った。十二匁を金に換算すれば、おおよそ三朱、金一分にもおよばない。娘の話も引き合いに出し、さらには組紐師は三人いると明かした。

　佳右衛門が、ほう、という顔をする。腕は榎吉におよばぬものの、これまでより三倍の数を納品できる。

「引き取る数が増えれば、逆に値を下げるのが商いのしきたりではありませんか？」

「亭主に話をふったのは、技だけではありますまい。求める客の数が増えて、職人ひとりでは追いつかなくなった。違いますか？」

　顎（あご）を撫（な）でながら、苦笑いを返す。どうやら図星であったようだ。拵える職人がひとりきりでは、たしかに心許ない。しかし三人いれば、安定した供給が叶う。その点を徳兵衛は力説した。

「では、ご隠居さまは、いかほどをお望みですか？」

「できれば、十二匁でお願いしたい。他にはない意匠ですからな、そこも鑑（かんが）みていただきたい」

「強気ですな……しかし仮に十五匁、つまりは金一分で売ったとしても、こちらの儲けは前よりも少ない。さすがにそれは、承服できかねます」

　以前の価格たる八匁と、徳兵衛の提示した十二匁のあいだで、せめぎ合いが続く。

双方が互いに折れず、交渉は長く続いた。しかしどちらも諦めず粘り続けるうちは、決裂することもない。徳兵衛はふと、己が楽しんでいることに気がついた。

佳右衛門は、好敵手と言える。商人としての素質はもとより、年齢や経験も、もっとも円熟する頃合だ。そんな相手と丁々発止のやりとりを交わすことが、たまらなく面白い。

「やれやれ、ご隠居さまは、何とも手強い。これほどしたたかなお相手は、久方ぶりですよ」

佳右衛門もまた、どこか嬉しそうに告げる。職や立場にかかわらず、手応えのある相手とのやりとりは、心浮き立つものがある。長居を決めて、とことん話し合いたいところだが、喜介に伝えた半時は、とうに過ぎていた。佳右衛門も、会合の約束があると残念そうに告げる。

また日を改めて、出直すことにした。

「もう二、三日は、湯島におります。そのあいだにまとまれば、よろしいですな」

「その間に、他所へも売り込みに行かれるのですか？」

「その心積もりでおりましたが……この界隈だけは、長門屋さんで打ち止めにいたしましょう」

己が見込んだ商人に対する敬意の意味で、徳兵衛は請け合った。

「そうしていただけると、助かります」

佳右衛門の面に、安堵が広がる。他所の店には渡したくないのだろう。この組紐への執着と、商人根性が透けていた。

「では、明後日の昼前、四つ刻にまたお伺いいたします」

次の約束をして、長門屋を辞した。外に出るなり喜介が期待のこもった眼差しを向けてきた。

「そのようすですと、こちらの言い値が通りましたか？」

「いいや、まだだ。そう急くでないわ」

「それにしては、ずいぶんとご機嫌がよろしいですね」

「商い相談は、うまく運ばぬときこそ腕の見せどころであるからな。おまえも覚えておきなさい」

説教じみてはいたが、徳兵衛の背中は常より張りを増していた。


「今日はひとつ、手打ちといきたいところですな」

日を置いて、徳兵衛はふたたび長門屋の客間で、佳右衛門と向き合った。

「番頭とも相談を重ね、昨日じっくりと考えてもみました。その上で、気がついたことがあるのですが」

「承りましょう」

「組紐の材は、嶋屋さんから卸されるのでしたね？　ということは、以前より一、二割、仕入れは安く済むのでは？」

やり手と評されるだけに、裏に隠れて見えない値にまで佳右衛門は切り込んできた。

「そのとおりです」と、徳兵衛も正直に明かした。

嶋屋から糸をまわせば、いわば卸値で材が賄える。二割ほど原価が下がるということだ。

「その分もまた、そちらの儲けと言えなくもない。違いますか？」

「組紐商いは、嶋屋の商売とは別物です。卸値でまわせば嶋屋に損をさせることになる。それでも、そうですな……組紐商いが滞りなくまわるようになるまでは、嶋屋には無理を頼むしかありませんな」

「それなら、こちらの言い値を飲んでいただいても、損はないと思いますが」

理詰めで説かれて、徳兵衛も腹を括った。

「わかりました、こちらの手の内をすっかり明かすことにいたしましょうか」

懐から帳面を出して、主人の前に広げて見せた。本来なら客には決してさらすことのない、値の内訳が書かれている。帳面を手にとって、佳右衛門が検める。

「これは、まことですか？　ご隠居さまのとり分が、一割にも満たぬとは……」

「ただ働きをするつもりはありませんが、あくまで組紐商いが立つまでの相談役ですからな。商いがまわるようになれば、後は職人らに任せて、それこそ早々に隠居するつもりでおります」

徳兵衛が提示した価格、十二匁の内訳は、材料の糸の代金四匁と、徳兵衛の相談料を除いて、すべて作り手に渡される。実に六割近くを、職人が受けとることになる。

「手間賃としては、さすがに割高ではありませんか？」

「たしかに。しかしそれは、手間賃だけではありません。組紐商いを立て、まわしていくために入用となる金です」

「つまり、嶋屋さんやご隠居さまは繋ぎに過ぎず、組紐商いはあくまで職人たちに任せるおつもりですか」

「わしもこのとおり、老い先短い身の上ですしな。いつまでもかかずらうわけにもいきません」

「ですが……榎吉の女房に、ご隠居さまの代わりが務まるとは思えませんが」

亭主が出ていってからの茫然自失の体は、手代の口を通して知らされている。職人とはいえ、ごくあたりまえの女子に過ぎないおはちには、荷が勝ち過ぎはしまいかと懸念を口にする。

「心配はごもっとも。おはちはたしかに、商いに向いているとは思えません。ですが、息子がおります」

「息子、とは……お孫さまと仲がいいという子供のことですか？」

「さよう。勘七と申して、九つになります」

「それでは本当に、まだ頼りない年頃ですな」

「三年経てば、小僧に使える歳になりましょうし、七、八年もすれば大人になる。わしはあれに、組紐商いを託そうと思うております」

誰にも明かしたことはないが、いつの頃からか胸の中に兆し、はっきりと形を成したのは最近のことだ。まず、りつやよしの母親が訪ねてきて、それから桐生の姉妹がやってきた。おそらくはその辺りから、心算がはじまったように思える。

徳兵衛が目指す商いは、おはち親子だけに留まらない。もっと多くの職人や奉公人を抱えての、組紐生業である。職人の数をさらに増やし、見合う数の奉公人も置く。丸台や角台だけでなく、ゆくゆくは高台も据えて、あらゆる紐を手掛けたい。

頭に描いた図の大本は、上州藤岡で見た、機織りや組紐の作業場である。職人仕事は未だに分業が主流であるが、藤岡の作業場では仕入れから完成まで、すべてを手掛けていた。

効率がよく無駄がなく、工程の違う職人同士の諍いも生まれない。何より品の質にばらつきがなく、安定した生産が見込めることが大きな利点だった。江戸ではまだまだ数が少ないが、少しずつ増えているともきく。

「上州はとかく、女子がよう働きます。機織り場なぞは、女子ばかりでありましてな。職人頭が女であることも、めずらしくはありません」

一方で、それだけの構えとなれば、しっかりと目端の利く者を据えなければならない。

「幸いにも勘七は、勘定には秀でています。男子故にぶっきらぼうなところもありますが、気持ちは案外細やかです。多くの女たちをまとめるには、悪くない逸材かと思います」

「ご隠居さまが、そのような思案をなされているとは……」

勘七のことより以前に、話の大きさに、いささか圧倒されていたようだ。それでもさすがに佳右衛門は、やり手と謳われるだけはある。

「しかし、面白い！」

佳右衛門が、身を乗り出した。

「うちはもともと組紐問屋であるだけに、多くの職人とつき合いがあります。ほとんどが一人で仕事を請け合うていて、職人気質といえば聞こえは良いのですが、商う側には困り事も多い。出来には不満はないのですが、職人の常で品納めの期日はまず守られたためしがありません」

「紺屋の明後日」ということわざがある。

天気に左右される紺屋は仕上げが遅れがちで、客に催促されるたびに、明後日と告げて切り抜ける。ここから転じて、約束の期限が当てにならないことをさす。紺屋ほどではないにしても、職人は概ねそういうきらいがある。気が乗らねば何日もとりかからず、たとえ仕上げても納得がいかなければ潰してしまうこともある。物によっては芸術家に近い感覚も必要とされるだけに、仕方のないところもあるのだが、大方の職人は、仕事より遊びに精を出す。

　商人はその辺りも鑑みて前もって頼みもするのだが、それでも予定通りに納品されず、客との板挟みに立って胃の腑の痛む思いをする。糸屋は職人とは関わりがないだけに実感が薄いものの、商い物すべてが職人の手による組紐や小間物では、ある意味切実なのだろう。大いに身を入れて、佳右衛門が訴える。

「もし、そのように大きな組紐場と取引が叶えば、どんなに気が休まるかしれません」

「まだまだ先の話ではありますがな。勘七が大きくなるころには、形になってほしいものです」

　おはちをはじめとする職人に渡す手間賃には、身代を大きくするための店繰りの金も含まれている。あえて強気に出たのには、そのような理由があった。

「わしもこの歳になるまで、他人さまの事情にはあえて目を瞑ってきましたが、わしの孫は逆でしてな」

　千代太の顔が浮かぶと、自ずと微笑が立ち上る。

「何でもかんでも首を突っ込んでは、面倒をもち込んでくる。傍で見ていると甚だ危なっかしく、鬱陶しい性分でもありますが、それで救われる者もいるのだと気づかされましてな」

　千代太の小さな手では、できることなどほんのわずかだ。それでも事実、人の縁を繫ぎ、人の輪を広げてきたのは、千代太の強い思いがあってこそだ。諦めが悪く、大人が仕方ないと見過ごすことに、しつこくこだわり続ける。もしも千代太が簡単に放り出してしまえば、徳兵衛もここまでしようとはとても思わなかったろう。孫のしつこさにつき合うているうちに、自ずと思案をくり返すことになる。上州藤岡の作業場を思い出したのも、それ故だ。

「ことに女子の身では、世過ぎもなかなかにままなりませぬ。子供を抱えて思うように働けず、否応なく暮らしに窮する。そういう者たちの身の寄場になるのではないかと、そんな思いもありましてな」

　生来の用心深さから、ただ石橋をたたく真似をしていたが、早く早くと千代太はせっつく。そんなことをしていては間に合わないと、懸命に祖父の背中を押す。

　つい前のめりに足が出て、気づけば孫以上に大きな目論見を、頭の中に描いていた。

「わしは根っからの商人でしてな。かような節介は、我ながららしくないのですが……まあそれだけ、歳をとったということかもしれませんな。まだお若いご主人には、おわかりになられぬと思いますが」

「いいえ、ご隠居さまのお話、たいそう骨身にしみました。商人たるもの、目先の利のみを追っているようではいけません。何かの形で、儲けを世に返すべきだとは、私も常々考えておりました」

「それはまた、殊勝なお考えですな」

「商人は、金をまわすことで世の中に流れを作ります。物の流れ、人の流れを作ることで、便の良さや新しき暮らしぶりを生み出す。それが商人の醍醐味ではありますまいか」

ふむふむと、佳右衛門の言を拝聴する。

「人助けもまた、流れのひとつではないかと存じます。その者たちの手による品が出回るに留まらず、暮らしが立てば物を買う欲もわく。金が動くということです」

佳右衛門が、思い出したように告げた。

「経世済民という言葉は、ご存知でしょうか？」

「うむ、一応はな。商人仲間の寄り合いなぞで、たまに耳にはするが」

「昨今は、経済ともいうそうです」

「経済……それは耳新しいですな」

経世済民とは、唐の古い書物にある言葉で、世を治め、民の苦しみを救うことを意味する。もともとは治世、つまりは政治や行政のあり方を示唆していたが、貨幣の流通が盛んになると意味合いが変わってきて、生産や消費、売買などをさすようになった。

いまの時代では、論じるのは学者くらいだろうが、言葉だけは案外広く知られている。

「経済とはすなわち、金と物をまわすことで、民の助けとなり得るもの。商人は、その担い手でなくてはならないと、それが私の矜持(きょうじ)です。少々大げさではありますが」

「いや、立派な心掛けだと思いますぞ」

「話を、商いに戻しましょうか。一昨日から、十匁の壁を越えられずにおりましたが」

長門屋の八匁と、徳兵衛の十二匁。どちらも十匁では納得しがたいと、交渉はいったん滞っていた。しかし佳右衛門は、自らその壁を越えてみせた。

「十一匁で、いかがでしょうか？」

「十ではなく、十一匁と？」

「十二はさすがに厳しいですが、十一ならどうにか」

十匁で迷っていたほどだから、長門屋としてはかなりの譲歩だ。

「ただし、ひとつお願いがございます。その組紐商いに、長門屋も一枚嚙ませていただけませんか」

「と、言いますと？」

「まとまった金を、お出しするということです。商いがつつがなく運ぶようになるまでは、何かと物入りでしょう。その分を、うちがいくばくか請け合います。代わりに、品はできるだけうちにまわしてもらいます。いかがでしょうか？」

その豪胆さに、徳兵衛は内心で舌を巻いた。目先の小さな利鞘を稼ぐより、先々に向けての投資に切り替えたのだ。徳兵衛にしても断る法はない。

「これで無事にまとまりましたな」

主人は濃い口の顔に、白い歯を見せた。

芝居顛末

「では、組紐(くみひも)商いに、長門屋を絡ませるのですか?」

喜介が、意外そうな顔をする。湯島へ戻る道々、徳兵衛は手代に仔細(しさい)を語った。

「二日前に初めて会った相手を、そこまで信用なさるとは……明日は雪になるかもしれませんね」

以前の徳兵衛なら考えられないと、しきりに不思議がる。

「気づいたら、商いをそっくり向こうさまに奪われていた、などという始末にもなりかねませんし」

手代の疑念は、なきにしもあらずだ。しかし徳兵衛も、ただ相手に丸め込まれたわけではない。長門屋を引き入れる損得を、入念に頭の中で検(あらた)めた上で、良しと判断した。

「細かな取り決めは、この先暇(いとま)をかけて行う。その折に目を光らせ、匙(さじ)加減を間違わねば、さような始末には至るまい」

「まあ、ご隠居さまのなさることに、手抜かりなぞございますまいが」

「そこよ、喜介」

が」

「どこで、ございますか？」

「この商いは、いまはわしひとりの肩にかかっておる。わしに何かあれば、困るだろう
　この歳になれば、自身の死や病を、否応なく見据えることになる。からだは年々利かなくなり、目も耳も衰えてきた。どんなに気を張っていても、死は一歩ずつ確実に近づいてくる。

　嶋屋であれば、跡継ぎの倅がいて、店を支えてくれる番頭や手代がいる。しかし組紐商いは、徳兵衛ひとりが欠けるだけでたやすく潰れてしまいかねない。

　おはちや桐生の姉妹は、職人としては遜色ないが商いには素人だ。徳兵衛としても、せめて勘七が大人になるまで、あと十年は永らえたいところだが、寿命ばかりは如何ともしがたい。

「なにせ、いつぽっくり行ってもおかしくない歳ではあるからな」

「おやめくださいましな。気弱な仰りようなど、らしくございませんよ」

「まあ、たとえ話と思うてきけ。わしひとりの始末で商いが頓挫するようでは、あまりに危うい。いまは屋台骨をしっかりと築かねばならぬし、支える柱は多いに越したことはない。長門屋なら、わしに万一のことがあっても、阿漕をはたらくことなく後を引き受けてくれると、そう踏んだのだ」

「柱を増やすというなら、まずお身内では？　ご隠居さまのお申し出なら、嶋屋でも富

久屋でも、喜んでお受けすると思いますが」

「それでは、面白くなかろう」

「面白い、ですか……」何とも似つかわしくないと、手代の顔に書いてある。

「また、いまは間が悪いしな。吉郎兵衛は未だ嶋屋で手一杯であろうし、政二郎も自ら商いの手を広げている最中だ。どちらも人に構う暇はなかろう」

「では、大おかみは、いかがです？」

徳兵衛は、返事の代わりにしかめ面を返した。

「ですが職人も雇人も、女子ばかりでありましょう？　元締めにしっかりした女子を据えた方が、よろしいかと。大おかみなら、打ってつけです」

打ってつけだからこそ、何だか悔しい。お登勢なら、見事な采配を振るだろう——肝心の徳兵衛すら要せぬほどに。

「それは、面白くない」

「面白いとか面白くないとか、またらしからぬことを。それこそ紅白の雪でも降ってきたら、どうなさいます」

たしかに、らしくない。これもまた、千代太の悪影響か。

——おじいさま、商いって面白い？

浮かんだ孫に向かって、大きくうなずいた。

——ああ、千代太。商いほど、面白いものはないぞ。

手代の憂いは当たり、翌日、江戸には雪が降った。

雪で一日足止めされ、その翌日、ぬかるんだ道に往生しながら巣鴨に帰った。

隠居家は相変わらず、子供の声でかしましく、縁起芝居の稽古も佳境に入っていた。

「お帰りなさい、おじいさま。いつお戻りになるか、首を長くして待っていました」

「そうかそうか、千代太はそんなに、わしが恋しかったか」

「あのね、すごいお知らせがあるの。おじいさまに、ぜひきいてほしくて」

ぴくりと、こめかみが動いた。数日ぶりの再会を単純に喜んでいたが、孫の悪癖をうっかり忘れていた。千代太のすごいお知らせには、これまで散々仰天させられた。

「今度はいったい、何を拾ってきたのだ？」

「やだなあ、おじいさま。千代太はもう子供ではありません」

人や犬猫が増えたわけではなさそうだ。ひとまずは胸を撫でおろす。

「では、知らせとは何だ？」

「縁起芝居に、坊も出ることになりました！　初日には、おじいさまも見に来てくださいね！」

千代太が頰を紅潮させながら、嬉しそうに祖父に告げる。

「芝居に出るだと？　だが、おまえには手習いがあるだろう」

「三日のお休みのときだけ、坊も加えてもらうんだ。ちゃんと役ももらったんだよ。二の場でね、若一王子に従うお坊さんの役なの。銀さんが、坊のために台詞も考えてくれて。坊がいないときは、他の僧役の子がそのぶん多くしゃべるんだ」

筋立てや役柄について、事細かに孫が語るあいだ、徳兵衛は考えていた。ひとかどの商家の跡継ぎが、境内で芝居の真似事とはどんなものか。しかし一方で、目付だか支配役だかに千代太が据えられたときから、こうなることは目に見えていた。

親が止めるならまだしも、母親のお園なら、まず大喜びで見物に行くこと請け合いだ。

「そういうことなら大目に見るが、手習いだけは休むでないぞ」

はいっ、と相変わらず、返事だけは申し分ない。

「そういえば、千代太。わしからもひとつ、良い知らせがあるぞ」

仔細は省いたが、組紐商いの目処が立ったと、孫に打ち明けた。

「じゃあ、りっちゃんとよっちゃんのお母さんも、ここで働けるの?」

「そういうことだ。いまの仕事との兼ね合いもあろうし、すぐというわけにはいくまいが……」

「うわあい!」

話の途中で千代太が手を広げ、ぴょんぴょんと畳の上でとびはねる。

「これ、最後まで話をきかんか……」

「おじいさま、ありがとう! おじいさま、大好き!」

兎のようにはね回り、徳兵衛の首っ玉に着地した。きゅうっとしがみつく。子供くさい匂いは、日向に置いた杏に似ていた。

咄嗟のことに身動きができず、温かな匂いだけが胸を満たしてゆく。自身には必要ないと、固く封じた壺の蓋が動き、長く遠ざけ忘れかけていたものが、その隙間から流れ出す。

徳兵衛にとっては、思いがけない褒美だった。

「りっちゃんとよっちゃんにも、教えてあげないと！　きっとふたりとも、喜んでくれるもの」

小さな足音が廊下を遠ざかっても、孫の匂いと温もりは、未だ徳兵衛の中に残り香を留めていた。


「では、長門屋さんが、あたしどもの組紐を？」

西の座敷に赴いて、仔細を語った。おはちはまず驚き、次いで戸惑いの表情になる。

長門屋は、いわばおはちにとっては古傷の大本とも言え、藪蛇にもなりかねない。

「もし、おまえさんがどうしても承服しがたいというなら、わしにも無理強いはできん。ただ、どこよりもおまえの組紐を、意匠の艶を、高く買ってくれたのも長門屋だ。図らずも夫婦別れに至ったことも、たいそう悔やみ案じておられた」

商いには、決して金銭ばかりでなく、情のやりとりも存在する。好き嫌いはもとより、恩や義理を欠けば、思わぬしっぺ返しを食らう。ことに武家や職人は、誇り高いだけにあつかいも難しい。わずかなことで気を損じるのは、それこそ大きな損を生む。

徳兵衛の性分からすれば面倒この上なく、すべて算盤だけで片がつけば、どんなに楽かと内心ではしばしばため息をついていた。しかし長い経験から、徳兵衛も学んだ。

人というものは、ある意味、感情の生き物だ。情が動かねば商いも動かず、慮りなくしては商談も成立しない。慮りとは、自分とは相容れぬ感情を受け入れて、理解に努めることに他ならない。

長門屋との取引は、おはちが正面から向き合えず、あえて捨ててきたものを、また拾えというに等しい。酷ではあるが、先方が忘れずにいてくれて、いまもなおその品を求めていることは励みにもなろう。

「そうですか……長門屋さんはあたしらを、未だに気にかけてくださってたんですねえ」

ありがたい話だと、おはちは涙ぐんだ。これまでの思いが一時にあふれたのか、泣き笑いの表情でしばし思いにふける。仕事に障っては、元も子もない。もう一度、本意を確かめようとしたが、口を開くより前に、おはちが呟いた。

「あの人、どこに行っちまったんでしょうねえ……」

怨みや悲しみではなく、ただ懐かしそうな声音だった。

「長門屋さんにも顔を出さないで、いまごろ、どこで何をしているやら……組紐は、やめちまったんでしょうか。組紐より他には、生計の当てなどない人なのに」

酒に逃げたわけを、いまさらながら察した気がした——亭主への未練である。

深い情を残しているからこそ、失った現実に耐えられなくなったのだ。

「組紐を続けていれば、いつか会えるのではないか」

「……ご隠居さま」

「組紐こそが、おまえと亭主を繋ぐ、たった一本の絆であろう。携わるかぎり、夫婦の縁も切れぬと、わしはそう思うがな」

決して商売のためではなく、もう一度会わせてやりたいと切に願った。勘七は、父をけなしていた。

——悪いのは父ちゃんだ！　みんなみんな、父ちゃんのせいなんだ！

母を擁護しながら、徳兵衛と千代太に向かって、そう怒鳴った。あれもまた、情の裏返しであろう。父を乞う気持ちが強いからこそ、憎しみにすげ替えるより他に収めようがない。父の代わりが務まらない己への、情けなさもあったろう。

だからこそよけいに、勘七のもとに父親を返してやりたい。そう思えた。

「たしかに、そうですね……ご隠居さまの仰るとおりかもしれません」

指先で目尻を拭い、案外すっきりとした面持ちで、おはちは顔を上げた。

「長門屋さんとのお話、どうぞ進めてくださいまし」

「構わんか？」

「はい、ご隠居さまにお任せします」

うむ、とうなずいて、改めて商談の仔細やら、今後の見通しを説いた。

「では、手伝いの者を、ふたり雇ってくださるのですね？」

「当人たちの思惑を確かめるのは、これからだがな。折を見て、ここを訪ねるよう計らうから、そのときはおはちも同席しなさい。それと、仕事場も新たに普請するつもりだ」

「まあ、そんなたいそうなお話まで」

「これはまあ、わしの都合もあってな」

寝泊まりする者が増えた上に、毎日、子供たちが通ってきて騒々しい。

広すぎるはずの百姓家が、どんどん狭くなってゆく。

五人が働くとなれば、作業場も西のひと間だけでは足りず、千代太が子供たちのいう「千代太屋」の差配に就いた以上、たとえ芝居稽古が終わっても、相談場所として使われるのは目に見えている。このままでは、肝心の主人の居場所すら危ぶまれ、さらに長門屋の主人は、商談の最後に大胆な思いつきを口にした。

「どうせなら、となりに別棟を建ててはいかがです？」

「女五人の仕事場ですからな、そこまで大げさにするつもりは」

せいぜい建て増し程度に考えていたのだが、佳右衛門の考えはもっと遠大だった。

「仕事場だけでなく、いっそ職人や雇人の長屋も併せて造れば、一石二鳥ではありませんか」

江戸の使用人は、たしかに住み込みが多い。しかし長屋を造るとまでは、思いおよばなかった。にわかに躊躇（ちゅうちょ）する徳兵衛に向かい、佳右衛門は熱心に説いた。

「組紐はたしかに、職人にはめずらしく女子も少なくありません。おそらく機織りと同様に、向いているのでしょう。女子が多く、さらに子供もいるなら、住まいは何より有難いはず。きっと働き甲斐にもなりましょう」

「いや、お話はごもっともですが……」

めずらしく後が続かない。何故だか目の前の主人に、千代太が重なる。

子供の夢にもつき合いきれないが、理想を語る大人はさらに厄介だ。弁が立ち、財もあり、そしてやる気に満ちている。以前、孫が犬や猫を拾ってきたときと、同じ窮地に立たされていると、徳兵衛は薄々感づいていた。

「帯締めは、これから伸びると思います。いいえ、むしろ、私どもが広めていくのです。そのためには、目新しい意匠と確かな職人、そして品数のそろえは欠かせません。贔屓客が商いを支え、延いては職人やその身内を養う。これぞ経世済民ではありませんか！」

何より厄介なのは、佳右衛門の申し出に魅力を感じていることだ。嫌いな犬猫と違って、長年培った徳兵衛の商魂がうずき出す。

「実を言いますと、うちに出入りする組紐職人にも、ふたりほど女子がおりまして。帯締めではなく、羽織紐や根付紐の職人ですが。ひとりは病の亭主と子供を抱え、もうひとりは祖父母の面倒を見ています。ご隠居さまのお話をきいて、真っ先に思い出しましてな。あの者たちが安穏と暮らせる場所があればと、つい考えてしまいました」

「さようでしたか……」

熱心の理由に、ついうなずいていた。

「決してご隠居さまに、面倒を押しつけるつもりはございません。仕事場や長屋の普請は、できる限り長門屋で負わせていただきます」

そこまで言われては、徳兵衛も拒みようがなかった。

「ご隠居さまの情け深さは、まことに胸にしみました。久方ぶりに心が洗われたようで、商いの大本に立ち返ったような気がいたします」

「いや、わしは決して、そのような立派な心掛けでは……」

大慌てで否定したが、床しさと勘違いされたか、主人はいっそうの笑みを広げる。相手を簡単に良い人にふり分けるとは、佳右衛門こそお人好しだ。しかし徳兵衛もまた、この男に出会えたことに、感謝の念を抱いていた。

商いを、ただの金儲けだと思えば、金に束縛され翻弄される。しかし富久屋の亀蔵が言ったとおり、そこに自分なりの甲斐を見つければ、まったく別の視界が開けてくる。甲斐とは煎じ詰めれば、他人の役に立つことかもしれない。人に喜ばれ、人に認められる。昇進も儲けも褒美も、すべてはそこに繋がる。

主人であったころは、ただがむしゃらに働くしかなく、こんな些末を考える暇などなかった。些末ではあっても、人生においては大事なことだ。

何故だか、ふっと、妻の顔が浮かんだ。

登勢にこの話をしたら、どんな顔をするだろう？　あの無表情は変わるまいとわかってはいたが、いつか妻に語ってみたいと無性に思った。

「ご隠居さま？」

いつのまにか、動かぬ登勢の顔に見入っていたが、目の前にいるのはおはちである。咳払いをひとつして、急いで頭を現にふり向けた。


縁起芝居の顔見世は、師走五日に行われた。

ほぼひと月のあいだ、子供たちは毎日のように稽古に励んだ。

台詞はすっかり頭に入っているといずれも自信満々だが、千代太が出るというだけで、徳兵衛は胃の腑の辺りがきりきりしてくる。

「どうしやしょう、ご隠居。とうとうこの日が来ちまいやした」

「芝居作者のおまえさんが、その体たらくでどうする。しっかりせんかい」

誰より興奮しているのは宍戸銀麓で、昨晩は一睡もできなかったらしく、目が赤く、隈さえ拵えている。

「なにせ役者が子供ですからね。何かとんでもないことが起きやしねえかと、気が気でなくて」

「まあ、それはわからぬでもないが」

「それとね、実を言うと、あっしの本で芝居が打たれるのは初めてで。未だいちばん下っ端の五枚目でして、序開きしか書かせてもらえねえ。それすら、こんなものは使えね

え と 師匠から突っ返される始末で」

役者や狂言作者の地位は、何枚目と称する。芝居小屋の表に掲げる看板の順であり、二枚目には若い色男役を据えることから、美男子の代名詞にもなった。五枚目からはじまり、四、三と上がり、役者なら立役者、狂言方の場合は立作者となる。

そこまで上り詰めるのは、ほんの一握りで、その最低辺をうろちょろしているようでは出目はなさそうに思えたが、当の銀麓は諦めてなぞいなかった。

「あの大南北ですら、認められるのに三十年もかかったんですぜ。あっしの歳じゃあ、まだまだひよっこでさ。あっしも大南北にあやかって、五十歳までには一世一代の狂言を書いてみせまさ」

何とも、気の長い話である。大南北とは『四谷怪談』の作者、鶴屋南北のことだ。意外にも苦労人のようだが、いまや江戸の芝居を牽引する、押しも押されもしない狂言界の大家である。あちこちの芝居小屋から引っ張りだこで、一昨年は市村座や森田座で、今年は中村座から新作を発表していると、芝居に疎い徳兵衛を相手に、銀麓が講釈する。

「今日はまた、一段とよくしゃべるな」

「いやもう、口でも動かしてねえと辛抱ならなくて」

どうやら、緊張しているようだ。自身の狂言の評価というより、とにかく子供たちが気になって仕方ないらしい。

「客に受けねえと、がっかりするのはあの子らだ。あんなに稽古して甲斐がないんじゃ、あまりに可哀そうで」

「演る前から、弱気はいただけないな。もそっと、どんと構えんか」

　せいぜい発破をかけたものの、徳兵衛も千代太を思うと、やはり不安が先立つ。

　おわさやおきのも同様で、坊ちゃまは大丈夫でしょうかと、くり返し案じている。呑気なのは善三と、派手に着飾ったお園とお楽くらいのものだ。

「今日はまたずいぶんと、気合が入っているな。演者はおまえたちではなく、千代太なのだぞ」

「もちろんです、お父さま。息子の晴れ舞台ですからね。母としても精一杯、気張らなくては」

「芝居見物は、着飾るのが作法ですもの。ね、お姉さま」

　ご丁寧にも嫁と娘は、おはちの組紐まで締めている。見本に使った品ではなく、この日のために誂えた唐組紐だ。お園は白と牡丹色の組み合わせ、お楽は臙脂に金糸を使ってある。それぞれの色が映える帯をえらんでいて、帯締めがひときわ目立つ。

　組紐の看板代わりとしても悪くないかと、それ以上の文句は控えておいた。

「そういえば、あれは来んのか？」

「旦那さまでしたら、商い事でお忙しくて暇がとれぬと」

「嶋屋の主人ならあたりまえだ、吉郎兵衛ではないわ」

「もしかして、お母さんのこと？　お母さんには内緒にしろと、お父さんが言ったじゃないの」

「ううむ、そうか……そうだったな」

「でもね、実は千代太がしゃべってしまって。おばあさまにも、ぜひ見に来てほしいとせがんでいたのよ。でも今日は、お客さまが三組もいらっしゃるから来られないのですって。残念そうにしていたわ。お父さんが声をかければ、きっと万障くり合わせて足を運んだでしょうに」

皮肉めいた口ぶりで娘は告げたが、「わしが申したとて、同じだろう」と、素っ気なく返した。

境内にはおはちや桐生の姉妹も来ていて、このほど正式に話が決まり、年明けの正月から働くことになった、おしんとおむらも顔をそろえている。その娘のりつとよしも、いまやすっかり境内の子供たちに馴染み、やはり芝居にも加わっていた。

舞台は境内の一遇にある、大きな松の木の下だ。能や歌舞伎に使われる、松を描いた松羽目代わりにちょうどいいと、銀麓が決めた。木の裏側が、いわば楽屋であり、最後の段取りを確認し合っていた子供たちが、瓢吉の合図とともに、わらわらと参道に出てきた。

「とざい、とうざい――っ!」

瓢吉がまず声を張り上げ、子供たちが一斉に後に続く。

「とうざい、とざい、とうざい。とうざい、とうざい。とざい、とうざい……」

同じ声が、延々と続く。真冬に冬眠から覚めた蛙の合唱さながらで、たいそうやかましい。徳兵衛はつい顔をしかめたが、となりに立つ嫁と娘は、弾んだ声をあげた。

「あら、まるで『仮名手本忠臣蔵』ね」

「とざいとうざいを七五三でくり返すのが、忠臣蔵の始まりですものね」

東西声（とざいごえ）は幕開けの合図で、歌舞伎に留まらず浄瑠璃（じょうるり）や相撲でも叫ばれる。また演目によっても掛け声が違うのだと、お楽が講釈する。甲高い東西声は、参詣（さんけい）客の足を止めるには何よりだ。いったい何事かと、境内中の人の目が集まった。もちろん、銀麓の指図であろう。

「これよりご覧に入れまするは、『王子権現飛鳥山縁起』。八幡太郎が甲冑（かっちゅう）納め。豊島の殿さまによりまする若一王子勧請（かんじょう）、三代さまと八代さまが成されましたる社殿建立と飛鳥山の桜、全一幕三場にございます。役を相務めまするは、我ら千代太屋一同にございます」

隠居家で散々練習していただけに、瓢吉の口上は見事な出来だ。ただ徳兵衛としては、孫の名が出るだけで無駄に鼓動が速まる。千代太もまた、子供たちに交じり東西を叫んでいた。

「口上左様っ、とざいとうざい――っ」

十八人もの子供らによる東西声と瓢吉の口上は、参詣人の耳目を引いた。たちまち人が集まってきて、徳兵衛もまた人波に呑（の）まれるようにして、松の木の舞台前へと押し出された。

「第一場、『甲冑納めの場』、はじまりはじまりい」

幕開けを告げたのは、勘七の妹、なつの声だった。幼い声が、観客の微笑を誘う。

松を背にした舞台に、最初に登場したのは逸郎だった。思わずどっと笑いが起こる。紙で折った兜を頭に載せ、木刀を腰に差し、侍大将らしく見せようと精一杯ふんぞり返っているのだが、なにせ背丈が足りない。木刀の先がずりずりと地面をこすり、客に受けているのである。笑われたことにびっくりしたのか、逸郎の顔が歪む。すかさず兄の瓢吉が、後押しをするように背中から声を発した。

「こちらにおわしますは、八幡太郎さまにございまする」

観客から拍手もわいたが、かえってそれがいけなかったか、すぐに続くはずの台詞が出てこない。逸郎は多くの人の目に呑まれて、固まっている。柄にもなくハラハラし、徳兵衛は見ておられず、両手で口に囲いを作り、小声で次の台詞を告げた。

「八幡太郎、八幡太郎と言わんか」

「……へ？」

「八幡太郎じゃ！」

「は、はは、八幡太郎じゃ！」

つい大声になり、つられて子供の口からも台詞がとび出す。そのやりとりに、さらに笑いが起こり、「よっ、八幡太郎っ！」と声がとぶ。励ましに引きずられ、その先はどうにか、声は裏返っていたものの、兄の台詞の尻を辿りながら次の「そうろう」を捻り出す。

そこで土地の村人が三人出てきて、家来に扮した瓢吉たちとの掛け合いがはじまる。奥州征伐のために寺を建立し、甲冑を納めたいとの申し出に、心得ましたと村人が応じる。大工仕事を真似て、槌をふるったり鋸を引いたり壁を塗ったりと、村人役の三人がちょこまかと動く。トンカントンカン、ギーコギーコ、ぬーりぬり、と、音を口で真似るのが滑稽を誘う。

「まだ、寺はできぬのか」と、途中からは、瓢吉らお供の者までもが大工仕事に加わって、

「おおっ、さすが源氏のご家来衆、見事な鋸捌きにございまする」

との台詞に、また一笑いが起きる。大道具は何もなく、衣装もいつもの小汚い着物だが、舞台中を縦横に走りまわる姿と、何かしら剽げた台詞まわしで、少しも気にならない。

寺が建立されて、甲冑を納める場面では、紙で拵えた兜と鎧が風にとばされて、ひと騒動あったものの、どうにか一場が終わりを迎える。

「これにて、無事に甲冑を奉りました。いざ、奥州攻めに向かいましょうぞ」

「いざ、奥州じゃ！」

主役の台詞は三つだけだと、銀麓は請け合った。そのとおりに、最後の三つ目の台詞

を大きな声で叫んで、勇ましく刀をふり上げながら逸郎が舞台袖に下がると、観客から拍手と喝采があがった。客の感触は予想を上回っていたが、気を揉んでいただけに一場だけでどっと疲れた。

「やれやれ、あと二つもあるのか。こっちの身がもたんわい」

「お父さまったら、千代太の出番はこれからですよ」

「いまからそのありさまでは、孫が出てきたら倒れてしまいそうだわね」

嫁と娘に揶揄されるまでもなく、これから千代太が登場するかと思うと、歳に似合わぬ冷や汗が浮く。

「第二場、『若一王子勧請の場』、はじまりはじまりい」

また幼い声が告げたが、もち回りになっているのか、今度はなつとは違う声だ。

ここにもまた、小さな殿様が出てくる。いちばん年下にあたる四歳の男の子で、故にからだも小さく、腰の木刀の引きずりようも前を上回る。登場だけで笑いが上がった。

二場の主役のひとりで、豊島氏である。

「石神井の水は清く、田畑が実りも見事なり。まことに豊島の領は、名のとおり豊かな土地ですなあ、のう、練馬殿」

「ほんにほんに、板橋殿。されども当のご領主は、何やら浮かぬごようす。どうなされました、豊島殿？」

台詞を回しているのは、もっぱら練馬氏と板橋氏に扮した年嵩のふたりで、主役たる豊島氏は、口をへの字にしてふんぞり返っている。

　豊島氏の先祖は平氏の出だが、後には源氏に与し、功を成して豊島に所領を与えられ、石神井城を築いた。鎌倉末期から室町にかけて、武蔵国では大きな勢力を成し、練馬氏や板橋氏もまた、豊島氏の庶流である。しかし豊島の本家は、太田道灌との戦に敗れ、室町末期に潰えた。徳川家康が入府するより前、江戸の基礎を築いたのが太田道灌である。しかし庶流の子孫は各地に多く残っていて、徳川家の旗本身分の者もいると伝えられる。

　この豊島氏が、鎌倉末期に熊野から若一王子を勧請した。

「寺が、寂れておる！」

豊島氏が第一声を発し、たしかにと、両氏がうなずく。

「熊野から、神さまをお迎えするぞ！」

それは良き計らいだとふたりが同意して、いよいよだ、と徳兵衛は両の手を握りしめた。

　下手から、もうひとりの主役が登場すると、ほおっと観客からため息がわいた。若一王子の役は、目鼻立ちの整った女の子が据えられた。その後ろに、僧役の子供が三人。真ん中に千代太がいる。とはいえ、いつもの千代太と違い、借り物の粗末な着物を身につけている。ひとりだけ上物の着物では、悪目立ちしてしまうためだ。

「そちの招きに応じて、若一王子さまをお連れいたしました。心して奉らんことを」

僧役のひとりは、紐数珠組の頭を務める、てるである。てるがもっぱら台詞まわしを務め、応じる形で千代太ともうひとりの僧役の子が、短い台詞をはさむ。徳兵衛は孫の一挙手一投足を、穴のあくほど見詰めていたが、いまのところ難はない。

「何と神々しいお姿。これで当寺も、さぞかし栄えることでしょう」

練馬氏が言って、三氏が平伏する。

しかし、いざ若一王子が彼らのもとに進もうとしたとき、ひと波瀾が起きた。

「くれぐれも、粗相なきよう。謹んでお迎えされよ」

千代太がそう告げたとたん、若一王子が前のめりに転倒した。まとっていた白布の裾を、ふんづけたのだ。しくじった子供が、たちまち大泣きする。

「わわ、大丈夫？　ほら、痛くない、痛くないよ」

真っ先に千代太がとび出して、子供を助け起こした。顔を着物の袖で拭ってやり、白布についた埃を払い、懸命になだめる。千代太はやっぱり千代太だ。

間をもたそうと、てるが機転を利かせ、厳かに告げた。

「若一王子さまも、長旅で疲れておられる」

会場は爆笑の渦である。「いいぞ、若一王子！」との掛け声が盛んにとぶ。

「あの僧侶役の子は、優しいねえ。ちゃんと面倒を見てあげて」

後ろから、そんな声がきこえ、思わずふり返った。

「あれはわしの、わしの孫でしてな！」

く。
「私の息子ですの」
徳兵衛のみならず、派手なお園にまで返されて、年配の女が戸惑い顔で目をしばたた
主役もどうにか立ち直り、無事に三氏のもとに辿り着いた。豊島氏と若一王子が手を
つなぎ、正面を向いた。
「今日、このときより、王子の地、豊島の領を、幾久しく鎮守いたしまする」
「王子の地、豊島の領を、幾久しく鎮守いたしそうろう！」
二度目の喝采が、境内中に響きわたった。続く三場には、三代将軍家光と、その従者
の役で、なつと勘七が登場した。勘七はところどころで声が裏返っていたが、なつは緊
張とは無縁であり、二つ目の台詞を忘れたときも、「あれ、忘れちゃった。兄ちゃん、
何だっけ？」と兄にたずねる。客に笑われてもまったく動じることなく、かえって嬉し
そうに観客に手をふる。
「あれがいちばん、肝が据わってまさあ」と、銀麓の苦笑を誘った。
そしていよいよ、芝居は終幕を迎える。八代吉宗公は紀州徳川家の出であり、紀州ゆ
かりの熊野大社に縁のある王子権現を庇護し、飛鳥山を寄進した。当時、桜の名所とい
えば上野寛永寺くらいに留まり、庶民の憩いの場として飛鳥山に桜を植えた。そして吉
宗自ら宴席を設けて、新たな名所として知らしめた。
「花の雲　鐘は上野か浅草か　いとめでたきは飛鳥山なり」

上の句は、桜を歌った芭蕉の俳句であり、下の句は銀麓が拵えたようだ。

吉宗役の子は、小さい五人の中では、いっとうしっかりしており声もいい。締めの台詞となる和歌を朗々と吟じて、扇子を頭上に掲げる。背後の松から、何故か桜色の花弁が降ってくる。

小道具役がふたり、松の木に登り、柄のついた笊で紙吹雪を散らしているのだ。

終幕にふさわしい派手な演出に、ひときわ大きな歓声がわいた。

「終いまでご見物いただき、ありがとうございます。我ら千代太屋一同、皆々さまに心より御礼申し上げます」

ずらりと居並んだ十七人を従えて、瓢吉が最後の口上を述べる。

「この芝居は、いわば引き札。見料は結構ですので、参詣案内をご所望の折には、ぜひ千代太屋をごひいきに……」

終わらぬうちから、徳兵衛の背中越しに、銭が盛んに降ってくる。

「あ、いや、見料は本当にいらねえんで！　芝居はあくまで参詣案内の……」

瓢吉が両手をふりながら辞退するが、銭の雨は止むようすがない。

「いいから、とっときな！　子供が遠慮なんて似合わねえよ」

「子供らだけで、縁起を芝居に仕立てるなんて、たいしたものじゃないか」

「こっちは楽しませてもらったんだ！　駄賃を払うのは、あたりまえだろうが！」

どうしよう……と、瓢吉が千代太をふり返る。んー、と指を顎にあて、少し考える素振りを見せてから、千代太がにこりとした。

「今日は顔見世だし。ご祝儀と思って、いただいておこうよ。次からは芝居の前に、ちゃんと断りを入れておけばいいよ」

「そうだな……そうするか！」

瓢吉が現金に応じて、他の子供たちも嬉しそうに顔をほころばせる。

ふと気づくと、傍らから鼻水をすする音がする。ふり向いて目が合ったとたん、徳兵衛の皺だらけの手が、両手でぎゅっと握られた。

「ご隠居さん、ありがとうごぜえやす！」

「礼を言われる筋合いなぞ、わしにはないぞ」

「いいや、ありまさ！　あっしとあの子らの縁を繋いで、見守ってくれた。ご隠居さんのおかげで、初の狂言が打てやした。しかも、こんなに喜んでもらえるなんて……」

ぐしっと、片手で鼻を拭い、ふたたび徳兵衛の手をきつく握る。

「狂言作者になって、本当に良かった！」

感極まったように、銀麓が叫んだ。

「手前の本が笑いを生み、客が心から楽しんでくれる。これ以上の褒美はありやせん。これぞ狂言作者の醍醐味でさ」

「わしではなく、おまえさんの手柄だよ。狂言の仕立ても子供らの稽古も、銀麓さん、みんなあんたが仕切ったんじゃないか。よく、やったな」

心から、労い(ねぎら)の言葉をかけた。銀麓がうつむいて、握られた手に、涙だか鼻水だかが降ってくる。少々往生しながらも、引っ込めるわけにもいかない。

「よかったわねえ、銀麓さん」

意外なことに、娘のお楽までもが、もらい泣きをしていた。

撒(ま)き銭の雨は未だやまず、こつんと一枚が徳兵衛の頭に当たった。


「千代太屋は、繁盛しているようだな」

師走の残りも、あと四、五日。暮れも押し迫ったころに、徳兵衛は孫にたずねた。

「うん、そうなんだ。とっても儲かっているんだよ」

芝居興行をはじめて、二十日以上になる。それでも客足は途絶えず、噂が噂を呼び、むしろ観客は初日よりも増えているという。

「お芝居って、すごいね、おじいさま。あんなに人目を引いて、喜んでもらえるなんて」

「そろそろ飽きてきても、いいころだがな」

「瓢ちゃんや勘ちゃんも、同じ心配をしていてね。銀さんに頼んで、芝居の仕立てや台詞を、ちょこちょこ変えることにしたんだ。お客さんが飽きないようにって」

「ほう、案外目端が利くのだな」

二日ばかり、雪が本降りになった日があったが、小雪程度なら芝居を打つ。桜色の紙吹雪が白に生え、なかなかに好評だそうだ。

「お金は要りませんって、ちゃんとお断りしていても、やっぱり二、三十枚は降ってきて、飴やお菓子をいただくこともあるんだ。毎日のように通ってくれる、ご贔屓さんまでいるんだよ。おじいさまくらい、お年を召した方が多いかな。子供をながめているだけで、気持ちが和むんだって。そういうもの？」

「まあ、人それぞれであろうな」

「芝居のおかげで、参詣案内もお客に困らなくて。そうそう、紐数珠もとっても評判がいいんだ。ことに女のお客さんは、わざわざそれ目当てに案内を乞う人までいるんだよ」

最初は一日に二度、芝居を打つつもりでいたが、昼前の一度で客引きには十分だった。商いはにわかに忙しくなったが、それでも銀麓は、刻限を遅らせて手習いだけは続けさせた。子供たちは仕事を終えてから、八つ時くらいに集まってきて、手習いを済ませるころには、とっぷりと日が暮れる。子供だけで帰すのも不用心かと、善三と銀麓が、それぞれ方角ごとに子供をまとめ、家の近くまで送っていく。

ちょうど組紐作業が終わる頃合だから、おはちも子供たちとともに帰宅の途につく。年が明ければ、よしやりつの母親も加わることになろう。

「儲けは、毎日、分けておるのか？」

「はい。皆で相談して、案内も芝居も紐数珠も、みんな五文と決めました」

「ふむ、とすると、仮に芝居を一度、案内を三度こなせば、二十文か。おまえを除いて十七人だから、一日に三百四十文は稼がねばならないな」

かけ蕎麦一杯が十六文だから、二十文はわずかな銭だ。それでも以前は大方の子供が、それすら稼げなかった。ほぼ毎日、わずか四、五歳の子供までもが決まった額をもらえるのだから、子供商いにしては立派なものだ。

いまのところは芝居のおかげで、二十文を下回ることはないという。

「そういえば、紐数珠はいつ拵えておるのだ？　商いと手習いで手一杯であろうが」

「紐数珠はね、四人にかかりきりで作ってもらうことにしたんだ。よっちゃんとりっちゃんも、紐数珠係なんだよ」

よしとりつは、どちらも手先が器用だというから、正月から働いてもらう母親たちも期待できそうだ。他にふたり、男の子と女の子が、やはり芝居に出るほかは、堂の軒先でせっせと紐数珠を拵えているという。

「本当は銀さんにも、稼ぎを渡すつもりでいたのだけれど……芝居も書いてもらったし、手習いの束脩もあるでしょ？　でも、いらないって断られてしまって。坊も受けとってないのに、大人が受けとるわけにはいかないって。本代として、百文だけは受けとってくれたけど」

「そうか、百文か……」

「もっと大きなものをもらったから、それで十分だって。大きなものって何かな？　おじいさまにはわかる？」

顔見世を終えたときの、あの言葉がこたえだろうが、さあな、とだけ告げた。

長門屋の主人とは、あれから二度、互いに行き来して商談の仔細もまとまった。年が明ければ、いよいよ作業場と長屋の普請にかかる。

「おじいさま、坊にもようやくわかりました」

「何がだ？」

「商いって、面白いね、おじいさま！」

ふいを突かれて、どきりとした。千代太は屈託のない笑みを、祖父に向ける。

「皆で思案して工夫して、一生懸命働いて、お金になれば誰もが嬉しい。千代太屋だけじゃなく、お客さんも。皆が喜んでくれるから、坊も嬉しい」

商いに興味のなかった孫が、ここまで成長してくれたかと、うっかり涙腺が弛みそうになる。

来年は、良い正月が迎えられそうだ。徳兵衛は、満足のため息をついて、孫を見送った。

思いもつかない事件が起こったのは、その翌日だった。

子供たちの騒々しい足音が響き、はて、と首をひねった。

まだ昼にも届いていない時分で、商いを終えるには早過ぎる。しかも十七人もの足音は、手習い部屋で止まることなく、真っ直ぐに徳兵衛の居間を目指して近づいてくる。家が揺れるほどの騒々しさだ。

思わず眉間にしわを寄せたが、とび込んできた子供たちの顔を見て、怒鳴り声は喉元で止まった。どの顔も血相を変え、半分以上の子供がすでに泣き出している。

「いったい何事だ？　おまえたち、何があった？」

先頭にいた瓢吉は、それまで堪えていたようだが、徳兵衛の顔を見るなりくしゃりと顔を歪めた。

「ご隠居さま、銀さんが……」

「銀麓が、どうした？」

「銀さんが、お縄になった！」

瓢吉が叫んだ意味が、よく呑み込めない。動きの鈍い頭を叱咤するように、続いて勘七が訴えた。

「銀さんが、寺社奉行の役人に、連れていかれちまったんだ！」

「何だと……」

縁起芝居に、こんな顚末が待っていようとは。徳兵衛は夢にも思っていなかった。

寺社領の内は、寺社奉行が収める。

領内に住まうのは、僧侶や神官ばかりではない。寺社の大方は田畑をもち、それを耕す農民が暮らし、また境内には店も立ち並び、興行もしばしば行われる。

寺社領は決して境内ばかりでなく、武家地に次ぐ広さを誇り、そこに暮らす百姓や庶民の訴状を受けつけ、揉め事を収め、また殺傷などの事件が起きたときも寺社奉行の配下が出張る。ただし門前町だけは、いまは町奉行所の支配とされていた。

寺社奉行・町奉行・勘定奉行は三役と称されて、いわば後の出世に繋がる花形の役目であったが、町奉行と勘定奉行が旗本の役職なのに対し、寺社奉行だけは大名が指名される。

任期は特に決まっておらず、短い者なら一、二年、長い場合は七、八年といったところか。ただし人数だけは四人と定められていて、ひとりが退任すればひとりが役を賜る。

他奉行と違うことが、もうひとつある。町奉行所なら、すげ替わるのは奉行だけで、配下の与力・同心の顔ぶれは変わらない。しかし寺社だけは、配下もまた大名の家臣たちが務める。つまりは上から下まで総入れ替えとなる上に、寺社の執務にも慣れていない。何かにつけ支障が多く、間違いや滞りも多かった。粗相のたぐいは、徳兵衛とてたびたび耳にする。きっと何事か勘違いが生じたのに違いないと、まず考えた。

「銀麓がお縄になった理由(わけ)は、きいておるか？」

「きいた。けど、まるでわからねえ……」

「芝居の中身が不届きだと、御上に無礼を働いたって、役人は言っていた。でも、何が不届きなのかは、さっぱり……」

「どうしよう、ご隠居、どうしよう……おれたちのせいで、銀さんが……」

徳兵衛のもとに辿り着いて気が抜けたのか、瓢吉は盛大に涙をこぼし、話すらままならない。対して勘七は、目尻に悔し涙をにじませながらも、どうにか堪えながら徳兵衛に仔細を語る。

そういえば、勘七の泣き顔は一度も見たことがないなと、ちらと思った。

もうひとり、泣いていない者がいる。年長のてるである。いつも以上に口許を引きしめて、その顔はただ理不尽に憤っている。

泣きの合唱に閉口しながらも、徳兵衛はふたりから詳しい話をききとった。

境内での興行には、寺社奉行の許しが要る。御上が何かとやかましいと、銀麓もよく承知していた。前もって、きちんと届けを出し、また初日には寺社の役人が検閲に来ていた。

何も言ってこないということは、墨付きを与えたに等しい。なのにいまになって、いきなり捕縛とは、たしかに理由がわからない。

「銀麓は、いまどこに？」

「寺役人の詰所に引っ張っていかれて、おれたちがいくら頼んでも入れてもらえなかった」

「詰所での調べが済んだら、きっと今日のうちに小伝馬町に送られるだろうって、野次馬衆が噂していて……」

小伝馬町には牢屋敷がある。あつかいは寺社奉行だが、罪人の留め置き場は、町奉行と同じ小伝馬町であるようだ。銀麓が牢屋送りになるのだけは止めようと、子供たちは一目散にこの隠居家を目指した。

　とはいえ、こんな騒ぎに巻き込まれるのは、徳兵衛とて長い人生で初めてだ。店の小僧が悶着を起こして、自身番屋まで引きとりに行ったことはあるが、商いの手続き以外は、町奉行所ともほぼ無縁だった。

　それでも、この子たちが頼れる大人は、銀麓を救うことができるのは、徳兵衛だけなのだ。

「相わかった。これから詰所に出向いて、お役人から話を伺おう。おまえたちはここで待っていなさい」

「頼みます、じさま」

「ご隠居さま、銀さんを助けてあげて」

　勘七とてるが、頭を下げる。ぐしょぐしょの顔で、瓢吉も訴えた。

「頼んます、ご隠居。このとおり！」

　畳に突っ伏すように瓢吉が頭を垂れて、残る子供たちもそれに倣う。十七もの小さな頭が、そろって打ち伏すさまには、胸が痛くなる。六十年の生涯で、初めて感じる気概が頭をもたげた。嶋屋の主人として、常に人の上に立ってはきたが、これほどまでに必死の思いを受け止めるのは初めてだった。

　この子たちのために、何としても銀麓を救わねば――。徳兵衛は、拳を握りしめた。

　善三がいれば、子供たちと同じほどに憂慮したろうが、今日は嶋屋に手伝いに行っている。

「くれぐれも、無茶はなさらないでくださいよ」と、おわさは心配げに見送った。

ちょうど昼をまわった時分で、家を出てまもなく千代太とおきのに行き合った。

「えっ！　銀さんが？　おじいさま、どうして！」

「これからそれを確かめにいくのだ。いいか、千代太、こんなときのために、おまえは千代太屋に据えられたのだ。あの子らを慰めて、先走ることのないよう傍についてやりなさい。わかったな？」

「はいっ、おじいさま！」

いったんこぼれそうになった涙を引っ込めて、千代太は大きな声で返事した。

徳兵衛は、王子権現へは向かわずに、ひとまず巣鴨町を目指した。

寺の詰所へ行ったところで、役人に門前払いをされるかもしれない。寺に顔が利く者に、同行を頼む方が確実だと見越したためだ。

倹約を旨としていただけに、嶋屋の構えにしては、寺社への寄進もすこぶる気前が悪かった。しかし徳兵衛とは逆に、熱心に参拝し、また喜んで布施を納める者もいる。

嶋屋のとなり、『環屋（たまきや）』の主人もそのひとりだ。環屋は仏具問屋であるだけに、信心ばかりではないのだろうが、拝む頻度と喜捨の額、そして王子権現とのつき合いの深さだけは並ぶ者がいない。千代太が大好物の扇屋の玉子焼きを、たびたび届けてくれるのも、この環屋の主人、和兵衛であった。

　となり同士であるだけにつき合いも深いが、正直なところ、ご近所とのやりとりは妻に任せきりにしていた。それでも五つ六つ下の和兵衛とは、子供の頃からの顔なじみである。嶋屋を素通りして、環屋の暖簾を分けた。

「あの子供芝居が、寺社奉行から咎めを受けたと？　またどうして、そのようなことに……」

　王子権現にしばしば通っているだけに、環屋の主人も芝居を目にしている。

「今日ね、環屋のおじさんと会ったんだよ。坊が芝居に出ているから、びっくりしたって。とてもよくできた縁起芝居だと褒めて下すって、皆に玉子焼きをふるまってくれたの。皆で食べると、いつもよりうんと美味しいね、おじいさま」

　千代太がいつだったか、嬉しそうに話してくれた。

「お縄になったのは、若い狂言作者でしてな。宍戸銀麓と申します」

「ああ、子供らに銀さんと呼ばれていた、若い男ですな？　芝居の折には必ず控えておりましたから、私もいく度か見かけました。そうですか、あの男が芝居の作り手でしたか」

　王子権現に詳しい和兵衛ですらも、やはり何が御上の癇に障ったのかは、皆目わからないという。

「環屋さんなら、王子権現にも顔が利く。せめて詰所とやらまでお連れくださらんかと、無理を承知で頼みにきたしだいです」

「おとなり同士なのですから、いまさら水くさい。お孫さんも関わっているだけに、さ

ぞかしご心配でしょう。案内なら、お安いご用ですよ」

世間は概ね、徳兵衛よりも親切で情け深い。主人は快く請け合ってくれた。

「寺社役人の詰所は、金輪寺の別殿にございましてな。別殿は、遠方から来たお坊さま
のための宿坊でして、そのひと間が詰所に使われております」

寺への坂道を上りながら、和兵衛が語る。

逸郎が扮した源義家が、建立した寺が金輪寺である。いまは王子権現と王子稲荷の実
務を司る、いわば別当寺であった。

「環屋さんは、詰所のお役人とも親しくされておられるのか？」

「まあ、盆暮れの挨拶程度ですが。詰所といっても毎日詰めているわけではなく、三日
に一度ほど顔を出すくらいです。お役人の顔ぶれは三人ほどですが、中には、つき合う
には少々面倒な御仁も……」と、何かを思い出したように、和兵衛が言葉を切った。

「どうなされた？」

「いや、ひとり、厄介な方がおりましてな。今日の詰め番が、その方でなければ良いの
ですが」

「厄介とは、どのような？」

辺りをはばかるように周囲を見回してから、小声で明かす。

「実は……武士とは思えぬほどに阿漕な方で、平たく申せば金にうるさいのです。参詣人をわざと往生させて小銭をせびったり、参道に並ぶ小店から見かじめをせしめたり」

まるでやくざの下っ端のような、みみっちい真似を平気で行い、稼いだ金は酒や博奕に消えているとささやかれていた。

「とかく悪い噂の絶えないお方で……土倉さまと仰いますが」

「寺社役人であるなら、どこぞのお大名のご家中であろう？　さようにこすからい真似をなさるとは、にわかには信じがたいが」

「私も寺に出入りするようになって三十年経ちますが、あのように品の悪い侍は初めてです。近頃では、本家本元のやくざ者とも親しくしているとか」

やがて王子権現の境内に入り、金輪寺はその敷地の奥にある。

芝居の舞台となった松の木が、ひどく寒々しく映った。あの根方で子供たちがとびはね、万雷の拍手が響いていたのが、まるで嘘のようだ。

「あの子供らがいないと、境内が素っ気なく見えますな。芝居を打つ前から、あの子らはここの主でしたからな」

胸中を察したように、和兵衛がとなりで嘆息した。芝居が差し止めになれば、参詣案内に障るばかりではない。下手をしたら、彼らの商いそのものが潰される。寺社役人がその気になれば、この場所から永久に追い払うことすらできるのだ。

そんなことなぞ、させるものか――！　徳兵衛は、荒い鼻息を吐いた。

裏の顔

環屋の主人の憂いは、見事に当たった。

金輪寺の詰所に赴くと、ひとりの武士が居丈高に前を塞いだ。

「かの役者崩れの請け人だと？　まだ吟味も済んでおらぬというに、出直して参れ」

酒焼けしたようなずず黒い顔に、あいた両眼がにごっている。侍とは名ばかりの、不埒な気配が鼻先まで臭ってくる。和兵衛が両の眉を困りぎみに下げ、素早く目配せした。

さっきの話に出た土倉某という役人に相違なかった。和兵衛が懇意にしている金輪寺の僧侶があいだに立って、どちらも巣鴨では構えの大きな商家だと介してくれたが、小役人の尊大さをいっそう助長する。

「どれほどの構えであろうと、商人ごときが出る幕ではないわ。御上の差配に口を出し、役者に肩入れするとは言語道断」

寺社役人の中ではもっとも下っ端にあたるそうだが、日頃の鬱憤を町人にぶつけるように嵩にかかる。江戸育ちの徳兵衛から見れば、田舎侍がはしゃいでいるようにも映る。

しかしいまは、こちらの立場が弱い。腹の中を顔に出さず、用心深く相手にたずねた。

「宍戸銀麓に不届きがあった由、まことに申し訳なく存じます。いかような法度に触れたのか、おきかせいただけませぬか」

「あの役者はな、子供芝居と称して、御上に無礼をはたらいたのだ」

「恐れながら、銀麓は役者ではなく、狂言作者でございますが」

「どちらでも同じだ！　河原者には違いなかろう！」

一喝されて、となりで平伏する和兵衛が身を縮ませる。しかし徳兵衛は、違う意味で愕然とした。

これほどまでに、芝居者の地位は低いのか——。

河原者とは、芝居に関わる者たちへの蔑称だ。これほど庶民に人気を博し愛されていても、御上ばかりは決して認めようとしない。相撲の力士が優遇されているのに対し、芝居者のあつかいは辛辣を極める。何かといえば槍玉に挙げられ、禁令のたぐいが出されるたびに、まず最初に的にされるのが芝居である。

風紀を乱す、との建前を通しているが、本当は怖いのだ。観客をとり込み、人心を大きく揺さぶる。芝居だけがもつ吸引と熱狂の力を、御上は恐れているのだ。

見るからに堕をまとった小役人が、公然と弱い者いじめをする。それもまた、御上の威光という後ろ盾があってのことだ。怒りが沸々と煮えてきて、なだめるのが精一杯だった。無言の徳兵衛に代わり、和兵衛が恐る恐る相手に問う。

「芝居の中身と申しますと、どの辺りがまずかったのでしょうか？」

「むろん、第三場だ。三代さまは、社殿を建立されたにとどまらず、かの林羅山に縁起絵巻を作らせて寄進なさったのだぞ。その件が、ごっそり抜けておるではないか。その後も、五代さま、十代さま、そして何より現十一代さまが、社殿の修繕に当たられておる。その功をないがしろにするとは、不届き千万！」

何のことはない、言いがかりだ。芝居を潰すために、爪楊枝の先で地面を掘り返すような真似をして、難癖をつけているに過ぎない。それでもここは、下手に出るより他にない。畳に頭をすりつけた子供たちの姿が、徳兵衛に自重を促す。

「芝居の不手際については、承知いたしました。いちいちごもっともにございます。なにぶん子供の芝居故、手抜かりがあったのでございましょう。その辺りはしかと私から含ませて筋立てを手直しさせます故、今度ばかりはなにとぞお目こぼしを……」

本心とは違う建前を、長々と述べているせいか、まるで嘘をついているような歯がゆさがある。しかし徳兵衛の陳情も無駄だった。途中で土倉がいきり立つ。

「手直しだと？　馬鹿者が！　だいたい、あのような小汚い子供らを、上さまに据えるとは何事か！　それこそが、御上を愚弄する仕儀であろうが！」

こんな男に、馬鹿者呼ばわりされるとは。それだけで、かっとからだが熱くなり、思わず身が震えた。しかしここは、自身の恥など二の次だ。徳兵衛は懸命に考えた。

この男は、子供芝居を潰そうと躍起になっている。ただ、それだけだ。

　だが、どうしてだろう？　たまたま虫の居所が悪く、いちゃもんをつけたに過ぎないのか？　あるいは、何か思惑があって芝居が邪魔になったのか？　後者だとすれば、理由はいったい何なのか？　答えは出ず、相手に直に問い紏したい衝動を、徳兵衛は懸命に堪えた。

　ちらり、と和兵衛が目配せした。これは駄目だ、という意味であろう。どんなに頼んでも、銀麓との目通りすら敵わない。その代わりひとつだけ、どうにか承知させた。

「伝馬町送りばかりは、なにとぞご容赦を。明日も参ります故、どうぞ土倉さまのお力をもって、こちらに留めてくださいませぬか」

　徳兵衛の嘆願が、功を奏したわけではない。銀麓への差し入れとともに、土産の菓子折を差出し、その下に薄い紙包みをすべらせた。相手は目ざとく気づいたようだ。唇の片端が上がり、濁った目がにんまりと笑んだ。心付けという名の、賂である。

　徳兵衛の性質上、賂こそが無駄金だと心得ている。武家に恩を売ったとて、もっと大きな面倒を被るのが落ちだ。大名貸しがいい例で、七代続いた嶋屋も例外ではない。

　大名は一家だけだが、旗本や御家人を合わせて数家に金を貸している。先々代以前に貸し付けたものだが、未だに回収されず仕舞いだ。もちろん徳兵衛の代では、どんなに乞われても、それ以上増やすことはしなかった。

　先祖の代なら御用達看板を得るために、あるいは商いを円滑にする上で、武家の後押しは欠かせなかったのだろうが、将軍家が十一代も続けば根太が腐ってくる。いまや武家こそが、借金で首が回らず、首を押さえつけているのは、ほかならぬ商人だ。だからこそ機会さえあれば、こうして居丈高にふるまい、できるだけ多くむしりとろうと躍起になる。

渡すつもりなどなかったが、おそらく心付けは欠かせないと和兵衛に説かれ、しぶしぶ金を紙に包んだ。土倉があたりまえのように袖の下に仕舞い込むのを、恨めしそうに見送った。

「しかし、困りましたな……土倉さまが絡んでいる上に、あのようすでは無罪放免とするのはなかなかに難儀ですな」

外に出ると、すでに日は暮れかかっていた。師走の寒気に和兵衛は身を縮ませたが、徳兵衛は寒くも何ともなかった。頭がかっかと熾り、胸がむかついて仕方がない。権ある者が、それをふりかざすさまは、こうまで醜いものか。しかも吹けばとぶような何ともちんけな力である。あまりに見劣りして、腹を立てる自分にすら腹が立ってくる。

鼻から盛大に白い息を吐きながら、徳兵衛は家路につき、翌日も、そしてまた次の日も、王子権現への道を辿った。

今日はひとりで坂を上ったが、最初の日、和兵衛からは念入りな忠告を受けていた。

「心付けだけは、お忘れなきように。なにせ金には目がないお方ですから、絶えぬ限りは牢屋送りを日延べしてくださいましょう。え？　額ですか？　まあ、多いに越したことはないでしょうが、そうですねえ、二、三分もあれば大丈夫かと」

毎日毎日、一両の半分以上が無為に消えていく。吝嗇を自負する徳兵衛にはたまらないが、耐えがたきをどうにか耐えているのは、子供たちの顔が張りついているためだ。

あの晩、子供たちはひとりも欠けずに、徳兵衛の帰りを待っていた。泣き疲れた顔は、不安と焦燥に塗り潰されて、そんな顔に向かって、銀麓の解放を告げられぬことが情けなくてならなかった。あの子らのためなら、どんな理不尽にも耐えよう。耐えねばならんと腹を括った。

金輪寺別殿の詰所へと日参し、言い訳に過ぎない御託を黙って拝聴し、どうぞよしなにと頭を下げて金を渡した。通いながら、やはりこの一件は、土倉ひとりの独断であるとわかってきた。和兵衛からきいたとおり、詰所で見かける顔ぶれは、土倉を合わせて三人。しかし土倉だけは、一日も欠かさず詰所に陣取っている。むろん、心付けを受けとろうとのこすからい根性もあろうが、何か腑に落ちない違和感も感じていた。

「まさか年の瀬まで、詰所参りが続くとは……しかし正月三が日くらいは、牢屋送りもままならぬだろうし、銀麓のためには良かったか……」

大晦日。この道を辿るのも、今日で四日目になる。ぶつぶつと口からこぼしながら、石段を上った。寒気に締めつけられて、足を上げるごとに節々がきしむ。息を切らしながら、長い石段をどうにか凌ぎ、一息ついた。息を整えるには、もう少しかかりそうだ。

一年の最後の日だけあって、人出も常に増して多い。邪魔にならぬよう、徳兵衛は境内に並んだ出店の裏手にまわった。と、その声が耳にとび込んできた。

「まったく、あの餓鬼どもがいなくなって、せいせいすらあ」

店の裏手は木々が繁っており、相手の姿は見えない。おかげでこちらの姿も隠れているようだ。結構な大声で、男の声が続く。

「こちとらの稼ぎに、邪魔ばかりしやがって。大人しくしていれば、境内をうろつくれえは目こぼししてやったのに。芝居なんぞ、よけいな真似を」

「まあ、これであいつらも灸をすえられて、少しは懲りたに違いねえ」

「おかげで良い正月が、迎えられるってもんですね、兄貴」

木の陰から、そっと首を伸ばすと、三人の男たちが見えた。

力士でも通用しそうなからだの大きな男と、ぞろりとした派手な着物をまとった見目の良い男。しかし三人の頭分は、中肉中背の男のようだ。語りぶりからそれが伝わって、瓢吉の話を思い出した。

三人組——。やたらと愛想がよくて弁の立つ者と、からだのでかい奴、それに色男。かれこれ四月ほど前から割り込んできた、瓢吉たちの商売敵に違いない。少し離れているから、徳兵衛には気づかぬようだ。遠慮のない声で会話は続く。

「やはり板橋の親分にお頼みして、当たりでしたねえ。さすがに兄貴の考えには抜かりがねえ」

べたべたとした口調で色男がもち上げて、兄貴分は得意げに顎をなでる。

「ふふん、まあな。なにせ土倉の旦那は、親分の賭場に大枚の借りがあるからな。嫌とは言えねえわな」

「むしろ喜々として、引き受けてやしたぜ。芝居者をひとり括るだけで、何両もの借財がちゃらになる。旦那にとっても美味しい話だ」

「おまけにどうやら、意外な余禄もついたようですぜ。何でもあの芝居者に、金持ちの請け人がいたようで。どこぞの店のもうろく隠居だそうですが、むしりとれるだけとってから、件の男は白洲に引き出してやると高笑いしてやしたぜ」

子供たちのためとの殊勝な堪忍も、呆気なくちぎれた。土倉には端から、銀離を放免するつもりなどなかったのだ。薄々感づいてはいたが、あからさまに突きつけられて、この幾日か堪えていたものが、いちどきに噴き出した。

「こぉの、たわけ者があ――っ！」

まさか聞き手がいたとは、存外だったのだろう。ひゃっと三人がとび上がり、こちらをふり向く。一度はじけた気持ちは、収めようがない。弾の尽きない豆鉄砲のように、次から次へと相手に放つ。

「己の商いのために卑怯をはたらくとは何たることか！　子供に負けて意趣返しとは、小物にもほどがある。商いは、己の知恵と工夫で凌ぐものだ。現にあの子らは、そうして芝居や紐数珠を編み出した。なのにいい大人が、裏で糸を引いて嫌がらせをするとは、恥を知れ！　恥を！」

徳兵衛の勢いに気圧（けお）されながらも、相手は年寄りひとりだと察したようだ。一度引っ込めた笑みを、兄貴分は顔に戻した。

「どこのご隠居さまか存じませんが、こちとらの商売だ。口は挟まねえでもらえやせんか」

口調ばかりはていねいだが、目は凄味を帯びている。

「隠居といやあ……」となりの色男が、気づいた顔になった。「もしや、このジジイ、例の芝居者の請け人、じゃあねえですかい？」

「なるほど、そういうことか……それで餓鬼どもの仔細にも詳しいのか」

徳兵衛はこたえなかったが、顔つきで察したのだろう。改めて値踏みするようにながめまわす。やたらと愛想がよくて弁が立つ——。瓢吉はこの男をそう評していたが、あくまで客の前での表の顔だろう。いま目の前にいる男は、一寸たりとも気が抜けないほどに油断がならない。

「おまえたちも、やくざ者か」

「世話にはなっちゃいるがね、渡世人てわけじゃねえ。もともとこの境内は、板橋一家の縄張でね、おれたちはちゃあんと挨拶に行って、みかじめも収めている。筋を通してねえのは、子供連中の方さね」

「子供相手に、筋もみかじめもあるか！」

「親分だって鬼じゃねえ。最初は見て見ぬふりをしてくれたんだよ。境内をちょろちょろと走り回りながら、おこぼれを拾う鼠なら許しもする。だがなあ、その鼠がお天道さまのもとに出てきちゃ、払うより他にねえだろうが」

「あの子らは、鼠なぞではない。まだひ弱だが、懸命に知恵を働かせて毎日を生きている。なのにおまえたちは……」

「ご隠居さん、おれたちだって同じでやすよ。ただ、大人には大人の知恵がある、それだけでさ」

何を言っても、この連中には通じない。やくざ一家ではなくとも、やはり日陰を歩いてきたのだろう。理不尽がまかり通る裏社会の住人だ。素人の言い分などきれい事にしかきこえない。それでも言わずにはおれなかった。

「おまえさんたちも、あの子らと似たような生い立ちではないのか？　お縄になった、狂言作者も同じだ。親を早くに亡くし、人並み以上の苦労を重ねて生きてきた。だからこそあの子らに肩入れする。そんな男を咎人に仕立てるとは、わしは決して許さぬぞ！」

「だったらご隠居さんが助け出してやりゃあいい。そうさな……お寺社の旦那に三十両も積めば、片がつくんじゃねえですかい」

「三十両だと！　馬鹿も休み休み言えっ！」

「金を惜しむなら仕方がねえ。所払いで済めばいいが、芝居者は御上にとっちゃ厄介者だ。下手すりゃ島流しなんてことも……」

たちまち背筋が粟立った。銀麓に粗相はない。土倉という役人の言いがかりに過ぎな

い。こんな無理無体がまかり通るはずはなく、きっと放免になるとどこかで楽観してい
た。しかし銀麓の立場の危うさを、徳兵衛ははっきりと理解した。

「あの旦那には、金より他に効く薬はござんせんよ。せいぜい気張っておくんなさい」

にやにや笑いを張りつかせたまま、兄貴分が踵を返し、ふたりの子分も後に続く。

徳兵衛だけは、うっすらと雪の残った地面から、しばし動けなかった。

「大晦日まで顔を見せるとは、ご苦労なことだな」
それはこっちの台詞だと、徳兵衛は胸の中で毒づいた。今日も土倉は詰所に居座って
いて、あたりまえのように差し入れの風呂敷包みと金を受けとる。
「正月用の着物と、餅を入れておきました故、必ず銀麓にお渡しください」
「ほう、着物に餅まで。芝居者には過ぎた計らいであろうが、まあ、よいわ」
金包みの重さを確かめて、にんまりする。差し入れすら銀麓に届いているのか心許な
い。
「銀麓は、達者にしておりますか？」
「ああ、変わりはない。伝馬町の牢で年を越さずに済むのだ。あやつには過分な計らい
であろう」
まるで自分の手柄のようにふんぞり返る。博奕やら板橋の一家やら、三人組からきい
た話が思い起こされ、吐き気を催した。

「土倉さまに、ひとつお伺いしたいのですが」

「何だ？」

「ここでは少々はばかりが……」

と、詰所を出て、殿舎の外に土倉を連れ出した。

「芝居の不始末は重々承知しておりますが、なにとぞ土倉さまのお力をもって、格別のお計らいをお頼みできないものかと」

「格別の計らいだと？」

すっとぼけて見せたが、金の匂いを嗅ぎとったようだ。顔の正面に居座った団子っ鼻をうごめかした。むかつきを堪えながら、いまは金の匂いを存分にふりまくことに終始する。値を吊り上げようとの算段か、両の鼻の穴をひくひくさせながら、相手はすげない態度を通す。いい加減のところで、徳兵衛は声を潜めた。

「おそらくお目こぼしのためには、方々に配り物が要りましょう。あくまでたとえば、のお話ですが、いかほどあれば足りますでしょうか？」

そろそろ限界だったに違いない。わざとらしく土倉が腕を組み空を仰ぐ。

「なにせ咎人を解き放つとなれば、わしの一存では如何ともしがたい。上には御手留に御取次、大検使も控えておられるからな。すべてに話を通すとなれば、それなりに……」

寺社奉行内の役職をもっともらしく並べ立て、もったいぶる。

「さよう、三、四十両はかかろうな」

「三十両！」

さっきの三人の言い分は、決して大げさではなかった。そのすべてがこの男の博奕や酒に消えるのかと思うと、めまいがしそうだ。

「なにせ格別であるからな。嶋屋の身代であれば、はした金であろう」

あからさまにせせら笑う。羽織の袖の内に引っ込めた拳を握ってどうにか堪えたのは、ひとえに銀龍のためだ。ここで無礼を働いては、流罪とてあり得る。

「私もいまは隠居の身。それだけの大金となると、主たる息子に伺いを立てねばなりません。この話はまた、年が明けてから改めてご相談いたしたく」

「相わかった。しかし、いつまでも待つわけにはいかぬぞ。なにせここに留め置くだけでも、無理があるのだからな」

土倉が機嫌よく別殿の内に去ってからも、しばし立ち尽くした。一文の喜捨すら惜しむほどだ。ましてや三十両もの大金を、みすみすあのような卑しい男に渡してしまうなぞ、まさしく断腸の思いだ。本当に腸が悲鳴をあげてでもいるように、腹がきりきりする。

「畜生めが……！」

呟いたとき、背中から声がかかった。

「あの、もしや、嶋屋のご隠居さまでございましょうか？」

汚い独り言を吐いた直後だけに、ぎょっとしてふり返った。男がひとり佇んでいた。

町人だが、お店者とは髷や着付けが違う。徳兵衛は用心しながら、いかにも、とこたえた。

「やはり、さようでしたか。このたびは、うちの銀麓がお世話になりまして」

「うちの、というと……もしや、芝居一座の……」

「はい、須藤弥吉と申します。中村座で狂言を書いておりまして、銀麓の兄弟子にあたります」

ひときわ小柄な男は、まるで十年も見知った知己のように、親し気な笑みを浮かべた。

「若おかみやお嬢さまには、いつもご贔屓にしていただいて。あっしもご挨拶だけはしておりやして」

徳兵衛は話していないから、千代太からきき知ったのだろう。銀麓の災難を、中村座に知らせたのはお楽のようだ。

「お礼が遅くなりましたが、弟子のために、たいそうお気遣いいただきやして。改めて礼を申しやす」と、律義に頭を下げる。

「いや、こちらこそ、面目次第もない……無理な頼みをきいてもらったばかりに、このような始末に」

「いえ、決してご隠居さまのせいでは。御上に邪険にされるのは、あっしら芝居者にとっちゃ業のようなものでさ」

諦めと落胆が交じった、乾いた笑いを漏らす。

「それでもね、どんなに踏まれても、芝居は決してすたれない。岡場所と同じに、しぶとく生き残るんでさ。……ただ、そのために仲間が、厄介を被ることも多々ありまさ。銀麓も、そのひとりに過ぎやせん」

「弥吉さんと言ったか。あんたはいわば、銀麓の身内であろう。身内が諦めてどうする！　わしはこのまますみす、銀麓を伝馬町送りにするつもりはないぞ」

弥吉はぽかりと口を開け、徳兵衛を仰ぐ。それから、そろりとたずねた。

「ご隠居さま……もしや銀麓のために、大枚を払うおつもりですかい？」

「さっきの話、立ち聞いていたのか？」

「銀麓と、三十両。それに、嶋屋というお名だけですが……」

弥吉は肩をすぼませて、ごく一部だけだと言い訳する。その三言だけで、話の中身に見当をつけたようだ。

「嶋屋の主たる、倅しだいだが……わしは出してもよいと考えておる。それしか銀麓を、助ける術がないからな」

「どうして銀麓を、あっしら芝居者をそこまで……」

「短いあいだとはいえ、同じ屋根の下で寝起きして、同じ飯を食うておる。銀麓も、いまやわしの身内だ」

「身内なぞと、そこまで銀麓を……」

有難そうに、徳兵衛を仰ぐ。

「誰よりも、わしの孫とその仲間のためだ。ことに孫はしつこうてな。もしも銀麓が帰ってこなんだら、むこう十年は恨み言をこぼされかねん」

「さようですかい」

嬉しそうに、目尻にしわを刻んだ。たぶん銀麓より、十ほど上になるのだろう。三十半ばくらいに見えた。

「銀麓はまだまだ一人前には程遠いが、出目はありそうに思いやす。ことに剽げた台詞が上手くて、世話物には向いてまさ」

「そうか……」

「おまけに、ご隠居さんのような贔屓筋がついていなさる。いつかきっと立作者に上りやす。楽しみにしていておくんなせえ」

「あれの話では、あと二十五年はかかりそうだぞ。さすがにそこまで長生きできんわ」

「そう仰らず。どうぞ末永く、見守ってやっておくんなせえ」

にっこりと告げて、ていねいに頭を下げる。やはり銀麓のようす見に来たようで、差し入れの風呂敷包みを手にしている。小柄な姿が殿舎の内に消えると、さっきまで地面に張りついていた雪駄が、急に軽くなった。腹の差し込みも消えている。

弥吉には勇んで告げたが、さっきまではまだ迷いがあった。金を惜しむ気持ち以上に、土倉や三人組に唯々諾々と従うことがたまらなかった。

弥吉はその迷いを、徳兵衛の最後のこだわりを、払ってくれた。

銀麓のためなら、金なぞ惜しくない――。

明日は元日。徳兵衛も嶋屋に出向き、家人とともに正月を祝う。決して目出度い話ではないものの、吉郎兵衛に頼んでみよう。

徳兵衛の決心を、胸の中に浮かんだ千代太が、大喜びで後押しした。


「新年おめでとう。旧年は代替わりという節目を迎え、店内も何かと慌しかったが、表も奥も心を合わせ皆よくやってくれた。主として心より礼を申します。本年もまた、よろしくお願いしますよ」

一年前は父の隠居に青くなっていたが、だいぶ落ち着いたようだ。吉郎兵衛が新年の挨拶をつつがなく述べると、ずらりと居並んだ使用人たちが頭を下げた。

「今日ばかりは無礼講です。酒と馳走を、存分に上がってくださいな」

日頃は名ばかりの内儀だが、お園も軽やかに音頭をとる。台所と次の間には、使用人のための仕度が整っている。番頭以下、誰もが嬉しそうに腰を上げた。

ここから先は、家族水入らずで新年をゆっくりと祝うのが嶋屋のしきたりだった。

孫や嫁、末娘はともかく、長男と妻には、実に半年以上も無沙汰にしている。となりにちらと目を遣ったが、お登勢は相変わらずのすまし顔で、何を考えているのかちっとも読めない。千代太や女たちを通して、よけいな話は耳に入っているはずだが、我関せずとばかりに無関心を貫いている。予想はしていたが、やはり味気ない。

　妻の酌で久方ぶりの盃を干し、ふぅ、と思わずため息を吐いた。

「おじいさま、明けましておめでとうございます。本年もどうぞよろしくお願いします」

　小半時が経ち、座が弛んだところで、千代太が改めて徳兵衛に挨拶に来た。

　先ほど妹のお松を久方ぶりに抱き上げたが、人見知りがはじまったのか大泣きされてしまった。内心でちょっと傷ついていただけに、千代太の行儀のよさに目尻が下がる。

「千代太も前の年は、仲間のためによう頑張ったの。正月を迎えて、ひとつ歳をとったのだから、ますますしっかりせねばな」

　九つになった千代太は、はい！　と元気よく返事する。

「おじいさま、銀さんは大丈夫かな？」

　銀麓のことばかりは、頭から離れぬようだ。挨拶を済ませると、祖父にたずねる。

　幸いお登勢は、嫁に三が日の段取りを含めており、吉郎兵衛とお楽は兄妹同士で話がはずんでいる。よけいな耳目はないとふんで、孫にこたえた。

「さすがに正月ばかりは、お役人も休みだろう。きっとゆるりと過ごしておるだろうて」

「お餅、ちゃんと食べてくれたかな？　お雑煮かな、それとも安倍川かな？」

　孫の言葉に、胸が痛んだ。暮れに搗いた餅だが、火で炙らねばさぞかし硬いに違いない。あの詰所で気を利かせてくれる者がおるだろうかと甚だ危ぶまれる。

「おじいさま、銀さんはいつお解き放ちになるの？」

「いつとは、しかとは言えんが……」

大枚に替えても必ず、と請け合うつもりが、孫の無垢な目にぶつかると本音がこぼれた。

「じいじも精一杯やってみる。わしにできる限りのことを、出し惜しみせず試すつもりだ。だからもう少しだけ、待ってくれぬか」

「わかりました！ 勘ちゃんや瓢ちゃんにも、そう伝えるね。銀さんが心配で、年の内は参詣案内もままならなかったけれど、いつまでもお休みするわけにもいかないし、三日からまた境内に戻るって。芝居が打てないから稼ぎも減っちまいそうだけれど、まだ紐数珠もあるし、坊も精一杯皆のために頑張ります」

殊勝な心構えだが、かえってそれが辛い。稼ぎは大きく目減りしようし、なまじ紐数珠に力を入れれば、それもまた面倒を招く。

あの三人組の言いようは、決して脅しばかりではない。子供たちが力を合わせて頑張れば頑張るほど、みかじめだの所場代だのと、やくざ連中に目をつけられる恐れが出てくる。

どうしたものかと内心で案じながら、孫にはどうにか笑顔を返した。千代太が傍を離れても、徳兵衛はしばし考えに囚われていたが、ふと、視線に気づいて顔を上げる。

お登勢がこちらをふり向いていた。

「何だ、お登勢？」

「いえ、別に」

「相変わらず、愛想のない奴だな」

「ご隠居さまは、少しお変わりになられましたね。こちらにいらしたときよりも、何やら華やいでいるごようすで」

やましいことなど何もないはずが、妙にどきりとした。お楽がよけいな話を耳に入れたことは、手代からきいている。つい、言い訳がましい口調になった。

「何か勘違いをしているようなら、あらかじめ言うておくぞ。わしは商い以外には、何の関心もないからな。色々と隠居家に出入りする者もおるが、一切が商いがらみだ。それだけは揺るがぬからな」

「隠居、されたのにでございますか」

どうして妻の切り返しは、こうも鮮やかなのか。あまりに短く適切なために、ぐうの音も出ない。

「ああ、そうだ！　風流は性に合わず、わしは商いよりほかは能がないようだ。この歳で悟ったからの、じっくりと腰を据えてかかるつもりだ」

「さようですか」

妻の目許が、ほんのわずかながら、ほころんだ気がした。見間違いだろうか？　瞬き（まばた）すると、気配は消えていた。

こほん、とひとつ咳払い（せきばら）をして、席を立つ。上座にいる吉郎兵衛に短く告げた。

「ちょっと、相談事があってな。奥でしばし語れぬか？」

何故だか、吉郎兵衛の顔に怯えが走った。上目遣いでたずねる。

「どんな、話でしょうか？　もしや、店繰りの話とか……何か私に、不束でも？」

倅の心配種に、ようやく気づいた。使用人の前では主人然としていても、未だに不安が拭えないのだろう。絶えず父の顔色ばかり窺っていただけに、それも仕方がない。

「店の回しように、とやこう言うつもりはない。隠居した後は一切手を出さぬと、あの言葉に嘘はない。何というか……平たく言えば、金の無心でな」

「金、ですか？　お父さんにしてはおめずらしい。隠居家の掛りが増えましたか？」

「まあ、な。事情が込み入っている故、ここでは明かせぬわ」

倅を追い立てるようにして、奥の座敷へと移った。

「実はな、まとまった金子が要り用になってな。用立ててもらえぬか」

座敷に落ち着くと、徳兵衛はそう切り出した。

「まとまった金子というと……もしや、組紐商いのためですか？　手代の喜介からきいていますが」

確かに商いのために、嶋屋から借財する算段でいたと、腹積もりを倅に明かした。

「ただ、商いとは関わりなく、まったく別の悶着が生じた。わしの見知りの男が、災難に遭ってな。助け出すためには金の力を使うしかないのだ」

「見知りの者を、助ける……お父さんがですか？」

　正月二日に見るという初夢を、一日早く見てしまった。吉郎兵衛は、そんな顔をした。驚くというより、不思議そうな顔つきだ。ばつは悪いものの、事情は語らねばならない。

「事の起こりは、千代太でな」

　これまでの経緯を、かいつまんで息子に語った。主人として手一杯だった吉郎兵衛には、いずれも初耳な上、いちいち意外に思える展開だ。黙って耳を傾けてくれたものの、徳兵衛が八割方を語り終えても、未だしっくりこない顔をする。

「お父さんが、十七人もの貧しい子供らの、面倒を見ているというのですか？」

「あくまで行きがかり上だ。それに、世話は他の者に任せておるからな。隠居家のひと間を貸して、たまに相談に乗ってやるくらいだ」

「すみません、とても信じられません」

「まあ、そうであろうな。当のわしとて、未だに悪い夢を見ているような心持ちであるからな」

　隠居を告げたのが、去年の一月半ば過ぎ、ほぼ一年前になる。隠居家を探して移ったのは、五月の末だ。たった七か月しか経っていないのに、白と黒の裏表をひっくり返したほどに、いまの暮らしは以前とはかけ離れている。そしてもっとも信じがたいのは、いまのありように徳兵衛自身が満足していることだ。

　照れくささもあり、そこまでは息子に明かさなかったが、話を先に進ませて、宍戸銀麓の顚末を説いた。

「では、お父さんは、その芝居者の咎をなかったことにするために、金を出すというのですか？」

「銀麓に咎なぞない。あれは言いがかりだ」

「そういう話ではなく、赤の他人を救うために、お父さんが何より大事な身銭を切るというのですか？」

「それしか、銀麓を救う道が見つからぬのだ。むろん、わしとてあんな糞侍に、金をくれてやるのは忍びない。それでも、銀麓と子供らのためなら、やぶさかではないと……」

「そういう話ではありません！」

ふいに、吉郎兵衛がさえぎった。膝の上に握った拳がぶるぶると震え、こちらを見詰める目は明らかに怒っている。衝動を懸命に堪えながら、倅が問うた。

「寺社役人に、いくら渡そうというのですか？」

「三十両だ」

大きく息を吸い込んで、目を見開いたまま、しばし固まった。

「三十両ですって？　正気ですか、お父さん？　一年分の隠居家の掛りを、凌ぐ額なのですよ！」

徳兵衛の隠居手当は、年十八両二分。嶋屋の構えとしてはささやかながら、江戸の職人の稼ぎ頭にあたる大工の年収が、二十五、六両というから、年寄りひとりには十分な手当と言える。おわさ親子の給金は、嶋屋から別に支払われていて、趣味に費やすならこのくらいはかかろうと徳兵衛自身が弾き出した。出費の名目だけは大きく外れたものの、収支についてはほぼ勘定通りに収まっていた。

「なのに一年半分もの金子を、みすみすどぶに捨てるおつもりですか？」

「言われんでも、わかっておるわ」

「いいえ、わかっておりません。額の大小ばかりでなく、役人への口利きのためなぞと……お父さんは、何より疎んじていたはずです。賂や袖の下は、無駄金以外の何物でもないと、常々説いていたのは嘘だったのですか！」

日頃は大人しく、父親に決して逆らわない吉郎兵衛が、人が変わったように責め立てる。徳兵衛にとっても、こんな息子は初めてだ。半ば気圧されて、黙したままその怒りを受け止めていた。

「ずっと昔、道端の物乞いに、数文をめぐんで叱られました。お父さんは、覚えていないでしょうが」

いや、覚えていると、胸の中でこたえた。息子が怒るのもあたりまえだ。これまで散々、黒い鳥だと教え込んできたものが、急に白くなったと言われたのと同じだ。他人によけいな情けをかけるな、たとえ吝嗇と侮られても金は惜しめと、揺らぐことなく一貫して教え込んできた。

それが隠居したとたん、ころりとひっくり返されてはたまらない。

　こうまで倅が憤るのは、たぶん徳兵衛の教えに、どこかで疑問を感じていたためか。言い返すほどの強さをもたず、唯々諾々と従ってきたが、内心では鬱憤を抱えていた。長く溜め込んでいたものが、この機に乗じて、いちどきに噴き上がったに過ぎない。手の平を返すに等しい父の申し出は、それこそ吉郎兵衛にとっては、裏切り以外の何物でもない。

「お父さん、はっきり申し上げます。三十両は、用立てできません。嶋屋の主として、承服いたしかねます」

「吉郎兵衛……」

「金高の大きさもありますが、不逞な者に金を渡せば、向こうは味をしめる。良い金蔓を見つけたとばかりに、この先も金をせびりに来る。こちらの無理を通したとあらば、なおさらです。嶋屋の暖簾に、よけいな虫をつけるわけにはいきません」

　弱みという砂糖には、蟻がたかる。中には食いついて離れない、気性の荒い蟻もいよう。吉郎兵衛の言い分は、もっともだ。反論の余地もない。

「それと、もうひとつお断りしておきますが、組紐商いにも関わるつもりはありません」

「建て増しのための、金は貸せんということか……？」

「お父さんのなさることに、留め立てはいたしません。ただし隠居の掛りより他は、一文たりとも出すつもりはありません。それだけは、覚えておいてください」

「組紐商いは、いまこのときに礎を築かんと、この先立ち行かぬ。何とか百両だけでも、都合してはもらえんか」

「百両なぞと、とんでもない！　いまの嶋屋には、他人を構う暇なぞないのですから」

「どういうことだ、吉郎兵衛？　他人を構う暇がないとは、店に何か、障りがあるということか？」

息子にやり込められて、それまでうつむき加減だった徳兵衛が顔を上げた。

「いえ、そういうことではありません……いまの嶋屋の気風は、お父さんが築かれた。七代目として、それを守ろうとしただけです」

言い訳しながらも、あからさまに目を逸らす。徳兵衛の中に、疑念がわいた。

即座に問い糺し、帳面を一から改めたい衝動に駆られたが、よけいな詮索を阻むように、吉郎兵衛は立ち上がった。

「いまの嶋屋の主は、この私、七代目です。それだけは、お忘れなきように」

言い残して、部屋を出ていった。金策が潰えたばかりでなく、銀麓の解き放ちも、子供たちの先行きも、そして組紐商いさえも頓挫した。

息子の言い分は、的を射ている。嶋屋の主人は吉郎兵衛であり、退いた先代には何の力もない。ただ声を張り、拳をふり上げるだけの役に立たない年寄りだ。嶋屋という後ろ盾を失った己は、呆れるほどに無力だった。

あからさまに突きつけられて、畳に落とした尻がずっしりと重くなった。

どのくらい、そうしていただろうか。廊下から、控えめな声がかかった。

「登勢です。お邪魔しても、よろしいですか？」

ああ、と物憂げに応じた。襖が開いて、妻の顔が覗く。

よほど情けなく見えたのだろうか。日頃は動かぬ表情に、かすかに動揺が走った。

「大丈夫ですか、おまえさま？」

「そう問われたら、大丈夫だとこたえるしかなかろう」

気の張りが失せて、見栄を張ることすら億劫だ。皮肉を返し、ふと気づいた。

「いま、おまえさま、と言ったか？」

「はい、申しました」

「おまえにそう呼ばれるのは、何年ぶりになろうかの」

お登勢は襖を閉め、横顔を見せる形で腰を下ろす。そしてこたえた。

「三十六年ぶりでございますよ、おまえさま」


「三十六年とは、また細かいな」

お登勢は二十歳で、この家に嫁いだ。徳兵衛が二十三のときだ。

実家は神田の打物屋であり、打物とは刀や槍など、刀鍛冶が鍛える武器をさすが、江戸で打物屋と言えば、包丁を商う店をさす。四代目が巣鴨に移すまでは、嶋屋は北神田にあった。いくつかの商家とはつき合いが続いており、そのうちの一軒から縁談がもち込まれた。

縁談は、親と親族、そして仲人が進めるものだ。当人同士は見合いすらさせられず、結納の折に初めて顔を合わせた。少し地味だが、しとやかで大人しそうな女だと思った。実際、嫁いでからも、お登勢は嫁としての立場をわきまえて、舅姑（きゅうこ）、ことに姑（しゅうとめ）にはよく仕えた。奥の差配を徳兵衛の母から仕込まれながら、文句も弱音も吐かず、いわゆる「できた嫁」だった。

表情に乏しいのはそのころからだが、それでもまだ若いだけに、いまよりずっと可愛げがあった。若夫婦がふたりきりになる時間は限られていて、床に就く前の半時ばかりに過ぎない。たまに亭主が早く戻った折なぞは、嬉しそうに迎えてくれた。

『お疲れさまでございました、おまえさま』

人前では「若旦那さま」で通していただけに、少しくすぐったい気持ちがわいた。

「まもなく先代が亡くなって、わしも忙しくなったからな。おまえがそう呼ばなくなったのは、そのころからか」

「いいえ、それより二年も前からですよ」

父が急な病で身罷（みまか）り、徳兵衛が跡を継いだのは、二十八のときだった。つまりは夫婦になって五年後ということだ。それより二年前というと……。

何かを思い出したわけではない。ただ、頭の隅で埃（ほこり）をかぶっていた物が、カタリ、と身じろぎする音がした。形すらはっきりしないのに、その場所に仕舞い込んだことだけは覚えている。正面から見ることがどうしてもできず、目を瞑（つぶ）りながら隅っこに押し込んだ。

　正体を見極めることが、恐ろしくてならなかったからだ。常の徳兵衛なら、気配を察したとたん、急いで元の場所に封じたろうが、倅とのやりとりの後では、判断が鈍った。ぺしゃんこに潰れた気持ちの隙間を埋めるようにして、その光景が浮かんだ。

『店の悶着で手一杯だというのに、つまらぬことをいちいちきかせるな！』

癇癪癖（かんしゃくぐせ）は若いころからだ。小僧や手代は容赦なく叱りつける一方で、女子供が多いだけに奥では徳兵衛も控えていた。もとよりできた妻であったお登勢には、怒鳴る機会なぞ滅多にない。

　だが、あのときだけは、我慢がきかなかった。吐き出した怒りは冷えて、ごつごつとした黒い岩になった。

『おまえのことなのだから、おまえが決めなさい。嶋屋を出たいというなら、止めはしない』

　若いころとはいえ、思えばひどい言葉を吐いた。家を出たくないからこそ、徳兵衛に相談したのだろうが、あのころは妻の気持ちを受け止めるだけの度量も余裕もなかった。

いや、それだけか？　そもそも家を出るとか出ないとか、何故、そんな話に？

妻には、何の不足もなかった。お登勢自らが、暇を願ったわけでもない。

「えらい剣幕で、おまえを怒鳴りつけたことがあった。嶋屋を去るなら、勝手にしろとも言った。……あの喧嘩（けんか）の因（もと）は、何だったかの？」

「忘れて、しまわれたのですか？」

表情を変えない妻に、心底呆れた顔をされ、面目なげに首をすくめる。

「諍いは覚えておるのだが、理由となるとさっぱり」

夫婦喧嘩の因といえば、日常のごく些細と相場が決まっている。ことに仕事ばかりに頭が向いている夫には、つまらぬことにいちいち目くじらを立てる妻の気持ちがわからない。

そのつまらぬ些細の積み重ねで、日々の暮らしが成り立っていることに夫は気づかぬからだ。

着物一枚にしても、衣桁に掛けて風を通し、汚れや綻びを小まめに検め、折り目一本違えずきちんと畳んで箪笥に仕舞う。また洗濯や糊付け、仕立てや染めの直しの頃合と、さまざまに気を配らねばならない。ひとつひとつは、目に立つほどの大げさな仕事ではない。男たちは無視を決め込んでいるのだが、これが一家五人分となると、単純に五倍の手間がかかる。

家事とはおしなべて、そういうものだ。些細も重なれば、膨大な量になる。元が小さいだけに絶えず目配りが欠かせず、店の帳面のように一目で判じられるわけでもない。なのにそのひとつが欠けただけで、夫はたちまち不機嫌を露わにする。

記憶の中の諍いも、そういったたぐいであろうと考えていた。

「あれは、何がきっかけであったのだろうな。おまえは、覚えておるのか？」

「はい……忘れたくとも、忘れられません。あればかりは、たいそう応えましたから」

「いや、すまん。癇癪ばかりはどうにも抑えられぬでな、おまえにも散々当たり散らしてしもうたが、決して憎うてぶつけているわけではない。何というか、腹の虫が治まらず、一時に吐き出してしまうのだ。わしの悪癖と思うて、見過ごしてくれると有難いのだが……いや、そうか、おまえは常からそうしていたの」

長々と言い訳する徳兵衛を、しばし妻はながめていたが、途中で下を向いた。肩がかすかに震えている。まさか、泣いているのか？　そこまでひどいことを、言ったのだろうか？

滅多にないほどうろたえたが、妻の喉元がひくりとして、くく、と声が上がった。

「もしや、お登勢……笑うておるのか？」

「すみません、あまりにおまえさまが面白きことを申される故、たまらなくおかしくて」

妻が声を立てて笑うなど、ついぞあったろうか。新婚当初ならまだしも、徳兵衛が六代目に立ったころから、妻の口角は、膠でも塗りつけたように固まったまま動かなくなった。

「別に、面白いことを言ったつもりはないぞ」

むっつりとこたえると、袂で口を覆ったまま顔を上げる。目尻には、涙さえ浮かべている。

能面の下から覗いたその顔は、思いがけないほど徳兵衛の安堵を誘った。

吉郎兵衛にやり込められて、情けないほどに萎んでいた心に、春風が吹き込んでくるようだ。

「さような愛嬌を、もそっとたびたび見せてくれれば、可愛げが出るものを」

「そうは参りませぬ。私はあのとき、一切の甘えを封印したのですから」

笑いを収めた声は、もとの素っ気なさをとり戻していたが、眼差しだけは何かを懐かしむように滲んでいる。惜しんでいるのは、遠い昔に置き忘れた若き日の自分だろうか。

「嬌もまた色と同じ、女には矛となり得ます。だから私は、あえて捨てました……女子の役目も果たさぬまま、その矛をかざすわけにも参りませんから」

「女子の役目……」

三つ数えるほど間をおいて、あ、と声が出た。喧嘩の因を、ようやく思い出した。

「だが、あれは……結局は杞憂であったろうが。三人の子を、授かったのだから」

長男の吉郎兵衛が生まれたのは、夫婦が一緒になって五年目の秋だった。

嫁を計るには、三年が目安とされる。三年のあいだに懐妊のきざしがなければ、婚家を出される言い訳となり得る。あの諍いが起きたのは、ちょうど三年が過ぎたころだった。

「あの日、お姑さんは仰いました。離縁も覚悟してほしいと」

「何だと？　そんな話、わしはひと言もきいておらんぞ！」

「語るより前に、おまえさまをひどく怒らせてしまって……」

思い出すと、いまでも冷や汗が滲む。徳兵衛は逃げたのだ。本当なら、夫婦が手を携えて乗り切らねばならぬ局面で、妻に背を向けた。あの晩、お登勢が切り出したのは、跡継ぎのことだった。三年経っても、子に恵まれない。己の不束だと、お登勢は殊勝に詫びた。しかし徳兵衛には、別の不安があった。

子ができぬ因は、妻ではなく、自分にあるのではないか？　妻の不妊ではなしに、己に子種がないのでは？　不安に苛まれながら、認めるのが恐ろしかった。そんな最中に当の妻から切り出され、かっとなり、思わず怒鳴りつけた。

――つまらぬことをいちいちきかせるな！

言葉というのは、どうしてこうも裏腹なのか。何より拘泥していた芯を突かれ、ただ狼狽した。続くやりとりが、鮮烈によみがえる。

『おまえさまが、実家に帰れというなら従います。ご所存をおきかせ願えませぬか』

『おまえのことなのだから、おまえが決めなさい。嶋屋を出たいというなら、止めはしない』

過去の過ちというものは、いっふり返っても苦味が消えない。姑に三行半をほのめかされ、お登勢に残された砦は徳兵衛だけだった。その夫にすら、好きにしろと突き放されたのだ。何と酷な仕打ちをしたことか。年月を経て、いっそう苦さを増した記憶を噛みしめる。

「よく、留まってくれたな。実家に帰ろうとは、思わなんだのか？」

「考えがなかったと言えば嘘になりますが……子が望めないとなれば再縁もままなりませんし、出た後の身のふりようが、私には思い描けませんでした」

それでも、吉郎兵衛を身籠ったと知るまでの一年ほどは、毎日が薄氷を踏む思いだった。いつ家を出されるか、今日か明日かと、生きた心地がしなかった。淡々とした口調で、妻はそう語った。

「女子の本分を果たせずとも、嶋屋にとって値打がある。それを示すより他にないと、あの日、思い決めました」

「そうか、それが三十六年前か……」

悲壮ともいえる決心をきかされて、気持ちが波立つ。妻を抱きしめて、よう頑張ったと讃えてやりたいのに、ここに至っても、そうか、としか言えない。妻の手をとるだけで、泣き出してしまいそうだ。こんな場面ですら、意固地が勝った。

「わしはおまえと向き合うことをせず、ただ仕事に逃げておった。店で慌しくしておれば、よけいなことを考えずに済むからな」

徳兵衛にできる、精一杯の詫びだった。甚だ伝わり辛かろうと、不器用さに嫌気がさしたが、それでもお登勢は汲んでくれたのかもしれない。

「私も、同じです。奥の仕事に、内儀の役目に没していれば、気が紛れましたから」

「そうか、おまえもか」

「私どもは、案外、似た者夫婦なのやもしれません」

表情は、いつもと変わらない。愛想のない面相ながら、常とはどこか違って見える。

それこそ三十六年間、妻との間を隔てていた衝立が、とり払われた――そんな心地がした。

どちらが立てたかわからない衝立が、妻とのあいだには絶えず挟まっていた。

葦のような細い格子越しに覗く姿は、どこか人形めいていたが、こうして間近でながめると、ちゃんと血が通っている。徳兵衛はただ、見ようとしなかった。妻と目を合わせるのが怖くて、要らぬ面倒を引き寄せるのが億劫で、およびの腰のまま、年月だけが過ぎてしまった。

何と長い回り道をしたものかと、つい大きなため息が出る。

「金を惜しむより前に、時を惜しむべきであったな。何やら勿体なく思えて、仕方がないわい」

「私たちにも、まだ先がございますよ。私もそろそろ、隠居を願い出ようかと考えておりまして」

「おまえもか」

「私が居座っていては、お園も奥のまわしようが身につきませぬし」

「まあ、それはそうだが……隠居して、その後はどうする？　何かやりたいことでもあるのか？」

「そうですね……一度、おまえさまの隠居家を、訪ねてみようかと」

ちらと向けられた瞳には、悪戯気な光が瞬いていた。

妻との仲が復したことは、大いに慰めになったものの、肝心の題目は少しも片付いていない。妻が素直な気持ちを晒す気になったのは、徳兵衛があまりにもしょぼくれて見えたからだろう。張りめぐらしていた塀が崩れて、その穴から覗いた姿は、思いのほか小さかった。

「吉郎兵衛と、何かありましたか？　先ほどひとりで座に戻ってきて、話は済んだときましたが、おまえさまがいつまでも戻られぬ故、気が揉めて」

ここに来たわけをお登勢は語り、徳兵衛もさっき倅に語ったのと同じ話をした。

お登勢はどこまで知っていたのだろう？

途中でふと考えたが、妻の顔からは何も読み取れなかった。

千代太やお園、お楽などから、折々に吹き込まれていたことは承知していたが、よもやいちばん身近にいる女中が、思惑から顚末に至るまで、針すら通さぬほどの綿密さで、逐一報せていたことなど徳兵衛はもちろん知らない。

「というわけで、お楽がどう吹聴したにせよ、わしには後ろ暗いところなど一片たりともないからな」

隠居家に入れた女は、職人と子供だけだと、そこだけは力説する。一切を把握していたことなどおくびにも出さず、よくわかりました、とお登勢はすましてこたえた。

「ですが、吉郎兵衛のことばかりは、信じがたい思いがします。そのように情けのない子ではなかったのですが……むしろ、いまの千代太に似て、幼いころはひ弱なほどに優しい性質(たち)で」

孫の容姿は母譲りだが、中身は父親に似ていると、お登勢は評した。そういえば、小さいころの吉郎兵衛も、甘ったれでよく泣いていたなと徳兵衛も思い出した。

息子の弱さを封じたのは、ほかならぬ徳兵衛だ。嶋屋七代目たる教育を、迷いなく叩(たた)き込んだ。それがいまになって跳ね返ってきただけだ。さっきの件にしても、主人としてなら申し分のないこたえだ。主人であったころなら、徳兵衛とてまったく同じこたえを返したはずだった。

「お金のことは、私もお力添えいたします。多少、私の手元にもありますし、実家に掛け合ってもようございます。実家といえば、お園がおります。千代太のためとあらば、否やは申しませんでしょう。さっそく伝えて……」

「いや、おそらくは、それも吉郎兵衛に止められよう。いまの嶋屋の主人は、吉郎兵衛だ。主人として達すれば、否(いや)も応もない」

「ですが、それでは……これまで成してきた事々が、潰れてしまいます」

「それも仕方がない。まさに、身から出た錆(さび)だ。吉郎兵衛をああなるよう育てたのは、わしだからな」

望みどおりに育った果ての始末なのだから、皮肉としか言いようがない。

親の望みを押しつけた結果、本来もっていた情け深さを摘みとってしまった。

千代太と接していただけに、そう考えると胸の潰れる思いがする。人を呼び、人に繋げてくれたのは、他の誰でもない千代太だ。優しい節介と、意外なまでのしぶとさが、無聊を慰め、孤に生きてきた身上そのものを大きく変えた。我が家と我が身を守るだけでなく、他人の暮らしに深く関わり、それが自身の喜びとなり得ることを教えてくれた。

思いやりとは、決して安い同情ではない。考えも性質も境遇も異なる相手と、共に生きようとする精神にほかならない。

「吉郎兵衛もきっと、千代太と同じことを望んでいたのかもしれん。それを思うと、可哀そうでならぬな」

「おまえさまは本当に、お変わりになられましたね」

妻が目で微笑んだ。こうしてお登勢との和解を果たしたのもまた、まわりまわって孫のおかげと言える。同じ芽を無残に摘みとってしまったと、忸怩たる思いだけが残った。

「もしかしたら、何か店のことで気になることがあるのやもしれません。そちらに気が行って、他を顧みる余地がないのでは？」

「店に何か、心配事でもあるのか？」

「いえ、これといって特には……番頭や手代も、変わりありませんし……ただ」

「ただ、何だ？」

「吉郎兵衛のようすが、少し気がかりで……どこがどうとは、しかとは申せませんが」

母親だけがもつ、勘のようなものかもしれない。胸騒ぎを覚えているようだ。

「喜介からきいたのだが、いっとき吉郎兵衛のようすがおかしかったと……喜介の話では、十月頃だ」

「たしかに、あの頃は目に見えて塞ぎ込んでおりましたが」

半月ほどで調子が戻り、それ以降は表向き、とりたてて変事はないという。しかし師走の半ばを過ぎたあたりから、お登勢は息子のようすが気にかかるようになった。

「店のことではなく、あの子自身の身の上に、関わることかもしれません」

取引先に大事があったとか金繰りに詰まったとか、そのような障りが出れば番頭や手代が真っ先に騒ぎ出す。店が平穏無事なら、残るは吉郎兵衛当人ということになる。

「外に女ができたとか、そのたぐいではあるまいな」

「まさか……あの子に限って」

月並みな母親らしい台詞を吐いた。

三月後に知らされた息子の隠し事は、ふたりの了見を大きく超えていた。

⚅⚄ 落首

「さあ、雑煮ができたぞ。椀をもってとりにおいで」

大きな鍋を、台所から善三がはこび、子供たちがわっと群れる。

「そう慌てるな。餅はひとりひとつずつ、あたるからな。雑煮の後には、あんころ餅もあるぞ」

おわさとおきのは、台所で小豆を煮ている。漂ってくる匂いに鼻をひくひくさせて、子供たちの顔がとろけそうに弛んだ。

「うわあ、おっきな餅だあ。他の具が見えねえや」

「あたしは、あんこが楽しみ！　もう、ずっと食べてないもの」

「煮豆も旨いけど、やっぱりあんこは格別だよな」

小さい子から順に雑煮をよそってもらい、椀を覗き込んだり、隣の者と餅の大きさをくらべたりと大騒ぎだ。

正月二日は、隠居家に集まるようにと、あらかじめ子供たちに達してあった。

「ご隠居さま、旧年中はお世話になりやした。我ら千代太屋一同、本年も商いに励みますので、よろしくお引き回しのほどをお願いします」

皆が揃うと、ずらりと徳兵衛の前に居並んで、瓢吉が新年の挨拶を述べる。小生意気ながら、気合の籠もった挨拶と、よろしくお願いしまあすと声を重ねる子供たちに、少なからず胸が痛んだ。彼らの商売が、瀬戸際に立たされていることを知っていたからだ。

昨日の夕刻、正月の祝いを終えて、徳兵衛はおわさと善三とともに嶋屋を出た。

しかし店を出てまもなく、声をかけられた。

「これはこれはご隠居さま、明けましておめでとうございます」

薄暗がりの中に、男がふたり。片方は、知った顔だった。倅との諍いで気落ちしていたものの、妻のおかげでいくらかもち直した。その温みが血が下がるように足元から引いていき、顔の筋が強張る。

「おまえは……あの三人組の……」

大晦日に境内の裏手で会った、三人組の兄貴格だった。

「そういや、まだ名乗っておりやせんでしたね。あっしは弁蔵と申しやす。改めてお見知りおきを」

弁が立つ、と瓢吉は評していたから、名は体を表すといったところか。ただ、徳兵衛の警戒を誘ったのは、もうひとりの男だ。この前の子分たちではない。見るからにやくざ者らしい、荒んだ気配を隠そうともしない。

「こちらさんは、板橋の親分さんのお身内でしてね。あっしがお世話になっているお方でさ」

身内とは、板橋一家の子分という意味合いだろう。やくざ者も自ら名乗ったが、必死で考えていた徳兵衛の頭には残らない。

偶然のはずがない。元日なら嶋屋に赴くだろうと踏んで、待ち伏せしていたに違いない。隠居家ではなく、わざわざ店の近くで声をかけたのも脅しのつもりだろう。

「あんたら、何の用だ？」

徳兵衛の台詞をさらい、前を塞いだのは善三だった。主人を庇うように、男たちとの間に仁王立ちする。日頃は大人しい下男だが、からだは大きい。相応に威圧感があり、また、このように漢気あふれる一面を見せるのも初めてだった。

「何だい、ずいぶんと威勢がいいな。おれたちと、やり合おうってのかい」

いかにも喧嘩慣れしていそうなやくざ者が、ずいと一歩前に出る。ひと息に高まった緊張を解いたのは、おわさの金切り声だった。

「善三、おやめ！　頼むからやめとくれ！」

はばかりのない声に、日暮れ時に往来を行き来する顔がいくつもふり返る。

「兄貴、騒ぎはまずいや。あんたもそういきり立たずに。別にとって食おうってんじゃねえ。ご隠居に、ちょいと話があるだけだ」

弁蔵があいだに立って、男ふたりをなだめる。

「大丈夫だ、善三。控えていなさい」

下男と女中を遠ざけて、ひとまず話だけはきくことにした。

「ガキどもの境内商いのことだがな、いきなりとり上げちゃあ可哀そうだ。で、ふたつばかり呑んでくれりゃ、いままでどおり続けさせると、親分が格別の計らいをしてくれてな」

可哀そうだとのたまいながら、腹の内での銭勘定を隠そうともしない。反吐が出そうになるのを堪え、徳兵衛はたずねた。

「まず、みかじめは払ってもらわねえと。まあ、相手はガキだからな。大負けに負けて、一日二百文といったところか」

「二百文、だと……？」

「二十に近い数のガキがいるんだろ？　ひとり十文なら、安いもんだろうが」

千代太の勘定では、一日の上がりは四百文といったところか。それも芝居の効能ありきの稼ぎだ。その半分を、濡れ手に粟でせしめようというのか――。激昂をどうにか喉元で食い止めて、重ねてたずねた。

「もうひとつは？」

「なにせ年寄りとガキだけじゃ、何かと心許ないだろ？　まとめ役ってもんがいなけりゃな。この弁蔵を据えてやるからよ。この先はこいつの指図に従いな」

「……何だと？」

不穏な気配を察したのか、当の弁蔵が、やくざ者の後に調子よく割って入る。

「おっと、別にご隠居を軽んじたわけじゃねえ。ほら、餅は餅屋というだろ？　境内には境内のしきたりってもんがあるからよ。もっと稼げるよう、手助けしてやろうってんだ」

手助けがきいて呆れる。境内商いに横から入ってきた新参者は、むしろ弁蔵たちではないか。いや、後先の問題ではなく、後ろでやくざが糸を引いているとあっては、どんな阿漕も働きかねない。一日の稼ぎ高を押しつけて、届かぬ者は殴る蹴るされたり、盗みを働いてでも帳尻を合わせろと無理強いするかもしれない。

　そんな図がたちまち頭に浮かび、堪忍袋の緒が、三十本ほどまとめて切れた。

「だまらっしゃい！　この、たわけ者が！」

　さすがに元日から、商売をはじめる者はいない。閉ざされた商家の軒が、震えるほどの大声だった。

「二百文だと？　頭だと？　馬鹿も休み休み言え！　子供から文銭をくすねるほど、板橋一家は困っておるのか！　宿場を預かる親分とは思えぬほどの、小物ぶりだな。あの土倉とかいう寺社役人といい、おまえたちといい、どこまで性根が腐っておるのか！　もう一度、骨の髄まで洗濯して出直してこんか！」

　ここ数日で溜め込んだ鬱憤を、一切合切吐き出すように、ひたすらに喚き続けた。

　往来の者は足を止め、立てられた板戸の潜戸や格子窓の内から、ちらほらと人が顔を覗かせる。さすがに具合が悪くなったのか、いい加減のところでふたりの男は逃げを打ったが、捨て台詞だけは忘れなかった。

「どうあがこうと、太刀打ちはできねえぜ。呑めねえってんなら、どんな手を使っても餓鬼どもの商売を邪魔してやるからな」

　冷たい空気を吸い続けたせいか、男たちの背を見送りながら、ゴホゴホと激しく咳込んだ。

「ご隠居さまったら、またこんなご無理をなさって。ハラハラして身が縮む思いでしたよ」

恰幅のいい女中はそう諫めたが、息子は嬉しそうに徳兵衛を労った。

「さすがはご隠居さま。正月早々、良い説教でさ。おかげさまで、すっきりしやした」

下男と同様、多少のつかえはとれたものの、やはり解決の糸口は見えぬまま、かえって問題の糸玉がふくらんだ気さえする。鬱々と考えながら、今日二日、子供たちを迎えた。

「ご隠居さま、いかがなさいました？　お顔の色が優れぬごようすですが」

気づけば、案じるような眼差しがこちらを窺っていた。

おはちである。その傍らには、おむらとおしんもいる。子供たちの母親である彼女らも、今日の祝いには揃って顔を出していた。おむらとおしんの仕事始めは明日からだが、おはちとはすでに何度も顔を合わせ、すっかり仲良くなっている。

「いや、何でもない」と応じたものの、女たちの気遣わしげな視線は張りついたままだ。

「もしや、組紐商いに何事か差し障りが？」

「それとも、子供らの商いに不束でも？」

女というものは、まことに勘がいい。こたえに窮する徳兵衛のようすから、外れてはいないと察したようだ。

「あたしらじゃ、相談相手としては不足でしょうが……人に語るだけでも楽になれます。

ご隠居さま自らが、そう教えてくださいました」

　おはちが微笑んで、ふたりもうなずく。そこまで気落ちが顔に出ていたか。己のだらしのなさに恥じ入りながらも、徳兵衛は気がついた。母親たる三人もまた、この思案の当事者なのだ。

「実はな、千代太屋の商いに悶着が生じてな」

　昨日の顚末を、三人に明かした。やくざ者ときいたとたん、母親たちは顔色を変えて即座に言った。

「ご隠居さま、ここは手を引きましょう。あんな連中と関わりをもっては、碌なことにはなりません」

「そうですよ。負けるが勝ちと、言うじゃありませんか」

「それをいうなら、おむらさん、逃げるが勝ちじゃないかい？」

　注釈は入ったものの、境内商いを止めさせるべきだとの意見だけは一致していた。

「しかし……おまえさんらの子供たちはまだしも、他の子たちは軒並み生計の当てがない。仕事がなければ、早晩日干しになってしまう」

　おむらとおしんは困り顔を見合わせたが、おはちは口許に手を当てて、じっと考え込んでいる。顔立ちは異なるのに、その姿は意外なほどに勘七に似ていた。おはちがやおら顔を上げる。

「紐数珠は、どうでしょう？」

「紐数珠とは？　どういうことだ、おはち？」

「芝居も潰されて、参詣案内にも邪魔が入りました。ですが紐数珠だけは、連中も手の出しようがありません。これを何とか、商いに繋げてみては？」

「それはいい思案だよ、おはちさん！」と、おしんがたちまち同意した。「お寺社の境内や門前町は、たしかに危ない連中がうろついている。だけど往来や町中なら、その心配も要らないからね」

「たとえば紐数珠を籠に入れて、売り歩くってのはどうだい？　巣鴨や板橋宿は、遠くから遊山に来る者がたんといる。縁起物として売れば、客がつきそうに思うがね」

おむらもまた、おしんに続く。たしかに、悪くない。というより、それ以外には、生き残る術はないかもしれない。

「まあ、うちの子供たちは、役立たずかもしれませんが」

と、おはちが苦笑をこぼす。不器用な勘七と幼いなつでは、紐数珠を組むのは難しかろう。

十七人の中には、勘七同様やはり向いていない者もいようが、売り子にまわせばいいだけの話だ。物怖じしないなつにはもってこいだし、勘七には別の才もある。

「この際だから言うておくが、わしは組紐商いを、ゆくゆくは勘七に任せる心積もりでおった」

えっ、と誰よりも驚いたのは、母親のおはちだった。

「まさか、あの子に……」

「勘定の速さなら、頭ひとつ抜きん出ておる。しかしそれだけではない。他の子供らとの関わり合いや気の配りようをながめた上で判じた」

勘七は決して、我先にと前に出る気質ではない。瓢吉やてる、千代太を立てて、自らはその支えになろうとした。ちょうど縁起芝居と同じ、脇にいながら長台詞を回すのに似ている。組紐商いもまた、主役は職人であり、商い方は脇に立つくらいでちょうどいい。

「たしかにあの子は見かけよりもずっと、気持ちの優しい子供です。情けない母親のあたしを、一度だって責めたことがありません。いつもいつも励ましてくれて……」

おはちが涙ぐみ、となりにいたおむらが背をなでた。

「おはちさんは、十分に頑張ったじゃないか。ひとりっきりで身過ぎを立てるのは並大抵じゃない。あたしらもようく身にしみている。おはちさんは、よくやったよ」

「そうだよ。子供がいて、ひとりっきりで身過ぎを立てて、あんな立派な品を拵えてさ」

同じ境遇の母親たちは、互いの健闘を称えるように手をとり合った。

徳兵衛も、以前にくらべればだいぶつき合いがよくなった。湿っぽさが収まった頃合を見計らい、切り出した。

「実はな、組紐商いは、早々にわしの手を離れるかもしれん」

それまでしんみりしていた女たちが、仰天した顔でふり向く。

の」

「とどのつまりは、金の工面が難しくなった。本家からの助けが当てにできなくなって

「ご隠居さま、それはどういう……？」

嶋屋の現主人から、金繰りを断られたと明かした。作業場や長屋の普請はもとより、徳兵衛の手で商いを回すことすら難しい。

「しかし、案じることはない。おまえたちの先々は、きっと長門屋さんがうまく按配してくれよう。勘七のことも含めてな」

長門屋佳右衛門なら、悪いようにはしないはずだ。いっそ自分から切り離し、佳右衛門に預ければ事は収まる。ひと晩考えて、決心した。

「そんな……後生です、ご隠居さま、あたしらを放り出さないでくださいまし」

「いや、打っちゃるわけではない。抱え主が替わるだけのこと。小うるさい目付役が、ひとり減ったと思えば、どうということは……」

「とんでもない！　あたしが組紐を、また始めることができたのは、他の誰でもない、ご隠居さまのおかげなのですよ」

「そうですよ！　あたしらを忘れずに気にかけてくだすって、こうして仕事を与えてくれたのも、ご隠居さまではありませんか」

「いや、それは千代太であって……」

「いまさら他所に預けるなんて、情けないことを！　苦しいときこそ、一緒に手を携え

て凌いでいきましょうよ」

　職人ですらないおむらやおしんまでもが、懸命に引き止める。

「お金がないなら、仕事場の普請を先送りにすればいいだけのこと。急がずに、ゆっくりと行けばいいんです。あたしらは、子供たちで慣れています。子供ほど、思うようにいかないものはありません。でも、だからこそ、少しずつ育ってくれるのが嬉しいんです」

「そのとおりだよ、おはちさん。大きなところでただこき使われているより、こんなふうに皆で考えていけるだなんて、甲斐があるじゃないか」

「そのためにはどうしても、ご隠居さまに相談役を務めていただかないと」

　迂闊にも、目頭が熱くなった。主人でいた頃は、番頭や手代を頼ったことなぞ、まずなかった。どちらに進み、何をどう回すべきか、己の腹で決めてから皆に達した。相談ではなく、あくまで報告であり命令だった。よけいな迷いは奉公人の不安を生む。嶋屋ほどの大所帯と暖簾の重みがあれば、それもひとつのやりようだった。

　しかし組紐商いは、産声を上げたばかり、せいぜいよちよち歩きをはじめた頃合だ。嶋屋と違って、先人が重ねてきた知恵も手引書もない。こうして事が起こるごとに、額を集めて知恵を出し合うより他にない。意外にも、その楽しさを、徳兵衛は初めて知った。

　商いを、回すのではなく、手探りでひとつひとつ作ってゆく。

こんな面白さもあったのかと、曇っていた視界がふいに開けた思いがする。

「ご隠居さま、実は私からもひとつ、お願いがありまして」

「何だ、おはち？」

「子供たちのうちの何人かを、職人見習いとして雇いたいのです。組紐を教えて、一人前の職人に育てたいと……言い出したのは、実はおうねなのですが」

桐生姉妹の、妹の名を出した。紐数珠を伝授したのは、おうねである。その仕事ぶりや仕上がりを見て、何人かは職人に向いているとおうねは判じた。

おむらとおしんの娘、よしとりつに加えて、男の子と女の子がひとりずつ。芝居以外は紐数珠作りをもっぱらとしていた四人である。加えて、その指南役を務めた、てるの名があがった。

「いずれも筋がいいから、いまから仕込めば十年はかからないと。雇うといっても見習いですから、本当なら給金は当たりません。ですが、あの子たちは家の稼ぎ手ですから、通いにして、少しばかりでももたせてあげたい。あたしの給金から差っ引いても構いませんから、どうかご思案いただけませんか」

子供たちの一日の稼ぎは、概ねで二十文。仮に五人分、百文とすると、徳兵衛の隠居代でもどうにかできる額だ。また、よしとりつについては不要だと、母親たちが口を添えた。

「おうねは、てるに言われたんです。弟子にしてもらえまいかって」

「てるが、そんなことを……」

てるもまた、父を早くに亡くし、母は病で臥せている。病を得たのは過労のためだと、てるは断言した。乳飲み子を抱えては、思うように働けない。てるが小さいうちは借金を重ねることになり、娘が六歳まで育つと、今度はそれを返すために朝から晩まで働いた。挙句に床に就き、ここ二年ばかりは、てるが家計を支えていた。

男も女も関係ない。手に職があれば、こんな憂き目に遭わずとも済むはずだ――。てるには、そう思えたのだろう。その手本が、身近にいた。紐数珠を通して親しくなった、おうねである。おうねとてるは、四歳しか離れていない。なのにおうねは、すでに一人前の職人として立派に一人立ちしている。その姿がどんなに眩しく映ったか、想像に難くない。

「あたしも組紐師になりたい。一人前になって、母ちゃんを安穏と暮らさせてあげたい。お願いですから、あたしを弟子にしてください！」

てるはそう言って、おうねに頭を下げたという。手先の器用さは、前の四人には及ばぬものの、紐数珠の指南役を務めただけあって、てるには辛抱強さがある。職人には何より欠かせぬ素質だと、おうねはおはちに相談をもちかけた。素質なら、先の四人も申し分なく、すでに年末からこの家に出入りしていた、りつとよしの母親も、ぜひにと乞うた。

「ふうむ、なるほどな……そうなると、やはり巣鴨から動くことができぬな」

長門屋に任せようと決めた折には、仕事場を上野界隈に移す思案も頭にあった。しかし子供たちまで絡んでくると、おいそれとはできない。窮屈は我慢して、当面はこの家を作業場にするよりなかろう。西の座敷に加え、続きの狭いふた間を当てる。せっかくの気張りように水を差す形にはなるものの、長門屋と普請を頼んだ大工の親方にも、その旨を伝えることにした。

今朝起きたときには、山積していた思案の種が、こうもたやすく片付いていくのが不思議でならない。決して最良の策ではなく、苦境に立たされていることには変わりない。それでも誰もうつむいてはいない。女たちはすでに場所の使い勝手を相談したり、仕事の割り振りをおはちに乞うたりと、にぎやかにやりとりしている。桐生の姉妹が来たころは不安が先に立っていたが、いまのおはちは組紐師としても皆の頭としても申し分なく、たいそう頼もしく映る。

状況の良し悪しは重要ではない。前を向く明るさと、容易に潰されぬ気概さえあれば、たいていの苦難は凌げるものだ。

「そうか……おはちのためにも良かったか」と、声に出さずに呟いた。

職人としての腕はなくとも、この三人は歳も近く、境遇がよく似ている。組紐のために、引け目を感じることなく何でも語り合える、いわば仲間に等しい間柄なのだろう。

夫が出ていった——。泣きながら語った以前のおはちとは、別人のように様変わりしている。

「変わったのは、わしだけではないのだな」

感慨の息をついたとき、遅れていた千代太が到着した。嬉しそうに皆と新年の挨拶を交わす千代太を、徳兵衛は呼び寄せて告げた。

「大事な話がある。千代太屋の顔役たちを、奥に集めなさい」

祖父の表情から、良い話ではないと悟ったのか。千代太の顔つきが、不安そうに翳った。


「商いから、一切手を引けだと？　馬鹿も休み休み言え！」

瓢吉がたちまち抗い、てるもまた、それに続く。

「おかしいじゃないか！　境内は、あたしらの持ち場だったんだよ。それを横から割り込んできて、挙句の果てにかっさらおうだなんて。虫がいいどころの話じゃない、まるで盗人じゃないか！」

芝居のおかげで上り調子になってきて、これからというときだ。間合いとしては最悪で、子供たちが憤るのも無理はない。千代太なぞ、いまにも泣き出しそうだ。

「おじいさま、どうにかならないの？　こんなのあんまりだよ。相手が大人というだけで、無理無体を通すだなんて」

「そうだ、千代太、大人とはそういうものだ。善きにつけ悪しきにつけ、子供よりも力がある。その力をどう振るうかは勝手次第。本気でやり合っても勝ち目はないぞ」

「上等じゃねえか！　こうなりゃとことん、やり合ってやろうぜ。たとえ非力でも、こっちには数の強みがある。あんな三人組なんざ、ボコボコにしてやらあ」

「やめんか、瓢吉。連中の後ろには、やくざ一家が控えているのだぞ」

「やくざだろうと侍だろうと、やるときはやるのが男ってもんだろうが。なあ、勘、おまえも同じだろ？」

　ここに呼んだのは、瓢吉と勘七、てると千代太という顔ぶれだ。

　徳兵衛が仔細を語り、紐数珠商いへの転向をほのめかしたが、いの一番に瓢吉が反駁した。てるや千代太もやはり、どうにも納得できないと不満を露わにする。

　そんな中、勘七だけは黙り込んだままだった。ふい、と勘七がその顔を上げた。

「いや、じさまの言うとおりだ。ここはいったん手を引こう」

「……何だと？　勘、おまえ、何言ってやがる」

「借金取りに、言われたことがある……埒があかねえようなら、板橋の親分に尻をもちかけるぞとすごまれた。あんときはただの脅しだったけど、親分の非道ぶりを長々とほざいていきやがった。逆らえば、界隈では生きていけねえと」

「そんな脅しに負けちまうのかよ、だらしがねえ」

「おれや瓢はまだいい。でも、なつや逸郎がいるじゃねえか！」

　びくっと、瓢吉の肩がはずんだ。

「他の連中も同じだ。おれたちを除いて、十二人もいるんだぞ。真っ向から仕掛けて恨みを買えば、まず狙われるのはあいつらじゃねえのか？」

「そう、だね……勘のいうとおりだ。あの子らを庇う立場にいるってのに、あたしらが無茶をしちゃ元も子もない。悔しいけど、境内商いは諦めよう。あたしも、そう思えてきたよ」

勘七に続いたてるの意見に、千代太もうなずいた。味方のいないことが、かえって意地を招いたのかもしれない。じっとりと湿った目が、てるに向けられた。

「そりゃ、そうだよな。てる姉には、商いなんてどうでもいいものな。組紐師に、弟子入りするんだろ？　おれ、きいちまったんだ」

「たしかに、うねちゃんに乞うたけれど……まだ許しは得ちゃいないよ」

てるはばつが悪そうに、下を向く。

「どっちだっていいさ。とどのつまり、境内商いにこだわることも、無理に稼ぐこともしなくていいってことだ」

「やめろよ。てる姉を責めるのは、お門違いだ」

「そうか？　じゃあ、おまえはどうだよ？　母ちゃんが立派な職人なら、稼がなくてもいいんじゃねえか？」

「瓢ちゃん、もうやめようよ。そういう話じゃなくて……」

「そういう話だろうが！」

仲裁に入った千代太を、瓢吉が怒鳴りつけた。

「親がまっとうに稼いでくれりゃ、子供が稼ぐ道理はねえもんな。多少稼ぎが減ったところで、痛くも痒くもねえ。ああ、ああ、構わねえよ、抜けたい奴はさっさと抜けたらいい。もうおまえたちには頼らねえ。今日から商いは、おれがひとりで引いていく。そのかわり、口を出すな」

言葉も態度も怒っているが、目の中にあるのは悲痛なまでの悲しみだった。紐数珠商いだけでは心許ない。上手くいくかどうかもわからない。何よりも、仲間がこぼれていくことが怖くてならない――そんなところか。

正月を迎えて、瓢吉と勘七はともに十歳になった。てるはひとつ上、千代太はひとつ下になる。いずれにせよ、自我が強固になる時期で、それにつれて瓢吉は悟ったのだ。気づけば自分だけがとり残されて、脆い足場をたったひとりで進まねばならないことに。歳や身の上の違いが、重くのしかかってくるのは、こんなときだ。徳兵衛がどう説いたところで、瓢吉の中では空回りするだけだ。

ただ、ひとりだけ、瓢吉を引き戻そうとする者がいた。勘七である。

「瓢、勘違いするな。おれはまだ、諦めちゃいねえぞ。いったん手を引こうと言ったんだ」

「いったん、って、じゃあ、勘は……」

「おうよ。いまは堪えるが、きっととり返す。といっても何の策もねえけど……でも、しつこく考えりゃ、いつか妙案が浮かぶかもしれねえ……って、おれはこいつに教わった」

　千代太に顔をふり向ける。

「え……？　坊に？」

「そうだよ。おめえはずっと、そうしてきただろうが」

　そうかなあ、と首を傾げる。あまり自覚がないらしい。

「そのときまで、おれは瓢と一緒だ。おまえと離れる気なんてないからな！」

「勘……」

「おれは、おまえの恩を忘れちゃいない。食いっぱぐれてうろついてたおれたちを、誘ってくれたのは瓢だ。そのおかげで、いちばん辛いときを何とか越えられた。だから今度はおれが返す番だ。一緒に、新しい商売を立てようぜ。また皆で額をつき合わせて、あれこれ工夫してよ」

「そうだよ、瓢ちゃん。芝居や紐数珠を思案していたときは、とっても楽しかった。またやろうよ」

「あたしだって、紐数珠にかけちゃ玄人なんだからね。勝手に外すんじゃないよ」

　てるがひじで小突き、拍子に瓢吉の意固地が崩れた。口が情けなく曲がり、涙と鼻水がいっぺんに吹きこぼれる。境遇は違っても、自分はひとりではない――。知ったとき、人は素直になる。自分の本当の望みが何なのか、見据えることができるのだ。

　勘七と違って、瓢吉は相変わらず泣き虫だ。徳兵衛が苦手とする、情にふりまわされる性質なのだろうが、だからこそ、皆を率いて先頭に立つこともできる。

「話は決まったようだな。商い替えについては、おまえたちから皆に話しなさい」

「はい、おじいさま」

未だにぐずぐずと洟をすする瓢吉に代わり、千代太が返事をする。

「で、どうしようか？　売り物にするには、いまのままじゃ不足にも思えるし」

「いまはふた色だから、もっと華やかに、三色や四色にしたらどうかな？」

「おお、いいな！　けど、そんなの作れるのか？　何べんも言うけど、おれは無理だぞ」

「おうねちゃんに、きいてみるよ」

組紐数珠は、組紐というより撚紐に近い。それでも同じ紐であり、遠からず組紐商いの内にとり込んでもよいかとの腹蔵も、徳兵衛にはあった。しかしいまは時期尚早だ。せっかく子供たちが自分たちでやる気になっているのに、よけいな手出しは野暮というものだ。

組紐と紐数珠、ふたつの商いについては、どうにか目処が立ちそうだ。ただ、最大の懸案については、徳兵衛は無力だった。

その日の午後、銀麓への差し入れを手に王子権現の石段を上ると、須藤弥吉と鉢合わせした。

「すまん……あんな大見得を切っておいて、金の工面も思うようにできぬとは情けない限りだ」

子供たちにはとても明かせなかったが、銀麓の兄弟子には正直に告げた。弥吉は責めることもなく、あたりまえのような顔でうなずく。

「いや、息子さまの仰るとおりでさ。下手な真似をして、暖簾に傷をつけちゃいけやせん。ご隠居さまのお心遣いだけで十分でさ。あっしなぞ、もっとだらしがねえ……こんなもんで、憂さを晴らすのが関の山でして」

徳兵衛を慰めるつもりか、懐から紙片を出して開く。

「これは……おまえさんが書いたのか」

「下手な戯れ歌……いや、落書きでさ」

「落書き……」

呟いたとき、頭の中で何かが光った。閃いたのは、悪戯に近い趣向だ。いい歳をした大人が、こんな仕様もないことを思いつくとは我ながらびっくりだ。しかしどうしてだか、試してみたくてたまらない。

「弥吉さん、これをわしにくださらんか？」

「構いやせんが……また、どうして？」

徳兵衛が打ち明けると、弥吉はたいそう驚きながらも、面白そうな顔をした。

「どうせなら、もう一歩進めて、こんな思案はいかがです？」

ほとんど、悪乗りに近い。思わず弥吉と顔を見合わせ、にんまりした。

「ご隠居さま、一両日ほど、待っておくんなせえ。節はうちの者にやらせやすから」

「おお、そうか。では、すまんが隠居家まで来てくれんか。そうだな、こちらの手筈を済ませてから、三日ほど後でどうだ？」

隠居家までの道のりを示し、相談を終えて、ふたりそろって詰所に赴く。

正月二日だというのに、相変わらず土倉は詰所に出張っていた。

何食わぬ顔で差し入れを渡しながら、いまに見ておれ、と胸の中で呟いた。

王子権現でひと騒動が起きたのは、正月五日のことだった。

境内の塀にでかでかと、墨で落首が書かれていたのである。

佐渡ヶ国　金は掘れども賽に化け　落つる板橋　土の倉

すぐに左官が呼ばれ、ほんの二、三日で落首は消されたが、境内に店を構える者たちや参詣人の口を通して、またたく間に広まった。

そして同じころから、巣鴨や王子、板橋界隈で、妙な唄が子供たちのあいだで流行り出した。

佐渡がお国の寺が倉　賽が転んで黄金を尽くし　白土剝がれて土の倉

ある日大水やってきて　板橋ともども流された　流された

落首が元種になっているのは間違いない。

佐渡とは佐渡守のことで、大名の中には三人ほどいるが、王子権現に関わりがあるのは、寺社奉行を務めるお家であろうと世人は囁き合った。そしてその寺社役人の中に、評判の悪い侍がいて、板橋一家に出入りしていることも、まことしやかに人の口の端に上った。

武家は何よりも、世間体を重んじる。寺社奉行という大役を務める大名家とあらばなおさらだ。主家は早急に手を打ったのであろう。一月の末を待たずに、土倉が王子から姿を消した。

「土倉さまは、いかがなされました？」

何食わぬ顔で詰所でたずねた徳兵衛に、御用の向きで国許に帰ったと、同輩の役人が具合の悪そうな顔でこたえた。

「それは困りましたな。銀麓の計らいは、土倉さまにお任せしておりましたのに……」

さも残念そうに、わざとらしくため息をつく。

「かの者の差配は、別の者が引き受ける。いつまでも留め置くわけにもいかぬからな。明日にでも伝馬送りになろうが……」

「牢屋敷に、送られるのですか！」

「そう案ずるな。早々に白洲を開かれると、我が殿も仰った。長くは籠められまい」

「銀麓は、どのような仕置きに……」

「白洲の成り行きしだいだが……殿は情け深いお方であるからな、そう悪いようにはすまい」

土倉よりもひとまわりは若い寺社役は、生真面目な顔でそうこたえた。

翌日、銀麓は小伝馬町に送られ、後は神に祈るしかできなかった。牢屋暮らしがどれほどひどいものか、徳兵衛も耳にしている。裁きを待つあいだに、牢内で病死する者も少なくないときく。命を長らえるのに、もっとも効く薬は、やはり金である。獄舎内の顔役や役人に握らせることで、多少の融通を計ってもらえる。

「ご隠居さま、あっしに行かせてくだせえ。難儀している銀さんのために、少しでも役に立ちてえんで」

善三が自ら名乗り出て、二日に一度、小伝馬町に通うようになった。

「すまんな、おまえにばかり頼んでしもうて。落書の折も、危ない真似をさせたというのに」

「あっしは、悔いても恥じてもおりやせんぜ。あの糞侍を、追い払うことができやしたからね。片棒を担がせてもらって、誰彼構わず自慢してえくれえでさ」

「くれぐれも、おわさには内密にな」

「もちろんでさ。おっかさんに知れれば、目を回して倒れちまうこと請け合いですからね」

善三は、楽しそうにくつくつと笑うが、我ながら酔狂な考えを起こしたものだと、思い返すと冷や汗が出る。

落首を拵えたのは須藤弥吉。正月四日の深夜、それを境内の塀に落書したのは善三である。

そしてこの企みには、子供たちも加担している。ただし内実は一切知らされず、流行り唄を広めるために一役買った。落書がなされて三日後、その噂がほどよく界隈に届いたころ、須藤弥吉が隠居家を訪ねてきた。そして素知らぬふりで、言ったものである。

「そういや、ご隠居さま、ここに来る前に王子権現に詣でてきやしたが、子供が妙な唄を口ずさんでおりやしてね」

「ほう、妙な唄とは、どのような？」

空とぼけながらたずね、弥吉はその唄を披露した。もじってはいるが落首とは少し異なり、また童唄さながらに単調な節がついている。

あの日、弥吉が徳兵衛に見せたのは、善三が塀になぞった落首であったが、子供用にと改めて書き直し、芝居小屋の囃し方が手毬唄のような節をつけた。

案外、悪くない声で弥吉は唄い、子供たちの興を引いた。

「それ、何だ？　流行り唄か？」

「佐渡とか土倉とか、あれだろ、あの落書き」

「何のことだかさっぱりだが、流行ってんなら覚えて損はねえよな。おっさん、おれたちにも教えてくれねえか？」

役人の名前すら、子供たちは知らされていないから、意味はわからない。

それでも落首にあやかっている上に、節回しは覚えやすい。案の定とびついて、弥吉は何度も唄ってきかせた。まさかその唄を界隈に行きわたらせたのが自分たちだとは、子供たちは夢にも思うまい。あえて何も告げなかったのは、彼らを守るためだ。

御上を揶揄する落首のたぐいは頻々と書かれ、たとえ御上の権威をもってしても、噂と流行り唄は出所の突きとめようがない。もっとも食いつきのいいのが子供たちで、千代太屋の子供たちから他の子へ、そして大人たちへと伝わった。

正直なところ、これほど早く広まるとは、思ってもみなかった。

腹に据えかねていただけに、善三の施した落書だけでも溜飲が下がった。予見よりよほど速やかにこれほど広まったのは、歌詞と節に工夫が凝らされていたためだろう。あくまでささやかな意趣返しであり、土倉をこの土地から追い払えるかどうかは賭けに近かった。

「やれやれ、博奕など、やはり性に合わんわ」

二月初旬、ふたたび隠居家を訪ねてきた須藤弥吉に向かい、ついぼやいた。

「それでも、ご隠居さま、お裁きには満足してまさ」

「無罪放免とは、いかなかったではないか」

「お縄になった以上、それは無理でやしょう。あちらさんの面目もありやすから。所払いを食らわなかっただけでも御の字でさ」

　罪の意識が多少は働いたのか、あるいは一刻も早く事を収めたかったか、寺社奉行の事情はわからぬものの、見当よりもよほど早く白洲が開かれて、牢籠めはわずか十日ほどで済んだ。

　銀麓には、縁起芝居の不届きを理由に、三十日の手鎖が申し渡された。手鎖は、名のとおり鎖や手錠で両手を戒め、家の中で謹慎させる刑である。人心を惑わす不埒な書物を世に出した咎などで、戯作者などがしばしば科せられる。弥吉は、妥当な刑だと考えているようだ。

　芝居町に近い銀麓の長屋にひと月籠められ、時折、役人がようすを見に来る。家からは一歩も出ることが敵わず、手鎖で括られているだけに暮らすにも何かと不便だ。善三が自ら買って出て、ひと月のあいだ世話をした。弥吉もまた毎日のように顔を出し、飯やら酒やらを差し入れたときいている。

　銀麓が三十日の刑を終え、手鎖から解放されたのは、三月初旬だった。暮れに捕まって、ほぼふた月以上ものあいだ、詰所と牢と長屋に籠められてろくに歩いていない。からだの衰えを戻すのに、さらに十日ほどかかった。

　銀麓がふたたび隠居家を訪ねてきたのは、飛鳥山の桜もとうに散り、すっかり葉桜となった三月半ばのことだった。

「ご隠居さま、このたびはたいそうなお心遣いをいただいて、ありがとうございやした。おかげさまで、こうして無事に娑婆に出ることができやした」

「無事ではなかろう。目方がずいぶんと落ちたように見えるぞ」

もともとひょろりとして肉の薄いからだが、さらにひとまわりほど削げて見える。頬もだいぶこけ、目ばかり大きく映る。病でも拾ったのではないかと、徳兵衛は大いに案じたが、心配にはおよばないとへらりと笑う。その笑顔だけは、以前のままだった。

「とにかくじっと座っているより他には、やることがなくってねえ。からだが暇になると、代わりにこっちが忙しなくなるようで」

こんこん、と人差し指で己の頭をたたく。

「これがもう、湯水のように狂言の種がわいて出るんでさ。あれはまさに、怪我の功名というやつですねえ。けれど詰所や牢では、書き留めようがない。耳からあふれるに任せて、かなり勿体ないことをしやしたが、そのぶん長屋に移ってからは、善さんの助けもあって逐一帳面に認めやしてね。早えとこ狂言に仕立てたくて、うずうずしてまさ」

舌だけは前と同じになめらかで、何よりも目は輝いて、心底嬉しそうだ。

「ご隠居さま、これもきっと縁起芝居のおかげでさ。短くとも本を仕上げて、それを役者が演じ切った。あの宝が、窮屈な日々を支えた上に、こんな褒美まで与えてくれた」

「わしはおまえに、詫びを言わねばならないと思うておった。わしらのために難儀な目に遭わせて、本当にすまなかった」

「よしてくださいよ。ご隠居がその調子じゃ、あっしの方こそ頭を上げられやせんや。善三さんを寄越してくだすって、差し入れやら金子やら大枚を使わせちまった。この御恩は、一生忘れやせん」

「こうしてまた、おまえさんの顔を拝むことができたんだ。惜しくも何ともないよ」

めずらしく、本心を告げたのは、別れを惜しんでのことだ。

これほどやる気を出している銀麓を、いつまでも巣鴨に留めておくわけにはいかない。狂言を書くには、やはり堺町にある芝居小屋がもっともよかろう。

「子供らの手習いだけは、続けたかったんですがね……」

廊下伝いに子供たちの声がきこえて、銀麓も、ちょっと寂しそうにそちらを見遣る。

「ですが、良い師匠が見つかって、何よりで。これで心置きなく、堺町に戻れまさ」

銀麓が暇を告げて、徳兵衛も見送りに立った。途中、手習い座敷を覗くと、十八人の子供たちが机を並べて座っていた。いちばん前ではなつたちが、いろはを唱和していたが、後ろからふざけ合う笑い声が重なる。ほどなく墨の飛ばし合いがはじまると、師匠から声がとんだ。

「漢字の浚いは、終えましたか？」

「まだだけど、もう飽きちゃったよ」

「では、何か飽きのこないやり方を、探さなくてはなりませんね」

にこりともせずに告げられて、騒いでいた子供たちが互いに顔を見合わせる。

「たとえば、歌留多はどうでしょう？」

「かるたなんて、おいらしたことないや。でも、やってみたい」

「では、手本の漢字を使って、短い言葉を作りなさい。ひとりいくつでも作って構いません。出来のいいものは、歌留多にしましょう」

遊び盛りの子供でもやる気になったらしく、誰もが勇んで筆をとる。

相変わらず、やることにそつがない。

しかし歌留多にとりかかる前に、前にいた小さな子供たちが銀麓に気づき、わっと駆け寄った。その人気は絶大で、部屋中の子供たちが、次々とまとわりつく。

「ご隠居さまとのお話、終わったの？」

「また、おいらたちに手習い教えてくれる？」

「手習いより、遊んでくれよう」

「こら、おまえたち、銀さんはまだ本調子じゃないんだから、団子になってしがみつくんじゃないよ」

てるが叱りながらも、やはり嬉しそうに銀麓を仰ぐ。瓢吉や勘七も同様だ。

子供たちをひとりひとりながめながら、銀麓は切なそうに顔を歪める。

「ここには立派なお師匠さまがいらしたし、それにな、おれも本気で狂言を学ぼうと思うんだ。いわば、おまえたちとおんなじだ。師匠から筆子になろうというわけだ」

「じゃあ、もう、ここには来ないの？　銀さんがいなくて寂しかったのに、また、会えなくなるの？」

　誰かが言って、さざ波のようにすすり泣きが広がる。

「別に長の別れってわけじゃねえ。たまには寄らせてもらうよ。だからおまえたちも、手習い怠けるんじゃねえぞ」

「そんなふうに言われたら、長の別れみてえじゃねえか」

　涙もろい瓢吉が洟をすすり、てると勘七もしょんぼりする。ふたりの後ろにいた千代太が、前に進み出た。

「銀さん、いいえ、お師匠さま……ありがとうございました。教えてもらった芝居も漢詩も昔話も、坊は忘れません」

「千代坊には、参るなあ。そんなふうに挨拶されたら、こっちが泣けてきちまうじゃねえか」

　銀麓がとうとう泣き笑いの表情になり、それまで堪えていたらしい千代太も、大粒の涙をこぼす。瓢吉はすでに大洪水だ。

　子供だけに限らない。一同は家の外に出て銀麓を見送ったが、おきのはもちろん、おわさまでがもらい泣きをする始末で、組紐部屋からも人が出てきて、それぞれ別れを惜しんだ。

「銀麓さんは、本当に皆に好かれていたのですね。おまえさまが、あの方を必死で助けようとしたのもわかります」

銀麓の代わりに、新たに師匠になったのは、お登勢である。

たしか、王子権現の境内に善三が落書を施し、その翌朝であったから一月五日のことだ。

「一度訪ねたいと申していたが、もう来たのか。ずいぶんと早いな」

「善は急げと申しますし、ひとつ、お頼み事がありまして」

「めずらしいな、何だ？」

「子供たちに、手習いを教えてもようございますか？　もちろん、お師匠さまが戻られるまでの、繋ぎで構いません」

ふうむ、と考え込んだのは、徳兵衛の最後の意地だった。おわさがすでに、白羽の矢を立てていたほどだ。子供時分から手習いの出来がよかったとは、妻の実家の者からきき知っている。加えて行儀作法を教えるにも、もってこいだ。だからこそ、やはり悔しい。

徳兵衛の頑なをほぐすように、お登勢が続けた。

「私には分不相応だと、わかってはおりますが……子供の頃の、夢でしたから」

「手習い師匠に、なりたかったのか？」

はい、とうなずく。常のとおり表情は変わらぬものの、目の中の光はひどく真剣だ。

ながめているうちに、力が抜けた。

子供たちも、最初は大いに戸惑ったものの、お登勢は決して無理強いはせず波風も立てない。嶋屋の奥の仕切りと同様に、人目に立たない気遣いをさりげなく施す。

新たな師匠のもと、手習いは不思議なほどに滞りなく進み、たまに覗くと、今日のように子供たちの退屈もうまく紛らしている。

「さすがに、上手い捌きようだな」

「まだ慣れぬ故、手探りですが……それでも、楽しゅうございます」

「そうか、楽しいか」

妻と並んで、銀麓を見送った。子供たちと女たちの泣きの合唱に背を押され、名残り惜しそうに何度もふり返りながら、その姿が遠ざかる。

「銀さんのこと、忘れねえぞ！　だからちょくちょく、巣鴨に遊びにきてくれよお」

見送りの先頭で、誰より大泣きしているのは、善三であった。

「大おかみも、いっそこちらに住まわれてはいかがです？」

「それだけは堪忍してくれと、お園に泣きつかれておりますからね」

おわさの進言に、お登勢が返す。妻は毎日、隠居家に通い、豆堂の子供たちに手習いを教えて、また嶋屋に帰ってゆく。夫婦の語らいなども特に増えることもなく、拍子抜けするほどだ。お登勢は手習い部屋以外では、見事に気配を消しており、おかげで徳兵衛の暮らしぶりは以前と何ら変わりない。組紐商いに、いっそうの精を出していた。

長門屋には過日出向き、普請の日延べを申し出て、佳右衛門も承知してくれた。

「多少、残念ではありますが、うちとしては品さえ納めていただければ構いません。それに、まだ子供とはいえ、職人が増えるのは良いことですね」

と、物わかりの良い態度を示してくれた。一方で、千代太屋の商いは、未だに軌道に乗ったとは言い難い。数珠は仏具であるだけに、紐では子供の玩具(おもちゃ)の域を出ない。景物ならまだしも、大人の財布の紐を弛めるまでには至らず、あれこれと思案の最中(さなか)にあった。

「おまえさま、少しよろしいですか？」

ある日、指南を終えたお登勢が、めずらしくそう申し出た。

「吉郎兵衛のことなのですが……」

「何か、わかったのか？」

「いいえ、それは何も……ただ、このところまた、ようすがおかしいのです」

去年の師走半ばあたりから、母親の勘で息子の変調を何がしか察していた。それがしだいに顕著になり、最近は青い顔で考え込むことが多くなったという。番頭が声をかけても上の空で、しつこくたずねても「うるさい！」と短気を起こされる。どうしたものかと、お登勢はめずらしく細いため息を漏らした。

「わしがたずねたところで、よけいに頑なを生むだけであろうしな……折を見て、政二郎にでも頼んでみるか」

夫婦でそんな会話を交わし、数日後のことだった。

「ご隠居さま、ただいま戻りました」

「おしんか。ご苦労であったな」

「こちらが、嶋屋さんから預かりました糸です。検めをお願いします」

抱えていた糸の束を、徳兵衛にさし出す。組紐の材を運ぶのは善三の仕事だが、今日は荷運びに駆り出されている。代わりにおしんが、嶋屋にひとっ走りしてくれた。嶋屋の納品書に間違いがないか、現物と引き合わせて検めるのは徳兵衛の仕事だ。糸に目を落としながら、何気ないふうでたずねた。

「嶋屋の内は、変わりないか？　番頭や七代目のようすなどは、どうだった？」

足腰が達者なおしんは、これまでにも何度か糸を運んでいる。店内はいつもと変わらぬ佇まいだったとこたえる。

「そうか……」

「ああ、でも、実は前々から、旦那さまをお見掛けするたびに気になっていて」

「吉郎兵衛のようすに、気がかりでも？」

思わず詰問調になってしまったが、そうではないとおしんはいなす。

「前にどこかでお顔を見たような気がして、ずっと引っかかっていたのですが、ようやく思い出しましてね。あたしが働いていた、料理屋です」

「たしか、板橋宿にある、構えの大きな店であったな」

「はい、『江口屋』といいましてね。たしかに見てくれは立派ですが、奉公人のあつかいは牛馬並みですよ。料理人も仲居も居着きが悪くて、まあ、おかげであたしも雇われたんですがね、入ってひと月で嫌気がさしました。あそこにくらべれば、ここは極楽です」

「その料理屋に、倅が出入りしていたということか？」

愚痴めいた長話を早々に切り上げさせて、徳兵衛はせっかちにたずねた。

「はい。あたしがお見掛けしたのは、三度ほどですが」

接待のために使う店は、昔から馴染みの数軒の料理屋に限られており、江口屋という名は初めてきく。吉郎兵衛の代になって、新たに出入りを始めたのだろうが、料理人がしょっちゅう代わるようでは味も知れている。接待には不向きなはずで、おしんもまた、間口だけは広いものの、客層も店の格も並以下だとすげなくこたえる。

「もしや……仲居のひとりとねんごろになったとか、さような不届きは……」

つい、そんな疑いを抱いたが、おしんは一笑する。

「違いますよ。いつもお武家のお客さまと一緒に、お見えになられていましたよ」

「武家、だと？」

「はい、身なりの良いお侍さまです。そうですね……旗本かお大名家の、上席のご家来といった風情の。それともうひとり、上方訛りのきつい商人もご一緒でした」

いつも同じ顔ぶれだったと、おしんが請け合う。思い出すまでに暇がかかったのは、来訪が常に夜であり、顔が判じ難かったことに加え、おしんは廊下までのお運びに徹していて、部屋の中に膳を運ぶのは仲居の仕事だった。故にちらりと中を窺っただけで、言葉を交わしたこともないという。

「それでも、短いあいだに何べんも足を運んでくださいましたから、お顔が頭に残っていて。嶋屋の旦那さまとは、存じ上げませんでしたが」

「短いあいだにとは、いつ頃のことだ？」

「ええっと、たしか……去年の十月から十一月にかけて。その辺りだと思います」

手代の喜介からきいた話と、時期が一致する。何故だか、寒気がした。

「その侍の、名は？」

「すみません、お名までは……」

「そうか……いや、色々たずねてすまなかったな」

糸を作業場まで運んでくれと頼み、おしんを下がらせた。

いまの話が、ひどく気にかかる。本当なら、いますぐ嶋屋に走って息子に問い糺したいところだが、よけいにこじれるだけだろう。それとなくきき出すよう、お登勢に頼んでみるか。いや、商い絡みであれば、母にもだんまりを通すかもしれない。番頭や手代の方がよかろうか、やはり政二郎に任せようか――。あれこれと悩んでいるうちに、数日が過ぎてしまった。

どうしてすぐに息子と向き合わなかったのかと、後になって徳兵衛は深く後悔した。

その日の朝、息せき切って駆け込んできたのは、手代の喜介だった。

双六の賽

「ご隠居さま、大変です！　旦那さまが！」

「吉郎兵衛が、どうした！」

「夜のうちに、黙っていなくなって……店の帳場に、この書き置きが……」

汗みずくなのに、喜介の顔は青ざめている。四つに畳まれた紙片を、もどかしく開く。

あまり上手くはない、息子の手蹟が目にとび込んできた。

『嶋屋の主人にあるまじき、大変なことをしてしまいました。死んでお詫び致します』

「喜介……これは何だ？　どういうことだ？」

「私にも、わかりません。店の者総出で、探させておりますが……」

とるものもとりあえず、手代と善三とともに隠居家を出た。できる限りの早足で嶋屋に向かいながら、「大馬鹿者が……」と呟いた。息子への雑言ではない。身内だからこそもう一歩踏み出せなかった自分の臆病を、徳兵衛はひたすら悔いていた。

いまにも一雨来そうなほど、空は翳っている。風は生暖かく、暦は初夏というのに秋の嵐を思わせる。時折、強い風が逆巻き、あぜ道の草木を不穏に揺らした。それが息子の姿のようにも映り、内心で不安に慄きながら巣鴨町に辿り着いた。

「おれも、旦那さまを探しにいきます」

　善三とは表通りで別れ、続こうとする喜介に、徳兵衛はあることを頼んだ。手代は即座に呑み込んで、板橋宿の方角に足早に去った。その先は、ひとりで嶋屋に向かった。

　がらんとした店内に、まず胸を衝かれた。商いすらほったらかして、奉公人は総出で主人の行方を探している。番頭たちが帳場に張りついていたが、やはり仕事など手につかないようすだ。ふたりの番頭は徳兵衛を見るなり、頭を床にこすりつけた。

「私どもがついていながら、このような始末に……」

「番頭として、面目次第もございません」

　ふたりの頭を早々に上げさせて、徳兵衛は、帳場の傍らにいたお登勢にたずねた。

「行く先の心当たりはないのか？」

「子供の時分でしたら、いくつかは……女中たちに伝えて、探させておりますが」

　黄ばんだ糸のような精気のない顔色で、うつむいた。

「お園は、どうしておる？」

「やはり何も知らぬようです。ずっと泣きどおしで、いまお楽をつけて奥で休ませています」

「千代太は、どうだ？　父親のことだけに、やはり心配しておるだろうに」

　たずねた折に、店の奥から怯えた小さな顔が覗いた。

「千代太……」

意外なことに、千代太は泣いてはいなかった。ただ、頰の赤味が失せた青ざめた顔は、徳兵衛の胸にひどく応えた。

「おじいさま……父さまは、どこに行ったの？　坊や母さまやお松を置いて、ひとりでどこに行っちまったの？　もう、帰ってこないの？」

「そんなことはないぞ、千代太。おまえの父さんは、きっと帰ってくる」

「いつ？　父さまはいつ、帰ってくるの？」

言葉に詰まる。己自身が混乱して、子供への慰めすら思いつかない。千代太の瞳から、いまにも光が消えそうになったとき、騒々しく救い手が現れた。

「千代太、きいたぞ！　父ちゃんがいなくなったって？」

「おれたちも探しにいくからよ、きっと見つかる！　もう心配すんな」

「勘ちゃん……瓢ちゃん……」

ぶわっとあふれるみたいに、千代太の目から涙がこぼれた。その泣き顔に、心から安堵した。

道で善三と会い、事のしだいをきいたと瓢吉が語り、仲間には逸郎となつが知らせにいき、まもなく集まるはずだと勘七が続く。

「小石川の方角に行ってみるからよ、なあに、十七人もいるんだ。早晩見つかるさ」

「瓢ちゃん、坊も行く！　父さまを探しに行く！」

「実はそいつを頼みにきたんだ。探すにもおれたちは、父ちゃんの顔を知らねえからよ」

「任せて、勘ちゃん！」

さっきまでまとっていたどんよりとした影は、すっかり剝がれていた。子供の活気は、大人にとっても何よりの良薬となり得る。妻や番頭たちの表情にも、明るいものが差す。

「あの泣き虫だった千代太が、ずいぶんとたくましくなりましたね」

三人で出ていく後姿を見送って、お登勢が呟いた。千代太屋での日々は、決して無駄ではなかったかと、ずっと傍で見守ってきた祖父にしてみれば感慨深い。

一方で息子のことは、我関せずの有様だった。隠居家に移り、すでに十月余りが経つ。会ったのは正月の一度きり、気まずいまま別れ、お登勢や喜介からどうも妙だときかされてもいたのに、手を束ねて過ごしてしまった。その結果が、この遺書めいた書き置きと出奔である。

「おまえにも番頭たちにも粗相はない。あれに何かあったら、わしのせいだ……」

思わずこぼれた弱音を、外から駆け込んできた草履の音がさらう。

「ご隠居さま、江口屋の仲居頭から、話をきいて参りました」

かねておしんからきいていた、板橋宿の料理屋を訪ねよと、喜介に命じたのは徳兵衛だ。

「江口屋とは、初めてききますが……旦那さまと、何か関わりが？」

「おまえたちも知らぬのか？　七代目になってから、使いはじめた店ではないのか？」

ふたりの番頭は腑に落ちぬ顔で、首を横にふる。つまりは番頭たちにすら内緒で、密かに通っていたことになる。

「おまえさま、もしやその料理屋で……」

お登勢はかすかに眉間にしわを寄せたが、女との逢引の方が、少しは安堵できたかもしれない。武家と上方の商人というとり合わせが、どうにもキナ臭い。

お登勢が嫁のようすを見るために、いったん奥へと下がり、徳兵衛は番頭たちに、江口屋でお運びをしていたおしんからきいた話を改めて語った。

「お武家さまでしたら、昨年の大口は六家に留まります。このうち、暮れの掛け取りで滞ったお客さまは二家ございますが、どちらも長のつき合いですし、盆までには必ずと請け合うてくださいました」

一の番頭が、帳面を繰りながら述べる。糸という、いわば中間品を卸すため、客の八割方は、織屋か染物屋である。残る二割は裁縫用の糸を求める客で、仕立屋がほとんどだが、番頭が口にした六家は構えが大きく、屋敷内の仕立てや繕い物の糸だけでそれなりの尺となる。小口の客なども当たってみたが、特に障りはなさそうだ。

「他に武家というと……大名貸や旗本貸か」

「そちらの四家も、とり立てて不手際はございません。いつもどおり毎年の利息だけは、暮れに収めていただきました」

武家への貸金の内訳は、大名一家、旗本二家、御家人一家である。はるか昔に貸し付けた元金は、まったく動くようすはないものの、利子だけは年の瀬に支払われる。そうやって、お家によっては百年以上ものあいだ、連綿と貸借関係が続いてきたのである。

「そういえば、ひとつだけ……」

二の番頭が、思い出したように言いさした。

「お旗本の飯野さまが、勘定吟味のお役目を外されまして」

「まことか？いまのご当主は算に明るく、目端の利く御仁であるというのに」

「それ故に、勘定方のお奉行やお役人から疎まれたのかもしれません。勘定吟味は、いわば目付役でございますから」

勘定吟味役は、勘定奉行とその配下の監査を務める。格は勘定奉行が上になるが、吟味役には権限がある。不正があれば老中に進言し、また勘定所内の経費はすべて吟味役の許しが要る。飯野が能吏であれば、何かと煙たい存在であったろう。

「いっときは小普請組に落とされて、私どもも気を揉んだのですが、ほんのふた月ほどで大坂代官に任ぜられまして安堵いたしました。もちろん暮れの払いもつつがなく」

小普請組とは非役の武家をさす。勘定吟味役から大坂代官では左遷と言えようが、家禄三百六十石の飯野家には分相応である。才を発揮する場所さえ得られれば、また出世の目もあろう。

「ちなみに、それはいつ頃の話だ？」

「小普請に配されたのが……たしか、八月の始めでした。一度、お屋敷に呼ばれまして、旦那さまと私が伺いました。暮れの払いは遅れるかもしれぬと、屋敷の勘定方から承りましたが」

ふた月近く後に再度呼び出しを受け、大坂代官の拝命と、利息の払いも目処が立ったと告げられた。一の番頭が、そのように語る。

「吉郎兵衛のようすは、どうであった？」

「むろん、七代目に立ってまもなくの頃ですし、たいそうご案じなされておりましたが、九月の末には飯野さまの大坂行きが決まり、ともに安堵いたしました」

「では、十月に入って、ひどく塞いでいたというのは？」

「それればかりは私どもも、とんと見当がつかず……ですが、飯野さまの件が片付いた後のことですから、関わりはないかと」

江口屋で会っていたという武家とは繋がりそうになく、次いで徳兵衛は、喜介に首尾をたずねた。この手代にはめずらしく、喜介はまずぼやきを口にした。

「江口屋の仲居頭にたずねてみましたが、何とも強突な女で、さんざんせびられまして。高くはつきましたが、そのぶん金をはずむとペラペラと話してくれました」

「で、吉郎兵衛と会っていた武家というのは？」

「加藤というお名の他は、身分も出自もまったくわかりませんでした。一緒にいた商人は、大坂の米問屋、手嶋屋の手代だそうです」

「米問屋だと？　上方の米屋と、いったいどんな相談があるというのだ」

「相談の中身ばかりは皆目……仲居が来ると、ぴたりと口を閉ざしてしまったそうで」

あまりに胡散臭い──。よからぬ臭いがふんぷんと漂い、嫌な臭いが鼻にまとわりついて離れない。

それからふた時ばかりのあいだは、薄氷の上に正座させられている心地がした。探しに出た奉公人たちは、昼になると三々五々戻ってきたが、誰もが疲れきった顔で黙って首を横にふる。その顔がひとつ増えるたび、脛の下の氷が嫌な音を立ててきしむ。こういうときが、いちばん辛い。何が起ころうと、直ちに対処に動くのが身上なだけに、どっちつかずの状態で、じっとしているのは耐えがたい苦痛であった。

奉公人たちは、昼餉をかっこむとまた探しにいく算段をしていたが、その前に慌てた姿が店内にとび込んできた。最前ここから出掛けていった瓢吉だった。

「ご隠居、大変だ！」

「どうした、瓢吉……まさか、吉郎兵衛に何か間違いが……」

頭に浮かんだ最悪の事態を、瓢吉は即座に払う。

「そうじゃねえ、千代太の父ちゃんはまだ見つからねえけど、もっと大変なことに……」

そのころには、千代太屋の子供たちが次々と現れ、最後の方で勘七に引っ張られて千代太が到着した。はあはあと息をつきながら、精一杯の声を絞り出す。

「おじいさま、火事です！」

「何だと！　この巣鴨でか？」

「いや、小石川だ。まだ遠いけど風向きからすると、こっちにまっつぐ走ってもおかしくねえ」

勘七が、手早く説く。子供たちは小石川を目指したが、行き着く前に黒々と立ち上る煙を目にしたのだ。小石川は、巣鴨のほぼ真南にあたり、直線で結ぶと思いのほか距離が近い。そして今日の湿った風は、南から吹いてくる。勘七の読みは、あながち外れていない。

火事が少ない巣鴨でも、過去に何度かは大きな火災に見舞われた。もっとも被害が出たのは、徳兵衛が生まれるより二年ほど前に起きた火事であり、やはり出火元は小石川である。このときは、巣鴨町の八割方が焼けてしまったが、幸いにも嶋屋は二割の中に入っていた。父からきいた話を思い出し、徳兵衛はすぐさま小僧に命じた。

「新吉、留吉、おまえたちはまず、巣鴨町の下組に走りなさい。あちらの方が火元に近いからな。途中で、番屋に寄るのも忘れんように。番屋の者たちが、半鐘を鳴らしてくれよう」

巣鴨町は南東から北西にかけて、ほぼ直線の形で伸びている。小石川に近いのは、南東にあたる下組であり、嶋屋のある上組はもっとも遠い北西に位置する。六十余年前の火事で、難を免れたのもそれ故だ。

「じさま、町内に知らせるならおれたちが」

「おまえたちには、それぞれ身内がいよう。まず、そちらが先だ。たしか、てるの母親をはじめ、床に就いている者もおったな。善三ら下男に頼んで運ばせなさい。家財なぞにかまけることなく、少しでも早く逃げるのだぞ」

「逃げるったって、どこに？」

「ひとまずは、わしの隠居家だ。あそこなら他に家もないからな、万一火の粉を被って も、逃げ場には事欠かん」

「わかった！」

「じゃあ、おれは一足先に隠居家に行って、母ちゃんに知らせてくる！」

勘七と瓢吉が風のようにとび出していき、他の子供たちも続く。その後も徳兵衛は次々と指図をとばす。

「喜介、おまえは『荒伝』に走れ。親方に何をお願いするかは、わかっておるな？」

「はい、お任せください！」

「手代と荷運び衆は、商い物の糸を蔵に運び込め。布と油紙で覆って、できるだけ煙を防ぐのだぞ。番頭には帳面のたぐいを任せる。女中たちはお登勢に従いなさい」

不測の事態にあっての判断の早さは、折り紙付きだ。

「あの折にご隠居さまがいらしたのは、不幸中の幸いでございました」

後になって、一の番頭がこそりと耳打ちするほどに、見事なまでの采配を振った。

「ご隠居さま、荒伝の親方は、すぐにとりかかってくださるそうです」

ほどなく喜介が戻ってきて、待つほどもなく親方と職人衆が乗り込んできた。

寺社への寄進は渋っても、出し惜しみせずに通った先がひとつだけある。

近所の左官屋、荒伝である。盆暮れはもちろん、節季のたびに酒や肴をまめに届けた。もしも火が出たときには、いの一番に嶋屋に来てほしいとの腹積もりからだ。

「それじゃあ、あっしらは灯りとりからかかりやす。扉はいちばん仕舞いに塞ぎやすから、入り用な物は運び込んでおくんなせえ」

荒伝にかねがね頼んであったのは、ふたつの蔵の目張りである。窓と扉の隙間を埋めて、ぴたりと塞ぐ。その始末を行ってはじめて、蔵は火と煙から守られる。生糸や綿糸は甚だ燃えやすく、また煙を吸っただけでも、商品としては使い物にならなくなる。

「すまぬが親方、となりの環屋さんの蔵も頼めるか。もし余力があれば、向こう三軒両隣も願いたいのだが。手間賃はうちでもつからな」

「構いやせんよ。火が迫るまでは、精一杯勤めさせていただきまさ」

荒伝の親方は粋に応じてくれたが、たまたま傍にいたお楽は、目を丸くしていた。

「お父さんが、隣近所を気遣うなんて。あの場で腰が抜けそうになったわ」

ずけずけと、そんな感想を漏らされた。環屋和兵衛には、銀麓の件で世話になった。恩返しのつもりもあったが、嶋屋一軒だけが難を免れても、あまり嬉しくない——。何故だか、そんな思いが胸を掠めたからだ。

やがて在庫の糸と帳面、高価な家財などが蔵に仕舞われて、扉が閉められた。その隙間を、荒伝の職人が、水でこねた土で素早く塞ぐ。

親方と左官衆を労い、徳兵衛も家族を連れて隠居家に向かった。番頭以下、使用人たちは、板橋宿を抜けた先にある嶋屋の寮に向かわせた。火元の小石川とは反対側にあたり、平屋の家はさして広くはないものの、奉公人が寝泊まりするには十分だろう。今回のように、万が一の避難所として、手放さずにいた建物だ。

「おじいさま、煙が！」

隠居家が見えてきたころ、千代太の声でふり返った。存外近い場所に、もうもうと黒い煙が立ち上っている。

「あの辺りって、勘ちゃんの家のある場所じゃ……」

たしかに方角からすると、巣鴨町下組にかかっていると思われる。強風で火の粉がとんだか、あるいは下組の南にある巣鴨原町を伝ってきたのか。どんなあばら家であろうと、今朝まで寝起きしていた家を失うことほど、切ないものはない。

「お父さま、どこにいるのかな……火事で危ない目に遭っていたら、どうしよう……」

大人があえて口にせぬ気持ちを、子供は素直に表す。徳兵衛の不安を、そのまま代弁したようだった。

「大丈夫ですよ、千代太。おまえの父さんは、分別に長けておりますからね。きっとどこかで、火事を凌いでおりますよ」

息子が出奔したいまとなっては皮肉としかきこえないが、お登勢は孫にではなく、むしろ自分に言いきかせているのだろう。同じやるせない気持ちで、黒煙に燻される空を仰ぐ。

そんな鬱憤を払ったのは、いつもどおりの元気な声だった。

「おーい、じさま、千代太！　遅えから、迎えにきたぞ」

「勘ちゃん……勘ちゃーん！」

千代太はころがるようにして、勘七のもとに駆けてゆく。

小石川から出た火は、巣鴨町を半焼させた。

斧の刃形に広がった下組は、ほぼ全焼し、それより南側の巣鴨原町も、やはり丸焼けになった。下組の西隣、下仲組も半分ほどが消し炭になったが、そこから先は、何とも中途半端な焼けようだった。火の粉は盛んに降り、嶋屋のある上組にまで達していた。町の南側と、同じ憂き目に遭っていてもおかしくない。

しかし火が巣鴨に達してまもなく、水を溜めこみ重くなっていた空から、雨が降り出した。しだいに嵐に近い様相を呈し、火はそこからひどく複雑な動きをはじめた。大風に煽られ飛び火する一方で、叩きつける雨粒に鎮火させられる。そんなせめぎ合いが何十ヵ所にもわたり起きていたのだろう。下仲組以西の町には、まだらに焦げ跡がついていた。

「ううむ、これは……喜ぶべきか悲しむべきか……」

夜半には鎮火に至り、朝を待って、一家は巣鴨町のようすを見にきた。嶋屋をながめて唸る徳兵衛に、手代の喜介は快活にこたえた。

「むろん、喜ぶべきですよ、ご隠居さま。端は焼けたものの、これなら商いも続けられますし、母屋も無事です。何より蔵に目張りをしておいて、ようございましたね。だいぶ煤けてしまいましたが、おかげで事なきを得ましたし」

となりの環屋も、やはり蔵がふたつあり、都合四つの蔵が店の裏手に並んでいる。火はその辺りでもっとも激しく燃えたらしく、あいだに立っていた板塀や周囲の庭木は、かなり焼け焦げていたが、幸いどちらも建物への類焼はほとんどなかった。嶋屋は蔵に近い店の一部が崩れたものの、環屋は無傷で済んだ。

「いや、このたびは何とお礼を申してよいやら。嶋屋さんの即断のおかげで、うちの蔵も守られました。この御恩は、一生涯忘れませんぞ」

環屋和兵衛からは、大げさなまでに何度も礼を述べられた。

ただ、すぐに蔵を開けるわけにはいかないと、荒伝の親方は釘をさした。

「壁の焦げようからすると、存外長く火で燻されちまったみてえだ。蔵の中に、熱が籠もっているに違いねえ。迂闊に扉を開けると、あっという間に中が燃えちまうことがある。念のため三日……いや、五日はおいて、蔵を冷ましてやらねえと」

理屈はわからぬまでも、玄人だけあって用心は身についている。徳兵衛や環屋も従って、五日のあいだは蔵を開けぬことにした。

そのあいだにも、客の注文は捌かねばならない。火事と知れば、たいがいの客は日延べを承知してくれたが、どうしても糸の入り用な客には、他町の糸問屋仲間に頼んで品を回してもらい、あるいは上州から急ぎ運ばせるために、手代のひとりを藤岡に走らせた。

「金のやりくりは、どういたしましょうか？　多少の金子や手形は、私どもが預かっておりますが、何かと物入りでして」一の番頭が、徳兵衛に伺いを立てる。

「そうさな……いざとなれば、虎の子を使うより他にないか。とはいえ、本来ならあの出し入れは、主人が行うべきものだが」

「旦那さまがおられぬのですから、ここは曲げてご隠居さまにお願いします」

「しかし、鍵は七代目がもっていよう」

「旦那さまは、書き置きと一緒に鍵束を置いていかれましたので」

「書き置きとともに、鍵束を？」

『嶋屋の主人にあるまじき、大変なことをしてしまいました。死んでお詫び致します』

その文言が目の裏によみがえったとき、氷水でも浴びたようにぞくりと肌が粟立った。

「吉郎兵衛……まさか……」

急いでお登勢と、もうひとりの番頭を呼びにやり、四人で仏間に集まった。

一の番頭との話に出た虎の子とは、いわば嶋屋のへそくりである。

今回は幸いにも蔵は無事であったが、万が一の備えのために、千両に近い額を別途蓄えてある。その金の置き場所が、奥座敷の仏間なのである。仏間には、金の飾りが仰々しい大きな仏壇が据えられて、その下段に隠し扉がある。引き違いの戸を二枚外すと、中にはちょうど千両箱ほどの鉄の箱が収められている。箱には仕掛けが施され、二本の鍵と五つの手順を踏まなければ蓋は開かない。鍵を所持し、開け方を心得ているのは代々の主人に限られた。

その一方で、金は店の蓄財であり、主人が勝手に使ってはならないとの掟がある。開錠は主人が行うが、箱を開ける際には、内儀とふたりの番頭が、ともに中を改めるしきたりがあった。

嫁のお園は、夫の失踪に火事が重なり、未だに隠居家で臥せっている。代わりにお登勢が立ち会うことになった。ふたりの番頭が、重い鉄の箱を引き出しながら、にわかに狼狽した。

「あ、軽い……！」

「ご隠居さま、まったく重みが足りませぬ」

いったん三人を遠ざけて、開錠にかかった。五つの手順が、ひどくもどかしい。

蓋を開け、愕然とした。ほぼ箱一杯に詰まっていたはずの金が、ごっそりと失せている。隅の方に切り餅が六つ、残っているきりだ。紙に包まれた切り餅ひとつが二十五両。つまりは百五十両しか残っていない。力なく、妻とふたりの番頭を呼び寄せた。

「吉郎兵衛に限って、まさかそんな……」

お登勢ですら言葉を失い、空に近い箱の中に茫然と視線を落とす。

「一年前に勘定した折には、九百五十両でしたから……」

「八百両が、消えたということですか……」

ふたりの番頭が呟いて、それきり黙り込んだ。あまりのことに、誰もが気が抜けて声すら出ない。いわば予備の金子であるから、すぐに店が立ち行かなくなるわけではないが、火事に遭い、いまこのときこそ必要な金子が手許にないのは、足許が崩れ落ちるほどの不安を生んだ。

「残った百五十両で、店の修繕に事足りるか？」

「火事の折は、手間賃の相場も上がりますが……おそらくは百両ほどで賄えるかと」

「では、残る五十両は、店の金繰りに充てなさい」

切り餅六つを押しいただき、ふたりの番頭が座敷を出てゆく。

残された老夫婦は、空の金箱を前にして、しばし根が生えたように動けなかった。

「申し訳、ございません……私がおりながら、このような始末に」

「おまえのせいではない、わしとて抜かりは同じだ」

「それにしても、八百両もの大金をいったい何に……？　色街なぞで散財したようすもありませんし」

「おまえにも、見当がつかぬか？」

「はい、まったく……」

互いに力ないため息を吐き、どのくらいそうしていただろうか。廊下の向こうから、番頭の大きな声が徳兵衛を呼ばわった。

「ご隠居さま、ご隠居さま！　旦那さまがお戻りに！」

思わず腰が浮き、膝立ちになった尻が、安堵のあまりぺたりと畳に張りつく。

まもなくふたりの番頭に抱えられるようにして現れたのは、たった一日で、げっそりと憔悴しきった吉郎兵衛だった。


「申し訳……ございません！　この吉郎兵衛、お詫びのしようもございません！」

空の金箱を見るや否や、身を投げ出すようにして、両親の前にひれ伏した。

「いままで、どこにおったのだ？」

「わかり、ません……どこをどう歩いたのか思い出せず……気づけば大川に出ておりました。死んで詫びるより他にないと、橋の上に立ちましたが、どうにもふんぎりがつかず……情けのうございます」

一晩中、暗い隅田川のほとりをうろついていたそうだが、吉郎兵衛は泳ぎが達者ではない。水に入る勇気がわかなかったと、泣きながら白状する。

「いや、よう帰ってきた。踏みとどまってここに戻るもまた、意気地と言えよう」

「町の噂で、小石川から巣鴨にかけて丸焼けになったときいて……あとはもう、無我夢中でここに……嶋屋と皆の無事が確かめられて、何よりも安堵いたしました」

「おまえもですよ、吉郎兵衛……本当によく、無事に帰ってくれました」

お登勢が声を詰まらせて、息子の帰還に心から胸をなでおろす。

「さぞ疲れて、お腹もすいていることでしょう。いま、膳の仕度をさせますから」

「いや、その前に、仔細を糺さねばならん。そうだな、吉郎兵衛？」

「はい、お父さん」

神妙な顔で、息子は顔を上げた。膳の指図のために、お登勢は席を外し、倅とふたり改めて座敷に向き合った。

「話してみよ、吉郎兵衛。八百両もの金を、何に使った？」

「……米相場に、費やしました」

畳に目を落とし、か細い声でこたえた。

「米相場、だと？　米仲買株をもたぬ者が、どうやって相場に注ぎ込むというのだ？」

「大坂堂島の米会所に顔の利く商人が、仲買をしてくれるとの触れ込みで……八百両が万両にも化けるとそそのかされて」

喜介からきいた名が、ぱっと頭に閃いた。

「もしや、江口屋で会っていたという、上方の商人か？　たしか、手嶋屋だったか」

「どうしてそれを……」

おしんから伝えられ、喜介を走らせた旨を短く語る。

「そうでしたか……やはり悪いことは、できぬものですね」

「一緒にいた侍は、何者なのだ？」

「飯野家のご用人と承っておりましたが……それも、出鱈目(でたらめ)でした」

「つまりは、騙(かた)りに遭うたということか？」

「……はい」

「では、八百両は？」

頭(こうべ)を垂れた吉郎兵衛が、首を横にふる。

——何という、愚かな真似を！　考えなしにも程がある！

以前の徳兵衛なら、まず間違いなく頭ごなしに怒鳴りつけていた。しかしいまは、何故かその叱責(しっせき)が出てこない。目の前で小さく身をこわばらせる息子の姿が、ただ哀れでならなかった。

「吉郎兵衛、初手から話してみなさい」

落ち着いた声音に、意外そうに父を見詰める。うなずいて、吉郎兵衛は語り出した。

「飯野さまが、勘定吟味のお役目を外されたことは？」

「ああ、番頭からきいた。だが、ほんのふた月ほどで、大坂代官を賜ったのであろう？」

「はい……ですが、そのふた月のあいだは、たいそう気がかりでした。私の代になったとたん、利息すら滞るとなればあまりに情けなく、ひどく気を揉んでおりました」

飯野家の用人と名乗る男から、人目を忍んで会いたいとの文が届いたのは、そんなころだった。江口屋で待っていたのは、吉郎兵衛にとっては初顔の侍であったが、飯野家には用人が複数いる。屋敷の内情にも通じ、押し出しのいい加藤と名乗る侍に、疑いを向ける材は見当たらなかった。

「殿さまが役目を解かれたために、嶋屋にもたいそう心配をかけたと、まず詫びてくださいまして。しかしこのたび、大坂代官のお役目を賜った故に、案じるにはおよばないと告げられました」

それからわずか数日後、当の飯野屋敷に呼び出されて、同じ旨を達せられた。吉郎兵衛が相手を信じたのは、その経緯があったからだ。ただし、江口屋で内々に相談をもちかけたことは、飯野家の内でも殿さまを含めたごく一部しか知らぬこと。決して屋敷の内でも明かさぬようにと口止めされた。

「その内々の相談が、米相場ということか?」

「はい……此度のことで改めて、商家への借財が負担に感じられたと……長年にわたる借材を一掃し、肩の荷を下ろしてすっきりさせたいと……殿さまがそう申されたと」

「その手立てが、米相場というわけか」

「飯野さまは以前にも、大坂代官の役目を賜っておりました。その折に昵懇になった堂島の米問屋、手嶋屋の手代が、決して損はさせないと請け合うたので……金箱から拝借するのは、ほんの三月余り。それだけで、長の年月焦げついたままの飯野家の借財がきれいに払われ、かつ余分の儲けも利息として収めてくれると、そう申しました」

手嶋屋の手代が勧めたのは、帳合米商と呼ばれる取引だ。現物の米や、武家に支給される米切手のやりとりを、正米商というのに対し、いわば空米相場をそのように呼ぶ。

そして堂島は、幕府がこれを公認した数少ない米会所である。堂島では一年を、春・夏・冬の三季に分け、百石単位で空米銘柄が売買されて、各季の最終日に決算された。取引は空米でも、米価を左右するのは正米である。凶作なら値上がりし、豊作なら値は下がる。今年――つまり吉郎兵衛が話をきいた昨年は、西国の米の育ちが悪く、米価は必ず値上がりすると、手代は熱心に説いた。

「それで大枚を、渡してしまったというわけか……」

冬の相場は、十月十七日から十二月二十四日まで。遅くとも十月十五日までには、金子を用立てる必要があると急かされた。

「十月ごろ、おまえのようすがおかしかったのは、そのためか……」

小判八百枚となれば、運ぶにもかなりの苦労がいる。三回に分けて仏間からもち出して、先方に渡したという。気の小さい吉郎兵衛には、人目をはばかって何度も金を運び出すのは、綱渡りに近い芸当であったろう。

「師走二十四日に限市を迎えたら、必ず首尾を知らせるとの約束でした……ですが、その日を過ぎても、なしのつぶてで……」

限市とは、相場の最終日、つまりは決算日である。そのころからふたたび、ようすに不審があったとのお登勢の読みは外れていなかった。確かめようにも、飯野家はすでに大坂に移っている。年が明けると矢も楯もたまらず、大坂の飯野家に問い合わせの文を送ったが、加藤という用人も、また手嶋屋という米問屋にも、一切心当たりはないと返された。

「飯野さまは、まったく関わってはおらぬということか？　だが、加藤とかいう侍は、飯野家の内実に通じていたのだろう？」

「最初は当家に関わりなしと、突っ撥ねられましたが……何度か文をやりとりするうちに、嶋屋と顔馴染みであった勘定方のご家来が、教えてくださいました」

去年の九月から十月にかけて、加藤という侍について、数軒の商家から飯野家に問い合わせがあったという。顔形などを確かめたところ、どうやら小普請組に配された折に、暇を出された若党ではないかとの推測が立った。当主が役目を解かれ、手許不如意という理由もあるが、その若党はかねがね不品行が目につき、大坂行きを機に屋敷を出された。

「つまりは嶋屋以外にも、飯野家に出入りしていた商家に、同様の話をもちかけておったということか」

同じ紐しを吉郎兵衛が行っていれば、易々と騙されずに済んだろうに。その迂闊ばかりは悔やまれる。

「用心深さが身上であろうに、おまえらしくもない。いったい何をそんなに焦っておったのだ」

せめて番頭たちに、ひと言相談してくれればと、要らぬぼやきが口をつく。

「……お父さんに、認めてほしかった」

　ぽつり、とこぼれた。

「政二郎より、喜介より、嶋屋の主人にふさわしいと……お父さんに、見せつけたかった」

「吉郎兵衛……」

「私には、政二郎のような奇をてらう真似も、喜介のようなそつのなさもありません。でも、だからこそ、ふたりを見返してやりたかった。不足のない嶋屋の七代目だと、お父さんに言わせたかった！」

　それまで神妙だった顔が、丸めた紙屑のように歪み、嗚咽がこぼれ出る。

　口にこそしなかったが、たしかに政二郎や喜介とくらべて小粒だと、この長男を侮っていた。吉郎兵衛はそれを、敏感に察していたに違いない。

　人の欲こそが、騙りにつけ込まれる隙となる。倅の場合、金ではなく、立場を欲した。どこの誰が見ても、文句のつけようのない嶋屋の跡継ぎだと、世間に知らしめ父親につきつけたかった。裏を返せば、本当に超えたかったのは、父親かもしれない。六代目たる徳兵衛の影を払拭しなければ、七代目として安泰の地位は築けない。焦った挙句に、このような失態をしでかした。息子の愚かさに嘆息しながらも、やはり責める気にはなれなかった。

　ここまで追い詰めたのは、父親である自分だと、身にしみて思えたからだ。

　生真面目で曲がりがないからこそ、安直に儲け話を信じてしまった。その素直さも、気が小さく優しい気性も、父に押さえつけられた挙句に、このような結果を生んだ。

そう考えると、むしろ申し訳なさが募る。

「すみません……お父さんから、無心をされたときも、すげなくお断りして……本当は、いくらでもお貸ししたかったのに、金子がなくて……」

「わしのことは良い。おまえは番頭たちに詫びを入れて、先々を話し合いなさい」

千代太をそのまま大人にしたような、情けない泣き面をさらしていた吉郎兵衛が、驚いて表情を変えた。

「私に、これまでどおり嶋屋の主を務めよと？　末代までの恥となるような不始末をしでかしておきながら、お咎めなしで済ませるというのですか？」

「そうは言っておらん。ただ、おまえより他に、誰に嶋屋を任せられるというのだ？」

「政二郎が、いるではありませんか。弟を呼び戻して嶋屋を継がせれば、万事丸く収まります。もちろん、富久屋には造作をかけますが、ここは無理を押してでも……」

「いい加減にせんか！　ここで逃げを打って、おまえに何が残る！」

あまりの弱腰に、つい、いつもの短気が出てしまった。やはり、という顔をされたのが、ますます面白くない。

「もとより私には、六代も続く重い暖簾を背負うだけの気骨など備わってはおりません。店の者たちも、内心では同じ気持ちでしょう。常にお父さんとくらべては、不足や粗ばかり数える」

ふたたびぶつけたくなる怒りをぐっと堪え、代わりにたずねた。

「政二郎を主人に据えて、おまえはどうするつもりだ？」

「もしも追い出されずに済むのなら、手代として嶋屋に奉公します。それが私には、似合いでしょう」

「おまえはな、それでよかろう。だが、妻子はどうなる？　手代の分際では、ろくな給金すらもらえぬぞ。お園が承知すると思うか？　おまえが退けば、千代太が八代目に立つ目も消えるのだぞ」

「お園が望むなら、離縁しても構いません。裕福な実家に戻れば良いだけの話です。千代太とて、嶋屋の主にこだわることもありますまい。私に似て、商い向きではありませんし……」

「千代太は、面白いと言ったぞ」

「……え？」

「仲間と相談し、あれこれ知恵を絞り、客に喜ばれ儲けになれば、ともに働く者たちの暮らしも立つ。それが嬉しいと、だから商い事は面白いと、千代太はそう言ったのだぞ」

「あの千代太が、そのような……」

月のない夜道で、遠くに灯る明かりを見つけた。吉郎兵衛は、そんな顔をした。

責めを負って主人の座を退く。潔さを装いながら、その実、自らの罪をしかと受け止めきれていない。この期におよんでも、まだ逃げを打つのがその証しだ。七代目をたった一年で放り出すという事態が、どれほど大きな影響をおよぼすか。妻子の行末に留まらず、何十人もの使用人や、ひいては取引先までもが、いかに迷惑を被るか、本気で顧みてはいない。

しかし千代太の成長を知らされて、父親であることを思い出したのか。わずかながら吉郎兵衛の顔に、気概に似たものがただよった。己が罪から目を逸らさず、正面から向き合おうと、初めて顔を上げた。徳兵衛には、そう見えた。

「どのみち当の政二郎が、承服すまい。あれにとっては嶋屋の暖簾なぞ、ただ重いばかりの厄介な荷物であろうしな。養子に行けと告げたときの、あれの顔つきは、未だに忘れられんわ」

『富久屋というと、亀蔵おじさんのところですね？』

締めつけのきつい父にくらべれば、よほど勝手が通りそうだと、回りの速い頭で即座に判じたのだろう。大喜びで同意した。そんなに嶋屋が嫌なのかと、つい皮肉がこぼれそうになったほどだ。自らの性分も己が道も、政二郎にははっきりと見えていた。

もしかすると、それも次男故かもしれない。長子には生まれつき、その自由がない。自ずと親の顔色を窺い、親の示した方向へと押し出される。好きでえらんだ道ではない――。徳兵衛が抱えていた鬱屈に、吉郎兵衛もまた囚われていたのだろうか。

長男が、急に不憫に思われた。それでも、当主を下りるべきだとの決心は、裏を返せば、主人の座に固執しているともいえる。

「もう一度、よく考えてみなさい。嶋屋の主人は、おまえ以外に誰がいる。過ちを肝に銘じて、これから長の年月を勤め上げることで、償うよりほかになかろう」

　侍と手代のふたり組は、半年も前に金を手に遁走した。八百両が戻ることはなく、倅が犯した過ちも消えることはない。一切を呑み込んで、商いに励むしか道はない。いまの倅には針の筵に等しく、死ぬより辛い毎日かもしれないが、辛抱すれば先も拓ける。

　禍福はあざなえる縄のごとし。生を諦めない限り、いつか必ず良い目も巡ってくるはずだ。

　吉郎兵衛はその日のうちに、ふたりの番頭に頭を下げて、己の進退を相談した。

「四代目は二十年のあいだに、ざっと二千両を道楽に費やしたときましたから」

「今回は、少々道楽が過ぎたと、思うことにいたしました」

　徳兵衛はあえて同席しなかったが、ふたりの番頭は、後日そのように言ってきた。

　翌日、他の奉公人たちにも、吉郎兵衛は頭を下げた。武家絡みの騙りに遭い、店の金の一部を騙しとられたと明かしたが、八百両の金高が伏せられたのは番頭たちの入れ知恵のようだ。

　気性の優しい七代目は、概ね皆から慕われているとの喜介の言いようは、あながち外れてはいなかった。騙りに遭ったとの顚末はむしろ、旦那さまらしいと苦笑を誘うに留まった。

「皆に多大な迷惑をかけ、また心配をさせたことは私の不徳であり、まことにすまなく思うている。この先は何事も番頭と図り、嶋屋のために粉骨砕身励むことで、詫びとさせていただきたい」

本当の意味で、吉郎兵衛が主人になったのは、いま、このときかもしれない——。

息子の口上をききながら、そんな感慨に浸った。その一方で空っぽの金箱を、また仏壇の下段に収めながら、頭の隅にあった思案が急速にふくらんでいた。


「あれ、ご隠居、来てくれたのか！」

「おお、瓢吉、ご苦労であるな。しかし、これほど集まっていようとは思わなんだ」

「皆、待ちかねているからな。粥はむろんだが、やっぱり煮豆は大人気でよ。逃してはなるまいと、一時以上も前から並ぶ者すらいるんだぜ」

まるで自分の手柄のように、得意そうに瓢吉が語る。ちょうどこの辺りは、勘七の家があった場所だった。巣鴨町下組から下仲組の半分までは、見事なまでの焼け野原となった。

初めて目にしたときは柄にもなく胸が痛んだが、当の勘七は案外さばさばしていた。

「ずいぶんと見晴らしがよくなっちまってよ、何だかすっきりした。表通りにある物持ちの家が、うらやましくも思えたのに、焼けるときゃ一緒くたなんだな」

火事においても逞しいのは、失う物がないからだ。あの狭く小汚い家には、あまり良い思い出もなかろうし、母親の仕事道具より他はろくな家財もなかった。人の世と違って天災のたぐいは、富める者にも貧しき者にも、平等に禍する。

　巣鴨では稀だが、江戸では火事は茶飯事であり、住人はすぐさま立ち上がる。というのも、火事は大いなる人手の需要を生むからだ。大工や左官は引く手数多で、巣鴨はもちろん方々の町から駆けつける。瓦礫の片付けや資材運び、木挽きなど、人足の数も足りぬだけに、まず仕事にあぶれることがない。

「そういえば、おまえの父親は、真面目に励んでおるか？」

「ああ、儲けをがっつりと、ご隠居さまに押さえられちまったからな。悪態をつきながらも、他にすることがねえからと、屋根裏でせっせと籠を編んでいるよ」

　ぷぷっと笑いながら、いかにも嬉しそうに瓢吉が語る。

　下組一帯と下仲組にかけては、貧しい家が隙間なく建て込んでいた。火のまわりが早かったのも、そのためだろう。千代太屋の子供たちのうち、ざっと半分ほどが家を失い、下仲組にあった瓢吉の家も、やはり焼けてしまった。

　家が建つまでは、嶋屋の寮と隠居家に分けて住まわせてもよいと、徳兵衛は身内ごと引き受けたが、中には瓢吉の父親のように有難迷惑な者もいるようだ。親たちの中には、病などでやむにやまれず暮らしの立たない者がいる一方で、瓢吉の父親のように稼ぎをすべて遊びに注ぎ込んだり、ぐうたらで根性なしな者もいる。親たる者が何たる体たらくかと、徳兵衛は容赦なく叱りつけた。徳兵衛の説教は、耳にうるさい上に、とかく長い。

「おまえさんは、籠問屋の田島屋に、品を納めているそうだな。田島屋に話をつけて、当面の稼ぎは、わしが預かることになった」

「んな、殺生な……」

「おまえに金を渡したら、すぐに色街に走るであろうが。この家に住まわせているからには、わしが大家だ。目一杯、口出しをさせてもらうぞ。言っておくが、この家の女子たちに手を出したりしたら、百叩きでも済まぬと思え」

「坊主でもあるまいし、何が悲しくて女断ちなんぞ……」

「この馬鹿者が！　一生に一度くらい、あの子らに父親らしいところを見せても罰は当たらんわ！」

さんざん絞られて、父親は渋々ながら、稼ぎを預けることを承知した。もともと籠師としての腕はあり、その気になれば仕事も早い。普請場の職人と同様に、道具職人も火事で仕事が増える。田島屋からの注文も増し、愚痴をこぼしながらも、隠居家で籠作りに励んでいた。

ちなみに徳兵衛らしい潔癖さで、男連中は子供を含めて屋根裏に寝かせ、母親と娘、それに年寄りは、下の板間や座敷を使わせた。襖越しにきこえる女たちの声はかしましいが、何事も慣れだと、この一年で学んだ。おはちを頭にした組紐作りも、てるたち五人の新参を迎えて、滞りなく続けている。取引先が巣鴨ではなく上野の長門屋だけに、商いには支障がない。

一方で千代太屋の商いは、紐数珠（じゅず）という暮らしに関わりのない品だけに、売り上げがめっきり落ちた。それでも子供たちは、案外柔軟だった。

「どうせ商いにならないのなら、手伝いをしてまわろうよ。どこも人手が足りてないから、きっと喜んでもらえるし、もしかしたらお駄賃もいただけるかもしれない」

千代太の案に、子供たちはなるほどとうなずいて、徳兵衛はもう一歩進めた策を授けた。

翌日から、王子権現の境内に、ふたたび子供たちの声が響くようになった。

「お救い小屋のために、喜捨をお願いいたしまあす。一文でも二文でも構いません。火事で焼け出された人たちのために、ご喜捨をお願いしまあす！」

子供たちを追い出した例の三人組は、気に入らぬ素振りを見せたそうだが、なにせ商売ではないだけに口の出しようもない。

名主の許しを得て、勘七の家があった辺りの一角に、筵を載せただけのお救い小屋をいち早く拵（こしら）えた。その脇に『ちよたや』と、下手な字を並べた幟（のぼり）を立てて、集めた銭で米と豆を購（あがな）い、被災した者たちにふるまった。たすき掛けをして、粥や豆の煮炊きに精を出したのは、おわさやおきの、善三である。おわさの甘い煮豆は殊に評判がよく、お救い小屋は他にも建てられたが、どこよりも人気を博して、連日、長い行列ができた。

人に喜んでもらえるというだけで、千代太は大満足のようだが、徳兵衛にはもうひとつ姑息（こそく）な思惑があった。辛いときこそ、人の助けが身にしむことはない。千代太屋の名を広めるのに、お救い小屋は何よりの良策だ。やがて町がもとの佇まいをとり戻しても、子供たちの明るい笑顔と屋号は、人々の胸に刻まれるに違いない。だからこそ、徳兵衛は子供たちに言いきかせた。

「よいか、喜捨で得た銭には、決して手をつけるでないぞ。他人の良心をねこばばする行いは、盗人と変わらぬからな」

「でもよ、おれたちの食い物はどうすんだ？　お救い小屋にみんな吐き出しちまったら、こっちが干乾しだぞ」

「そのくらい、わしがどうにかするわい」

瓢吉には見栄を張ったものの、子供に加えてその家族までをも抱え込んだのだ。やりくりがつかず、内心では頭を抱えていたが、意外な助け舟が入った。妻のお登勢である。

「世話をする者が増えたのですから、何かと物入りでございましょう。こちらをお使いくださいませ」

あたりまえのようにさし出された袱紗には、二十枚もの小判が包まれていた。

「へそくりにしては、少々多過ぎるようにも思うが……」

「へそくりではございませぬよ。本当に困ったときに使えと、嫁ぐ折に実家の父からもたされました。ですが嶋屋では、お金の苦労は一切せずに済みましたから」

「……それは皮肉か？」

じろりと睨むと、常に張り詰めた頬がかすかに弛む。

　徳兵衛の倹約ぶりは、店に留まらず奥にも存分に発揮された。妻の着物から子供の玩具(おもちゃ)に至るまで、いちいちあげつらい贅沢(ぜいたく)を許さなかった。そのような育ちようで、どうして末のお楽は奢(しゃ)に走る娘に育ったのか。不思議でならなかったが、幼い時分に不憫な思いをさせたことが、かえって反発を招いたのかもしれない。

「私は着物にも遊山にも興は乗りませんし、おまえさまの始末の良さは、むしろ好ましく思うておりました。世間には湯水のように外で使う旦那衆も多うございますが、さような苦労とも無縁でしたし」

「まあ、それなら良いが……」ごほんとひとつ、咳払(せきばら)いする。「しかし亡き親父さまがもたせてくれた金子を、わしが費やすわけにはいかぬだろうて」

「無駄金は一切使わないのが、身上でありましょう？　入り用なときに入り用な分だけ、間違いなく費やされる。おまえさまは、金を生かすことのできるお方です」

「お登勢……」

「このお金を、どうぞ生かしてくださいまし。子供たちのためならなおのこと、私もいまは、あの子たちの師匠なのですから」

　朱鷺(とき)色の袱紗包みを、大事に手にとった。ずっしりともち重りがする。嶋屋にいた頃は毎日のように数えていたというのに、小判をこれほど重く感じたことは、ついぞなかった。

「この金は、必ず生かしてみせる……約束する」

　はい、とこたえた妻の目尻に、細い笑いじわが浮かんだ。

　妻のおかげで当座の金は工面がついて、徳兵衛はそのうちの一部を、子供たちに渡すつもりでいた。しかし孫からは、意外なこたえが返ってきた。

「千代太屋なら、いまのところ心配ありません」

「どうしてだ？　稼ぎが潰えて、困る者もおるだろうて」

「お救い小屋もだいぶ慣れましたから、瓢ちゃんをはじめ七、八人は、普請の手伝いに行くようになりました。お駄賃はちょっぴりだけれど、合わせると以前の半分ほどの稼ぎになります。それを皆で按配よく分けることにしました」

　寮や隠居家にいる者たちは、ひとまずは寝食の心配がなく、他の子供たちが受けとることになった。言い出したのは瓢吉だときいて、胸の中が温もる。

　火事や天災は、禍以外の何物でもない。それでも人は助け合うことで凌ぎ、生涯にわたっての得難い財とする。徳兵衛もまた、そのひとりだ。精一杯のことをしたつもりでも、助けた満足より助けられた感謝の方が大きかった。

　火事が起きて二日目のことだ。大きな大八車が隠居家の前に止まった。山と積まれていたのは布団や古着である。

「お父さん、ご無事で何よりでした」

「おお、政二郎、来てくれたのか」

「先に嶋屋に寄ったのですが、布団の入り用はないとのことで。たぶんこちらなら、重宝されるに違いないと」

「いや、助かった。なにせ逃れてきた者たちで満杯の有様でな。夜着が足りなくて困っていた」

「損料屋として、お安くしておきますよ」

「何だ、商売か。抜け目がないのう」

　不満そうに下唇を突き出すと、政二郎が破顔する。

「冗談ですよ。このような折に貸し賃をとるほど阿漕ではありません。前よりもさらに人が増えて、にぎやかなお暮らしぶりで安堵しました」

　次男を見送ってまもなく、その日ふたつ目の大八車が到着した。こちらは俵の山だ。中身は米と豆で、他にも干物や乾物、砂糖の袋まで載っている。

　大八車の陰から現れたのは、長門屋の主人、佳右衛門だった。

「上野からわざわざ足を運んでくださったばかりか、過分なお見舞いまでいただいて」

「困ったときはお互いさまです。少しでもお役に立てば、甲斐があるというもの」

　長門屋の心づくしは、増えた隠居家の家人とお救い小屋のために使われた。

　長居は迷惑だろうと、佳右衛門は早々に帰る素振りを見せたが、徳兵衛はそれを引き止めた。

「こんな折ですが、商いの話を少々。ひとつ、思いついたことがありましてな」

「ほう、これは頼もしい。ぜひ、承りたいものですな」

佳右衛門は機嫌よく腰を落ち着け、徳兵衛が思惑を語ると即座に膝を打った。

「いや、実に面白い！　まことに良い思案だと思います。当たれば、たいそうな評判をとるでしょう」

長門屋の賛を得て、徳兵衛はさっそく算段をはじめた。まずは芝居町にいる宍戸銀麓に、助力を乞わねばならない。文を書こうと文机に向かったときに、三たび来客が訪れた。

「火事の折には、まことにお世話になりました。変わりばえ致しませんが、せめてものお礼にとこちらをお届けにあがりました」

嶋屋のおとなりの環屋和兵衛は、玉子焼きを五本も土産に携えてきた。王子権現の帰り道に立ち寄ったと告げる。

「寺でもお救い小屋を建てて、焼け出された者たちを引き受けておりますが、この先のやりくりが思いやられると、別当殿がぼやいておられました」

金繰りに事欠いているのは寺も同じかと、力を入れて相槌を打つ。

「出開帳でもしたいところでしょうが、あいにくとご本尊が手入れの最中にありましてな」

寺のご本尊を、他所の寺でお披露目するのが出開帳である。その寺で催す居開帳もあり、浄財を募るための上策であったが、肝心のご本尊が修復中ではいかんともしがたい。

「いまさらながらに別当殿は、縁起芝居が潰れたことを惜しんでおられました。ご本尊には遠くおよばぬものの、あの芝居が掛かっていたあいだは参詣客が目に見えて増えて、賽銭箱の重みも明らかに違うたと伺いました……まあ、ここだけの話ですが」

最後のところで声を潜めたが、襖の向こうから大きな合いの手がかかった。

「それだ！　じさま、それだよ！」

声とともに、襖が開かれる。声は勘七で、瓢吉と千代太もその背中にいる。和兵衛は大いに仰天したが、徳兵衛には慣れっこだ。火事から日が浅く、手習いはまだ休みであったが、勘七や瓢吉がいるだけに、千代太は相変わらず毎日隠居家に通ってくる。

「また盗み聞きか。まったく行儀の方は、さっぱり身につかんな」

「えっと、玉子焼きがなかなか来ないなあって、皆が落ち着かなくて」

「勘が大声出すから、見つかっちまったじゃねえか。だいたい、それって何だよ？」

千代太が言い訳し、瓢吉が不平をこぼす。

「だから、もういっぺん芝居を打つんだよ！　寺が直々に乞うてくれりゃ、板橋一家だって文句のつけようがねえじゃねえか」

なるほど、と瓢吉のみならず徳兵衛も納得する。

「でも、勘ちゃん、銀さんは御上から罰を受けたんだよ。それって駄目ってことだよね？」

「狂言に不足があるなら、そこだけ直せばいいんじゃねえか？」

「いやいや、そうすんなりとはいかねえだろう。もしもまた咎めを受けたら、面倒を被るのは銀さんだぞ。これ以上、おれたちのために厄介はかけられねえよ」

大人そっちのけで、ああだこうだと言い合う。呆気にとられる和兵衛の傍らで、徳兵衛は考えていた。たしかに、銀麓が手鎖に処されたのだから再演は難しい。たとえば発禁を食らった草双紙は、二度と日の目を見ることはなかろう。それでも、望みがないこともない。

芝居にいちゃもんをつけた土倉は、あれこれとのたまっていたが、結局お白洲でとり上げられたのは、王子権現への代々の将軍の庇護を、おろそかにしていたという一点だけだった。銀麓からは、そうきいている。その部分を手直しした上で、寺と寺社奉行に検閲を頼むのだ。浄財への足掛かりとなれば、寺にとっては悪い話ではなかろうし、また寺社奉行たる大名家にも、多少なりとも罪の意識はあろう。土倉が去った後、詰所にいた役人のようすから、徳兵衛はそう判じた。

当人はかえって不服だろうが、今回は銀麓の名も表には出さない。あくまで巣鴨の隠居、嶋屋徳兵衛の請願なら、銀麓へのとばっちりもなかろう。

そして何よりも、今回は芝居を打つための立派な建前が控えている。王子権現の浄財のため、ひいては焼け出された窮民を救うため。その銘さえ打てば、上演までの道も拓ける。

「環屋さん、まことに申し訳ないが、もう一度、寺への顔繋ぎをお頼みできませんか」

「もちろん、喜んで。火事の折に、御恩は一生涯と申し上げたのは、嘘ではございませんよ」

信頼は、商いにとって得難いご利益だ。けれども商いの外にある信頼は、いっそう有難い。

文を送るまでもなく、その翌日、銀麓の兄弟子の弥吉が顔を見せた。

「銀の奴は、いまは立作者のお供で、上方の小屋に出張っておりやして。代わりにあっしがお見舞いに伺ったしだいです。ご隠居さまや皆さまがご無事で、何よりでした」

「そうか、銀麓は江戸におらんのか……それは困ったな。実はふたつばかり頼み事があってな」

と、弥吉に仔細を説く。躊躇(ちゅうちょ)することもなく、弥吉は即座に言った。

「火事のための浄財集めなら急がねえと。よければあっしが、手直しをさせていただきやす」

「弥吉さんに頼めるなら、大いに助かる。作者の名は決して出さぬと、約束しよう」

「なに、そっちの心配はしちゃいやせんが……てめえの狂言をいじられちゃ、銀の奴はむくれるでしょうね。その辺も慮(おもんぱか)って、直しは小粒にしておきやす。それと、もうひとつのお頼みも、お安いご用です。さっそく先さまに伝えやしょう」

こちらが恐縮するほどに、弥吉はふたつ返事で引き受けてくれた。そしてわずか二日後に、直した本を手に、ふたたび隠居家を訪れた。

「御上からのお達しどおり、狂言は書き直させました。何卒いま一度、芝居をお許し願いたく。集めた浄財はすべて、お寺さまに納めさせていただきます故」

環屋の主人とともに金輪寺へ赴いて、弥吉が筆を入れた狂言を見せて願い出た。

和兵衛とは昵懇の金輪寺の別当は、またぞろ面倒を、といくぶん顔をしかめたものの、すべてに力を込めた言いようには、寺の勘定方を担っているだけに食指が動いたようだ。

ひとまず預かることを承知して、二日後、ふたたび寺に呼び出されて住職との目通りが叶った。請願はさらに寺社奉行に上げられ、住職の口添えを得たとはいえ、このときばかりは緊張した。再び咎めを受けるのではないかと、心の臓にじっとりと冷や汗をかくような気がしたが、受けとった詰所の役人の表情からは、何も読みとれなかった。そして数日後、達しが下りた。

「御上より咎めを受けたは不届きなれど、窮民を救わんとする心掛けは御仏の心に通ずる。また、いち早く救い小屋を設けて世話をしたるは、子供ながらに殊勝である。よって格別の計らいにより、王子権現境内での縁起芝居を許すものとする」

役人の長々しい口上を、ほころびそうになる口許を懸命に引きしめながら拝聴した。

縁起芝居はふたたび幕を開け、火事で参っていた界隈の者たちから、以前を上回る喝采をもって歓迎された。子供たちは毎日上演を続け、集まった浄財は、日によっては千文を超えた。

「こいつをみいんな、お寺さんが持っていっちまうのかよ」と、瓢吉は不満そうだった

が、

「いまは堪えろ。すべては参詣案内に繋げるためだ」

「そうだよ、瓢ちゃん。焦らずに、機を待たないと」

勘七と千代太に諫められて、渋々ながら引き下がった。そして機はめぐってきた。

上演をはじめてひと月後、寺社奉行から徳兵衛に呼び出しがかかった。詰所に赴くと、寺社役人が三人も顔をそろえていて、金輪寺の住職までもが控えている。けられるのではと、びくびくしながら畳にひれ伏す。相変わらず腹の内が読めない表情で役人は告げた。また難癖をつ
「このひと月で、寺に寄進された浄財は四両一分に達した。子供とはいえまことに天晴。奇特の儀につき、鳥目十貫文を褒美として遣わす」

十貫文は一両二分ほどになる。子供たちには大金だが、恐れながらと徳兵衛は申し出た。

「まことに有難きお計らいですが、どうか子供たちには、別の褒美をお与え願えませぬか」

「別の褒美、とは？」

「あの子らはいずれも、親の代わりに暮らしを背負っております。唯一の生計の道が参詣案内でしたが、心ない大人が割り込んできて境内から追い払われました。どうかお役人さまとお寺さまのお力添えを賜りたく」

「つまり、境内での墨付きを与えよと？」

住職に質され、さようです、と平伏した。胸がばくばくして息が苦しい。せっかくの褒美に水を差したともいえ、不興を買ってもおかしくない。用心の裏にある臆病と、必死で戦った。

徳兵衛が畳とにらみ合いを続けているうちに、僧と役人のあいだで目顔で相談が交わされたようだ。役人に促され面を上げると、住職と目が合った。坊主頭をこくりとうなずかせる。

「その方の申し出は心得た。墨付きは追って与える」

役人の短い達しに、目頭が熱くなる。浮かんだのは子供たちの笑顔と、歓声だった。

あと半月ほどで梅雨に入る。雨は普請を滞らせるだけに、その前に少しでも進めようと、町の南半分では槌音がやまない。下々はさらに逞しく、すでに手製の掘建て小屋は、雨後の筍のようにそこら中に広がりつつあった。夏の終わりまでには、ひとまず表通りだけは真新しい家並みができようし、隠居家に居候する者たちにも、それぞれ落ち着き先が見つかろう。

巣鴨の火事と、吉郎兵衛の不始末。ふたつの災難を経て、空の金箱をながめたとき、徳兵衛はつくづく思った。残された年月は、決して長くはない。そのあいだ、できることをできる限りやらねば悔いを残す。そして己にできるのは、商いだけだ。

いままで以上の欲をもち、組紐商いをいっそう大きく育てる。多くの職人を抱えられるだけの土台を築き、江戸でも指折りの組紐職人店にしたい。それが職人と雇人、その家族の暮らしを支え、ひいては千代太屋の子供たちの受け皿ともなり得る。

決意を示すために、これまで名無しであった組紐商いに、『五十六屋（いそろくや）』の屋号を冠した。職人頭である、おはち親子の名からとった屋号で、おはちの八と、勘七となつの七をかけると五十六になる。五十六屋としての事始めの仕事には、徳兵衛は大いに気合を入れた。

ただし最初に足を向けた先は、娘と嫁のいる嶋屋である。

「お父さんが、芝居町に行くですって？　どういう風の吹きまわし？　これから夏だというのに、雪でも降りかねないわ」

「おわさといい喜介といい、喩（たと）えが同じで捻（ひね）りがないのう」

「だって、お父さんと芝居なんて、水と油くらい交じりようがないじゃないの」

どうにも納得しがたいと、娘は疑り深い目を向けたが、嫁はおっとりと口を挟んだ。

「もしや、銀麓さんをお訪ねするのではありませんか？　ね、お父さま」

夫の出奔に火事が重なり、お園も一時はたいそう参っていた。けれども吉郎兵衛が一日で帰ってきてからは、すっかり元気をとり戻した。世間知らずなだけに、夫の不始末を耳にしてもさほど気にするようすもなく、不足の金子は実家に用立ててもらうこともほのめかしたが、それだけはやめてくれと吉郎兵衛が懇願した。

お園にとっては、夫の無事と子供の健やか、そして日々の安穏だけが関心事のようだ。ある意味、しごく幸せな性分で、夫の失態を詰ることもしない。面目がぺしゃんこに潰れた吉郎兵衛には、変わらぬ妻のあつかいは何より有難いものであったろう。

「いや、銀麓はまだ、上方におるそうだ。今日は商いの用で、兄弟子の弥吉さんに会うてくる」

以前、狂言の手直しを依頼した折に、もうひとつ頼みごとをした。段取りがついたから、芝居町で顔繫ぎをしたいとの文を、弥吉から受けとったのだ。

実を言えば、この話にはお楽も多少は絡んでいる。思いついたのはずっと前、組紐の売り込みに出掛けた初日のことだ。近所の小間物屋、「平屋」を訪ね、上方出の番頭と話をした。その折の何気ない一言が、思案のもとになった。

『そないに大仰な模様となると、締めるのはそれこそ帯締めの本家本元たる、役者くらいしかおりまへんやろ』

ただそのときは工夫までは行きつかず、頭の隅に残しておくだけに留まった。ぽん、と弾けたのは、火事の晩、ともに隠居家に避難した折に、お楽が語った話がきっかけだった。

「残念だわ。今日は芝居町の柏屋で、新作の袋物が売り出されるのよ。買いに行くつもりでいたのに、逃しちまったわ」

このような折に能天気が過ぎると娘を諫めたが、その先の件には思わず食いついた。

「そこら辺の袋物とは違うのよ。中村座の看板役者の、定紋を染め抜いた一品だもの。

座長の店でしか、売られていないのよ」

「座長の店とは……役者が商いをしておるのか？」

「いやだ、お父さん、知らないの？　ほら、芝居のあいだに、役者にかける掛け声があるでしょ。成田屋とか山崎屋とか。あれは皆、屋号なのよ」

名のある役者は概ね、商い店をもっていて、中でも多いのが小間物屋だという。役者の定紋にちなんだ柄を染めた手拭いや袋物、女客が喜びそうな紅や白粉などを商っていると、お楽は説いた。そして堺町にある柏屋は、十一代を数える中村勘三郎の屋号であった。

「でかした、お楽！　良い思案を授けてくれた」

娘には怪訝な顔を返されたものの、頭の隅にあった小さな思いつきは、たちまちふくらんで形を成した。

もともと帯締めは、役者から庶民へと広まった。相性が悪いはずはなく、おはちが組む派手な色柄ならなおさらだ。芝居町で役者が営む店に置けば、人の噂を呼び一気に広まる。銀麓や兄弟子の弥吉に、柏屋への顔繋ぎを頼み、問屋としてあいだに挟めば長門屋への顔も立つ。

この思案は、意外なほどにとんとん拍子に進み、わずかふた月後に、柏屋の店先におはちの組紐が並ぶ運びとなった。柏屋の番頭から出された条件はひとつだけ。

「主人の定紋にあやかって、『角切紐』の名で売り出したいのです」

中村勘三郎の定紋は、角切銀杏である。店に並べるに留まらず、座長自らが舞台で締めれば、人気は必至。たとえ高直でも求める客はいようと、番頭はあくまで強気の姿勢を崩さない。

そして暦が秋に変わった七月朔日、角切紐は売り出しを迎え、たちまち評判となった。捌ききれぬほどの注文が舞い込み、儲けは鰻登りだが、徳兵衛の満足は別のところに訪れた。

この新商いを始めてよかったと、心から思えたのは、七月も末のころだ。

ひとりの男が、隠居家を訪ねてきた。

千代太と勘七を伴って家へ戻ると、隠居家の前で所在なげに立っている。

「急にお訪ねして、すみません。こちらのことは、長門屋のご主人から伺いまして」

角切紐の人気のおかげで、人手はいくらあっても足りない。長門屋が新たな職人を手配してくれたかと、最初はそう思った。

徳兵衛の背中から、あっ、と叫び声がして、ふり返ると、いまにも倒れそうなほどに青ざめた、勘七の顔があった。男はくしゃりと顔を歪め、懐かしそうに語りかける。

「勘七、か？　でかくなったなあ……父ちゃんだぞ、わかるか？」

一瞬、勘七の髪が逆立ったかのように見えた。怒りだけが癇癪玉のように弾ける。

「てめえなんぞ、親父でも何でもねえ！」

その声が、元日に投げつけられた吉郎兵衛の声に重なる。父を認めまいと、懸命にあがき、拒絶する。それより他に、自分を支える術がないのだ。いまの勘七は、追い詰められていた吉郎兵衛と、何ら変わりはない。止めようとした徳兵衛の手を払いのけ、背中を向けた。父親もまた、止める術をもたない。肩を落として悄然と立ち尽くす。役に立たない大人に代わり、勘七を捕まえたのは千代太だった。

「離せ、千代太、離せったら！」

「行っちゃ駄目だよ、勘ちゃん！　本当はずうっと、お父さんを待ってたくせに」

「てめえにおれの、何がわかる！」

「わかるよ！　坊はずっと、勘ちゃんの傍にいたんだから！　お父さんを悪く言っても、心の底では逆のお願いをしてるって、気づいてたもの！　それに……」

勘七の背中からしがみつき、懸命に言葉を紡ぐ。

「たった一晩、父さまがいなくなっただけで、とっても怖かった。もう会えないんじゃないかって、悲しくてたまらなかった。だから、勘ちゃんの気持ちもわかるんだ」

千代太は言葉を柄杓にして、勘七の気持ちの底に溜まった泥水をすくう。

「父さまが帰ってきたとき、本当に嬉しかった……勘ちゃんだって、同じはずだもの。三年も待った分、何倍も何十倍も嬉しいはずだもの！」

えぐっ、と、しゃっくりに似た音が、破裂するように声となってほとばしる。その顔を初めて見る。勘七が、泣いていた——。

「すまなかったな、勘七……寂しい思いをさせて、すまなかった！」

「馬鹿野郎！　父ちゃんなんて、大っ嫌いだあ！」

言葉とは裏腹に、吠えるように泣きながら、勘七が父の腕に抱きとられる。

勘七一家をふたたび結びつけたものは、角切紐だった。評判の組紐は、女房のおはちが拵えたものだと、亭主の榎吉はすぐに了見した。妻子にひと目会いたいとの思いが一気にふくらんで、長く無沙汰をしていた長門屋の暖簾を潜らせたのだ。

腹の中に溜まった、三年分の寂しさを吐き出すようにして、勘七は泣き続ける。何事かと、職人たちが家の中から顔を出した。

おはちが隠居家から走り出て、こちらに向かって駆けてきた。

飛鳥山の方角に少し歩くと、大きな欅の木と、その根方に石の地蔵が立っている。腰かけ代わりか、脇に平たい石も置かれていて、祖父と孫は並んで座った。

「勘ちゃん、よかったね。これからは一家四人で暮らせるね」

「そうだな……千代太もよく、勘七のために踏ん張ったの。なかなかに立派だったぞ」

うふふう、と嬉しそうに孫が笑う。徳兵衛もまた、これまでに覚えたことのない深い満足に浸っていた。自身の手掛けた組紐商いが、勘七一家をふたたびめぐり合わせた。

商いの成功よりも、ささやかな家族の姿にこそ心が動く。自身の短い老い先よりも、子供たちの行末が気にかかる。嶋屋の暖簾よりも、倅が帰ってきたことに重みがある。長く張りめぐらしてきた壁の隙間から、昔と変わらぬ妻の横顔も垣間見えた。

そのすべてが、もとを辿ればこの孫に行き着く。

「千代太はわしにとって、賽子であったのだな」

二枚目の双六を開いたときには、何もない真っ白な紙っぺらだった。千代太が賽をふり、道を示し、祖父の手を引き、ときには懸命に尻を押しながら、ここまで連れてきてくれた。

ふり返ると、何とも豊かな景色が広がり、関わった者たちの顔が次々と浮かぶ。

それは過去ではなく、現在であり、途切れることなく未来へと続いている。

そこには『上がり』がないことに、徳兵衛はようやく気がついた。

本当の意味で、人生には『上がり』がない。だからこそ面白く、甲斐がある。やがて死を迎え、終わりは来ようが、辿ってきた道だけは、その先も続く。

勘七や瓢吉たちが、あるいはおはちら職人たちが、そして嶋屋の者たちが、誰よりも千代太自身が、徳兵衛が歩いた道を踏み固め、さらに先へと繋いでくれる。

「賽子って、何の話？　千代太の顔は、そんなに角ばってはいないのになあ」

突飛な勘違いには、笑いで応じた。

「もうしばらく、千代太と一緒にいられたら、楽しかろうなと思うてな。どれ、こちらの地蔵さまに、お頼みしておくか」

「千代太も！　おじいさまが長生きしますようにと、お願いします」

石の地蔵に向かい、ともに手を合わせた。

徳兵衛が顔を上げても、千代太は目をつむり、祈っている。

神妙な横顔と、合わせた小さな手が、愛おしく思えてならなかった。

＊＊＊

読経の声が、幾重にも堂にこだまする。千代太は目をつむり、手を合わせた。

祖父との思い出は、尽きることなくわいて、温かく胸を満たしてゆく。祖父の隠居暮らしは、ちょうど十二年続いた。

厳しくて怒りっぽく、最初は怖いばかりの人だった。けれども隠居に至ってからは、性根の温かさに触れて、距離がぐっと縮まった。そしてそれは、千代太だけではない。勘七は五十六屋の手代として、両親や妹とともに店をまわし、瓢吉と逸郎の兄弟は、火事の後の手伝いを機に左官職人になった。おてるは嫁いだ後も、組紐職人として通ってくる。

誰の思い出にも、祖父の姿は必ずあり、どやしたり節介を焼いたりと忙しい。千代太屋の子供たちに留まらず、十二年のあいだ、祖父は同じことをくり返してきた。その結果が、ここにある。

「見えますか、おじいさま。これがおじいさまの、二枚目の双六の姿ですよ」

本堂に入りきらない弔問客は、堂前にぬかずき、広い境内中にあふれていた。

目を開けると、一瞬、矍鑠とした姿が浮かび、線香の煙に滲んで消えた。

解説

北上次郎

西條奈加に『無暁の鈴』という作品がある。「小説宝石」(二〇一六年九月号〜二〇一八年一月号)に連載され、二〇一八年五月に光文社から刊行された長編である。最初に告白しておくが、実は私、西條奈加のいい読者ではない。この場合の「いい読者」とは、その作家の全作品、あるいはターニングポイントとなる作品をしっかり読んできている読者ということだ。恥ずかしいことに私、そういう読者ではない。ホントに申し訳ない。だからこの『無暁の鈴』も、新刊のときに読み逃がしていた。二〇二一年四月に、この長編が光文社文庫に入ったとき、その帯には「直木賞受賞後初文庫」というコピーがつけられていて、読み逃がしていたことに初めて気がついた。で、あわてて読んだら、面白いんですねこれが。新刊のときに読んでいたら、絶対に絶賛書評を書いたのにと猛省しました。ここは『無暁の鈴』を語る場ではないので簡単にすませるが、まず構成が素晴らしい。武家の家に生まれながらも家族の愛に恵まれず、寒村の寺に預けられた行之助が絶望のあまり逃げだすのが一三歳のとき。で、江戸に出て(このとき名前を無暁と変える)、やくざの沖辰一家の世話になる。ここまではいいが、問題は、この先の展開だ。それをここに書いてもいいのかどうか迷うのである。というのは文庫本の帯にも表四の粗筋紹介のところにも、このあとの展開については「波瀾万丈の人生」というだけで、詳しいことは書いていないからだ。全体の半分以下のところだから、まだ許容範囲という気もするけれど、初刊版元の意図に敬意を表して書かないことにする。とにかく、えっ、こうなるのと驚くような展開が待っているのだ。沖辰一家のくだりについても、さまざまなエピソードがあり、そこまでも十分に面白いのだが、もっと興味深い展開が待っていると書くにとどめておく。さらにすごいのは、それで終わらないことだ。飢餓や災害から庶民をどうやったら救うことが出来るのか。無暁はその探究に向かうのである。はっきりとしたパートにわかれているわけではないのだが、最初の任侠編、最後の宗教編、その間に挟まれた新天地生活編の三部にわかれるという構成が、実に絶妙である。

簡単にすませるつもりが長くなってしまったが、西條奈加にはこういう作品もあるということを紹介したかったのである。ファンタジー要素のある時代小説からシリアスな時代小説、さらにはユーモラスな作品まで幅広い作品を書き続けている作家だから、いまさらびっくりすることはないのだが、私のように「遅れてきた読者」は、えっ、こんなに面白い作品があったのかよ、とひとつひとつ驚いているのである。

というわけで、本書『隠居すごろく』である。前置きが長くてすみません。「公明新聞」(二〇一七年六月一日～二〇一八年五月三一日)に連載され、二〇一九年三月にKA

ＤＯＫＡＷＡから刊行された長編だ。『無暁の鈴』とほぼ同時期に書かれた作品であることに、たったいま気がついた。これもまた、西條奈加の一つの方向を示す長編で、まったく楽しい。

主人公は、嶋屋徳兵衛。巣鴨町に店をかまえる糸問屋の六代目だったが、

「わしはこのたび、嶋屋六代目の主の座を退いて、隠居することにした」

と宣言するところから始まる小説である。

店から歩いてもすぐのところに隠居家を作り（妻のお登勢はついてこなかったので、古参女中のおわさとその息子善三を連れた徳兵衛の一人暮らしだ）、最初は釣りをしたものの全然釣れずに三日で中止。隠居仲間を見てみると、舞や三味線などの音曲や、句会に参加するなど、さまざまな趣味を始める連中もいるけれど、無趣味の徳兵衛、そういうことに興味がない。色街に通うという方法もあるけれど、堅実一筋に生きてきた徳兵衛には敷居が高すぎて肩が凝る。つまり、隠居はしたものの、やることがない。

そこに現れたのが、孫の千代太。八歳である。この徳兵衛、それまでは仕事一筋に生きてきたので、妻や息子、さらには孫とも親しんだことがない。いまは忙しいからと相手にせず、機嫌が悪ければ邪険にするどころか、うるさいと怒鳴りつけたりもするから、ようするに家族からは浮きまくっていた。徳兵衛、これまではそんなこと、まったく気にしていなかったが、一人になってみると、話す相手が誰もいないから、妙に寂しい。そこに現れたのが八歳の千代太なのである。

そうか、この先がまたまた問題だ。この先の展開をここに書いてもいいのかどうか、迷うところである。小説は何が書かれているかを知るのも楽しみの一つなので、それを先に紹介されたらその楽しみがひとつ、なくなることになる。しかし何も書かないわけにはいかないので、冒頭の部分だけを紹介することにする。

毎日のように孫の千代太が隠居家にやってくるようになり、徳兵衛は嬉しいのだが、その千代太がある日犬を拾ってくるのがまず発端である。「おじいさまはひとりで退屈しているとおわさにきいたから」と健気なのだが、徳兵衛、犬猫のたぐいが嫌いなのだ。しかし孫が可愛いのでそれを言えず、すると二日後に今度は猫を拾ってくる。ここで徳兵衛が失敗するのは、「おまえの気持ちは、決して悪いことではない。だがな、どうせなら犬猫ではなく、人のために使ってみてはどうだ？」と言ってしまったこと。すると、どこまでも善意あふれる千代太は、今度はなんと、ボロ雑巾のような着物を着た幼い子を二人連れてくるのだ。友達かと尋ねると、顔も手足も真っ黒の、千代太と似たような背格好の少年は「飯、食わせてくれるっていうから、ついてきただけだ」と言う。千代太は祖父の言葉通り、その愛情を犬猫のためにではなく、人のために使ったというわけ。これでは徳兵衛も怒れない。しかし、あとから考えれば、これはまだいいほうで、ここから千代太の行動がどんどんエスカレートしていき、それに徳兵衛が振りまわされていく。どういうふうにエスカレートしていくかは、ここに書かない。とんでもないことになるのだ。

まったく楽しい小説だが、素晴らしいのは、幼い千代太の行動が徳兵衛を徐々に変えていくという展開である。徳兵衛は先に書いたように、家族と触れ合わず、趣味もなく、商売一筋に生きてきた人間である。そういう人間が幼子の純な心に触れ、変化していくのだ。本来なら人生経験豊かな老人が、世間を知らない幼子に物事の本質を教えていくというかたちが順当ではあるのだが、この小説においてはそれが逆転するのである。この構造が素晴らしい。だから、最後のくだりでは何度も目頭が熱くなる。いい小説だ。

本書は、二〇一九年三月に小社より刊行された
単行本を文庫化したものです。

目次・地図デザイン／アルビレオ

隠居すごろく

西條奈加

令和4年 2月25日 初版発行
令和4年 10月30日 13版発行

発行者●堀内大示

発行●株式会社KADOKAWA
〒102-8177 東京都千代田区富士見2-13-3
電話 0570-002-301(ナビダイヤル)

角川文庫 23057

印刷所●株式会社KADOKAWA
製本所●株式会社KADOKAWA

表紙画●和田三造

●お問い合わせ
https://www.kadokawa.co.jp/（「お問い合わせ」へお進みください）
※内容によっては、お答えできない場合があります。
※サポートは日本国内のみとさせていただきます。
※Japanese text only

ISBN 978-4-04-111900-6 C0193

◆◇◇

角川文庫発刊に際して

角川源義

第二次世界大戦の敗北は、軍事力の敗北であった以上に、私たちの若い文化力の敗退であった。私たちの文化が戦争に対して如何に無力であり、単なるあだ花に過ぎなかったかを、私たちは身を以て体験し痛感した。西洋近代文化の摂取にとって、明治以後八十年の歳月は決して短かすぎたとは言えない。にもかかわらず、近代文化の伝統を確立し、自由な批判と柔軟な良識に富む文化層として自らを形成することに私たちは失敗して来た。そしてこれは、各層への文化の普及滲透を任務とする出版人の責任でもあった。

一九四五年以来、私たちは再び振出しに戻り、第一歩から踏み出すことを余儀なくされた。これは大きな不幸ではあるが、反面、これまでの混沌・未熟・歪曲の中にあった我が国の文化に秩序と確たる基礎を齎らすためには絶好の機会でもある。角川書店は、このような祖国の文化的危機にあたり、微力をも顧みず再建の礎石たるべき抱負と決意とをもって出発したが、ここに創立以来の念願を果すべく角川文庫を発刊する。これまで刊行されたあらゆる全集叢書文庫類の長所と短所とを検討し、古今東西の不朽の典籍を、良心的編集のもとに、廉価に、そして書架にふさわしい美本として、多くのひとびとに提供しようとする。しかし私たちは徒らに百科全書的な知識のジレッタントを作ることを目的とせず、あくまで祖国の文化に秩序と再建への道を示し、この文庫を角川書店の栄ある事業として、今後永久に継続発展せしめ、学芸と教養との殿堂として大成せんことを期したい。多くの読書子の愛情ある忠言と支持とによって、この希望と抱負とを完遂せしめられんことを願う。

一九四九年五月三日